HEYNE BÜCHER

W0277614

SCIENCE FICTION

Herausgegeben
von Wolfgang Jeschke

DAFYDD AB HUGH

# STAR TREK
## THE NEXT GENERATION

# GLEICHGEWICHT DER KRÄFTE

*Roman*

STAR TREK®
THE NEXT GENERATION™
**Band 43**

Aus dem Amerikanischen übersetzt
von
ANDREAS BRANDHORST

Deutsche Erstausgabe

WILHELM HEYNE VERLAG
MÜNCHEN

HEYNE SCIENCE FICTION & FANTASY
Band 06/5443

Titel der amerikanischen Originalausgabe
BALANCE OF POWER
Deutsche Übersetzung von Andreas Brandhorst

*Umwelthinweis:*
Dieses Buch wurde auf
chlor- und säurefreiem Papier gedruckt.

Redaktion: Rainer-Michael Rahn

Erstausgabe by Pocket Books/Simon & Schuster, Inc., New York

Printed in Germany 1997
Umschlagbild: Pocket Books/Simon & Schuster, New York
Umschlaggestaltung: Atelier Ingrid Schütz, München
Technische Betreuung: M. Spinola
Satz: Schaber Satz- und Datentechnik, Wels
Druck und Bindung: Ebner Ulm

ISBN 3-453-12675-0

# 1

Lieutenant Commander Geordi LaForge verließ sein provisorisches Quartier an Bord des klingonischen Scoutschiffes *Seltsamer legendärer klingonischer Fisch, der sich in Felsen verbirgt und die Feinde der Kriegergötter beobachtet* – den klingonischen Namen konnte Geordi nicht aussprechen.

Als er um die Ecke ging und den Hauptkorridor mit der spitzbogenförmigen Decke erreichte, legte sich ihm eine große Hand auf die Schulter. Sie gehörte Lieutenant Worf. Die beiden Männer waren der Besatzung der *Verborgener Fisch* zugewiesen, um ihr bei der Rejustierung des Sensorsystems zu helfen. Es sollte untersucht werden, welche strukturellen Schäden im Subraum durch Geschwindigkeiten von mehr als Warp fünf angerichtet wurden.

»Commander«, sagte der Klingone, und in seinem Baß erklang so etwas wie Anteilnahme, »ich möchte Ihnen mein Beileid aussprechen. Ich weiß, was es bedeutet, einen Kameraden zu verlieren. Es ist sehr bedauerlich, daß er keine Gelegenheit bekam, als wahrer Krieger im Kampf zu sterben.«

Geordi starrte ihn groß an. »Wovon reden Sie da?«

Daraufhin zeigte sich Verwirrung in den dunklen Zügen des Klingonen. »Haben Sie die Starfleet-Nachrichten von heute morgen noch nicht gelesen?«

»Meine Güte, nein. Die Zeit war knapp, und ich wollte es später nachholen. Ist jemand gestorben?«

Worf atmete tief und voller Anteilnahme durch. »Ja, Sir. Ihr Mentor an der Starfleet-Akademie. Mein Beileid. Bei Menschen gilt der Tod als große Tragödie, und wie gesagt: Ich weiß, wie es ist, jemanden zu verlieren, der ...«

LaForge massierte sich die Schläfen. Das Visor verursachte ihm an diesem Tag mehr Schmerzen als sonst. »Ich hatte überhaupt gar keinen Mentor an der Akademie, Worf. Wovon reden Sie?«

»Von Doktor Zorka. Er starb vor zwei Tagen, aber man fand seine Leiche erst gestern.«

Geordi zuckte mit den Schultern. »Danke für Ihr Mitgefühl, aber ich habe Doktor Zorka kaum gekannt. Er gehörte zu meinen Lehrern, das ist alles.«

Worf nickte. »Auch ich mußte erleben, wie einer meiner Ausbilder an der Akademie im Bett starb, wie ein Ladenbesitzer. Daher weiß ich, was Sie empfinden.«

Geordi versuchte, die Dinge richtigzustellen. »Bitte glauben Sie mir, Worf: Zorka ist mir völlig schnuppe. An der Akademie galt er als Spinner, und das ist er auch bis heute geblieben – ich meine, bis zu seinem Tod. Kommen Sie jetzt. Captain Kurn erwartet uns auf der Brücke.«

Sie betraten den Lift, und Worf sagte »Brücke« auf Klingonisch. Die Transportkapsel setzte sich in Bewegung, glitt durch den langen Hals des Scoutschiffes und erreichte dann das blasenförmige Segment. Während der kurzen Reise gingen von Worf Emanationen der Anteilnahme aus, die Geordi immer mehr Unbehagen bescherten.

Schließlich öffnete sich die Tür mit einem leisen Zischen. Kurn saß mit übereinandergeschlagenen Beinen im Kommandosessel, starrte auf die taktische Anzeige der historischen Schlacht von Gamma Amar IV: Damals, vor fünfundsiebzig Jahren, hatte die klingonische Flotte den Streitkräften der Föderation eine empfindliche Niederlage beigebracht.

»Wir sind dem Zeitplan in bezug auf den Umbau

um einige Stunden voraus, Captain«, sagte Geordi. »Wir haben das Doppler-Modul Ihrer Sensoren auf die Basisfrequenzen der Tachyonen-Emissionen des neuen Tarnfelds justiert. Es müssen jetzt noch die Deflektor- und Disruptor-Projektionspunkte moduliert werden, um ...«

LaForge unterbrach sich, als er merkte, daß Kurn in die Leere starrte – er schien kaum etwas verstanden zu haben.

»Sie sind dem Zeitplan voraus, Mensch?«

»Ja. Um drei Stunden.«

»Gut. Damit haben Sie Bericht erstattet. Gehen Sie jetzt – ich muß mich um wichtige Dinge kümmern.«

Worf beugte sich zu Geordi vor. »In ein paar Tagen muß Kurn die Commodore-Prüfung ablegen«, flüsterte er. »Deshalb hat er derzeit kein Interesse an irgendwelchen Details.«

Die stellvertretende Kommandantin der *Verborgener Fisch,* Commander Kurak, räusperte sich. Als Kurn nicht reagierte, räusperte sie sich noch einmal.

»O ja«, sagte Kurn. »Der Erste Offizier der *Enterprise* möchte Sie sprechen.«

»Soll ich eine visuelle Verbindung herstellen?« fragte Kurak. Kurn bedachte sie mit einem zornigen Blick und deutete dann zum Hauptschirm. Die taktische Anzeige verschwand und wich einer Darstellung der *Enterprise*-Brücke.

Es erschien Geordi sonderbar, die *Enterprise* von Bord eines klingonischen Schiffes aus zu sehen. Er war daran gewöhnt, daß es sich umgekehrt verhielt.

Commander Will Riker, Erster Offizier der *Enterprise,* saß im Kommandosessel. Hinter ihm stand Dr. Beverly Crusher und beugte sich übers Geländer des Oberdecks. Commander Data stellte fest, daß ein Kom-Kanal geöffnet worden war, und daraufhin wandte er sich zu Riker um.

»Sir, Commander LaForge befindet sich im Kontrollraum der *tlhIngan bIQDepHey Huj So'bogh naghmey 'ej veS qa«a' jaghpu' ghoqbogh 'oH«*, sagte er.

Seltsamerweise ärgerte es Geordi ein wenig, daß Data den Namen des Scoutschiffes völlig fehlerfrei aussprach. Er hätte es besser wissen sollen. Immerhin war der Androide mit allen bekannten Sprachen programmiert.

Riker sah auf. »Haben Sie die Neuigkeiten gehört, Geordi?«

»Welche meinen Sie?«

»Die über Doktor Zorka.«

»Oh. Ja, Sir. Möchten Sie wissen, welche Fortschritte wir bisher erzielt haben?«

Riker wölbte die Brauen und wirkte ein wenig überrascht. »Nein, das ist nicht nötig. Äh, wenn Sie Zeit brauchen, um die ganze Sache zu verdauen ... Dafür hätte ich volles Verständnis. Der Captain hat sich in sein Quartier zurückgezogen, aber er meinte, wenn Sie mit jemandem sprechen möchten ...«

»Nein, Sir.« Geordi versuchte, seinen Ärger nicht zu zeigen. »Es ist alles in bester Ordnung. Eigentlich kannte ich ihn kaum und ...«

Beverly unterbrach ihn, indem sie sich noch etwas weiter vorbeugte. Ihr Gesicht hätte selbst dem Teufel das Herz gebrochen. »Geordi ... Der Studienberater meiner Assistenzzeit starb vor einem Jahr, und als ich davon erfuhr ... Es war ein harter Schlag für mich, und deshalb weiß ich, wie Sie empfinden.«

»Ich fürchte, Sie wissen es nicht, Commander«, erwiderte LaForge. »Ich habe nur an drei von Zorka geleiteten Kursen teilgenommen, und bei einem bekam ich keine besonders guten Noten.«

Data gab sich alle Mühe, Sorge in seiner Miene erscheinen zu lassen. »Einen ähnlichen Kommentar gaben Sie ab, als Ihre Mutter starb, Geordi. Die meisten Therapeuten raten, über ein traumatisches Erlebnis zu sprechen, um auf diese Weise den Schmerz zu lindern. Sie sollten den Kummer nicht für sich behalten.«

»Diesmal behalte ich überhaupt nichts für mich!« entfuhr es LaForge, der nun Gefahr lief, die Kontrolle über sich zu verlieren. *Warum bestehen alle darauf, mir ihr Mitleid anzubieten?* Captain Kurn und Commander Kurak lachten leise, und Geordi spürte, wie seine Wangen zu glühen begannen. »Eigentlich ist es mir völlig gleichgültig, daß Doktor Zorka starb. Ich habe ihm nie etwas Schlechtes gewünscht – das heißt, vielleicht doch, als ich die schlechten Noten sah –, doch eines steht fest: Er war *nicht* mein Mentor! Bei vielen Leuten galt er als mehr oder weniger verrückt.«

»Aber ...«, begann Riker. »Aber Sie haben doch immer wieder betont, wie sehr Sie ihn verabscheuten.«

Verlegenheit regte sich in Geordi, als er begriff, daß Riker recht hatte. »Ja, das stimmt. Und es entspricht der Wahrheit.«

»Soll das heißen, Sie haben Doktor Zorka *wirklich* verabscheut?« Riker drehte den Kopf, sah zu Beverly und schien sie zu fragen: *Kann das tatsächlich wahr sein?*

»Ja!« bestätigte Geordi. Seine Verzweiflung gewann solche Ausmaße, daß er sich zur ungeschminkten Wahrheit entschloß. »Ich habe ihn nicht nur verabscheut, sondern sogar *gehaßt!* Ich habe *alles* an dem alten Schwindler gehaßt! Ich habe es gehaßt, Klausuren wiederholen zu müssen, um seinen idiotischen Manien gerecht zu werden! Ich habe es gehaßt, Fragen falsch zu beantworten, nur um bei seinen Tests gut abzuschneiden. Er verdankte es allein seiner langen Zugehörigkeit zum Ausbildungspersonal der Akademie, daß ihn die Techniker und Ingenieure nicht hinauswarfen!«

»Ich dachte ...« Beverly unterbrach sich verwirrt. »Nun, Sie haben so oft den angeblichen Irrsinn von

Doktor Zorka betont, daß ich sicher gewesen bin, Sie seien regelrecht in ihn vernarrt.«

Data neigte verwirrt den Kopf zur Seite. »Sie waren also nicht auf eine barsche und schroffe Weise humorvoll, als Sie Doktor Zorkas geistige Unausgeglichenheiten erwähnten?«

»Nein, Data, von barschem und schroffem Humor kann in diesen Zusammenhang keine Rede sein. Ich hätte mich darüber gefreut, wenn er vor einigen Jahren bereit gewesen wäre, sich in den Ruhestand zurückzuziehen. Seinen Tod habe ich natürlich nicht herbeigewünscht. Andererseits halte ich es für falsch, daß er an der Starfleet-Akademie lehrte und Zuschüsse von der Föderation bekam.

Dauernd machte er Schlagzeilen, indem er irgendwelche großartigen Erfindungen erwähnte, die immer kurz vor der Vollendung standen – um dann nie vollendet zu werden. Ich fand damals mehr als nur einmal Gelegenheit, mich zu fragen: ›Warum gibt die Föderation jemandem Geld, der ganz offensichtlich nicht alle Tassen im Schrank hat?‹

Und damit wollte ich auf keinen Fall folgendes zum Ausdruck bringen: ›Ach, wenn ich doch nur wieder an einem von Doktor Zorka geleiteten Kurs teilnehmen und an schmutzigen heißen Warpspulen herumhantieren könnte, um schlechte Noten dafür zu bekommen!‹«

»Das klingonische Imperium will nicht noch mehr Zeit mit derart nutzlosem Gerede verlieren!« knurrte Kurn.

»Aber trotzdem wählten Sie ihn zu Ihrem Dissertationsberater«, warf Data ein.

»Nein, er wählte *mich!* Ich wollte Crystal Estes. Ein ganzes Jahr arbeitete ich an der Dissertation, und Zorka *wies sie zurück!* Weil ich seine neue Theorie über mystischen Subraum-Quatsch unberücksichtigt ließ. Fünf Monate lang mußte ich alles umschreiben.«

Kurn stand ruckartig auf. »Genug! Ich muß mich mit wichtigen taktischen Daten befassen, um auf die Prüfung vorbe … um dem Wohl des klingonischen Imperiums besser dienen zu können! Ich bin nicht bereit, solche Albernheiten noch länger hinzunehmen!«

»Ich bitte Sie alle …« Geordi breitete die Arme aus. »Ich meine es ernst. Ich habe keine seelischen Wunden erlitten. Ich verberge keinen inneren Schmerz. Doktor Zorkas Schicksal ist mir völlig gleichgültig. Seine angeblichen Fachartikel bestehen aus haarsträubendem Unsinn. Seine Entdeckungen haben nie stattgefunden. Und er war für alle eine verdammte Nervensäge. Wenn wir jetzt mit den Rejustierungen fortfahren könnten …«

Riker sah zu Beverly und Data. Dr. Crusher schürzte die Lippen, und Data wölbte ganz bewußt beide Brauen. »Entschuldigen Sie, Geordi«, sagte Commander Riker. Es klang fast so, als fühlte er sich ein wenig auf den Schlips getreten.

»Ich bitte um Entschuldigung, Sir. Ich wollte nicht abweisend oder undankbar erscheinen. Ich finde es sehr nett, daß Sie sich solche Sorgen um mich machen, aber ich versichere noch einmal, daß mit mir alles in Ordnung ist. Wirklich.«

»Na schön, also gut«, grollte Kurn. »Das wär's dann wohl. Commander, unterbrechen Sie die Verbindung.« Die Darstellung der *Enterprise*-Brücke verschwand vom Hauptschirm, und die taktische Anzeige kehrte zurück. »Gehen Sie jetzt, Mensch, und nehmen Sie den … nehmen Sie meinen Bruder zum Maschinenraum mit. Sorgen Sie dafür, daß uns bald ein funktionstüchtiger Tarnfeld-Detektor zur Verfügung steht!« Kurn wandte sich dem Projektionsfeld zu und starrte mit solcher Intensität auf die Darstellung, daß es Geordi nicht gewundert hätte, wenn jähe Flammen aus dem Display gezüngelt wären.

»Äh, vielleicht sollten wir jetzt wieder die technische Sektion aufsuchen, Worf.«

»Das halte ich für eine gute Idee.«

Die Tür des Turbolifts schloß sich hinter ihnen, und sofort setzte sich die Transportkapsel in Bewegung, trug sie durch den langen Hals des Scoutschiffes. »Es kann wohl kaum in unserem Interesse liegen, wenn mein Bruder bei der Wiederholung seiner Commodore-Prüfung ebenso schlecht abschneidet wie beim ersten Versuch«, sagte Worf.

Als sie die wabenartigen Katakomben des klingonischen ›Maschinenraums‹ erreichten, deutete Lieutenant Dakvas auf einen kleinen Bildschirm. »Eine Nachricht für Lieutenant Commander Geordi LaForge, von der *Enterprise*.«

»Schon wieder?« Neuerlicher Ärger erwachte in Geordi, als er die Aktivierungstaste des Kommunikators betätigte.

Die Bordcounselor Deanna Troi erschien auf dem Schirm. In ihrem Gesicht zeigte sich eine Mischung aus Besorgnis und Anteilnahme. »Geordi ... Ich kann mir vorstellen, wie Sie sich jetzt fühlen. Ich spüre Ihre Anspannung. Wir alle leiden, wenn jemand stirbt, den wir sehr mögen oder schätzen. Möchten Sie mit jemandem darüber reden?«

# 2

Es dauerte eine Weile, bis es Geordi gelang, das Gespräch mit Counselor Troi zu beenden. *Nein, Doktor Zorka war nicht mein Mentor. Ja, es geht mir gut. Ja, ich weiß, daß ich erregt bin. Nein, es ist nicht wegen Doktor Zorkas Tod, sondern wegen des vielen Mitleids, mit dem ich überhaupt nichts anfangen kann!* Schließlich schien Deanna zu fünfundachtzig Prozent überzeugt zu sein und schloß den Kom-Kanal.

LaForge schüttelte verwundert den Kopf. »Mir wird erst jetzt klar, wie oft ich Zorka erwähnt habe«, sagte er zu Worf.

»Sie kamen recht häufig auf ihn zu sprechen, Commander.«

»Dachten Sie ebenfalls, daß ich ihn mochte?«

Worf brummte leise, als er überlegte. »Ich sah darin einen seltsamen menschlichen Brauch: Man spreche von abwesenden Freunden und Kameraden, um Unheil von ihnen fernzuhalten. In manchen klingonischen Familien gibt es Tabus in Hinsicht auf ein Übermaß an Lob.«

Sie hatten gerade wieder mit der Arbeit begonnen, als sich die *Enterprise* zum dritten Mal mit der *Verborgener Fisch* in Verbindung setzte. Diesmal meldete sich Captain Picard höchstpersönlich.

»Es tut mir sehr leid für Sie«, sagte er. »Doktor Zorka war ein ausgezeichneter Techniker.«

»Danke, Sir«, erwiderte Geordi und hoffte, daß man ihm nicht anhörte, wie satt er diese ganze Sache hatte.

»Ich möchte ein *privates* Gespräch mit Ihnen führen,

Mister LaForge. Bitte kontaktieren Sie mich, sobald Sie eine Gelegenheit dazu finden.«

»Äh, Sir, wenn es um Zorka geht ... Mit mir ist alles in Ordnung. Wirklich. Ich verspüre nicht das geringste Bedürfnis, darüber zu reden. Herzlichen Dank für Ihre Anteilnahme.«

»Ich glaube, Sie verstehen nicht, Commander. *Ich* möchte mit *Ihnen* über Doktor Zorka reden. Wann paßt es Ihnen?«

»Lassen Sie es mich kurz überprüfen, Sir.«

Geordi wandte sich an Worf und sprach so leise, daß Picard ihn nicht hören könnte. »Klang der Captain drängend, oder bilde ich mir das nur ein?«

»An Bord von klingonischen Schiffen werden alle Kom-Kanäle überwacht«, antwortete Worf ebenso leise. »Der Captain möchte vermutlich, daß Sie unser Quartier aufsuchen und von dort aus eine abgeschirmte Verbindung herstellen.«

»Das denke ich auch. Können Sie hier übernehmen, Worf?«

Der Klingone nickte. »Ich vervollständige die neue Modulation der Schilde, aber anschließend brauche ich Ihre Hilfe, um die Disruptoren zu justieren.«

Geordi sah wieder zum Bildschirm. »Ich kehre zu unserer Unterkunft zurück, Captain. Sobald ich dort eintreffe, hören Sie wieder von mir.«

»Danke«, sagte Picard.

»LaForge Ende.«

Geordi drehte den Kopf, um ihrem Aufpasser im Maschinenraum mitzuteilen, daß er zur Quartierssektion zurückkehren wollte. Doch der Klingone war verschwunden.

»Was ist mit Dakvas passiert, Worf?«

»Er eilte fort, als er hörte, daß Captain Picard ein privates Gespräch mit Ihnen führen wollte. Vermutlich ging es ihm darum, Kurn zu verständigen.«

Geordi begab sich in sein Quartier, obgleich es ihm

widerstrebte, die Umbau- und Justierungsarbeiten in einer kritischen Phase zu verlassen. Doch die subtile Schärfe in Picards Stimme wies LaForge auf folgendes hin: Der Captain – und vielleicht die *Enterprise* – hatte ein ernstes Problem in Hinsicht auf Zorkas Tod und brauchte Geordis Wissen über den rätselhaften Lehrer und Erfinder.

LaForges und Worfs Quartiere an Bord des Scoutschiffes waren im klassischen klingonischen Stil dekoriert: mit diversen Klingen an den Wänden und Gemälden, die nützliche gesellschaftliche Aktivitäten zeigten. Geordi löste die Verkleidung vom Kom-Gerät, untersuchte kurz das elektronische Innenleben, löste dann ein ganz bestimmtes Kabel und verband es direkt mit seinem Datenmodul. Anschließend schaltete er die visuelle Anzeige wieder auf den Bildschirm.

Die ersten Kontaktsignale sendete er unverschlüsselt, um eine Verbindung zum *Enterprise*-Computer aufzubauen. Unmittelbar darauf aktivierte er die Codierung, wobei er einen aus 900 Zeichen bestehenden Schlüssel verwendete. Wenige Sekunden später erschien Picards Gesicht auf dem Schirm.

Auf dem normalerweise makellosen Schreibtisch des Captains stapelten sich Info-Kassetten mit Aufschriften wie: ›Zorka: Transferstr. für Trägheitsm.‹ Und ›Zorka: Phaserschirm‹ und so weiter. Es handelte sich um Erfindungen, die während der letzten zehn Jahre in wissenschaftlichen Fachzeitschriften angekündigt worden waren. Doch Geordi konnte sich nicht daran erinnern, daß Zorka der Öffentlichkeit jemals einen einzigen funktionierenden Prototypen präsentiert hatte.

Captain Picard sah nicht auf, blickte auch weiterhin auf die Kassetten und Aufzeichnungsscheiben hinab. »Commander LaForge ...«, sagte er schließlich. »Es freut mich, schon nach so kurzer Zeit von Ihnen zu hören.«

»Dieser Kom-Kanal ist sicher, Sir.«

»Gut. Will hat mir von dem Gespräch berichtet, das Sie vor einigen Minuten mit ihm geführt haben.«

»Tut mir leid, Sir. Ich wollte nicht unhöflich sein. Ich weiß, daß es Commander Riker und den anderen nur darum ging, mir zu helfen.«

»Mich besorgt etwas anderes. Ich brauche Ihre unvoreingenommene Meinung hinsichtlich einer Angelegenheit, die mit Doktor Zorka zusammenhängt. Angesichts Ihrer sehr stark ausgeprägten negativen Empfindungen in bezug auf ihn fürchte ich, daß Sie nicht objektiv sein können.«

»Nun, ich kann es zumindest versuchen, Sir – ohne etwas zu garantieren. Ich habe den alten Narren wirklich nicht gemocht.«

Picard hob den Kopf und musterte LaForge. »Ist Ihnen bekannt, welche Entscheidung Zorkas Sohn nach dem Tod seines Vater getroffen hat?«

»Ich ... ich wußte nicht einmal, daß es einen Sohn gibt.«

»Die morgigen Nachrichten werden keinen Zweifel daran lassen. Doktor Zorkas Sohn ist ein Künstler in mittleren Jahren, der nie den Erfolg errang, den er zu verdienen glaubt. Dreimal bekam er Zuschüsse vom Kunstgremium der Föderation. Den letzten erhielt er ...« Picard sah auf den Datenschirm. »... im Jahr 2358.«

»Vor zwölf Jahren.«

Der Captain nickte. »Anders ausgedrückt: Er ist pleite.«

»Warum hat Starfleet solches Interesse an Zorkas Sohn?« fragte LaForge.

»Genau das würde ich gern von Ihnen erfahren, Geordi. Will Riker gegenüber haben Sie Zorka als Schwindler bezeichnet, als jemanden, der voller ›idiotischer Manien‹ steckte. Allerdings: In den Unterlagen der zuständigen Ausschüsse sowie der Föderationsgesellschaft für die Weiterentwicklung der Wissenschaft wird nirgendwo ein Zweifel an Zorkas Kompetenz zum Ausdruck gebracht. Es gelingt mir nicht, diese beiden Meinungen über die gleiche Person auf einen Nenner zu bringen.«

»Aus welchem Grund sollte so etwas notwendig werden, Sir?«

»Der Grund ist Zorkas Sohn, Bradford Zorka junior.«

»Doktor Zorka hieß Bradford? Ich dachte immer, sein Vorname lautete Jaymi.«

»Das stimmt auch. Ich weiß nicht, warum sich sein Sohn mit dem Zusatz ›junior‹ schmückt. Nun, Bradford Zorka – der Sohn – hat beschlossen, das für ein neues Kunstprojekt erforderliche Geld auf ganz besondere Weise aufzutreiben: Er veranstaltet eine Auktion, bei der er alle Unterlagen, Erfindungen und Laborgeräte seines Vaters versteigern will. Starfleet hat uns beauftragt, an der Versteigerung teilzunehmen und für die Föderation zu bieten.«

Geordi glaubte, seinen Ohren nicht trauen zu können. Nach einigen Sekunden merkte er, daß sein Mund offenstand, und er schloß ihn wieder. »Sir ... Ich hoffe, man hat uns keine Liste von Dingen übermittelt, für die wir bieten *müssen.*«

Der Captain griff nach einer Datenkassette und hob sie. »Hier drin sind Informationen über alle Objekte gespeichert, die für die Föderation von Interesse sind. Jeweilige Maximalpreise vervollständigen die Angaben.«

LaForge seufzte und schüttelte den Kopf. Als er erneut zum Bildschirm blickte, bemerkte er ein leichtes Flackern am Rand und erkannte ein ihm verdächtig erscheinendes Interferenzmuster.

»Sir, die Klingonen untersuchen unsere Kom-Signale mit einer analytischen Subroutine, die nach Bedeutungsmustern Ausschau hält. Es geht ihnen ganz offensichtlich darum, den Verschlüsselungscode zu knacken. Warum ist in diesem Fall überhaupt eine Geheimhaltung notwendig?«

»Bitte geben Sie mir Bescheid, wenn Sie glauben, daß der Kom-Kanal nicht mehr sicher ist. Commander LaForge, zu den Gegenständen, für die wir uns interessieren, gehört auch eine sogenannte photonische Impulskanone. Angeblich hat Zorka sie erst kürzlich entwickelt, vor etwa drei Jahren. Ein von ihm verfaßter Artikel im *Journal für Plasmaprofile* wies darauf hin, jene Waffe sei in der Lage, unsere besten Schilde – und auch die von anderen Völkern verwendeten Schutzschirme – einfach zu durchdringen. Nun, ich habe nie eine Vorführung gesehen ...«

»Weder Sie noch sonst jemand. Es handelt sich um ›Vaporware‹, um eine weitere phantastische Erfindung, die Zorka zwar angekündigt, aber nie fertiggestellt hat.«

Captain Picard ließ sich von diesem Hinweis nicht beeindrucken. »Wie dem auch sei: Es gibt noch einige ... ungelöste Probleme in Hinblick auf den Nachfolger von Imperator Kahless. Starfleet möchte vermeiden, daß eine solche Waffe besonders *überschwenglichen* Angehörigen des klingonischen Hohen Rates in die Hände fällt – Leuten, denen der neue Imperator nicht gefällt.«

»Oh, machen Sie sich deshalb keine Sorgen, Sir. Die photonische Impulskanone ist ebenso real wie Rumpelstilzchen!«

»Wenn Sie das beweisen können, Geordi, oder wenn Sie in der Lage sind, klare Hinweise auf die Unzurechnungsfähigkeit von Doktor Zorka vorzulegen ... Dann würden Sie vielen Föderationswissenschaftlern und Starfleet-Admirälen dabei helfen, endlich wieder ruhig zu schlafen.«

Geordi breitete hilflos die Arme aus. »Wenn Sie Konkretes von mir erwarten, muß ich Sie enttäuschen,

Captain. Während des Studiums an der Akademie habe ich oft mit Zorka diskutiert; man könnte in diesem Zusammenhang von regelrechten verbalen Gefechten sprechen. Jede Woche präsentierte er einen neuen genialen Plan für die Rettung des Universums. Einmal wollte er Starfleet auflösen, weil die Flotte angeblich zur Gewalt anstiftet. Er behauptete, das Problem der Gewalt ließe sich nur lösen, wenn die ›Guten‹ – ich glaube, er verwendete tatsächlich diesen Begriff – sich von allen ihren Waffen trennten. Dann hätten die Bösen keinen Grund mehr, sich bedroht zu fühlen.

Bei einer anderen Gelegenheit schlug er vor, ein Heer aus Androiden zu schaffen, die für uns in den Kampf ziehen. Später beantragte er beim akademischen Rat von Starfleet, den Unterricht in grundlegenden Warpfeld-Prinzipien einzustellen, weil sie auf den Phasenraumgleichungen von Professor Vinge basierten.«

»Vinge?«

»Ein Mathematiker und Philosoph, der während der letzten elf Jahre seines Lebens beweisen wollte, daß das Universum eine hohle Kugel ist. Seiner Meinung nach kann man die Galaxis durchqueren, indem man in die entgegengesetzte Richtung fliegt. Zorka verabscheute Vinge aus irgendeinem Grund. Was mich betrifft: Ich habe Vinge gemocht. Er war verrückt, aber auf eine *gute* Art.«

Picard wölbte die Brauen. »Geordi, ich hoffe, Ihre Ansichten sind nicht allein auf Elfenbeinturm-Intrigen zurückzuführen.«

»Sie sollten mich eigentlich besser kennen, Sir. Es geht nicht allein darum, daß Zorka verrückte Ideen hatte – er verteidigte sie mit noch verrückteren Argumenten, so wie bei seiner Abrüstungstheorie. Er vertrat zum Beispiel den Standpunkt, das cardassianische Reich sei ein friedliches Utopia gewesen, bis es uns entdeckte – um sich gewissermaßen als Reaktion auf uns in eine Militärdiktatur zu verwandeln. Er meinte, es gäbe ein geheimes Lager in der Raumstation *Deep Space Five* an der cardassianischen Grenze, und dort hätte Starfleet die Reste des ersten cardassianischen Schiffes untergebracht, dem wir begegneten: ein unbewaffnetes Handelsschiff, das von uns ohne irgendeine Provokation angegriffen wurde.«

Der Captain konnte ein Lächeln nicht unterdrücken. »Haben Sie der Raumstation einen Besuch abgestattet?«

»Ja, Sir. Bevor ich zur *Enterprise* kam, habe ich die technischen Systeme von Deep Space Five überprüft. Dort gibt es keinen Lagerraum, der groß genug wäre, um ein cardassianisches Schiff aufzunehmen! Die Raumstation ist klein, nicht annähernd so groß wie die anderen Außenposten. Sie bietet kaum mehr Platz als das Diskussegment der *Enterprise.*«

Picard wandte sich wieder dem Datenschirm zu und blätterte durch die Bildschirmseiten. »In Zorkas Personaldatei werden keine für ihn ungünstigen psychiatrischen Gutachten erwähnt.«

»Ich nehme an, solche Informationen fehlen ganz«, entgegnete LaForge.

Der Captain nickte. »Ja, das stimmt. Die Datei enthält überhaupt keine medizinischen Aufzeichnungen. Vielleicht wurden sie mit Rücksicht auf Bradford Zorkas Privatsphäre gelöscht.«

»Captain ...« Geordi zögerte kurz. »Doktor Zorka mag verrückt gewesen sein, aber er war auch genial, zumindest in jungen Jahren. Er hat praktisch die modernen Phaser erfunden, besser gesagt: die Phasenamplifikation für Festkörper. Und die Hälfte der modernen medizinischen Geräte, die wir heute benutzen, geht auf ihn zurück.

Doch mit zunehmendem Alter fiel es ihm immer schwerer, zwischen einer hervorragenden Theorie und hervorragend ausgearbeitetem Blödsinn zu unterscheiden. Um ganz ehrlich zu sein: Viele Starfleet-Spezialisten sind nur unter großen Mühen dazu imstande, mich eingeschlossen.

Jene Dinge, die Zorka in seinen Artikeln für Fachzeitschriften beschrieb ... Sie erscheinen plausibel – bis man sie genauer untersucht. Seine Erfindungen sind wie genial anmutende Perpetua mobilia: Die Ungereimtheiten sind sehr subtiler und gleichzeitig profunder Natur. Ich kann nicht *beweisen*, daß Zorka verrückt war. Zumindest könnte ich keine Beweise vorlegen, die Psychologen und Psychiater für schlüssig hielten. In einem rein medizinischen Sinne kann man wahrscheinlich nicht von Unzurechnungsfähigkeit oder Wahnsinn sprechen. Er schlug keine gekochten Eier an seiner Stirn auf, und er glaubte auch nicht, eine Topfpflanze zu sein. Sir, vermutlich bleibt uns nur noch etwa eine Minute, bis den Klingonen eine Entschlüsselung unserer Kom-Signale gelingt – oder bis sie aufgeben und für irgendeine ›Fehlfunktion‹ im Kommunikationssystem sorgen.«

Picard überlegte, sah zum Datenschirm und richtete den Blick dann wieder auf Geordi. »An meinem ursprünglichen Problem hat sich kaum etwas geändert. Wenn wir nicht beweisen können, daß Zorka nie eine photonische Impulskanone erfand, müssen wir an der Auktion teilnehmen.

Zorka führte oft sehr gefährliche Experimente durch, und deshalb befindet sich sein Laboratorium außerhalb des Raumgebiets der Föderation. Bradford junior wies deutlich darauf hin, daß außer uns auch noch andere Leute eingeladen sind. Wir dürfen damit rechnen, Klingonen, Bajoranern, Cardassianern, Ferengi und anderen zu begegnen. Fast alle Völker werden bei der Versteigerung zugegen sein. Die Borg sind wahrscheinlich die einzige Ausnahme.«

»Tut mir leid, Sir«, erwiderte LaForge. »Mehr kann

ich Ihnen leider nicht anbieten. Sie haben meinem Instinkt schon des öfteren vertraut, und die Stimme dieses Instinkts sagt mir, daß Zorka ein Aufschneider gewesen ist. Es gibt keine photonischen Impulskanonen, Transferstrahlen fürs Trägheitsmoment oder mit PSI-Kraft kontrollierte Transporter. Damit verhält es sich ähnlich wie mit Antigravitationsfarbe und Vinges hohler Kugel: Es klingt alles sehr interessant, aber mit der Wirklichkeit hat es überhaupt nichts zu tun.«

»Nun gut, Commander. Mir bleibt keine Wahl. Nach den Arbeiten an Bord des Scoutschiffes kehren Sie und Commander Worf unverzüglich zur *Enterprise* zurück. Wie lange dauert es noch?«

»Ein weiterer Tag sollte genügen, Sir.«

»In Ordnung. Picard Ende.«

Geordi streckte die Hand nach den Kontrollen des Kom-Geräts aus, doch bevor er sie berührte, verlor sich das Bild auf dem Schirm in knisterndem Grau. Er lachte und deaktivierte den Kommunikator. *Kurn hat es also satt zu versuchen, den Code zu knacken.*

LaForge verließ das Quartier und kehrte in den Maschinenraum des Scoutschiffes zurück. Zu seiner Überraschung arbeitete Worf nicht am Sensorsystem, sondern stand mit verschränkten Armen neben den Schildkontrollen. Zwei kräftig gebaute klingonische ›Sicherheitsoffiziere‹ leisteten ihm Gesellschaft.

»Das Rejustierungsprojekt ist eingestellt«, knurrte Worf.

»Vorübergehend«, fügte die überaus attraktive Commander Kurak hinzu und trat aus den Schatten. Zum erstenmal nahm Geordi sie ganz bewußt wahr: Die Klingonin erweckte den Anschein, mindestens so stark zu sein wie Worf, doch bei ihr kamen noch gewisse Kurven hinzu. LaForge seufzte. Wie groß mochte die Chance sein, daß sich eine hinreißend schöne klingonische Kriegerin und stellvertretende Kommandantin eines Scoutschiffes von einem kleinen

Menschen angezogen fühlte, der nur mit Hilfe eines VISORs sehen konnte? Seiner Meinung nach lag die Wahrscheinlichkeit dafür irgendwo zwischen ›Der irdische Mond besteht in Wirklichkeit aus Eis‹ und ›Alle Luftmoleküle im Maschinenraum entscheiden, sich in einer Ecke zusammenzudrängen‹. *Mit anderen Worten: Es ist praktisch ausgeschlossen.*

»Wir haben den Befehl erhalten, mit Höchstgeschwindigkeit zu einem ganz bestimmten Ort zu fliegen«, erklärte Kurak. »Unter solchen Umständen können wir es uns nicht leisten, das energetische Niveau zu senken, um Ihnen die Arbeit an den Schilden und Disruptoren zu ermöglichen.«

»Woher wissen Sie, daß es in einigen Stunden notwendig geworden wäre, das energetische Niveau zu senken?«

Die Klingonin lächelte, wirkte dadurch sowohl gefährlich als auch amüsiert. »Ich bin selbst einmal in der technischen Abteilung tätig gewesen. Und ich habe Ihr Projekt von Anfang an verfolgt.«

*Hmm ...* Geordi seufzte zum zweiten Mal innerhalb von zehn Sekunden. »Na schön. Wir müssen ohnehin zur *Enterprise* zurück. Wann können Sie ein Rendezvousmanöver durchführen, damit wir die Möglichkeit bekommen, uns an Bord zu beamen?«

Worf schnaufte. »Ich habe mich bereits danach erkundigt, Commander. Offenbar ist ein solches Rendezvousmanöver nicht möglich.«

»Ach?« erwiderte Geordi. »Ist der Navigationscomputer des Scoutschiffes plötzlich ausgefallen? Und auch noch genau zum richtigen Zeitpunkt – so ein Zufall.«

»Er ist natürlich *nicht* ausgefallen«, sagte Kurak. »Wir sind nicht dumm, und Sie sind es ebensowenig. Es bleibt uns einfach nicht genug Zeit, um durch den halben Sektor zu fliegen und Sie zurückzubeamen. Wir haben einen dringenden Einsatzbefehl bekommen, und ›dringend‹ bedeutet, daß wir keine Zeit verlieren dürfen, indem wir Passagiere durchs All kutschieren.«

»Aber *wir* müssen möglichst *schnell* zur *Enterprise* zurück!«

»Geordi – darf ich Sie mit dem Vornamen ansprechen? –, ich schlage vor, wir sind ganz offen. Mit ziemlicher Sicherheit hat die *Enterprise* das gleiche Ziel wie wir. Es geht dabei um die Versteigerung des Nachlasses jenes Föderationswissenschaftlers, der vor kurzer Zeit gestorben ist. Spielt es eine Rolle für Sie, ob die Reise an Bord der *Enterprise* oder unseres Schiffes stattfindet? Wenn wir den Ort der Auktion erreichen, werden Sie zusammen mit unseren Repräsentanten transferiert, und dann können Sie sich der Gruppe Ihres Captains anschließen.«

Kurak trat etwas näher an den Chefingenieur der *Enterprise* heran. »Außerdem ... Ist es denn so schlimm, einige weitere Tage in meiner Gesellschaft zu verbringen? Ich begegne nur selten jemandem, der genug über technische Dinge weiß, daß ich vernünftige Gespräche mit ihm führen kann.«

Geordi schluckte und sah von Kurak zu Worf. Sein klingonischer Kollege blickte fasziniert auf ein Sensor-Modul, das er während der letzten Stunden mehrmals auseinandergenommen und dann wieder zusammengesetzt hatte.

Die stellvertretende Kommandantin ergriff LaForge am Arm und zog ihn zu sich heran. »Ich möchte Ihnen etwas in meiner Unterkunft zeigen«, hauchte sie. »Das holomorphische Modell einer alten Warpspule. Ich habe es selbst angefertigt.«

»Ich ... ich ...« Geordi versuchte, seine trockenen Lippen zu befeuchten. »Ich ...«

»Sir ...!« stieß Worf hervor. »Ich brauche noch kurz Ihre Hilfe, bevor Sie gehen. Ich schlage vor, Commander Kurak kehrt zunächst allein in ihr Quartier zurück; Sie können ihr dann in einigen Minuten folgen.«

Die Klingonin bedachte ihn mit einem nachdenklichen Blick. »Einverstanden«, sagte sie langsam. »Ich möchte den Erfolg Ihrer Arbeit nicht ausgerechnet jetzt in Frage stellen.« Sie ging.

»Was soll das, Worf?« fragte Geordi. »Ich glaube, ich habe eine echte Chance bei ihr!«

»Wissen Sie, welche Aufgaben Kurak an Bord dieses Schiffes wahrnimmt?«

»Sie ist der Erste Offizier, nicht wahr?«

»Nein, Commander. Kurak ist der politische Offizier. Sie beobachtet die Besatzungsmitglieder, unter ihnen auch Kurn, und berichtet über alle Abweichungen von der offiziellen politischen Linie des Imperiums. Mit ziemlicher Sicherheit gehört sie zum Geheimdienst und kennt Dutzende von Möglichkeiten, jemanden umzubringen.«

»Ich nehme es ihr nicht übel, wenn sie ein Folterknecht des klingonischen Staates ist«, sagte Geordi in einem scherzhaften Tonfall.

»Klingonen foltern nicht!« erwiderte Worf scharf. »So etwas widerspricht den Prinzipien der Ehre!«

»Entschuldigen Sie, Worf, ich ... Wir sehen uns in zwei Stunden in unserem Quartier.«

Er konnte Worfs gebrummte Antwort nicht ganz verstehen, glaubte jedoch, ein ›sehr unwahrscheinlich‹ zu hören. Dann schloß sich das schwere Schott des Maschinenraums hinter LaForge.

# 3

Kadett Wesley Crusher sah sich kummervoll in seiner Unterkunft im Studentenheim der Starfleet-Akademie um. Die linke Hälfte, seine eigene, bot einen ebenso makellosen Anblick wie die Kabinen an Bord der U.S.S. *Enterprise.*

Die rechte Hälfte hingegen ... Sie wirkte wie eine Mischung aus Bekleidungsgeschäft und Elektronikhandlung unmittelbar nach einem verheerenden Erdbeben. Unglücklicherweise wies das Chaos die Tendenz auf, über die Grenzlinie in Wesleys Territorium zu kriechen.

Kadett Crusher kehrte gerade vom Frühstück zurück. Es war schon recht spät – fast neun Uhr –, doch sein Stubengenosse lag noch immer im Bett. Er weigerte sich hartnäckig zu erwachen, aufzustehen und die Vorhänge beiseite zu ziehen, um das Licht der Morgensonne ins Zimmer scheinen zu lassen.

Wesley verbrachte einige Minuten damit, diverse Dinge in die andere Hälfte des Quartiers zurückzuschieben. Anschließend entschied er, von seinem üblichen Ritual abzuweichen, das darin bestand, den anderen Kadetten einfach zu ignorieren und die Bibliothek aufzusuchen.

Irgendwo in dem Durcheinander aus Uniformen, Glasfaserkabeln, Holovision-Fernbedienungen, Aufzieh-Spielzeugen, nur zur Hälfte fertiggestellten Erfindungen, Essensresten und anderem Kram lag ein gewisser Fred Kimbal, völlig weggetreten.

Oder vielleicht auch nicht. Es ließ sich kaum feststellen. Zumindest hörte Wesley kein Schnarchen. Für gewöhnlich ging sein Stubengenosse früh zu Bett und stand dafür spät auf.

»Fred?« fragte Wes. »Bist du da drin? Liegst du unter irgendwas?«

Ein Kleiderhaufen brummte. Wesley wünschte sich ein Paar Strahlenschutzhandschuhe, als er zu graben begann. Nach einer Weile fand er Kimbal.

»Ich schlafe«, murmelte der ein Jahr jüngere Kadett. Kimbals Haar war zerzaust, und er roch nach Knoblauch. Außerdem trug er noch immer seine Uniform. Es handelte sich sogar um die gleiche Uniform wie am vergangenen Tag; er hatte sie nicht einmal replikatorgereinigt.

»Jetzt bist du wach«, bemerkte Wesley.

»Was ich sehr bedauere.«

»Du bist spät dran.«

»Ha-ha-ha. Was macht's schon, wenn ich eine Vorlesung verpasse? Ich habe in allen Kursen ausgezeichnete Noten.«

»Ach, wirklich in allen?«

Kimbal grinste, und dadurch sah er wie ein zu groß geratenes Baby aus. »Ich meine alle Kurse, die *zählen.*« Diesen Scherz erlaubte sich Fred immer wieder. Alle Kurse, die *zählten* – dieser Hinweis bezog sich auf jenen Unterricht, bei dem es irgendwelche mathematischen Aspekte gab. Wenn man die Sache aus dieser Perspektive sah, hatte Kimbal recht: Er leistete Erstaunliches, wenn es um Mathematik, Physik oder Technik ging. Wesley war auf diesem Gebiet alles andere als eine Niete, aber es fiel ihm trotzdem schwer, mit Kimbal Schritt zu halten – obgleich er ihm um ein Jahr voraus war.

Natürlich gab es noch mehr Kurse, die ›zählten‹, auf die es beim Abschluß ankam und bei denen Kimbals Noten sehr zu wünschen übrig ließen. Dazu gehörte zum Beispiel ›Starfleet-Führungsqualitäten‹ – viele Offiziere in der Flotte hielten diesen Kurs für den wichtigsten.

»Erinnerst du dich daran, als ich in der Mitte des Zimmers eine weiße Linie gemalt habe, Fred? Weißt du noch, was es damit auf sich hat?«

»Du mußt betrunken gewesen sein, Wes.«

»Ich trinke nicht.«

»Dann bin *ich* betrunken gewesen.«

»Sei kein Trottel. Erinnerst du dich daran, was die Linie bedeutet?«

Fred rollte mit den Augen. »Die westliche Seite gehört mir, und ich soll die Linie nicht überqueren. He! Wieso ist das Bad auf deiner Seite?«

»Fred, dies ist keine Szene aus einer dämlichen Holovision-Komödie. Ich fordere dich hiermit auf, deinen Müll nicht auf meiner Seite abzuladen.«

Kimbal hob den Kopf. »Ich sehe überhaupt nichts auf deiner Seite.«

»Weil ich den ganzen Kram in deine Hälfte des Zimmers zurückgeschoben habe! Morgen findet eine Inspektion statt, und dem Exerzierchef ist es sicher gleichgültig, auf welcher Seite das Chaos seinen Ursprung hat.«

Fred setzte sich benommen auf und zog dabei die Decke bis zum Hals hoch. Wesley fragte sich, was er nicht sehen sollte.

»Es ist sehr sorgfältig strukturiertes Chaos«, erwiderte Fred. »Von ›Müll‹ kann überhaupt keine Rede sein. Es handelt sich vielmehr um sehr komplexe Experimente. Das letzte steht dort drüben.«

Wesley sah zum Regal, und nach einigen Sekunden fand er das neueste Bündel aus Glasfasersträngen und Datenchips. Es wirkte zu klein, um wirklich nützlich zu sein, verfügte nur über fünf Prozessoren.

»Wozu dient das?« fragte Wesley. Fast gegen seinen Willen erwachte Interesse in ihm. Kimbal baute überaus verblüffende kleine Apparate. Neben seinen Konstruktionen wirkten selbst die Projekte in den High-Tech-Kursen einfach und primitiv.

Allerdings neigte Kimbal dazu, seine Erfindungen immer nur *halb* fertig zu stellen. Wenn er die schwierigen Probleme im Kopf gelöst hatte, verlor er das Interesse und ließ die nur zur Hälfte vollendeten Ergebnisse seiner Experimente einfach liegen, als Müll.

Fred überlegte kurz. »Ich weiß es nicht. Im Ernst. Ich habe mit den Eigenschaften von Chaseum herumgespielt, einer Substanz, die *große* Ähnlichkeit mit in Gold gepreßtem Latinum aufweist.«

»Ein wichtiger Unterschied besteht jedoch darin, daß man Chaseum replizieren kann, was bedeutet: Als Währung taugt das Zeug kaum.«

»Ja, ja, ja.« Fred winkte ab. »Die ökonomischen Aspekte und so sind mir völlig schnuppe«, fuhr er fort. »Wie dem auch sei: Die Eigenschaften ähneln sich so sehr, weil die Moleküle bis auf die Katheten-Orientierung gleich ausgerichtet sind. Wußtest du, daß Chaseum und Latinum die gleichen Schlüsselgruppen von Balmer-Spektrallinien haben? Sie sind nur zueinander phasenverschoben.«

»Nein, davon hatte ich keine Ahnung. Was meinst du mit Schlüssel*gruppen* von Spektrallinien? Bisher war mir gar nicht bekannt, daß es solche Gruppen gibt.«

»Oh, ich habe ganz vergessen, es zu erwähnen. Bei meinen Experimenten im Laboratorium hielt ich es für erforderlich, die spektralen Signaturen nach einem von mir selbst entwickelten System neu zu klassifizieren.«

Wesley hob und senkte die Schultern. »Na schön. Wozu dient das Ding also?«

»Wie ich schon sagte: Ich weiß es nicht. Ich hatte ein Problem und habe es gelöst. Wenn du mit dem Apparat weiterarbeiten willst... Er gehört dir.« Kimbal gähnte und zog die Decke noch etwas höher, obwohl eine angenehme Temperatur im Zimmer herrschte.

»Danke. He, fast hätte ich vergessen, warum ich mit dir reden wollte. Ich habe eine Einladung bekommen, von LaFong. Für das große Spiel morgen abend.«

»LaFong?«

»Ja«, bestätigte Wesley und schüttelte wie fassungslos den Kopf. »Erinnerst du dich nicht an ihn? Großes *L*, kleines *a*, großes *F* ...«

»Oh, du meinst *Carl* LaFong?« Zum erstenmal zeigte Fred Kimbal Interesse. Er rutschte unter der Decke hervor und rieb sich hingebungsvoll das linke Auge.

Wesley schnitt eine Grimasse. »Wen denn sonst? Kennst du vielleicht noch einen anderen LaFong? *Natürlich* meine ich Carl, den Burschen, der jeweils am Ende des Semesters eine große Pokerrunde veranstaltet.« Er rollte mit den Augen. »Sie ist *das* Ereignis.«

Fred blinzelte. »Er gehört nicht zu den intelligentesten Burschen, oder?«

»Nun, ich bezweifle, ob er Differentialgleichungen im Kopf lösen kann, aber er kommt einem Gott gleich, soweit es den befehlshabenden Offizier betrifft. Selbst Captain Wolfe läßt ihn in Ruhe. Hast du noch nicht bemerkt, daß es keine direkte Beziehungen zwischen mathematischen Fähigkeiten und Erfolg an der Akademie gibt? Dies ist Starfleet, Fred. Wir besuchen keine technische Universität.«

Kimbal vollführte eine kapitulierende Geste. »Na schön. Reiß mir nicht gleich den Kopf ab.«

Wesley trat zum Regal und betrachtete den Apparat. *Ich brauche einen speziellen Logikprüfer, um auch nur die grundlegende Struktur zu verstehen.*

»Leute wie LaFong sind hier gern gesehen«, setzte er seinen Vortrag fort. »Alle vertrauen ihm. Er ist wie Locarno, begann das Studium jedoch ein Jahr nach mir. Jetzt sind wir in der gleichen Klasse, und meine längere Zeit an der Akademie nützt mir kaum etwas: LaFong hat größere Aussichten als ich, beim Abschluß zum Klassenführer zu werden.«

»Nun, immerhin hattest du da ein kleines Problem.«

»Danke, daß du mich daran erinnerst, Fred. Sonst hätte ich es vielleicht vergessen.« Wesley bereute diese Worte, kaum hatte er sie ausgesprochen. Kimbal wandte verlegen den Blick ab, und seine Wangen röteten sich ein wenig.

»Tut mir leid, Fred. Ich habe es nicht so gemeint. Ich weiß, worauf du hinauswillst. Wenn ich nicht getadelt und zurückgeschickt worden wäre, könnte ich heute vielleicht Klassenführer werden. Um ganz ehrlich zu sein ... Derzeit ist mir das alles völlig gleich. Während der letzten drei Jahre hat man mich hier wie eine Art Häftling behandelt, und davon habe ich die Nase voll. Na schön, mir ist ein Fehler unterlaufen, ein schrecklicher Fehler! Doch es handelt sich um *einen* Fehler. Ich habe es noch niemandem gesagt, aber ... Wenn Joshua Albert nicht den Kopf verloren hätte, wäre er vermutlich mit heiler Haut davongekommen.«

Wesley wandte sich vom Regal ab und empfand einen Zorn, der zum größten Teil ihm selbst galt. Mit welchem Recht beschwerte er sich darüber, daß man ihn an jenen tragischen Zwischenfall erinnerte? Er *hatte* den Tod eines Kameraden verursacht, wenn auch unabsichtlich.

In Kehle und Magen brannte ein jähes Feuer, so als hätte er gerade besonders scharfe Peperoni gegessen.

Fred zuckte mit den Schultern. »Da wir gerade bei Dingen sind, über die man sonst nicht spricht ... Alle wissen, daß du keine Schuld hast.«

»Aber praktisch alle *verhalten* sich so, als sei es meine Schuld! Weißt du eigentlich, daß ein volles Jahr verging, bevor die ersten Kadetten bereit waren, mit mir zusammenzuarbeiten, mit mir zu sprechen oder auch nur neben mir zu stehen?« Wesley spürte, daß er die Kontrolle über sich zu verlieren begann, was in letzter Zeit immer häufiger geschah. Er rief sich innerlich zur Ordnung und holte tief Luft. Als er den Atem entweichen ließ, brodelte noch immer kalte Wut in ihm, aber er hatte sich wieder völlig in der Gewalt.

Es war zu dunkel im Zimmer, zu dunkel und zu heiß. Fred hätte schon vor zwei Stunden aufstehen sollen, und was maßte sich Wesley überhaupt an, darüber zu befinden, wann andere Leute aufstehen sollten?

Kadett Crusher schob Freds Kram noch weiter nach Westen und versuchte, einen Teil davon unter der Koje verschwinden zu lassen.

»Sito starb bei ihrem Probeflug.«

»Ja, ich habe davon gehört.«

»Wahrscheinlich übernahm sie die cardassianische Mission, um über das hinwegzukommen, was vor drei Jahren geschah. Verstehst du? Sie konnte nur darüber hinwegkommen, indem sie *starb.*«

Fred öffnete den Mund und schloß ihn dann wieder. Was auch immer er hatte sagen wollen – er behielt es für sich.

Wesley lächelte. Als sie sich vor einem Jahr kennenlernten, hatte Kimbal nie ein Blatt vor den Mund genommen und immer sofort ausgesprochen, was ihm durch den Kopf ging. *Vielleicht ist jetzt alles bereit für den nächsten Schritt in der Sozialisation von Fred Kimbal …*

»Jene Sache wird mich für den Rest meines Lebens verfolgen, Fred. Selbst wenn ich Starfleet verlasse: Ich weiß, daß eine dumme Entscheidung von mir einen Freund das Leben kostete. Nun, LaFong ist der einzige Kadett des ›engsten Kreises‹, dem etwas an mir zu liegen scheint.

Meine Güte, er hat sich echt Mühe gegeben, um mich gewissermaßen zu ›rehabilitieren‹, und für seine Bemühungen mußte er eine Menge Phaserfeuer von den hohen Tieren einstecken. Captain Wolfe gab ihm praktisch den Befehl, sich von mir fernzuhalten, aber LaFong bot ihm die Stirn und ließ es auf eine offene Konfrontation ankommen. Nun, LaFong ist noch immer hier, woraus ich schließe, daß Wolfe einen Rückzieher machte.«

Wesley nahm auf Freds Bett Platz und blickte aus dem Fenster. Das trübe Morgenlicht malte blasse Streifenmuster auf die dunklen Jalousien. Das Grau wirkte deprimierend – erst am Nachmittag schien die Sonne direkt ins Zimmer. Hoffentlich fiel ihr Licht dann auf einen wachen Fred Kimbal.

»Und jetzt hat mich LaFong zur Super-Pokerrunde am Semesterende eingeladen«, fuhr Crusher fort. »Alle werden dort sein! Nanci Lees, Kadett Axel, Kadett DuBois – Captain DuBois' Tochter –, sogar Lieutenant Allende, die ihr Studium vor zwei Jahren beendete und gerade von ihrem ersten Einsatz zurückkehrte. Sie ist mit Lieutenant LaFong befreundet, Carl LaFongs Bruder – er wurde vor kurzer Zeit von der *Lexington* zur *Constellation* versetzt. Hinzu kommt der Sprößling eines reichen Ferengi, der drüben bei Keynes Ökonomie studiert, der Sohn des Botschafters Daxal von Betazed ...«

»Man läßt einen *Telepathen* bei einer Pokerrunde zu?« Kimbal tastete nach dem Sensorfeld für die Jalousien, fand es jedoch nicht.

»Hm. So wie er verliert ... Es ist Beweis genug, daß er nicht mit seinen telepathischen Fähigkeiten mogelt. Das meint jedenfalls LaFong. Nun, es ist eine große Ehre, eingeladen zu sein. Und ich bin fest entschlossen, die Einladung anzunehmen, auch auf die Gefahr hin, wie ein Narr dazustehen. *Und* ich werde darauf achten, nicht zuviel zu gewinnen. Wenn ich viel verliere ... Damit ist soweit alles in Ordnung. Aber wenn ich gewinne, gibt's bestimmt böses Blut.«

Wesley durchquerte das Zimmer, ging zu seinem

eigenen Bett, streckte sich darauf aus und faltete die Hände hinterm Kopf. »Ich kann kaum glauben, daß ich gerade so etwas gesagt habe. Aber es ist die Wahrheit.«

Schließlich fand Kimbal das Sensorfeld. Er betätigte ein Schaltelement und ließ das graue Licht ungefiltert herein.

»Kommt das nicht einer besonderen Art von Mogeln gleich?« Fred grinste. »In der Art von ›Ich werde weder lügen noch betrügen oder stehlen oder zulassen, daß andere unter uns solche Sünden begehen‹?«

»Manchmal glaube ich, das sogenannte Direktorium hat eine eigene Version: ›Ich werde weder lügen noch betrügen oder stehlen, es sei denn, es bringt meine Karriere voran oder streichelt das Ego eines alternden Admirals.‹ Nein, das ist nicht fair. Es wird niemand aufgefordert, direkt zu lügen. Man beschränkt sich auf ein kluges, wohlüberlegtes Schweigen, wenn sich irgendein Offizier danebenbenimmt.«

»Äh, Wes, alter Kumpel?« Fred zögerte, als er sich auf das ihm unvertraute Terrain subtiler Rhetorik begab. Er befeuchtete sich die Lippen und fuhr fort: »Bestimmt hältst du mich für übergeschnappt, nach all dem, was ich über die Dummheit des Glücksspiels und so gesagt habe. Aber, äh, könnte ich dich vielleicht begleiten? Auch wenn ich nicht spielen darf … Ich gäbe mich damit zufrieden, einfach nur zuzusehen.«

»Du bist bereits mit von der Partie.«

»Na ja, es war immerhin eine Frage wert«, erwiderte Kimbal, der offenbar mit einer anderen Antwort gerechnet hatte. »Trotzdem besten Dank.«

Wesley drehte den Kopf und wartete darauf, daß der Groschen fiel. *Ein Nilpferd, zwei Nilpferde, drei Nilpferde, vier Nilpferde, fünf …*

»*Was hast du gesagt?*« Fred setzte sich ruckartig auf, ließ die Decke fallen und starrte seinen Stubengenossen groß an.

»Du bist bereits mit von der Partie. Als LaFong die Sache zum erstenmal erwähnte, habe ich nicht von dir gesprochen. Tut mir leid, aber ich wollte meine Chancen nicht durch das Risiko schmälern, mit dir in Verbindung gebracht zu werden. Du bist nicht gerade der geselligste Kadett an der Starfleet-Akademie, Fred.«

»Früher war's schlimmer mit mir«, verteidigte sich Kimbal.

»Stimmt. Auch daran habe ich gedacht. Und dann fiel mir ein, wie es sich anfühlt, immer derjenige zu sein, der *nicht* zur großen Pokerrunde eingeladen wird. Was mich dazu veranlaßte, LaFong darauf anzusprechen – woraufhin er die Einladung auf dich erweiterte. Aber ich mußte versprechen, daß du dich ordentlich benimmst, was in deinem Fall bedeutet, daß du dich von deiner allerbesten Seite zeigen mußt. Das sollte doch möglich sein, wenn du dich anstrengst, oder?«

Fred hob die linke Hand und legte die rechte aufs Herz. »Ich verspreche dir, in kein einziges Fettnäpfchen zu treten, Wes.«

»Du verzichtest auf unangebrachtes Lachen, dumme Witze und auch darauf, Nanci in die Bluse zu schauen?«

»Und wenn sie nicht merkt, daß ich ihr in die Bluse schaue?«

»Du siehst überhaupt nicht hinein, klar?«

»Ich schwöre es«, proklamierte Kimbal mit feierlichem Ernst.

»Und du ißt nichts. Du krümelst nur und holst dir schmierige Finger, mit denen du die Karten beschmutzt.«

»Ich darf *gar nichts* essen?«

Wesley runzelte die Stirn und überlegte. Er rieb sich das Kinn – und ließ die Hand rasch sinken, als er merkte, daß er damit unbewußt Commander Riker imitierte.

»Na schön«, sagte er. »Du kannst ein bißchen essen. Aber mit der Gabel, nicht mit den Händen.«

»Gilt das auch für Brezeln?«

»Hände weg von Brezeln! Mit den Dingern kommst du nicht zurecht! Wie gut bist du beim Poker?«

Fred lächelte. »Ich bin der perfekte Pokerspieler! Ich kenne die Wahrscheinlichkeit alle möglichen Blätter, mit allen Variationen.«

»Was ist mit den verschiedenen Pokerversionen? Draw? Stud? High-low?«

Fred nickte nachdrücklich. »Ich weiß genau, von welchen Karten man sich trennen muß und was ein Blatt taugt.«

»Angenommen, du bekommst vier Buben.«

Freds Gesicht strahlte wie eine Lampe, und seine Augen wurden so groß wie Untertassen.

Die Falten gruben sich tiefer in Wesleys Stirn. »Genau das habe ich befürchtet. Bist du jemals einem Vulkanier begegnet?«

»Einmal, glaube ich.«

»Denk wie ein Vulkanier. Denk ganz und gar rational, ohne irgendwelche Emotionen. *Sei* ein Vulkanier. Fred, wenn du bei LaFongs Pokerrunde auch nur den geringsten Hinweis auf dein Blatt gibst, wirst du für die anderen zu einem gefundenen Fressen. Ich habe den besten Spieler beobachtet: Commander Riker an Bord der *Enterprise*. Ob er einen Straight Flush in der Hand hielt oder wertloses Zeug – sein Gesichtsausdruck blieb immer völlig neutral. Es geht nicht nur darum, ein möglichst gutes Blatt zusammenzustellen und dann zu setzen. Poker ist auch und vor allem ein psychologisches Spiel. Riker meinte einmal, er könnte die Offiziersqualitäten einer Person erkennen, indem er nur einen Abend mit dem Betreffenden pokert.«

Fred schnitt ein Grimasse. »Oh-oh.«

»Ja, genau. Ich gebe dir einen guten Rat. Wenn du dich nicht direkt vor den Phaserbatterien befindest, das heißt, wenn du nicht als erster setzt … Beobachte die anderen, während sie ihre Karten betrachten und setzen. Versuch herauszufinden, was sie haben, bevor du deine eigenen Karten nimmst.«

»In Ordnung, Wes. Ich werde dich nicht in Verlegenheit bringen.«

»Und zögere nicht, eine Pause einzulegen, wenn du das aus irgendeinem Grund für notwendig hältst. Solche Pokerrunden dauern manchmal viele Stunden.«

»Wieviel Geld soll ich mitbringen?«

Wesley blinzelte überrascht und begriff plötzlich, daß er vergessen hatte, LaFong eine entsprechende Frage zu stellen. »Keine Ahnung. Hab es leider versäumt, mich danach zu erkundigen. Wieviel hast du?«

»Ich habe bereits die Wohngebühren und das Essen fürs nächste Semester bezahlt«, sagte Fred. »Einen Monat vor dem Abschluß bekommen wir noch einmal Geld. Ich schätze, ich könnte es mir leisten, ein oder auch zwei Latinumbarren zu verlieren.«

»Ein oder zwei Barren! Nun, so viel nehme *ich* nicht mit. Wenn das Spiel *so* heiß wird, geht es weit über meinen finanziellen Rahmen hinaus.«

»Es kommt nur darauf an, nicht zu verlieren«, erwiderte Kimbal. »Dann ist es völlig gleichgültig, wie heiß die Runde wird.«

Wesley stand auf, verschränkte die Arme und versuchte, streng zu wirken. »Eine schlechte Einstellung, Fred. Kannst du es dir wirklich leisten, ein oder zwei Latinumbarren zu verlieren?«

»Wofür soll ich das Geld denn sonst ausgeben? Für Tanzmädchen? Vielleicht für ein Dinner in der Blockhütte des Captains?«

»Na schön, Fred. Schlaf dich in der kommenden Nacht gut aus, denn morgen steht uns ein harter Tag bevor.«

*Diesen* Rat hätte er sich sparen können. Als er an jenem Abend heimkehrte, schlief Kimbal bereits. Wesley streckte sich auf seinem eigenen, makellosen Bett aus, das er jeden Morgen mit großer Sorgfalt in Ordnung brachte. Diese Angewohnheit stammte aus seiner Zeit an Bord der *Enterprise.* Dort hatte er das Bett unter dem kritischen Blick seiner Mutter gemacht – Starfleet-Straffheit und Krankenhaus-Ecken, das Schlimmste zweier Welten.

Er fand keine Ruhe. Die bevorstehende Pokerrunde erfüllte ihn mit immer mehr Unbehagen: Tief in seinem Innern befürchtete er, sich deutlich als Außenseiter zu erkennen zu geben. Ganz gleich, wie sehr er sich auch bemühte: Er würde es nie in den ›engsten Kreis‹ schaffen, ins Direktorium, ins Zentrum von Starfleet.

*Ich bin einfach nicht geeignet, um einmal Führungsoffizier zu werden,* dachte Wesley.

Seine Mutter Beverly Crusher hätte mit allem Nachdruck widersprochen, aber auch sie wies die Tendenz zum Außenseiter auf. Bei ihr fiel das allerdings nicht so sehr ins Gewicht, denn immerhin war sie Ärztin. Wenn man Patienten von Krankheiten befreite und ihnen gar das Leben rettete, so spielte es keine Rolle, ob man ›dazugehörte‹ oder nicht. Ein Arzt konnte alles sein, selbst ein schlampiger, unterentwickelter Misanthrop wie Fred – solange er Leute vor einem zu schnellen Wechsel ins Jenseits bewahrte.

*Wenn ich doch nur mehr nach meinem Vater käme,* überlegte Wesley. *Er ist der perfekte Insider gewesen. Wenn er noch am Leben wäre, hätte er bestimmt das Kommando über ein eigenes Schiff bekommen. Er war wie … wie Will Riker.*

Kadett Crusher verzog das Gesicht. Kam Riker einer Art Ersatzvater für ihn gleich? Dieser Gedanke beunruhigte ihn. Eins stand fest: Sein Vater war bestimmt nicht so gewesen wie Picard. Zumindest nicht wie der Picard, den Wesley kannte. Jean-Luc Picard erschien Wes zu beherrscht und ruhig. Eine derartige unerschütterliche Gelassenheit konnte er sich weder bei Jack Crusher noch bei Will Riker vorstellen.

Zu viele Gedanken gingen Wesley durch den Kopf. Nach einer Weile stand er auf – obwohl es sicher besser gewesen wäre, den Rat zu beherzigen, den er Fred gegeben hatte – und begab sich in die andere Hälfte des Zimmers. Er setzte ganz vorsichtig einen Fuß vor den anderen, aus Furcht, auf etwas Spitzes zu treten – oder gar auf etwas Weiches und Klebriges.

Mattes Sternenlicht fiel durchs Fenster. Direkt gegenüber sah Wesley die alte Ziegelsteinwand des Ionesco-Wohnheims. Er beugte sich vor, drehte den Kopf und blickte nach oben, zu einem kleinen Ausschnitt des Himmels, der ihm den Großen Bären zeigte.

Fred Kimbals letzte Erfindung stand im Regal, schien von innen heraus zu glühen. Angeblich wußte er nicht, wozu die Vorrichtung diente. *Wenn du mit dem Apparat weiterarbeiten willst … Er gehört dir.*

Derzeit bestand er aus einem Hauptprozessor und zwei Satellitenchips, einem Dutzend Datenmodulen, genug Glasfasersträngen, um alles miteinander zu verbinden (zweimal) und sogar zwei Kupferdrähten. Welchen Zweck sie erfüllten, blieb Wesley ein Rätsel. Nun, vielleicht hatte Fred die beiden Drähte nur deshalb hinzugefügt, weil ihm die Glasfasern ausgegangen waren.

Er nahm die Vorrichtung und trug sie zu seinem Bett. In der unordentlichen Hälfte des Zimmers konnte er einfach nicht arbeiten; er hatte dabei das Gefühl, von dem Gerümpel regelrecht umzingelt zu sein.

Wesley richtete ein Spotlight auf den Apparat und blieb zwischen der Lampe und Fred – um zu vermeiden, daß Kimbal von dem Licht geweckt wurde. Obwohl … Solche Dinge störten Fred nicht, wenn er im Reich der Träume weilte; dann störte ihn *überhaupt* nichts.

Anschließend verband er einen Tricorder mit dem Monitor und holte zwei spezielle Sensoren hervor. Er hielt sie an die Glasfaserstränge und Schaltungsstellen, begann systematisch damit, die technische Struktur des Apparats zu erfassen.

Vier Stunden später war er noch immer damit beschäftigt und hatte den Schlaf längst vergessen. Er arbeitete mit fieberhafter Intensität. Noch immer wußte er nicht, was die Vorrichtung zu leisten vermochte, aber sie stellte zweifellos eine der erstaunlichsten Erfindungen dar, die Kimbal bisher vollbracht hatte.

Die beiden Satellitenchips stammten vermutlich aus Replikatoren (Wesley wollte *nicht* wissen, aus welchen!), doch beim Hauptprozessor handelte es sich um eine Spezialanfertigung, die steuernde Aufgaben wahrnahm. Die Datenmodule speicherten Informationen in Hinsicht auf die Dirac-Zahlen von Chaseum-Kristallen, ihren ›Quanten-Zustand‹.

Wesley wußte jetzt zwar mehr über den Apparat, aber die Frage nach seinem tatsächlichen Leistungsvermögen blieb weiterhin ohne Antwort. Nur eins war klar: Er veränderte die Oberflächenkristalle und auch einige interne Strukturen, auf der Grundlage von sehr komplexen Modifikationsmustern.

Unter anderen Umständen hätte Wesley vielleicht den Versuch aufgegeben, eins von Freds ›Rätseln‹ zu lösen, wie er sie nannte. Für Fred Kimbal waren die allgemeinen Funktionsprinzipien vielleicht so klar wie der Himmel von Trillby 13, doch dem Kadetten Crusher erschien alles schleierhaft.

Diesmal aber setzte Wesley seine Analysen fort, denn der Aufbau des Schaltkreissystems zeigte so deutlich in eine ganz bestimmte Richtung, daß selbst Carl LaFong begriffen hätte, worum es ging.

Wes öffnete seinen Personal Computer (ein Geschenk von Beverly Crusher), entnahm ihm Glasfasern und einige weitere Prozessoren, die er mit neuen Anweisungen programmierte, bevor er sie dem wachsenden technischen Monstrum auf dem Bett hinzufügte.

Das Durcheinander störte ihn. Kurz entschlossen nahm er eine alte Uhr von der Wand und legte sie neben dem elektronischen Durcheinander aufs Bett. Einige Sekunden lang huschte sein Blick zwischen beiden Dingen hin und her. Dann gelangte er zu dem Schluß, daß das Gehäuse der Uhr genug Platz bot. Er öffnete sie, entnahm ihr die mechanischen Eingeweide und ließ sie in der Schublade verschwinden. Im Anschluß daran schob er die Vorrichtung ins nun leere Gehäuse und verwendete Haftklammern, um alles zu befestigen.

Das Ergebnis dieser Bemühungen war ein tellergroßes abgeplattetes Rotationsellipsoid, aus dem ein Schalter herausragte.

»Na schön, Kimbal, mal sehen, was du diesmal zustande gebracht hast.« Wesley zog die transparente Plastiglas-Schutzklappe auf und legte eine Gedenkmedaille ins Gehäuse. Sie bestand aus Chaseum und war zum fünfundzwanzigsten Jahrestag der Entwicklung dieses sehr nützlichen Metalls repliziert worden.

Er drehte den Knopf, der zuvor dazu gedient hatte, die holographischen Zeiger einzustellen.

Die Medaille waberte kurz, schien dann wie Butter in einer heißen Pfanne zu schmelzen. Der untere Bereich des ›Tellers‹ wurde zu heiß für Wesleys Finger, und er ließ das Gehäuse erschrocken aufs Bett fallen. Das Plastiglas knackte laut, aber Fred rührte sich nicht und schlief weiter.

Vorsichtig berührte Wesley die umfunktionierte Uhr. Sie war jetzt schon wieder viel kühler.

Er öffnete die Schutzklappe. Das Chaseum zeigte nun einen neuen, gelblichen Glanz. Wesley Crusher riß die Augen auf. Die Medaille bestand jetzt aus in Gold gepreßtem Latinum.

# 4

Programmieren Sie einen Kurs nach Novus Alamogordus«, sagte Commander Riker.

Man hatte Zorka die Hälfte eines kleinen Planeten für seine Experimente zur Verfügung gestellt. Die meisten von ihm entwickelten Dinge – beziehungsweise die *angeblich* von ihm entwickelten Dinge, verbesserte sich Riker und dachte dabei an Geordi La-Forges Skepsis – konnten ziemlich gefährlich werden. Erstaunlicherweise gab es auf der anderen Seite des Planeten ein nobles Hotel samt Spielkasino, durch einen mittelgroßen Ozean von Zorkas Laboratorien getrennt.

»Ein solcher Kurs führt uns aus dem stellaren Territorium der Föderation, Sir«, erwiderte Commander Data.

*Ein dummes Ritual,* dachte Riker. Er wußte natürlich, daß sich Novus Alamogordus außerhalb der Föderationsgrenzen befand. Data wußte es, ebenso wie die übrigen Angehörigen der Brückencrew. Auch Picard wußte es – aber er befand sich in seiner Unterkunft und las dort Berichte über Zorkas (vermeintliche) Erfindungen. Trotzdem: Die Vorschriften der Standardisierung der Raumflug-Ausbildung und Einsatz-Verfahren verpflichteten Navigator und Kommandant, die rituellen Worte laut auszusprechen. Auf diese Weise konnte man beide als verantwortliche Personen identifizieren, falls die *Enterprise* außerhalb der Föderation zerstört wurde.

»Hinweis zur Kenntnis genommen«, sagte Riker und vervollständigte damit das Ritual.

»Kurs programmiert, Sir«, meldete Data.

»Beschleunigen Sie auf Warp ...« Riker zögerte, sah auf den elektronischen Datenblock und scrollte durch die von Starfleet übermittelte Einsatzorder.

Commander Will Riker blieb auch weiterhin absolut ruhig.

Schließlich drehte Data den Kopf und bedachte den Ersten Offizier mit einem fragenden Blick. »Sir? Welchen Warpfaktor wünschen Sie?«

Riker schüttelte den Kopf. *Es muß hier irgendwo stehen!* Aber ganz gleich, wie oft er die Order durchging – nirgends fand er eine Genehmigung dafür, die übliche Höchstgeschwindigkeit von Warp fünf zu überschreiten. Mehr ließ die Allgemeine Warpfaktor-Geschwindigkeitsbeschränkung, Befehl Nummer 44556-34, nicht zu.

Riker suchte mit den Schlüsselworten *Warp* und *Geschwindigkeit* sowie mit den Zahlen 5 und 44556-34. Ohne Erfolg.

»Commander Riker?« fragte Data.

»Bitte warten Sie«, erwiderte der Erste Offizier. »Computer, suche in den jüngsten Mitteilungen von Starfleet Command nach der Erlaubnis, schneller zu fliegen als mit Warp fünf. Wurde eine solche Genehmigung erteilt?«

»Negativ«, ertönte die Sprachprozessorstimme.

»Verdammt!« Riker verschränkte die Arme und neigte verärgert den Kopf nach hinten. »Wie sollen wir die Auktion rechtzeitig erreichen, wenn wir höchstens mit Warp fünf fliegen dürfen?«

Stille. Riker öffnete die Augen und beugte sich vor. »Wie können wir mit Warp fünf einigermaßen pünktlich sein?«

Data sah den Ersten Offizier auch weiterhin ruhig an.

»Das war keine rhetorische Frage!« fügte Riker scharf hinzu.

»Tatsächlich nicht? Bitte entschuldigen Sie, Sir. Ich habe angenommen, daß es sich um eine der Fragen handelt, die keine Antwort erfordern.« Der Androide runzelte die Stirn und nutzte das ganze Potential seines positronischen Gehirns für rasche Elaborationen. »Mit der unter normalen Umständen maximalen Geschwindigkeit von Warp fünf erreichen wir Novus Alamogordus in etwa sechs Tagen und dreizehn Stunden. Die Auktion beginnt in drei Tagen. Vielleicht dauert sie noch an, wenn wir eintreffen.«

»Aber dann ist sie schon dreieinhalb Tage im Gange. Bleibt dann noch etwas für uns übrig als nur die Tische und Stühle?«

»Ich weiß es nicht, Sir. Wahrscheinlich versteigert Bradford junior die Tische und Stühle zuerst, um die wichtigen Sachen bis zum Schluß aufzusparen. Wenn das der Fall ist, sind wir noch rechtzeitig genug zur Stelle, um für die photonische Impulskanone und andere wichtige Apparaturen zu bieten.«

Riker strich sich über den Bart. »Das ist doch lächerlich. Der Föderationsrat hat auf die enorme Bedeutung der Versteigerung hingewiesen. Das bedeutet zweifellos, daß wir mit Höchstgeschwindigkeit nach Novus Alamogordus fliegen sollen!«

»Ich sehe mich außerstande, Ihrer Argumentation zu folgen, Sir. Unser Einsatzbefehl kommt von Starfleet, nicht vom Föderationsrat, der uns keine Anweisungen erteilen kann. Er muß sich an Starfleet Command wenden und die dort zuständigen Stellen davon überzeugen, daß es notwendig ist, in diesem besonderen Fall die Geschwindigkeitsbeschränkung außer Kraft zu setzen. Wenn uns anschließend ein entsprechender Hinweis erreicht, dürfen wir schneller fliegen als nur mit Warp fünf. Ich halte es für verkehrt, nach irgendwelchen Gründen dafür zu suchen, warum

Starfleet im Einsatzbefehl diesen Punkt unerwähnt ließ.«

»Sie meinen, wir könnten in Teufels Küche kommen, wenn wir von einer stillschweigend erteilten Genehmigung ausgehen.«

»Ja, Sir – obwohl ich es anders ausdrücken würde.«

»Schicken Sie Starfleet eine Subraum-Nachricht, Data. Wecken Sie die Leute auf. Wir brauchen eine Erlaubnis! Und bis sie eintrifft ... Gehen Sie auf Warp fünf.« Riker schüttelte den Kopf. Die Versäumnisse der Bürokraten erstaunten ihn immer wieder.

»Riker an Picard.«

»Hier Picard«, klang die Stimme des Captains aus dem Kom-Lautsprecher. »Was ist los, Nummer Eins?«

»Wir haben ein Problem.«

»Kommen Sie in mein Quartier, Will. Wir erörtern es hier.«

Will Riker saß Captain Picard gegenüber, der mit gerunzelter Stirn über die Situation nachdachte. Die Stille dauerte an, und Riker widerstand nur mit Mühe der Versuchung, erneut vorzuschlagen, die üblichen Geschwindigkeitsvorschriften einfach zu ignorieren.

Schließlich beendete der Captain das Schweigen. »So sehr ich es auch bedauere: Ich muß Data recht geben. Wenn Starfleet gewollt hätte, daß wir schneller fliegen als mit Warp fünf, so wäre der Einsatzorder ein entsprechender Hinweis hinzugefügt worden.«

»Wahrscheinlich hat man es vergessen.«

»Das ist möglich. Aber wir dürfen nicht ohne weiteres von einer solchen Annahme ausgehen.«

»Mit Warp fünf erreichen wir Novus Alamogordus erst, wenn die wichtigen Dinge bereits versteigert sind.«

Picard schnitt eine Grimasse. »Ja, diese Gefahr besteht tatsächlich. Und ich bin ebenso wie Sie der Ansicht, daß wir angesichts der besonderen Umstände nicht an die normalen Geschwindigkeitsvorschriften gebunden sein sollten. Es ist von zentraler Bedeutung für den interstellaren Frieden, daß Zorkas Waffen nicht den Cardassianern oder gar den Romulanern in die Hände fallen – vorausgesetzt natürlich, es handelt sich dabei nicht nur um irgendwelche Hirngespinste. Ich bin ziemlich sicher, daß wir mit der derzeit wichtigsten Starfleet-Mission beauftragt sind.«

»Dann dürfte dies ein kleines Risiko wert sein.«

»Die Überschreitung der sicheren Maximalgeschwindigkeit bei einem Warptransfer ist wohl kaum ein ›kleines Risiko‹, Nummer Eins. Sie erinnern sich bestimmt daran, was in jenem Subraum-Korridor geschah. Stellen Sie sich vor, daß in den zentralen Bereichen der Föderation viele Subraum-Singularitäten entstehen. So etwas könnte das Ende für den Völkerbund bedeuten.«

»Es war ein besonderer Fall!«

»So heißt es immer, Nummer Eins. Wie dem auch sei: Ich glaube, diesmal ist die Sache wirklich ein Risiko wert.«

Riker öffnete den Mund, doch Picard kam ihm zuvor und sagte: »Allerdings steht uns eine derartige Entscheidung nicht zu. Nur Starfleet Command kann eine solche Feststellung treffen und uns die Genehmigung erteilen, schneller als mit Warp fünf zu fliegen.« Er lächelte schief und griff nach einer Datenkassette, drehte sie hin und her. »Warten wir ab, bis wir Antwort vom Hauptquartier bekommen. Bestimmt teilt man uns mit, daß wir bis auf maximale Warpgeschwindigkeit beschleunigen dürfen. Wenn auch nur zehn Prozent der angeblichen Erfindungen tatsächlich funktionieren, so könnte sich Novus Alamogordus als eine Art Latinummine des wissenschaftlichen Fortschritts für uns erweisen – beziehungsweise für denjenigen, der die anderen Auktionsteilnehmer überbietet.«

Picards Türmelder summte.

»Herein«, sagte der Captain. Das Schott glitt beiseite, und Commander Data betrat die Unterkunft.

»Sir, wir haben eine Antwort von Starfleet auf unsere Anfrage bekommen.« Der Androide zögerte kurz. »Die Erteilung einer Erlaubnis für die Überschreitung der zulässigen Höchstgeschwindigkeit von Warp fünf wird vorübergehend ausgesetzt.«

»Ausgesetzt?« entfuhr es Riker ungläubig. »Mit anderen Worten: Starfleet lehnte es ab, uns eine Genehmigung zu erteilen?«

»Nun, es ist keine *Ablehnung* im eigentlichen Sinn. Starfleet weist darauf hin, daß man innerhalb der nächsten vierundzwanzig Stunden eine Entscheidung trifft.«

»Wurde darauf hingewiesen, worin das Problem besteht?« fragte Picard.

Data nickte. »Captain Bluth, Admiral Vernors Adjutant, erwähnte, daß der Dialog zwischen der Föderationsgesellschaft für die Weiterentwicklung der Wissenschaft und dem exoökologischen Forschungsrat der Föderation ins Stocken geraten ist. Letzterer wurde extra gegründet, um die Auswirkungen von Warp-Aktivitäten zu untersuchen – sehr zum Unwillen der FGWW-Wissenschaftler, die den Standpunkt vertreten, daß es besser gewesen wäre, ihren eigenen Unterausschuß damit zu beauftragen. Statt dessen muß er sich mit einer reinen Beratungsfunktion begnügen. Die eigentlich wichtigen Beschlüsse werden im EFF gefaßt.«

Picard und Riker sahen sich verblüfft an.

»Ein Streit zwischen Bürokraten?« brachte der Erste Offizier schließlich hervor. »Wir können nicht rechtzeitig bei der Auktion sein, weil sich zwei Gruppen von Wissenschaftlern befehden?«

Data nickte erneut. »Darauf läuft es hinaus, Sir. Die

FGWW weiß, daß die Versteigerung den Frieden in diesem Quadranten gefährden könnte, aber ihr fehlt die Autorität, die Geschwindigkeitsvorschriften für uns außer Kraft zu setzen. Darüber hinaus lehnt sie Verhandlungen mit dem EFF ab – der zwar befugt wäre, uns eine höhere Geschwindigkeit zu gestatten, jedoch nichts von der Wichtigkeit der Auktion weiß.«

»Schicken Sie dem exoökologischen Forschungsrat der Föderation eine Dringlichkeitsnachricht, Data«, sagte Picard. »Erklären Sie die Situation. Und fügen Sie eine Kopie der FGWW-Analyse hinzu, aus der die strategische Bedeutung der Laboratorien von Novus Alamogordus hervorgeht.«

»Aye, Sir«, bestätigte der Androide.

»Sie können gehen.«

Data verließ das Quartier, um die Anweisungen des Captains auszuführen.

Eine Zeitlang schwiegen Riker und Picard. Dann sprachen beide gleichzeitig.

»Geordi!« platzte es aus dem Ersten Offizier heraus.

»LaForge!« sagte der Captain.

»Ich setze mich sofort mit ihm in Verbindung. Die Klingonen haben sich zwar offiziell dazu verpflichtet, das Warplimit ebenfalls zu beachten, aber meistens halten sie sich nicht daran. Kurn nimmt die Order, so schnell wie möglich nach Novus Alamogordus zu fliegen, bestimmt wörtlich. Die Höchstgeschwindigkeit eines klingonischen Scoutschiffes ist ...« Riker überlegte kurz. »Warp acht Komma drei, wenn ich mich recht entsinne.«

»Picard an Data.«

»Hier Data, Sir.«

»Angenommen, Captain Kurn fliegt mit Höchstgeschwindigkeit nach Novus Alamogordus. Wann trifft er dort ein?«

Zwei oder drei Sekunden verstrichen, bevor Data

antwortete. »Nach meinen Berechnungen würde er Novus Alamogordus vier Stunden vor Beginn der Auktion erreichen.«

»Perfekt.« Riker stand auf. »Ich öffne einen Subraum-Kommunikationskanal und rede mit Geordi.«

Picard lächelte. »Hoffen wir, daß Kurn die ›Fehlfunktionen‹ im Kom-System inzwischen beseitigt hat.«

Kurze Zeit später befand sich der Erste Offizier wieder im Kontrollraum der *Enterprise.* Der große Wandschirm zeigte Worf und Geordi in ihrer Unterkunft: einem geradezu winzigen Zimmer, zwei Decks über dem Maschinenraum des Scoutschiffes.

»Ich soll *was?*« fragte Lieutenant Commander Geordi LaForge.

»Sie haben mich richtig verstanden, Commander.«

»Ja, Sir, aber ... Ich fürchte, Kurn läßt uns diesmal nicht so lange miteinander reden wie beim letztenmal. Er ist noch immer sauer, weil sein Versuch mißlang, unsere Kom-Signale zu entschlüsseln.«

»Vielleicht sind wir nicht imstande, Novus Alamogordus rechtzeitig zu erreichen ...«

»Sir? Mit Warp neun brauchen Sie nur ...«

»Wir können nicht mit Warp neun fliegen.« Riker erläuterte die Situation mit einigen knappen Worten.

Geordi wirkte fassungslos. »Das kann doch nicht Ihr Ernst sein! Ich soll für Doktor Zorkas angebliche Erfindungen bieten?«

»Ich habe keine Bitte an Sie gerichtet, Geordi.« Riker hielt unwillkürlich den Atem an. Für LaForge gab es jetzt zwei mögliche Reaktionen ...

»Sie scherzen!«

»Nein, ich meine es ernst. Sie erreichen Novus Alamogordus drei Tage vor uns und sind ein Führungsoffizier. Sie werden für die photonische Impulskanone und alle anderen nützlichen Dinge bieten.«

Geordi schürzte die Lippen. »Tut mir leid, Sir«,

sagte er schließlich. »Aber dazu sehe ich mich außerstande.«

»Was soll das heißen? Ich habe Ihnen einen direkten Befehl erteilt!«

»Na schön. Dann werde ich so viel bieten, wie ich für angemessen halte: nichts.«

Will Riker preßte die Lippen zusammen. In Gedanken zählte er bis acht und versuchte, nicht die Beherrschung zu verlieren. »Mister LaForge, ich gebe Ihnen hiermit den offiziellen Auftrag, für Zorkas Erfindungen zu bieten, und zwar genug, um sie für uns zu erwerben. Wir können nicht zulassen, daß eine photonische Impulskanone in die falschen Hände gerät – womit alle Hände gemeint sind, die nicht uns gehören!«

Geordi schüttelte langsam den Kopf. »Ich bedauere sehr, Sir. Ich habe meinen Eid vor der Föderation und Starfleet abgelegt, nicht vor einer bestimmten Person. Meine Pflicht besteht darin, die Protokolle des Völkerbunds zu verteidigen. Was in diesem Fall bedeutet, daß meine Angebote bei der Auktion nicht über das hinausgehen können, was Zorkas ›Erfindungen‹ meiner Meinung nach wert sind: nichts. Wenn ich mehr böte, würde ich meinen Eid als Starfleet-Offizier verletzen.«

Riker starrte ihn groß an. *Wenn Deanna hier wäre …,* dachte er. *Dann bekäme ich bestimmt ein ›Ich spüre Zorn‹ von ihr zu hören.*

»Nun gut, Lieutenant Commander. Bieten Sie soviel, wie Sie mit Ihrem Gewissen vereinbaren können. Riker Ende.« Und damit unterbrach er die Verbindung.

»Aye, Sir«, sagte Lieutenant Commander Geordi LaForge, bevor er begriff, daß überhaupt kein Kom-Kontakt mehr bestand. Commander Riker war vom Bildschirm verschwunden, und das Starfleet-Symbol ersetzte ihn.

»LaForge Ende«, murmelte Geordi und deaktivierte den Monitor.

*Meine Güte!* fuhr es ihm durch den Sinn. *Ich habe gerade meine Chance vertan, irgendwann einmal ein eigenes Kommando zu bekommen.* Mit dem Gefühl, im Recht zu sein, wandte er sich an Worf.

»Und jetzt?«

»Ich kann Ihnen keinen Rat geben, Sir. Bieten Sie, was Sie für richtig halten.«

»Ja. Das ist leicht gesagt ... Sie brauchen sich nicht vor Riker zu rechtfertigen, wenn dies alles vorbei ist und wir mit leeren Händen zur *Enterprise* zurückkehren.«

»Aber wenn Sie recht haben, wenn Doktor Zorkas Erfindungen wirklich nichts wert sind ...«

»Wie soll ich Commander Riker und Starfleet davon überzeugen? Wenn sich die Cardassianer mit der photonischen Impulskanone auf und davon machen ... Sie wären bestimmt nicht bereit, uns gegenüber zuzugeben, daß sie einen Haufen Schrott ersteigert haben. Es gibt *nicht die geringste* Möglichkeit für mich zu beweisen, daß jene Dinge absolut wertlos sind.«

Worf runzelte die Stirn. »Sie müssen Ihre Pflicht so erfüllen, wie es Ihrer Meinung nach am besten ist. Selbst wenn man ungerechte Vorwürfe gegen Sie erhebt: Tief in Ihrem Herzen wissen Sie, daß sie richtig gehandelt haben. Wenn man einen Klingonen mit etwas Unmöglichem beauftragt, so wird er nicht über eine Situation klagen, auf die er keinen Einfluß hat.«

»Ja, ja, ich weiß, aber ... Wie soll ich meine Pflicht erfüllen, ohne anschließend den Rest meiner Dienstzeit als Kellner in Zehn-Vorne zu verbringen?«

Worf öffnete den Mund, um zu antworten, doch das fast schrille Summen des Interkom-Systems kam ihm zuvor.

»Lieutenant Worf, kommen Sie unverzüglich zur

Brücke!« erklang die scharfe Stimme Commander Kuraks.

Worf schloß den Mund wieder, schnitt die für einen klingonischen Krieger typische finstere Miene und ging. Geordi LaForge blieb allein mit seinem Kummer zurück.

Worf betrat den Kontrollraum der *tlhIngan bIQDepHey Huj So'bogh naghmey 'ej veS qa«a' jaghpu' ghoqbogh 'oH.* »Lieutenant Worf, Vereinte Föderation der Planeten«, meldete er förmlich.

Kurn saß im Kommandosessel und nahm die Haltung des *Denkers* ein: den Oberkörper nach vorn gebeugt, den Ellenbogen aufs Knie gestützt, das Kinn auf die zur Faust geballte Hand.

Worf wartete, bekam jedoch keine Antwort. Nach einer Weile gelangte er zu dem Schluß, daß sich sein Bruder mehr als das zulässige Maß an familiärer Unverschämtheit erlaubte.

»Muß ich den Imperator Kahless bitten, mich vorzustellen?« fragte er auf Klingonisch. Es war eine ziemlich grobe Beleidigung, denn hochrangige Klingonen stellten keine Untergebenen vor.

Auf Kurn entfalteten die Worte eine erstaunliche Wirkung. Er sprang auf, und in seinen Augen funkelte es, als er Worf ansah. »Woher weißt du davon? Bespitzelst du mich etwa?«

»Woher soll ich was wissen? Wovon redest du, Theoretiker?«

Kurn schnaufte, als er die neuerliche Beleidigung hörte – sie blieb allerdings im Rahmen dessen, was angesichts einer engen Verwandtschaft als tolerierbar galt. »Ich bin zu sehr mit den Aufgaben eines Kriegers beschäftigt, um einer unwichtigen Person Banales zu erklären.« Er winkte. »Meine Assistentin wird dir alles erklären.«

Der überaus attraktive Politoffizier der *Verborge-*

*ner Fisch* sah auf. »Der klingonische Hohe Rat hat entschieden, daß Lieutenant Worf das klingonische Imperium bei der Versteigerung vertreten soll. Sie erhalten hiermit den Auftrag, für alle nützlichen militärischen und wissenschaftlichen Objekte zu bieten.«

Worfs Augen wurden ein wenig größer, doch er erinnerte sich rechtzeitig genug an die Worte, die er vor wenigen Minuten an Geordi LaForge gerichtet hatte. Als stoischer Krieger neigte er kurz den Kopf. »Ich bedanke mich für die große Ehre, die mir Imperator Kahless zuteil werden läßt. Ich werde mich bemühen, den Erwartungen des Hohen Rates gerecht zu werden und das Imperium bei der Auktion so gut wie möglich zu vertreten.«

Worf blickte kurz zu seinem Bruder, der nun wieder im Kommandosessel saß und die gleiche Haltung einnahm wie zuvor. Er empfand es offenbar als einen gegen ihn gerichteten Affront, daß der Rat nicht ihn, sondern Worf gewählt hatte – einen Klingonen, der die Föderation für seine Heimat hielt, und nicht einen Klingonen, der sich in der imperialen Flotte nach oben gearbeitet hatte. Kurn sah kaum Bedeutung in dem Umstand, daß Worf der ältere Bruder war und seit der Wiederherstellung familiärer Ehre das Recht beanspruchen konnte, die Familie bei allen offiziellen Anlässen zu repräsentieren.

Nach einigen Sekunden drehte sich Worf um und ging, ohne der Versuchung nachzugeben, sich mit einer spöttischen Bemerkung zu verabschieden. Angesichts von Kurns gegenwärtiger Stimmung bestand die Gefahr, daß ihn sein Bruder ohne Raumanzug ins All schickte.

Kummervoll kehrte Worf zu einem nicht minder kummervollen LaForge zurück.

»Wieviel wollen Sie für Zorkas Kram bieten?« fragte Geordi.

»Das hängt ganz davon ab, wieviel die anderen Auktionsteilnehmer auszugeben bereit sind.«

»Wenn die Cardassianer und Romulaner wertvolles Latinum für nutzloses Zeug verschwenden – wäre es dann undiplomatisch von den Klingonen, ihrem Beispiel nicht zu folgen?«

Worf rollte mit den Augen.

»Ich versichere Ihnen, daß Doktor Zorka nie irgend etwas Vernünftiges entwickelt hat«, betonte Geordi. »Seine Erfindungen sind nicht einmal die Zeit wert, die es kostet, ihre Ankündigungen in den Fachzeitschriften zu lesen – von Latinum ganz zu schweigen. Ich sehe nicht den geringsten Sinn darin, Geld für Vaporware zu vergeuden.«

»Ihre Ansichten über Doktor Zorkas Arbeit sind mir sehr wohl bekannt, Commander«, erwiderte Worf. »Aber ich muß selbst eine Entscheidung treffen.«

»Oh, natürlich! Ich wollte Sie keineswegs verärgern, Ihnen nur einen Rat anbieten.«

»Danke, Sir. Wenn ich jetzt etwas schlafen könnte ... Es ist ein langer Flug nach Novus Alamogordus, selbst mit Warp acht.«

Geordi streckte sich auf der oberen Koje aus. »Licht aus«, sagte er.

Nichts geschah. Verwirrungsfalten bildeten sich in LaForges Stirn – und dann fiel ihm ein, daß sie sich an Bord eines klingonischen Scoutschiffes befanden. Bevor er den Lichtschalter betätigen konnte, kam Worfs große Hand nach oben und tastete nach der Schaltfläche. Eine Sekunde später war es dunkel in dem kleinen Quartier.

Nach einer Weile räusperte sich Geordi.

»Vielleicht, äh, sollte ich Ihnen erzählen, was in Kuraks Unterkunft passiert ist.«

»Dabei handelt es sich um Privatangelegenheiten, die mich nichts angehen, Sir.«

»Falls Sie glauben, zwischen Kurak und mir hätte sich irgend etwas abgespielt ... Das ist ein Irrtum.«

»Ich möchte nicht den Eindruck erwecken, mich für Ihre privaten Dinge zu interessieren, Commander«, entgegnete Worf. Geordi glaubte, trotz der Worte einen Hauch Neugier in der Stimme des Klingonen zu hören.

»Erinnern Sie sich daran, daß mir Kurak ein holographisches Modell zeigen wollte?« fuhr er fort.

»Das Modell einer alten Warpspule. Ja, ich erinnere mich daran.«

»Nun, sie *hat* es mir gezeigt.«

Worf schwieg.

»Und das ist alles«, sagte LaForge. »Kurak zeigte mir das Modell. Es war nicht einmal besonders gut.«

Eine Koje tiefer vernahm Geordi ein seltsames Grollen. »Möglicherweise ist Commander Kurak eine zu scharfe Klinge für Sie, Sir.«

»Eine zu scharfe Klinge? Meinen Sie damit, daß sie kein echtes Interesse an mir hat?«

»Vielleicht. Vielleicht auch nicht. Wenn ich jetzt schlafen könnte, Sir ... Ein arbeitsreicher Tag erwartet uns.«

Nach einigen Sekunden begann Geordi leise zu lachen. Sein Kichern dauerte mehrere Minuten – bis plötzlich eine Gestalt aufragte, ein finsterer Schemen, der sich vor dem Glühen der Chronometer-Anzeige abzeichnete.

Worf war aufgestanden.

»Oh«, sagte Geordi. »Entschuldigen Sie bitte. Ich wollte Sie nicht wecken.«

»Gibt es sonst noch etwas, Sir?« fragte Worf, und jetzt ließ sich eine fast drohende klingonische Schärfe in seiner Stimme vernehmen.

»Ich mußte gerade an Commander Riker denken. Stellen Sie sich vor, wie er im Kommandosessel sitzt und sich über die verdammte Geschwindigkeitsbeschränkung ärgert.«

»Ich finde das keineswegs amüsant. Er hält sich nur an die Befehle.«

»Ja, aber ich schätze, innerlich kocht er so sehr, daß er eigene kleine Warpstrudel verursacht.«

Worf brummte etwas Unverständliches und kroch wieder unter die Decke. Nach kurzer Zeit schnarchte er – es klang nach einem alten, reparaturbedürftigen Ionenantrieb.

# 5

Wesley Crusher erwachte und blinzelte – im Zimmer war es plötzlich so hell wie im Innern einer Nova.

Schläfrig setzte er sich auf. Fred Kimbal stand am Ostfenster und hatte den elektronischen Filter deaktiviert, um das Licht der Morgensonne hereinfluten zu lassen.

Wesley drehte sich auf die Seite und sah eine leere Stelle an der Wand. Jemand hatte seine Uhr gestohlen!

Von einem Augenblick zum anderen fielen ihm die Ereignisse der vergangenen Nacht ein.

»Wie spät ist es, Fred?« fragte er und rang mit seiner Benommenheit.

»Halb sieben«, antwortete Kimbal. Er klang geradezu unanständig wach. »Los, raus aus den Federn!«

»Heute finden keine Vorlesungen oder Übungen statt.«

»Und wenn schon. Morgenstund' hat Gold im Mund!«

Wesley schnitt eine Grimasse. »Was ist bloß in dich gefahren?«

»He, wo steckt mein Spielzeug? Ich wollte es dir zeigen. Hast du es gestern abend gefunden?«

Wesley rieb sich die Augen und kehrte ganz aus dem Reich der Träume zurück. »Wir müssen da über etwas reden, Fred. Gestern abend habe ich deine Erfindung untersucht und fand sie immer interessanter. Es, äh, gelang mir, den Apparat zu vervollständigen.«

»Tatsächlich? Und was stellt er an?«

»Weißt du das wirklich nicht?«

Kimbal zuckte mit den Schultern. »Ich habe ein paar Tage damit verbracht, die Eigenschaften von Latinum und Chaseum zu erfassen und zu vergleichen. Zwei miteinander verbundene Replikator-Prozessoren sollten einen Wechsel zwischen den beiden Zustandsformen ermöglichen, die Balmer-Spektrallinien hin und her schieben. Ich wollte feststellen, ob die spektralen Ähnlichkeiten wirklich so umfassend sind, wie ich vermute, oder ob es subtile, bisher noch verborgene Unterschiede gibt. Nun, wofür läßt sich der Apparat verwenden?«

Wesley nahm die nun aus Latinum bestehende Gedenkmedaille vom Nachtschränkchen und warf sie seinem Stubengenossen zu.

»Schwer«, kommentierte Kimbal. »Gehört das zu deinem Poker-Kapital?«

»Sieh genauer hin.«

Fred kam der Aufforderung nach und riß die Augen auf. »Lieber Himmel!« entfuhr es ihm. »Du hast das Ding in Latinum verwandelt!«

»Nein, *du* hast es in Latinum verwandelt. Allerdings nicht *wirklich.* Rein theoretisch handelt es sich nach wie vor um Chaseum, doch selbst der Tricorder kann keinen Unterschied feststellen. Das Metall sieht wie Latinum aus und scheint auch alle Eigenschaften von Latinum zu haben.«

»Was fangen wir damit an?«

»Oh, da habe ich eine gute Idee«, sagte Wesley. »Laß uns den Apparat irgendwo vergraben, Fred. Im Ernst. Oder besser noch: Desintegrieren wir ihn mit einem Phaser. Kleine Jungen wie wir sollten nicht mit so gefährlichen Dingen spielen.«

Kimbal richtete einen nachdenklichen Blick auf Wesley. »Wie wär's, wenn wir das Gerät vorher noch ein wenig, äh, testen? Ich kenne da einen ziemlich heruntergekommenen Schuppen im Geldglanzweg des Ferengi-Viertels, und dort ...«

Kimbal klappte den Mund zu, als er Wesleys Gesichtsausdruck sah.

»Na, dann eben nicht.«

»Der Apparat ist gefährlich, Fred. Andererseits ... Vielleicht sollten wir ihn erst verschwinden lassen, wenn wir eine bessere Vorstellung von seinem wahren Potential gewonnen haben. Wie lange bleibt das veränderte Chaseum stabil? Wird auch das spezifische Gewicht modifiziert, auf das Niveau von Latinum angehoben?«

»Das müßte eigentlich der Fall sein. Ich erinnere mich vage daran, die molekulare Trennung in den Kristallen manipuliert zu haben. Dabei ging es um die Dichte und so.«

»Diese Sache hat's in sich, Fred. Weißt du, kriminell veranlagte Leute könnten den Apparat nutzen, um so reich zu werden wie die Trump-Familie.«

»Trump? So hieß doch der Typ, der alles in Latinum verwandelte, was er berührte, nicht wahr?«

»Ich glaube schon. Im Grunde genommen haben wir es genau damit zu tun. Begreifst du denn nicht, Fred? Wir könnten beliebige Mengen von Chaseum replizieren und in das beste jemals gefälschte Latinum verwandeln! Mir graut bei der Vorstellung, daß der Apparat in die falschen ...«

»Was?«

Wesley schüttelte fassungslos den Kopf. »Schon gut. Wir testen das Gerät – und anschließend nehmen wir es auseinander.«

»Eigentlich ist das gar nicht möglich.«

»Was ist gar nicht möglich?«

»Die Replikation beliebiger Mengen von Chaseum. Derzeit können wir überhaupt nichts replizieren.«

»Und warum nicht?«

Fred lächelte schief und deutete auf den Apparat im Uhrgehäuse. »Weil die Prozessoren der beiden einzigen Replikatoren in diesem Wohnheim dort drin stecken.« Er lachte schelmisch. »Ich habe sie mir ausgeliehen.«

»Das darf doch wohl nicht wahr sein!« stöhnte Wesley. »Doch, es *ist* wahr!« Er schlug die Hände vors Gesicht. »Fred, ist dir eigentlich klar, daß gleich achtunddreißig Kadetten den Speisesaal aufsuchen und sich nach einem Becher Kaffee sehnen? Kurze Zeit später finden achtunddreißig Kadetten heraus, daß die Replikatoren nicht mehr funktionieren. Und bestimmt erinnern sie sich dann an dein Interesse für bestimmte elektronische Komponenten …«

Jemand hämmerte wütend an die Tür. »Kimbal, du miese Ratte!« ertönte die normalerweise melodisch klingende Stimme von Jenny DuBois. »Mach sofort auf und gib mir Kaffee, du verdammter Dieb!«

Fred richtete einen flehentlichen Blick auf Wesley.

»Erwarte jetzt bloß nicht von mir, daß ich für dich die Kastanien aus dem Feuer hole, Kimbal. Ich habe vor, noch ein wenig zu schlafen.« Wesley legte sich wieder hin und zog die Decke bis zum Kopf hoch. »Weck mich, wenn alles vorbei ist«, murmelte er, als Fred zur Tür eilte, um DuBois zu beruhigen.

An jenem Abend bestand Wesley darauf, daß Fred etwas aß – während der Pokerpartie sollte er nicht von Hunger abgelenkt werden. Allerdings durfte er auch nicht zuviel essen, weil sonst die Gefahr bestand, daß er müde wurde und einschlief. Außerdem dachte Wesley voller Sorge an Kimbals Kleidung und seine Manieren. Nur zu gut erinnerte er sich an seine eigene Ankunft in der Akademie, nachdem es ihm endlich gelungen war, die Aufnahmeprüfung zu bestehen. An Bord der *Enterprise* hatte er kaum Gelegenheit gefunden, Zeit in der Gesellschaft von Gleichaltrigen zu verbringen, mit dem Ergebnis, daß er nur wenig über die aktuelle Jugendkultur wußte.

Über lange Jahre hinweg mußte Wesley lernen, was

man bei bestimmten Gelegenheiten sagte und – noch wichtiger – was man *nicht* sagte. Kein Zweifel: Heute kam er in dieser Hinsicht wesentlich besser zurecht als damals.

Der schreckliche Zwischenfall am Ende des ersten Studienjahrs führte jedoch dazu, daß Wesley nicht mehr für die Elite in Frage kam. Er konnte höchstens hoffen, daß man ihn tolerierte, und Ähnliches galt in diesem Fall auch für Kimbal. Wes erwartete von seinem Stubengenossen nur, daß er ihn nicht in Verlegenheit brachte.

Irgendwie hatte es Carl LaFong geschafft, einen Pendelverkehr von den einzelnen Wohnheimen zu dem aus acht Zimmern bestehenden Apartment in der Stadt einzurichten. Wesley und Fred waren beeindruckt. Für Kadetten blieben Poker und andere Glücksspiele verboten – es sei denn, man spielte allein ›zum Spaß‹. LaFong vertrat in diesem Zusammenhang folgenden Standpunkt: »Allein zum Spaß zu spielen macht keinen Spaß.«

Er verfügte über viel Einfluß. Die Sicherheitsorgane der Akademie achteten normalerweise mit großer Strenge über die Ausgangssperre, doch wenn die traditionelle Pokerpartie stattfand, drückten die Wächter nicht nur ein Auge zu, sondern in manchen Fällen auch beide. Wesley und Fred wurden nur einmal angehalten, und zwar außerhalb des Garth-Wohnheims. Sie meinten, sie wollten sich ein wenig die Beine vertreten, und nach einem Blick auf ihre Namensschilder ließ die Sicherheitswächterin sie passieren.

Das Apartment gehörte dem Ferengi Tunk, beziehungsweise seinem Vater Munk, der offiziell nicht zur Ferengi-Regierung gehörte – zwischen ihm und dem Großen Nagus gab es eine tiefe Kontroverse. Trotzdem hatte er große Macht. Nach den Auskünften von Pindog (so hieß der Ferengi-Friseur, der Fred das Haar schnitt), kam Munk einem Kriminellen so nahe, wie es für einen reichen Ferengi möglich war. Man munkelte von Morden und Schmuggel, von geheimen Geschäften mit Cardassia und Romulus, von bewaffneten Überfällen, Schutzgeldern und anderen Gemeinheiten, die selbst Pindog nicht erwähnen wollte.

Wenn Munk anderen Ferengi ein Angebot unterbreitete, bei dem es um irgendwelche Dinge oder Dienstleistungen ging, so galt eine Ablehnung als höchst ungesund.

Nach dem Tod des vorherigen Großen Nagus wäre Munk vielleicht imstande gewesen, seine Nachfolge anzutreten. Aber er brachte es einfach nicht fertig, den damit einhergehenden Einkommensverlust hinzunehmen, und so fiel die Wahl auf Zek, den gegenwärtigen Amtsinhaber. Seitdem gab es Streit zwischen ihm und Munk.

Munks Sohn Tunk studierte humane Ökonomie am Keynes College. Am Ende eines jeden Semesters bot er das Apartment als Austragungsort für die Pokerpartie an. Er nahm daran teil und legte großen Wert darauf, mit seinen eigenen Karten zu spielen.

Wesley spürte vages Unbehagen, doch jetzt konnte er keinen Rückzieher mehr machen – damit hätte er seinem Versuch, in den engsten Kreis aufgenommen zu werden, den Todesstoß versetzt. Vermutlich wäre er dann nicht einmal mehr als jemand eingeschätzt worden, der eine Führungsrolle wahrnehmen konnte. Wie dem auch sei: Er beschloß, beim Setzen Kadett Konservativ zu sein.

Fred schaltete immer dann ab, wenn es darum ging, Informationen über die anderen Spieler zu sammeln. Damit beunruhigte er Wesley. Irgend etwas in Kimbal schien gegen die Notwendigkeit zu rebellieren, sich auf ein Glücksspiel einzulassen. Dieser innere Widerstand hinderte ihn daran, sich angemessen auf die Pokerpartie vorzubereiten.

Als das Taxi auf Tunks Dach landete, vergaß Fred

fast, die hinreißend schöne Caraq-Empfangsdame zu begrüßen, die an der Tür ihre Jacken entgegennahm – er war viel zu sehr damit beschäftigt, sie anzustarren. Aus gutem Grund: Sie trug jene Kleidung, in der Ferengi Frauen am liebsten sahen, nämlich gar keine.

Wesley mußte seine ganze Willenskraft aufbieten, um an ihr vorbei in den Salon zu gehen, wo fünf große Pokertische standen. Auf den ersten Blick als Leibwächter zu erkennende Personen schritten umher, beobachteten die Gäste und machten keinen Hehl daraus, daß sie das silberne Besteck zählten. Ein Butler oder Kammerdiener wanderte stumm und würdevoll durchs große Zimmer, bot Erfrischungen an und nahm Bestellungen für Getränke entgegen.

Tunks riesiges Apartment war mit Krimskrams regelrecht vollgestopft. Die einzelnen Gegenstände rangen miteinander darum, besonders anstößig, geschmacklos und vulgär zu sein. Ein edelsteinbesetzter Ventilator hing von der Decke herab, und glitzernde Perlenschnurvorhänge fungierten als Raumteiler. Der Couchtisch hatte die Form einer Feuerbohne, und darauf standen einige kitschige und scheußliche Gegenstände, darunter die Darstellung eines alten Ferengi, der ein Faß trug. Wenn der nichtsahnende Gast das Faß hob, pinkelte ihm der Ferengi-Greis ins Auge.

Wesley schauderte innerlich.

Die Damen unter den Gästen waren natürlich alle bekleidet, und wenn es hier weibliche Ferengi gab, so befanden sie sich in den anderen Zimmern. Wesley bedauerte es einerseits, daß er nicht bei der Caraq-Schönheit bleiben konnte, doch andererseits mußte er sich eingestehen, daß es ihm in ihrer Gesellschaft sehr schwer gefallen wäre, sich auf die Karten zu konzentrieren.

Er ließ Fred bei der Bowle zurück – enthielt sie Synthehol oder tatsächlich echten Alkohol? –, trat um eine Ecke und stieß fast gegen Fähnrich Nanci Lees, für die bald die zweite Ausbildungstour begann. Mit ziemlicher Sicherheit würde sie kurz danach die Abschiedsrede bei der Abschlußfeier halten, und dann fing der Starfleet-Dienst für sie an. Diesmal trug Nanci Lees keine Uniform, sondern ein hautenges Gewand, das ihren Körper zur Geltung brachte – insbesondere deswegen, weil es ihn mit nur sehr wenig Stoff bedeckte. Hinzu kam ein sehr dünnes und praktisch transparentes Cape. Lees stammte von einem Kolonialplaneten, auf dem eine durchschnittliche Temperatur von sechsundvierzig Grad herrschte. Für sie kam *jede* Art von Kleidung einem Zugeständnis gleich.

»Ich wußte gar nicht, daß du ebenfalls eingeladen bist, Wes.«

»LaFong hat im letzten Augenblick entschieden, auch mir eine Einladung zukommen zu lassen, Sir. Ich habe einen Freund mitgebracht. Carl meinte, damit sei alles in Ordnung.«

»Oh, dagegen erhebe ich keine Einwände. Und laß das ›Sir‹ weg. Hier sind wir Zivilisten, nicht wahr?«

»In Ordnung, äh, Nanci.«

»Nance.«

»Nance. Wie sind die Sitzplätze verteilt? Es gibt hier fünf Tische, und ich habe keine Ahnung, wo ich Platz nehmen soll.«

Nanci lächelte und blinzelte. »Als Neuer sitzt du bei Tunk. Ein kleiner Tip, wegen der Starfleet-Loyalität und so: Wenn Tunk gibt, so solltest du nur so viel setzen, wie du verlieren kannst.«

»Heißt das, er, äh ...«

»Sagen wir, er hat *viel* Glück – wenn er gibt.«

»Ich möchte dir meinen Stubengenossen Fred vorstellen. Er steht dort drüben bei ... Er *stand* dort drüben bei der Bowle.« Wesley sah sich um und befürchtete plötzlich, daß Kimbal damit begann, Schwierigkeiten zu machen. Und *dann* fiel ihm ein, daß er von seinem einundzwanzig Jahre alten Stubengenossen ebenso dachte wie von einem Kind, auf das man aufpassen mußte.

»Wie sieht er aus?« fragte Nanci und blickte über Wesleys linke Schulter hinweg.

»Oh, er ist ungefähr einen Meter achtzig groß, wiegt fünfundneunzig oder sechsundneunzig Kilo, hat schwarzes Haar, im Nacken ein wenig zu lang, trägt ein kastanienbraunes Hemd mit …« Wesley zögerte, als Nanci in die Richtung deutete, in die sie blickte.

Er drehte sich um und sah Fred: Er saß auf einer langen Couch, in der Gesellschaft von vier weiblichen Kadetten, die staunend zuhörten, während er von seiner Erfindung berichtete, von jenem Apparat, der Chaseum die Eigenschaften und das Aussehen von Latinum verlieh.

Wesley näherte sich rasch und winkte, um Kimbals Aufmerksamkeit zu erringen.

»He, Wes! Ich habe diesen entzückenden jungen Damen gerade erklärt, wie ich …«

»*Fred!* Wie schön, dich wiederzusehen, Kumpel! Komm, ich möchte dich jemandem vorstellen.«

»Aber ich fühle mich recht wohl hier bei …«

Wesley beugte sich vor, ergriff Kimbal am Arm und zerrte ihn zwischen den jungen Frauen hervor. Anschließend zog er sich mit ihm in eine stille Ecke zurück. »Hast du den Verstand verloren, Fred? Hör auf, über deine Erfindung zu reden!«

»Wieso denn?«

»Möchtest du die nächsten drei Wochen in einem Verhörzentrum der Föderation verbringen und Sicherheitsoffizieren erklären, aus welchem Grund du ein Gerät konstruiert hast, das falsches Latinum produziert?«

Fred rollte voller Abscheu mit den Augen. »Ich habe kein Gerät konstruiert, das falsches Latinum produziert. Ich meine, jedenfalls nicht mit Absicht. Ich meine, ich könnte falsches Latinum herstellen, wenn ich wollte, aber ...« Er unterbrach sich und schürzte die Lippen.

»Jetzt verstehst du, was *ich* meine, nicht wahr? Vermutlich wärst du irgendwann imstande, alle Mißverständnisse auszuräumen. *Irgendwann.*«

»Na schön, Wes. Du hast recht.«

Plötzlich senkte sich eine schwere Hand auf Wesleys Schulter herab. Er zuckte zusammen und befürchtete, daß ihn einer von Tunks Leibwächtern auffordern wollte, das Apartment zu verlassen, bevor Ermittlungsbeamte vom Federation Bureau of Investigation die Tür aufbrachen.

Die Hand gehörte Tunk höchstpersönlich, und die zweite Pranke des Ferengi hatte sich um Freds Schulter geschlossen. »Freunde! Meine jungen Freunde! Kommt, setzt euch und spielt! Ich bestehe darauf, daß ihr an meinem Tisch Platz nehmt. Und es wäre doch unhöflich, mich zu enttäuschen, oder?« Tunk lächelte, und seine krummen, spitzen Zähne gaben den Worten etwas Drohendes.

Der Ferengi erwies sich als überraschend stark. Er drehte die beiden jungen Männer mühelos um, dirigierte sie durch die dichter werdende Menge der Gäste zu einem Tisch am Rand des Zimmers und drückte sie dort auf zwei Stühle.

Die übrigen Anwesenden verstanden den Hinweis des Gastgebers und nahmen ebenfalls Platz. Die Leibwächter blieben in der Nähe von Tunk und drängten mit höflichem Nachdruck alle Personen ab, die nicht zu den ehrenwertesten der ehrenwerten Gäste zählten. An Tunks Tisch saßen schließlich: LaFong, Nanci Lees und ein Kadett, den Wesley während des vergangenen Semesters bei einem Kurs über Militärgeschichte kennengelernt hatte; sein Name lautete Georges St. Jean.

Wes bemerkte, daß sich der Betazoide mit einem Platz an der gegenüberliegenden Seite des großen Raums begnügen mußte, obgleich LaFong behauptete, daß er seine telepathischen Fähigkeiten nicht benutzte und praktisch immer verlor. *Wahrscheinlich fürchtet Tunk, daß ihn der Bursche beim Mogeln ertappt,* dachte Wesley.

Kadett Crusher versuchte, sich neben Fred zu setzen, aber ein Leibwächter versperrte ihm unbeholfen den Weg und trat ihm sogar auf den Fuß. Als Wes damit aufhörte, auf einem Bein umherzuhüpfen und leise zu fluchen, war nur noch ein Platz frei, Kimbal direkt gegenüber. Am Tisch saßen im Uhrzeigersinn: Tunk, Carl LaFong, Wesley, Nanci, Georges und Fred Kimbal.

Tunk breitete die Karten aus. Jeder Spieler wählte eine. Georges bekam einen König und wurde damit zum ersten Geber.

Während Georges mischte, holte Tunk die ›Bank‹ hervor: Sie bestand aus Chips in Profiqualität. Der Ferengi legte einen ganzen Barren Latinum auf den Tisch, nahm sich dafür hohe Stapel schwarzer, silberner und gelber Chips. Anschließend kauften auch die anderen Spielmarken. Wesley spielte kurz mit dem Gedanken, einen Teil seines Gelds zurückzuhalten, für den Fall, daß die Bank kurz vor dem Auszahlen auf geheimnisvolle Weise verschwand. Doch dann wurde ihm klar, wie dumm derartige Befürchtungen waren. Wenn Tunk zu derart primitiven Tricks neigte, wäre LaFong sicher nicht bereit gewesen, mit ihm zu pokern.

Georges schien ziemlich gut mit den Karten umgehen zu können und legte sie auf den blauen Filz, der den ganzen Tisch bedeckte. Alle blickten zu Fred, der auch weiterhin unbekümmert mit seinen Chips spielte.

Nanci griff über den Tisch hinweg, nahm einen grünen Chip, der zu Freds Besitz gehörte, und räusperte sich demonstrativ. Als Kimbal aufsah, legte sie die Spielmarke in die Mitte des Tisches. Georges hob den

Stapel ab und achtete darauf, daß die unterste Karte nicht zu sehen war.

Er verteilte, gab jedem Spieler jeweils eine Karte, bis alle fünf hatten. »Draw mit fünf«, sagte er dann mit unüberhörbarem Akzent.

Während der nächsten anderthalb Stunden fand das Spiel auf eine fast mechanische Art und Weise statt. Nach dem anfänglichen Fauxpas kam Fred ganz gut zurecht. Er vergaß nie, zu mischen oder abzuheben, was Wesley zum Anlaß nahm, sich zu entspannen. Eine Zeitlang befürchtete er, daß Kimbal als Geber eine besonders ausgefallene und exotische Pokervariante wählte, aber dazu kam es zum Glück nicht. Fred schlug immer das gleiche Spiel vor wie der vorletzte Geber, und niemand nahm Anstoß daran.

Wesley war stolz auf seine eigenen Leistungen. Nach zahlreichen Spielen betrug sein Verlust nur wenige Gramm – die er immer dann verloren hatte, wenn Tunk gab. Für den Ferengi begann jedesmal eine außergewöhnliche Glückssträhne, sobald er in die Rolle des Gebers schlüpfte – dann schien er zu wissen, welche Karten die übrigen Spieler in den Händen hielten. Natürlich sprach man ihn nicht darauf an, aber Wesley merkte, daß bei solchen Gelegenheiten niemand hohe Einsätze wagte.

Niemand außer Fred Kimbal. Nach einigen Stunden stellte Wesley fest, daß Freds Kapital fast auf null geschrumpft waren. Doch wenige Minuten später geschah ein Wunder: Von einem Augenblick zum anderen standen wieder hohe Chipstapel vor Kimbal.

Wes glaubte, seinen Augen nicht trauen zu können. Er erinnerte sich nicht daran, daß Fred eine wichtige Partie gewonnen hatte, woraus sich die Frage ergab: Woher kamen die Chips?

Es passierte noch einige Male, daß es in Freds finanzieller Situation zu abrupten Veränderungen kam, und schließlich fand Kadett Crusher den Grund dafür heraus: Tunk schob Kimbal Chips zu.

Wesley runzelte verwundert die Stirn. Ein Ferengi, der einen verlierenden Pokerspieler finanzierte? Das war mehr als nur seltsam.

Der Schweiß brach ihm aus, als er plötzlich verstand: Fred hatte Tunk dazu überredet (oder vielleicht verhielt es sich umgekehrt), ihm Kredit zu gewähren.

Fred Kimbal war auf dem besten Wege, einen riesigen Schuldenberg anzusammeln.

Wesley schätzte, daß sein Stubengenosse dem Ferengi bereits drei Barren in Gold gepreßtes Latinum schuldete. Trotzdem schien Fred nicht bereit zu sein, vorsichtiger zu spielen. Wesley versuchte verzweifelt, ihm Zeichen zu geben, aber entweder sah er sie nicht, oder er *wollte* sie nicht sehen. Als Tunk mischte, schrieb Wes eine kurze Nachricht – die jedoch von einem Leibwächter abgefangen wurde, bevor sie Kimbal erreichen konnte.

»Na, na«, sagte der Ferengi in einem höflichen Tonfall, wobei es ihm dennoch gelang, auf subtile Weise drohend zu klingen. »Sollen wir etwa glauben, daß ihr beide zusammenarbeitet?«

Der Zettel verschwand. Fred hatte überhaupt nichts gemerkt, starrte auch weiterhin auf seine beiden offen liegenden Karten.

Nach einigen Minuten gab erneut Tunk. Wesley nahm seine Karten entgegen, legte sie auf den Tisch – und schnappte verblüfft nach Luft.

Jede Karte zeigte einen grinsenden LaFong.

Alle Spieler lachten, abgesehen von LaFong, der rot anlief. Fred jaulte regelrecht.

»Carl!« entfuhr es Tunk. »Ich wußte gar nicht, daß du so berühmt bist!«

»Ha-ha-ha, du Witzbold«, erwiderte LaFong. Er wirkte bestürzter, als es die Umstände zuließen. »Laß die Karten jetzt verschwinden.«

»Hast du denn gar keinen Sinn für Humor, Mähnsch? Es ist doch nur ein harmloser Streik, um die Atmosphäre ein wenig aufzulockern.«

»Sie meinen ›Streich‹«, korrigierte Wesley. Er war zu müde, um höflich zu sein.

Tunk lächelte, doch in seinen Augen blitzte es kalt, als er Kadett Crusher ansah. »Ich sage ›Streik‹. Irgendwelche Einwände?«

»Nein, natürlich nicht.«

Fähnrich Lees beugte sich zu Wesley und sagte laut: »Jemand schwitzt so sehr, daß die Karten ganz feucht geworden sind.«

Schuldbewußt wischte sich Wes die Hände an der Hose ab.

»Sei so nett und hol mir ein Handtuch, ja?« bat Nanci.

»Sofort«, murmelte er, stand auf und ging in Richtung Theke. Auf halbem Wege durchs Zimmer hörte er Gelächter von Tunks Tisch und begriff, daß er das Opfer eines weiteren ›Streiks‹ geworden war. Mit glühenden Wangen und hellwach kehrte er zurück, konzentrierte sich wieder aufs Spiel.

Es gelang ihm, die drei verlorenen Gramm zurückzugewinnen und sogar ein kleines Plus zu machen. Gleichzeitig beobachtete er entsetzt, wie Freds Chipstapel schrumpften, verschwanden und dann wieder erschienen – ein Vorgang, der sich mehrmals wiederholte.

Sieben Stunden dauerte das Spiel, dann zehn. Wesley legte immer wieder längere Pausen ein, aber Kimbal wirkte wie hypnotisiert von den Karten und dem Klicken der Chips auf dem blauen Filz. Er verließ den Tisch nicht ein einziges Mal, verpaßte keine Runde, nahm auch weiterhin am Tanz der Karten teil. Als der Butler vorbeiwanderte, bestellte sich Fred einen Drink. Wesley war ziemlich sicher, daß die bei Tunk servierten Getränke hochprozentiger waren als anderenorts.

Die Leibwächter fanden immer neue Möglichkeiten, die beiden Kadetten voneinander getrennt zu halten. Sie drängten sich zum Beispiel bei Fred zusammen, um ›sein Blatt zu betrachten‹. Oder sie führten Wesley fort, wenn er eine Pause machte, mit dem Hinweis, Zuschauer müßten im Billardzimmer warten.

Nach einer Weile kehrte Wes zum Tisch zurück. Solange er spielte, Fred direkt gegenüber, durfte er am Tisch sitzen. Mit einer Mischung aus Grauen und Faszination beobachtete er, wie Fred Kimbal seine ganze Zukunft ruinierte, sich mit Haut und Haaren Tunks hämischer Habgier auslieferte.

Fred wurde immer blasser, während draußen das Morgengrauen die Dunkelheit der Nacht verdrängte. Schließlich kam es zum Zusammenbruch.

Kimbal fiel mit dem Gesicht nach vorn auf den Tisch, und ein weiteres schlechtes Blatt rutschte ihm aus der erschlaffenden Hand. Nur Nanci zeigte so etwas wie Anteilnahme und tastete nach Freds Halsschlagader. Georges' Kommentar lautete: »So ein Mist. Die Karten liegen offen. Jetzt müssen wir diese Runde wiederholen.«

»Ist der Mähnsch tot?« fragte Tunk. Vermutlich galt seine Sorge nicht Kimbals Wohlergehen, sondern dem Umstand, daß ein Toter keine Schulden mehr bezahlen konnte.

»Nein«, erwiderte Nanci. »Ich glaube, er braucht nur Schlaf. Und während der nächsten Wochen sollte er keinen Alkohol mehr trinken. Er muß erst richtig austrocknen.«

Wesley starrte zu Fred, konnte den Blick einfach nicht von ihm abwenden. Nach einigen Sekunden begann sein Stubengenosse zu schnarchen.

Die Erkenntnis, daß zumindest in physischer Hinsicht mit Kimbal alles in Ordnung war, erleichterte Wes ein wenig. Er erschauerte innerlich, als er sich in Freds Lage versetzte. Wenn er erwachte, würde er feststellen, daß sein Karriereweg in einer unerwarteten Sackgasse endete: Wenn Fred Kimbal keine sehr reichen und ebenso verständnisvollen Eltern hatte, gehörte seine Seele nun dem Sohn eines Ferengi-Gangsters.

Wesley spürte, wie sich in seiner Magengrube etwas zusammenkrampfte. Freds Schulden beliefen sich auf mindestens zwölf Barren in Gold gepreßtes Latinum – soviel Geld hatten weder er noch Wes jemals auf einem Haufen gesehen. Und wenn Kimbal nicht bezahlen konnte ... Dann würde sich Tunk beim befehlshabenden Offizier der Akademie beschweren, woraufhin Admiral Boxx den zuständigen Ausbilder informieren würde.

Was Wolfe betraf ... Er zögerte bestimmt nicht, Kadett Kimbals unehrenhafte Entlassung anzuordnen. Und dann war Freds berufliches Leben praktisch vorbei.

Damit noch nicht genug.

Mindestens fünfzig Prozent der Verantwortung für die überaus bedauerliche Entwicklung der Dinge lagen bei Wesley Crusher.

Er warf seine Karten in die Mitte des Tisches, mit der Rückseite nach oben, und stand auf. »Ich glaube, wir sollten jetzt besser heimkehren«, sagte er, und es gelang ihm nicht, das Zittern aus seiner Stimme zu verbannen. Ein Leibwächter zahlte ihn rasch aus.

Tunk reichte Wesley ein Datenmodul und grinste dabei so scheußlich, wie es nur einem Ferengi möglich war. »Bitte geben Sie dies dem Mähnschen, wenn er erwacht. Und richten Sie ihm aus, daß er morgen so bald wie möglich zu mir kommen soll. Sagen wir ... nicht später als Mittag.«

*Mittag. Ihm bleiben nur noch sechs Stunden.* Wesley schluckte und nickte. Er legte sich Freds Arm um die Schultern und stand mit ihm auf. Jemand nahm Kimbals anderen Arm: Nanci Lees. Ihr Gesichtsausdruck wies darauf hin, daß sie zu ahnen begann, was Wesley bereits wußte.

»Wieviel hat er verloren?« fragte sie.

Wes schüttelte den Kopf. Gemeinsam mit Nanci brachte er Fred die Treppe hoch, wo die unbekleidete Empfangsdame ihnen die Jacken reichte – in Nancis Fall bestand sie aus Leder. Es stimmte Wesley verlegen, in Fähnrich Lees' Begleitung neben der nackten jungen Frau zu stehen. Aus den Augenwinkeln sah er, wie Nanci der Empfangsdame mehrere finstere Blicke zuwarf.

»Ich glaube, dieser Ort ist nicht besonders gut für Starfleet-Kadetten geeignet«, sagte Nanci.

*Ja,* dachte Wesley. Und: *Wo war deine puritanische Einstellung vor zwölf Stunden?* »Wir sollten besser ein Taxi rufen«, erwiderte er. »Der Transportdienst scheint nur jeweils in einer Richtung zu funktionieren.«

# 6

Wesley vernahm ein schreckliches Dröhnen, fast wie ein hingebungsvolles klingonisches Schnarchen. Es kam in rhythmischen Schüben und zerfetzte die herrliche Ruhe des Schlafs.

Er blinzelte, und seine Gedanken ertasteten sich vorsichtig den Weg zurück in die Realität. Das Dröhnen verklang allmählich, und Wesley wußte nun, was es damit auf sich hatte: Es war sein eigener Puls, das Rauschen des Blutes in der Halsschlagader.

Er öffnete die Augen, und greller Glanz blendete ihn. Die Sonne war aufgegangen, und ihr Schein fand die Lücke zwischen den beiden gegenüberliegenden Gebäuden.

Zuerst begriff er nicht, was das bedeutete. Dann traf ihn die Erkenntnis wie ein Schlag.

Das Fenster von Wesleys Zimmer öffnete sich nach *Südwesten,* nicht nach Südosten. Mit anderen Worten: Es war bereits Nachmittag.

Heißer Schmerz brannte hinter seiner Stirn. Wes hob die Hände und massierte sich die Schläfen, um zumindest einen Teil der Agonie zu vertreiben. Nach einer Weile ließ das schier unerträgliche Hämmern nach und wurde zu einem normalen Kopfschmerz, dem sich ein flaues Gefühl im Magen hinzugesellte.

Er stand auf, trank ein Glas Wasser, dann noch eins. Nach dem dritten Glas glaubte er sich kräftig genug, um es mit Orangensaft zu probieren, geliefert von einem der beiden inzwischen reparierten Replikatoren. Da er schon einmal vor dem Gerät stand, beschloß er, sich ein komplettes Akademie-Frühstück zu bestellen.

Als er in die Unterkunft zurückkehrte, fand er dort Freds Bett zwar unordentlich, aber leer vor. Offenbar war Kimbal schon vor einer ganzen Weile aufgestanden, um mit Tunk zu reden.

Sorgenfalten bildeten sich in Wesleys Stirn. Fred Kimbal schlief wie ein Murmeltier. Wenn er erst einmal an der Matratze horchte, blieb er für mindestens neun Stunden weggetreten. Also gab es nur eine Erklärung für Freds Abwesenheit: Er hatte überhaupt nicht geschlafen.

*Vermutlich ist er kurz nach unserer Rückkehr zu sich gekommen,* dachte Wesley. *Dann fiel ihm ein, was in der Nacht geschehen ist, und er hat die Mitteilung gelesen. Muß ein ziemlicher Schock für ihn gewesen sein.*

Wesley hatte den Zettel neben Freds Chronometer gelegt. Eigentlich war es seine Absicht gewesen, den Computer auf eine bestimmte Weckzeit zu programmieren, doch die Müdigkeit ließ ihm keine Chance und sorgte dafür, daß er voll angezogen aufs Bett sank und einschlief.

Er nahm am kleinen Frühstückstisch Platz und spürte, wie sich eine Beklommenheit weckende Leere in ihm ausbreitete. Das Tablett präsentierte ihm Schinken, Rührei, eine Frikadelle, Pfannkuchen, Kekse, Pfirsichmarmelade, Kaffee und Mineralwasser. Doch plötzlich schwand sein Appetit. Er starrte ins Leere und dachte an Fred. Nun, ihm waren die Hände gebunden, bis Kimbal zurückkehrte. Und außerdem: Fred mußte lernen, seine Probleme selbst zu lösen.

Welche Hilfe konnte Wesley überhaupt leisten? Er hatte nicht genug Geld, um die Schulden seines Stubengenossen zu bezahlen. Er kannte nicht einmal einen guten Anwalt. Fred Kimbal war auf sich allein gestellt.

Schritte näherten sich. Wesley sammelte leise Geschirr und Besteck ein, gab die Reste seines Frühstücks in den Recycler. Die Schritte verharrten, entfernten sich, verharrten erneut, kamen wieder näher.

Wesley wartete mit zunehmender Ungeduld. Es bestand kein Zweifel daran, daß Fred auf der anderen Seite der Tür stand – Wes kannte seinen schlurfenden Gang genau. Nach zwei langen Minuten rang sich Kimbal offenbar dazu durch, draußen die Sensorfläche zu berühren. Mit einem leisen Klicken entriegelte sich das Schloß, aber die Tür glitt nicht beiseite.

Schließlich hielt es Wesley nicht mehr aus. Er stand auf und drückte auf den Schalter, der die Tür öffnete.

Fred zuckte zusammen und blickte schuldbewußt zu Boden. »Ähm, äh ... Wesley.«

»Ja, genau. Ich habe meinen Namen nicht geändert. Was ist passiert? Bist du bei Tunk gewesen?«

»Tunk?«

»Der Ferengi!«

»Oh, *der* Tunk. Nun, ja. Ja. Ja. Ich bin bei ihm gewesen.«

»Was hat er gesagt?«

»Worüber?«

»Auf diese Weise verlieren wir nur Zeit. Ich schlage vor, wir überspringen die Stelle, an der ich dir alles Wort für Wort aus der Nase ziehe. Erzähl mir einfach, was los ist. Früher oder später erfahre ich es ohnehin.«

Fred zögerte, räusperte sich und suchte nach den richtigen Worten. Schließlich ließ er die Schultern hängen, trat ein, sank auf einen Stuhl und starrte zu einem Punkt etwa einen Kilometer südlich der Südwand.

»Ja, ich bin bei Tunk gewesen. Erstaunlicherweise bestand er darauf, daß ich meine lächerlichen Schulden bezahle. Du weißt schon, he-he.«

»Soviel Geld steht dir nicht zur Verfügung, Fred. Es sei denn, du hast vergessen, einen schwerreichen Onkel zu erwähnen.«

»Nein, ein solcher Onkel existiert nicht.«

»Du hast Tunk doch nicht gesagt, daß *ich* deine Schulden bezahle, oder? Ich habe nämlich keine zwölf Barren in Gold gepreßtes Latinum.«

»Zwölf? Es sind eher zwanzig. Nein, ich habe nicht versucht, die Schulden auf dich abzuwälzen. Da kannst du ganz beruhigt sein.«

»So meine ich das nicht. Oder vielleicht doch. Wie auch immer. Was ist geschehen? Müssen wir diesen Sektor verlassen?«

»Nun, he-he, du wirst es mir nicht glauben. Wir haben eine, äh, Übereinkunft getroffen.«

»Eine Übereinkunft? Hast du Tunk etwa dazu überredet, eine Zahlung in Raten zu akzeptieren? Meine Güte, er ist ein *Ferengi!*«

»Nein, wir beschlossen, das Problem auf eine andere Weise zu lösen. Ich, äh, habe ihm meinen wertvollsten Besitz überlassen.«

Wesley musterte Fred und wußte nicht, wie er die letzten Worte verstehen sollte. Sein Gehirn schaltete auf Warpantrieb um, als er verschiedene Möglichkeiten erwog und wieder verwarf. Was auch immer Fred Kimbal besaß – Kleidung, Bargeld, Blut, der ganze Rest –, es war nicht mehr wert als etwa zwanzig Gramm Latinum. Von zwanzig Barren ganz zu schweigen.

Und dann, nach Wesley-Zeit einige Äonen später, in der gewöhnlichen Zeitrechnung jedoch nur nach wenigen Sekunden, kam ihm ein entsetzlicher Gedanke.

»O nein, Fred. Du hast doch nicht etwa ...«

»He-he-he, die Welt ist schon komisch, nicht wahr?«

»Sag mir, daß es nicht stimmt, Kimbal!«

»Oh, ich glaube, es stimmt doch. Ich, äh, erinnere

mich ziemlich genau daran. Das Ding gefiel ihm. Er meinte, es sei zweifellos zw-zw-zwanzig Barren wert.«

Wesley versuchte zu schlucken, aber sein Gaumen war zu trocken. Er wollte sich die Lippen befeuchten, doch die Zunge schien sich in Sandpapier verwandelt zu haben. »Fred …«, brachte er hervor; es kostete ihn Mühe, die einzelnen Worte zu formulieren. »Du hast … den Latinum-Apparat … *Tunk* gegeben?«

Fred sank noch mehr in sich zusammen. Vermutlich hätte er sich jetzt gern in Luft aufgelöst. »Ja. Eine tolle Idee von mir, nicht wahr? Jetzt brauche ich nicht mehr mit der unehrenhaften Entlassung und einer zivilrechtlichen Klage zu rechnen. Nein, jetzt stehen fünfzig Jahre Knast für mich auf dem Programm. Wenn Dämlichkeit einen lauten Knall verursacht, so könnte man ihn in meinem Fall bis hin zum Delta-Quadranten hören. Nun, es war nett, dich gekannt zu haben, Kumpel. Es wäre schön, wenn du mich alle paar Jahre in der Strafkolonie besuchst, falls du mit deinem Schiff durch den Sektor kommst.«

Wesley starrte Fred groß an und konnte es kaum fassen: Kimbal gab zu, einen gräßlichen Fehler gemacht zu haben. Langsam wich er zurück, bis er gegen ein Hindernis stieß und auf Freds Bett sank.

Er blickte sich im Zimmer um, bemerkte dunkle Schatten, den Geruch von Freds Kleidung, die dieser nur selten replikatorreinigte, das allgemeine Durcheinander. Alles schien sich um Wesley zusammenzuziehen, um ihn langsam zu ersticken.

»Ich glaube, du wirst in der Strafkolonie nicht allein sein«, brachte er schließlich hervor. »Ein Freund begleitet dich.«

»Wen meinst du?«

»Ich meine mich, du hirnloser Idiot! Ich habe dir dabei geholfen, das verdammte Ding zu konstruieren, erinnerst du dich? Wir stecken *beide* bis zum Hals in dieser Sache. Auch *mir* geht es an den Kragen.«

»Auch dir?«

»Ja. He-he-he, die Welt ist schon komisch, nicht wahr?«

Fred öffnete und schloß den Mund wie ein Fisch. »Wes, bitte glaub mir … ich habe nie beabsichtigt …«

»Oh, es fällt mir nicht schwer, *das* zu glauben.«

»Es kam mir überhaupt nicht in den Sinn, daß sich auch für dich Probleme ergeben könnten.«

»Wieso denn nicht? Es ist doch alles ganz klar, Fred. Ich helfe dir dabei, ein funktionstüchtiges Modell deiner Erfindung herzustellen. Ich zerstöre es nicht, als mir klar wird, was man damit anstellen kann. Ich habe es dir ermöglicht, an der Pokerpartie teilzunehmen. Und jetzt kann ich bald die Früchte meiner Bemühungen ernten.«

Fred verlagerte das Gewicht voller Unbehagen vom einen Bein aufs andere. »Komm schon, Wes. Du hast ebensowenig wie ich auf die aktuelle Situation hingearbeitet. Wir sind nur Op …«

»Ich breche dir den Arm, wenn du jetzt behauptest, wir seien Opfer der Umstände, Fred. Und das meine ich ernst.«

»Nun, was soll ich denn sonst sagen?«

»Ich möchte einen Vorschlag von dir hören, auf welche Weise es möglich sein könnte, den Apparat von Tunk zurückzubekommen – bevor er seinem Vater davon berichtet.«

»Aber dann würde ich ihm wieder zwanzig Barren …« Fred unterbrach sich, als er den Zorn in Wesleys Augen sah.

»Wir müssen das Ding zurückholen – selbst wenn ein Einbruch in Tunks Apartment notwendig werden sollte.« Wesley unterbrach sich und dachte darüber nach. »He …«

»Hat keinen Zweck.«

»Wieso denn nicht? Kommen dir vielleicht moralische Bedenken, um Himmels willen? Du weißt doch, daß er beim Poker gemogelt hat.«

»Woher willst du das wissen? Hast du ihn dabei beobachtet?«

»Er mogelt jeden Tag, am Sonntag sogar zweimal. Er ist ein Ferengi und ...«

»Und alle Ferengi mogeln? Solche Vorurteile hätte ich von dir nicht erwartet, Wes.«

»*Und* er ist der Sohn eines kriminellen Ferengi, mit dem selbst der Große Nagus nichts zu tun haben will«, fuhr Wesley fort. »Ist dir nicht aufgefallen, daß Tunk immer dann gewann, wenn er die Karten gab? Oder fast immer. Eins steht fest: Er gewann vor allem als Geber.«

»Na schön, na schön. Moralische Bedenken habe ich übrigens nicht. Ich meine, es hat keinen *Zweck*, in Tunks Apartment einzubrechen.«

»Warum denn nicht? He, waren wir nicht schon einmal an diesem Punkt?«

»Er ist nicht da.«

»Um so besser. Ich breche nur ungern irgendwo ein, wenn jemand zu Hause ist.«

»Tunk hat vor, den Planeten zu verlassen.«

*»Was?«*

»Mit seiner Yacht. Ich habe gehört, wie er per Kommunikator die Anweisung gab, der Vermieterin eine Monatsmiete im voraus zu überweisen.«

»Na und? Das bedeutet noch lange nicht, daß er mit seiner Raumyacht starten will.«

»Er hat den Hangar angerufen und angeordnet, die Tanks zu füllen. Genügt dir das als Hinweis?«

»Warum hast du mir nicht sofort davon erzählt? Vielleicht befindet er sich schon im All und fliegt dorthin, wo ... wo sich Ferengi-Gangster verstecken oder was weiß ich.«

»Das wäre nur dann möglich, wenn sich jener Ort

mit fast leeren Treibstofftanks erreichen läßt. Immerhin habe ich Tunk erst vor einer halben Stunde verlassen.«

»Das Auftanken dauert ...« Wesley rechnete rasch. »... noch mindestens fünfzehn Minuten. Zehn weitere Minuten dauert es, einen Flugplan zu übermitteln und bestätigen zu lassen. In dieser Hinsicht bleibt dem Ferengi keine Wahl: Er muß einen Flugplan vorlegen, auch wenn er beabsichtigt, sich später nicht daran zu halten. Und mit etwas Glück bekommt er nicht sofort eine Starterlaubnis.«

»Was hast du vor? Willst du zum Raumhafen laufen und ihn am Start hindern?« Die letzten Worte rief Fred durch die offene Tür in den Flur – Wesley stürmte bereits in Richtung Turbolift.

Draußen pfiff er nach einem Taxi, winkte mit beiden Händen und trat wenige Sekunden später einfach vor einem auf die Straße. Sofort wurde die Sicherheitsautomatik aktiv und bremste den Wagen mit einem elektromagnetischen Polster, dessen periphere Emissionen dafür sorgten, daß sich Wesleys Haare aufrichteten.

»Mann, haben Sie den Verstand verloren?« rief die Fahrerin. Sie sprang aus dem Taxi, kam näher und schien fest entschlossen zu sein, ihren Zeigefinger in Wesleys Brust zu bohren. Doch als sie nahe genug herangekommen war, warf er ihr eine Dezigramm-Münze zu.

Sie blieb stehen, fing die Metallscheibe auf und betrachtete sie verdutzt. Von einem Augenblick zum anderen veränderte sich ihre Einstellung dem Kadetten gegenüber. »Zu Diensten, *Sir*«, sagte sie. »Wohin soll ich Sie fahren?«

»Hawking Field, kommerzieller Bereich des Raumhafens. Wenn wir in zehn Minuten dort sind, bekommen Sie eine zweite Münze dieser Art.«

Die Pupillen der Fahrerin weiteten sich. Sie lächelte, packte Wesley am Kragen und zog ihn mit sich. Einen

Atemzug später saß er im Taxi, und die Finger der Frau huschten über verschiedene Schaltflächen. Der Luftwagen startete abrupt, und wieder hatte Wes das Gefühl, daß sich alle Haare an seinem Leib aufrichteten.

Er klammerte sich fest und wagte es nicht, aus den Fenstern zu sehen. Statt dessen blickte er nach vorn zur Instrumententafel und las den Namen auf der Lizenzplakette: S. Muldowney. Miß S. bog von der Straße ab und lenkte das Taxi mit halsbrecherischer Geschwindigkeit über den Akademieplatz – Studenten stoben wie erschrockene Antilopen nach rechts und links.

Kurz darauf zwang Miß S. das Taxi hart nach steuerbord und hielt auf die schmale Lücke zwischen dem Studentenheim Ionesco und dem Gebäude der medizinischen Fakultät zu. Zu beiden Seiten blieben nur wenige Zentimeter Platz, und Wesley rechnete damit, jeden Augenblick das Kreischen von Metall auf Stein zu hören.

Er nahm seine ganze Willenskraft zusammen, zwang sich, zu blinzeln und dann den angehaltenen Atem entweichen zu lassen.

Miß S. holte alles aus dem Luftwagen heraus, erreichte das Ziel jedoch nicht nach zehn, sondern nach zwölf Minuten. Wesley gab ihr trotzdem eine zweite Dezigramm-Münze. Die Fahrerin ließ ihn direkt am Tower-Annex aussteigen, und er betrat das Gebäude, eilte zur nächsten Info-Nische.

Er streckte die Hand aus, berührte einen Sensorpunkt und aktivierte den Computerschirm. »Tunk, Ferengi – Lokalisierung«, sagte er.

Fast sofort erschien eine Karte auf dem Schirm, und über ihr leuchtete der Hinweis: Bereich 9. Wesley schenkte der Karte keine Beachtung – er kannte den Raumhafen besser als die Architekten, die ihn entworfen hatten.

Er verfluchte den Umstand, daß es hier keine Transporter gab, sprang aufs nächste Gleitband und wechselte sofort zum schnellsten Segment. Am neunten Bereich schwang er sich trotz der hohen Geschwindigkeit über die Geländerstange und minderte die Wucht des Aufpralls, indem er sich geschickt abrollte. Mit einem Satz war er wieder auf den Beinen und lief los.

An der Tür hielt er inne und schnappte nach Luft. Er schloß die Augen und lauschte, um festzustellen, was im Innern des Hangars geschah. Offenbar war die Yacht bereits aufgetankt, denn er hörte, wie Tunk und die Leibwächter Dinge an Bord trugen.

Als Wesley wieder zu Atem gekommen war, wagte er es, einen Blick um die Ecke zu werfen. Bei den Verladearbeiten ›half‹ Tunk auf seine eigene Art und Weise: Mit einem Klemmbrett stand er vor der Raumyacht und heulte unverständliche Anweisungen, die von Leibwächtern und zwei Stauer-Robotern offenbar ignoriert wurden. Sie waren damit beschäftigt, Tunks weltliche Güter in den Laderaum der *Abschreibung* zu tragen.

Mit den Frachttransportern am Verladedeck hätte man sich viel Mühe ersparen können, aber ihre Benutzung kostete Geld – von dem sich Tunk nicht gern trennte. Seine Wächter und die Roboter waren billiger.

Wesley richtete einen faszinierten Blick auf den großen Haufen, der langsam schrumpfte, um in der Ladekammer der Yacht erneut zu wachsen. Tunks Besitz schien größer zu sein als der des Föderationsmuseums für terranische Artefakte. Und im Vergleich zu dem, was Wesley sehen konnte, wirkten die Schätze der inneren Mongolei und der Eugenischen Kriege schlicht. Der allgemeine Standard dessen, was die Ferengi für guten Geschmack hielten, war schon schlimm genug, und Tunks Sammlung mußte selbst nach Ferengi-

Maßstäben als auffallend gelten – was bedeutete, daß sie alle anderen Ferengi mit Neid erfüllte.

Das Ladegut bestand aus weit mehr Objekten, als in dem Apartment Platz haben konnten, in dem die Pokerpartie stattgefunden hatte. Außerdem wären Wesley bestimmt einige Dinge aufgefallen – zum Beispiel der zwei Meter hohe, aus Messing bestehende Vogelkäfig, gefüllt mit einer eklig aussehenden Flüssigkeit, in der bunte Schleimhaufen umhertrieben; umgeben war der Käfig von acht holographischen Engeln in knappen Bikinis. Ein solches ›Kunstobjekt‹ bemerkte man selbst dann, wenn es im Nebenzimmer unter einer Plane stand.

Derzeit erhob es sich zwischen Wesley und der Raumyacht. Es fiel dem jungen Kadetten schwer, nicht seine ganze Aufmerksamkeit davon fesseln zu lassen.

Außer dem ›Vogelkäfig‹ warteten noch andere verblüffende Objekte darauf, in der Yacht untergebracht zu werden: ein fluoreszierender gelber Stuhl mit Beinen in der Form von Gottesanbeterinnen; eine edelsteinbesetzte Lederjacke mit der Leuchtbuchstaben-Aufschrift *Boomba Jamaks Quadrantentour;* ein Anzug aus gewebtem Rattan, mit Kork-Krawatte; beides hing an einem dem menschlichen Brustkorb nachempfunden und aus Chaseum bestehenden Ständer – das ›Original‹ eines (vermutlich verkannten) Künstlers namens ›Huck‹.

Mit ziemlicher Sicherheit hatte Tunk irgendwo ein Lager, aus dem er Nachschub für das Apartment bezog, um es immer wieder mit neuen und noch gräßlicheren Dekorationen auszustatten.

Tunk keifte wütend und warf einem seiner Leibwächter vor, ein angeblich sehr kostbares Stück Tand beschädigt zu haben. Der muskulöse Mann hastete sofort zu dem großen Haufen zurück und suchte dort nach einem fehlenden Stoßzahn. Tunk folgte ihm und zischte Flüche, die in Wesleys Ohren schmerzten.

Er sah eine Chance, die er nicht ungenutzt verstreichen lassen durfte.

Er verließ sein Versteck und hastete zu dem Behälter mit der ekligen Flüssigkeit. Dort angelangt spähte er an einem fast nackten Engel vorbei und vergewisserte sich, daß niemand zwischen ihm und der offenen Luke stand. Der zweite Leibwächter kramte in der Ecke beim Geschirr.

Mit klopfendem Herzen richtete sich Wesley auf und schritt wie beiläufig zur Raumyacht. Ihm zitterten die Knie, und die Versuchung wurde fast unwiderstehlich, einfach loszurennen, entweder in Richtung Luke oder aber nach draußen.

Nein, eine Flucht kam nicht in Frage. Er mußte die Kimbal-Uhr stehlen!

Fast hätte sich Wesley dazu hinreißen lassen, leise vor sich hin zu pfeifen, doch damit hätte er bestimmt die Aufmerksamkeit des Leibwächters geweckt. Er hörte, wie Tunks Stimme lauter wurde, als der Ferengi seinen Lakaien verbal auspeitschte.

Wes verdrängte die Furcht – *jetzt oder nie* – und sprintete die Laufplanke hoch. Dicht hinter der Luke verharrte er im Schatten. Er befand sich nun in einer Kabine, die einem Salon ähnelte, eingerichtet mit Sofas, Sesseln und einem Kartentisch. Eine kleine Dabo-Maschine lauerte neben der Luftschleuse an der Wand.

Im Salon brannten nur einige wenige Lampen, von denen kaum mehr als ein mattes Glühen ausging. Helles Licht glänzte in einem Korridor, der zu einem anderen Raum führte, vermutlich zur Schatzkammer, in der Tunk seine kitschigen Kostbarkeiten aufbewahrte.

*Und nun? Wo hat der Ferengi den Apparat verstaut?*

Wesley blinzelte und wartete darauf, daß sich seine Augen ans Halbdunkel gewöhnten. Er befürchtete nicht, im Salon entdeckt zu werden. Der Helligkeitsunterschied zwischen diesem Raum einerseits und dem Hangar sowie der Frachtkammer andererseits bedeutete, daß die beiden Leibwächter und auch Tunk den Salon wie Motten durchquerten, ohne einen Blick nach rechts und links, vom Licht angezogen.

Doch vielleicht bekam Wesley keine andere Gelegenheit, nach dem Safe Ausschau zu halten. Wenn Tunk und der Leibwächter zurückkehrten, fanden in der Nähe zu viele Aktivitäten statt, um die Suche fortzusetzen.

Die Roboter würden ihm vermutlich keine Beachtung schenken, wenn es sich um reine Arbeitsmaschinen handelte. Aber vielleicht hatte der Ferengi auch beschlossen, die Dienste von elektronischen ›Wachhunden‹ in Anspruch zu nehmen. In dem Fall mußte Wes sehr vorsichtig sein, um nicht entdeckt zu werden.

Er hob den Kopf und sah sich um. Überall standen Kisten, einfach in die Schatten des Salons geschoben, ohne sie richtig zu verstauen.

Hatte Tunk den Apparat vielleicht in seiner Schatzkammer untergebracht? Wesley blickte zum Korridor und dachte daran, daß er sich vor dem schimmernden Licht als deutliche Silhouette abzeichnen würde. Nach etwa zehn Metern führte der Gang in ein so hell erleuchtetes Zimmer, daß man ihn nicht mehr übersehen konnte.

Unbehagen erfaßte den jungen Mann. Wenn man ihn schnappte, blieb Kimbals Erfindung in Tunks Besitz – und Wesley mußte dann mit einer Anzeige wegen unbefugten Betretens rechnen.

Ihm fiel etwas ein. Der ganze geschmacklose Kram, den Tunk in seiner Yacht unterbringen ließ, war vermutlich schon recht alt und daher nur noch von geringem Interesse für den Ferengi.

Das Gerät im Uhrgehäuse hingegen war Tunks neueste Erwerbung – und wahrscheinlich auch der

Grund für seine plötzliche Abreise. Bestimmt bewahrte er es an einem besonderen Ort auf.

Wesley suchte an den Wänden nach Hinweisen auf einen versteckten Safe.

Er bemerkte vier gräßliche Bilder: zwei Holographien von Ferengi-Frauen, natürlich nackt und in (nach Wesleys Ansicht) widerwärtigen Positionen dargestellt; ein seltsam fehl am Platz wirkendes Seestück; und der purpurne Sand und die aufgehende (oder untergehende) violette Sonne einer Welt, die Wesley nicht kannte.

Eins der Frauenbilder schien verdächtig dick zu sein.

Draußen herrschte einige Sekunden lang Stille, und dann ertönte erneut die keifende Stimme des Ferengi. Offenbar hielt er es für notwendig, die Leibwächter und einen Roboter zur Schnecke zu machen. Wes fragte sich, welche Antwort oder Reaktion er von der Maschine erwartete.

»Ihr sollt das Ding *heben* und nicht *ziehen!* Dies sind überaus kostbare Kunstobjekte. Durch den Verkauf des kleinsten und unscheinbarsten könnte ich dreißig von euch bezahlen!«

»Entschuldigung, Boß«, antwortete ein Leibwächter. Es klang nicht besonders zerknirscht, eher müde. Vermutlich erlebte er so etwas nicht zum erstenmal.

Wesley fragte sich, welchen Lohn die Männer bekamen, um solche Demütigungen hinzunehmen.

Er näherte sich dem gräßlichen Bild und versuchte, nicht zu genau hinzusehen, während er es inspizierte – ein schwieriges Unterfangen.

Ohne Tricorder konnte Wes nicht feststellen, ob es sich um ein Holobild mit besonders dickem Rahmen handelte oder ob sich dahinter ein Safe verbarg. Er wagte nicht, es zu berühren, aus Furcht davor, Druck- oder Wärmesensoren zu aktivieren.

Die Luft roch abgestanden, und das überraschte

den Kadetten nicht. Dieser Raum war über Monate hinweg isoliert gewesen, während Tunk studierte (und Partys veranstaltete und Poker spielte und sich mit Frauen vergnügte). Waren auch die Sicherheitssysteme inaktiv gewesen? Mußten sie erst noch eingeschaltet werden?

»Ach, was habe ich schon zu verlieren?« hauchte Wesley, berührte den Rahmen und strich mit den Fingerkuppen darüber hinweg. An der rechten oberen Ecke fühlte er eine kleine Verdickung, die er nicht für eine Unregelmäßigkeit in der Struktur des Holzes hielt – das mit ziemlicher Sicherheit aus einem Replikator stammte.

Er hielt den Rahmen mit der linken Hand fest, drückte auf die Verdickung und versuchte gleichzeitig, das Bild von der Wand fortzuziehen. Lautlos schwang es zur Seite, und dahinter kam ein Titan-Safe mit Sensorfeld zum Vorschein.

*Na schön, Wes – und jetzt?* Das Sensorfeld diente sicher dazu, Tunks Fingerabdrücke zu identifizieren – falls Ferengi überhaupt Fingerabdrücke im üblichen Sinn hatten.

Wesleys Blick huschte mehrmals zwischen dem Sensorfeld und der offenen Luke hin und her. Draußen ertönte noch immer die zornige Stimme des Ferengi, doch inzwischen klang auch der Leibwächter ein wenig gereizt. Wesley schätzte, daß ihm noch einige Minuten Zeit blieben. Zum Glück bestand die Laufplanke aus Metall; es war also kaum zu überhören, wenn jemand über sie hinwegtrat.

Kadett Crusher schloß die Augen und dachte nach. Er erinnerte sich an einen kurzen Artikel, den er vor Jahren gelesen hatte, über Leben und Taten eines gewissen Bophur, auch ›der Unhaltbare‹ genannt – der berühmteste Entfesselungskünstler des vierundzwanzigsten Jahrhunderts. Er hatte Bophur einmal gesehen, während des letzten Jahrs seiner beruflich-künstlerischen Karriere. Der neunjährige Wesley war damals so beeindruckt gewesen, daß er zur nächsten Datenbibliothek eilte und alle jemals über den Mann geschriebenen Texte anforderte.

Eine von Bophurs Spezialitäten bestand darin, Fingerabdruck-Sensoren zu überlisten. Er benutzte dabei einen miniaturisierten Parawellengenerator. Entsprechende Sensorschlösser verwendeten positronische Schaltkreise, und genau darin bestand ihr schwacher Punkt. Wenn Parawellen kurzwellig genug waren, um das Metallgehäuse zu durchdringen, so störten sie die Kontrollsignale im Schaltkreissystem – was einen Start des Entriegelungsprogramms zur Folge haben konnte.

Wesley öffnete die Augen und lächelte. In Replikatoren wurden Parawellen für die Überwachung des Replikationsvorgangs eingesetzt.

Rasch suchte er die kleine Küche der Raumyacht auf und fand dort den installierten Replikator. »Äh ... eine Chaseumscheibe, auf einer Seite glatt bis hin zu einem Niveau von zehn Mikron«, sagte er. Ein matter ›Spiegel‹ erschien im Ausgabefach, und Wes nahm ihn heraus. Dann replizierte er einen zweiten und verkantete ihn in der Maschine.

Er fixierte die zweite Scheibe so, daß sie die von der ersten reflektierten Parawellen empfing und dann auf das Safeschloß projizierte. Chaseum gehörte zu den wenigen Substanzen, deren semikristalline Struktur Parawellen reflektieren konnte. Auch in Gold gepreßtes Latinum war dazu imstande, aber es ließ sich nicht replizieren.

»Funktionstest«, wies Wesley den Replikator an, und daraufhin schickte das Diagnosemodul sondierende Parawellen durch den Apparat. Er drehte die zweite Chaseumscheibe, lenkte die Strahlen zum Safe. Nach zwei Sekunden hörte er ein leises Klicken.

Er hatte es geschafft! Und tatsächlich: Im Innern des

Safes lag Kimbals Erfindung, unbeschädigt und bereit dazu, zurückgebracht zu werden.

Als er die Hand danach ausstreckte, applaudierten drei Personen hinter ihm.

Wesley wirbelte erschrocken um die eigene Achse. Tunk und seine beiden Leibwächter standen hinter ihm im Salon, hatten ihn ganz offensichtlich beobachtet. Der Ferengi schüttelte den Kopf. »Ich wußte gar nicht, daß man einen Safe auf diese Weise öffnen kann«, sagte er staunend.

»Äh, oh, hallo, Tunk. Sie fragen sich bestimmt, warum ich …«

»Warum Sie meinen Safe geknackt haben? Nein, ganz und gar nicht. Mich überrascht nur Ihre Mischung aus Einfallsreichtum und Tollkühnheit. Die meisten Mähnschen neigen zu einer fatalistischen Einstellung in Hinsicht auf Dinge, die ihnen nicht gehören.«

»Äh, ich …«, begann Wesley.

»Sie wollen mir doch nicht etwa mitteilen, daß Sie beabsichtigten, den Apparat seinem rechtmäßigen Eigentümer zurückzubringen, oder?«

»Nein. Sie befinden sich im Besitz eines illegalen Geräts …«

»Zweihundertneunzehnte Erwerbsregel: ›Besitz stellt elf Zehntel des Gesetzes dar.‹ Und da ich der Besitzer dieses interessanten Objekts bin, Mähnsch, können Sie nur eines sein: ein Dieb.«

»Sie verstehen mich völlig falsch, Tunk!«

»Ha! Ich habe Sie auf frischer Tat ertappt. Unglücklicherweise spielt der Zeitfaktor derzeit eine große Rolle, und deshalb bleibt mir nichts anderes übrig, als diese Angelegenheit vors höchste Gericht zu bringen.«

Wesley runzelte die Stirn. »Das Disziplinarkomitee?«

Tunk lächelte genüßlich. »Nein, mein Vater. Er weiß bestimmt, wie man mit jemandem wie Ihnen verfährt.«

»Aber ... Ihr Vater ist ...«

»Er hält sich derzeit im Sektor Delta-Alpha-Hotel auf, etwa vier Flugtage von hier entfernt.«

Während des Wortwechsels hatte sich Wesley näher an den Safe herangeschoben. Jetzt griff er blitzschnell hinein, nahm den Apparat und stürmte in Richtung Luke.

Tunk wich zur Seite, und die beiden Leibwächter breiteten die Arme aus, um den jungen Mann aufzuhalten.

Wesley lief direkt auf den linken Mann zu und täuschte dann einen Ausfall nach rechts vor.

Der jüngere Leibwächter fiel darauf herein und versuchte, den Kadetten abzufangen. Dadurch gelangte Wesley an ihm vorbei.

Doch der ältere Mann – ein kompakt gebauter, muskulöser Mensch mit einem Bart à la d'Artagnan – erkannte den Trick. Er stieß seinen Kollegen, in dessen Adern auch klingonisches Blut floß, einfach zur Seite, streckte dann beide Hände aus und hielt Wesley an der Taille fest.

Kadett Crusher versuchte, ihm den Ellenbogen ins Gesicht zu rammen, doch der Mann duckte sich rechtzeitig, winkelte den linken Arm zu einem einfachen Nackenheber an. Wesley trachtete danach, sich zu befreien, aber schon nach wenigen Sekunden begriff er, daß seine Bemühungen erfolglos bleiben mußten.

Tunk stand auf der einen Seite und klatschte mit den Händen, wie ein sich hämisch freuender Kobold. Der jüngere Leibwächter kam wieder auf die Beine und schüttelte den Kopf, um sich von der Benommenheit zu befreien. Kurze Zeit später hielt jeder der beiden Männer einen Arm des Kadetten, und sie drehten ihn zum Ferengi herum.

»Damit kommen Sie nicht ...« Wesley unterbrach sich. Er hatte »Damit kommen Sie nicht durch« sagen wollen, doch eine solche Bemerkung war ausgesprochen dumm. *Natürlich* kam Tunk mit so etwas durch. Wer würde es wagen, die Raumyacht eines vermögenden und politisch sehr einflußreichen Ferengi zu durchsuchen, dessen Vater in dem Ruf stand, ein skrupelloser Gangsterboß zu sein?

Tunk streckte seine rosarote Pfote aus. Wesley traf eine Entscheidung und ließ den Apparat einfach fallen, in der Hoffnung, daß er auf dem Boden zerbrach. Doch wie sich herausstellte, verfügte d'Artagnan über erstaunlich gute Reflexe. Er fing die Kimbal-Uhr auf und reichte sie dem Ferengi.

»Ich glaube, das gehört Ihnen«, sagte der Leibwächter glatt. Er wirkte jetzt ganz und gar nicht mehr wie der Idiot, der ungeschickt Dinge beschädigte und dafür von Tunk verflucht wurde.

Wesley öffnete den Mund, um zu protestieren – und schloß ihn wieder, ohne einen Laut hervorgebracht zu haben. Ein Ferengi, der einen Starfleet-Kadetten entführte, schreckte vielleicht nicht einmal vor Mord zurück.

Die Yacht erzitterte, stieg auf und schwebte mit immer noch offener Luke dem Startbereich entgegen. Wesley Crusher beobachtete, wie der Boden immer schneller vorbeiglitt, als das kleine Raumschiff beschleunigte. Er schluckte. Dies war nicht die *Enterprise.* Hier durfte er nicht damit rechnen, daß ihm Captain Picard, Commander Riker oder Lieutenant Commander Data zu Hilfe kamen.

Ein Landebein der Yacht stieß gegen mehrere Kisten am Rand des Hangars. Der Stapel kippte und prallte gegen den großen ›Vogelkäfig‹, der wie ein faules Ei platzte. Eklige Flüssigkeit ergoß sich auf die übrigen noch nicht verladenen Kunstobjekte.

Tunk zuckte unbekümmert mit den Schultern. »Das ist nicht weiter schlimm, Mähnsch. Ich habe alles sorgfältig katalogisiert; an irgendeinem ruhigen Nachmittag kann ich den ganzen Kram neu replizieren.« Er beugte sich vor, und sein stinkender Atem wehte Wesley ins Gesicht. »Ich habe jetzt wichtigere Fracht. Haha!«

Einer von Tunks spitzen Zähnen saß so locker, daß er bei jeder Kopfbewegung wackelte.

*Welcher göttlichen Schöpfungslaune verdanken wir nur die Ferengi?* dachte Wesley.

# 7

Lieutenant Commander Deanna Troi saß im Gesellschaftsraum des zehnten Vorderdecks und blickte gedankenverloren auf ein Schokoladeneis hinab, das ihr heute nicht so recht schmecken wollte. Wie alle anderen Besatzungsmitglieder ärgerte sie sich darüber, daß die *Enterprise* nur mit höchstens Warp fünf fliegen konnte, aber gleichzeitig wußte sie, daß sie sich damit abfinden mußte. Immerhin stand die Zukunft des Universums auf dem Spiel.

So seltsam es auch erscheinen mochte: Deanna vermißte die sorglosen Reisen durchs All, die Vorstöße ins Unbekannte mit Warp neun. Im Vergleich dazu erschien Warp fünf geradezu quälend langsam.

Eine sonderbare Unruhe vibrierte in den betazoidischen Korridoren ihres Bewußtseins. Noch eigentümlichere Gedanken regten sich hier und dort, betrafen einen Hund und ein Kind im Wasser. Die Counselor schüttelte den Kopf und erinnerte sich an den Zwischenfall, als sich ihre Mutter Lwaxana in ihrem Geist verirrt hatte und vor der verstorbenen kleinen Schwester Deannas floh.

»Warum fällt mir jetzt ausgerechnet meine Mutter ein?« murmelte sie.

Guinan, die geheimnisvolle Wirtin von Zehn-Vorne, experimentierte mit Variationen ihres berühmten Sommerianischen Sonnenaufgangs, eines farblosen Getränks, das plötzlich scharlachrot wurde, wenn man an den Rand des Glases klopfte. Nach einer Weile hob die dunkelhäutige Frau den Kopf und richtete einen nachdenklichen Blick auf die Bordcounselor.

Guinan brachte ihr einen Drink. »Graue Morgendämmerung«, sagte sie und ließ einen Fingernagel ans Glas klicken. Plötzlich bildeten sich dunkle, wolkenartige Schatten in der Flüssigkeit. »Für verdrießliche, grüblerische Gäste.«

»Nein, danke«, erwiderte Deanna. »Schon das Eis ist mir zuviel.«

Ihr Insignienkommunikator piepte.

»Sie sollten besser antworten, Deanna.«

»Worauf?«

Das Piepen wiederholte sich, und die Sprachprozessorstimme des Computers erklang aus dem kleinen Lautsprecher. »Externer Kom-Kontakt. Botschafterin Troi möchte Commander Troi sprechen.«

Deanna seufzte. Guinan zuckte mit den Schultern, und ihre Miene zeigte eine stumme Mich-trifft-keine-Schuld-Botschaft.

»Ich nehme das Gespräch in meinem Quartier entgegen«, sagte Deanna langsam und stand auf.

Guinan blickte auf die Graue Morgendämmerung. Noch immer wogten Wolken durch das Getränk, aber sie lösten sich allmählich auf, ließen klare Flüssigkeit zurück.

»Mutter«, murmelte Deanna Troi. Sie nahm das Glas, drehte es mehrmals und beobachtete, wie sich neue Wolken bildeten. Dann setzte sie es an die Lippen und leerte es in einem Zug. Der Drink brannte in ihrer Kehle – an so starke Getränke war sie nicht gewöhnt. Wenige Sekunden später entstand ein Feuer in ihrem Magen, und Tränen quollen ihr in die Augen. Ein süßliches, sirupartiges Aroma klebte an ihrer Zunge, und sie schwankte ein wenig, als der Synthehol seine Wirkung entfaltete.

Auf diese Weise gestärkt, verließ sie den Gesellschaftsraum und kehrte in ihr Quartier zurück. Ein

Lächeln erschien auf ihren Lippen, als sie sich vorstellte, wie ihre wartende Mutter voller Ungeduld auf und ab ging.

In ihrer Unterkunft nahm sie am Schreibtisch Platz und zögerte noch einige herrliche Sekunden, damit die Zündschnur von Lwaxanas Zorn ein oder zwei Zentimeter weiterbrennen konnte. Dann berührte sie eine Schaltfläche und öffnete damit den Kom-Kanal.

Lwaxana Troi starrte ihre Tochter an und wölbte die Brauen. »Na endlich! Bist du mit dem Umbau der Brücke fertig? Hast du eine Partie Schach gespielt oder vielleicht ein Buch über vulkanische Philosophie gelesen?«

»Ich weiß nicht, was du meinst, Mutter«, erwiderte Deanna und versuchte, in einem möglichst neutralen Tonfall zu sprechen. Gleichzeitig bemühte sie sich, ihr Selbst vor Lwaxanas telepathischen Sonden abzuschirmen, aber das gelang ihr nicht ganz.

»Deine Unschuldsmiene nützt dir überhaupt nichts, Teuerste. Seit deiner Geburt hast du deine Gefühle nicht ein einziges Mal vor mir verbergen können.«

»Na schön. Was willst du?«

»Spricht man so mit seiner Mutter? Ich verbringe einige kostbare Momente der wenigen mir noch zur Verfügung stehenden Zeit damit, meine einzige Tochter zu kontaktieren und sie zu fragen, wie es ihr geht – immerhin läßt sie schon seit *Wochen* nichts mehr von sich hören –, und sie nimmt sofort an, daß ich auf irgend etwas aus bin! Was schrieb ein bekannter Föderationsdichter dazu? An den genauen Wortlaut erinnere ich mich nicht mehr, aber es klang ungefähr so: ›Gibt es einen größeren Schmerz als jenen, den eine undankbare Tochter verursacht?‹«

Schuldgefühle regten sich in Deanna. Als Lwaxana sie spürte, huschte ein Lächeln über ihre Lippen.

»Tut mir leid, Mutter. Ich weiß, daß ich keine besonders gute Tochter bin. Ich sollte mich öfter mit dir in

Verbindung setzen, aber … meine Pflichten nehmen mich zu sehr in Anspruch.«

»Wenn du auf mich gehört und dir einen netten Mann genommen hättest … Dann könntest du dir von jemandem Trost und Kraft spenden lassen. Dann fiele es dir wesentlich leichter, mit allen Belastungen fertig zu werden. Oh, ich erinnere mich noch genau daran, als damals mein eigener *Imzadi* …«

»Ich kann jetzt nicht heiraten, Mutter. Ich habe einfach zuviel zu tun! Außerdem gibt es da einige … Komplikationen.« Deanna errötete ein wenig und wußte, daß ihre Mutter nie die Sache mit Will und seine Rückkehr als ›Transporterzwilling‹ Thomas Riker würde verstehen können. Dadurch waren ihre alten Empfindungen erneut erwacht. Doch der neue Riker konnte einen ebenso zur Verzweiflung bringen wie der alte.

*Und dann ist da noch Worf …*

Seit einiger Zeit ahnte sie, daß der immer so tüchtige und finster dreinblickende Worf ihr mit gewissen Hoffnungen begegnete – woraus sich eine Möglichkeit ergab, die durchaus Interesse bei Deanna weckte. Einmischungen ihrer Mutter konnte sie gerade jetzt nicht gebrauchen. Sie wollte vermeiden, daß Lwaxana darauf hinwies, wie störend und unbequem Kleidung sein konnte, und wie angenehm es doch sei, sie für eine hübsche, geschmackvolle Hochzeit abzulegen.

»Komplikationen?« wiederholte Lwaxana und rollte mit den Augen. »Such dir einfach einen Mann, der dir gefällt, und …«

»Warum wolltest du mich sprechen?« unterbrach Deanna ihre Mutter.

»Kann eine Mutter nicht einfach mal mit ihrer Tochter plaudern?«

»Nicht wenn *du* die Mutter bist. Also: Was willst du?«

Lwaxana Troi seufzte. »Ach, eigentlich ist die Sache

gar nicht weiter wichtig. Kaum der Rede wert. Und ich bin keineswegs der Ansicht, du seiest einer solchen Aufgabe nicht gewachsen.«

»Welcher Aufgabe soll ich nicht gewachsen sein?«

»Nun, die Oberste Bevollmächtigte schlug vor … Oh, es ist dumm.«

»*Was* ist dumm? Mutter!«

»Nun, da ich hier auf Adelphus-B zu tun habe und wir beide verwandt sind, dachte er …«

Deanna Troi schloß die Augen und zählte langsam bis elf. »*Was* dachte die Oberste Bevollmächtigte?«

»Sie meinte, du bist vielleicht ein ›Blütenblatt von der gleichen Blume‹.«

Deannas Kinnlade klappte nach unten. »Doraxi möchte, daß *ich* Botschafterin werde?«

»Schon gut, Schatz. Ich habe geantwortet, es käme nicht in Frage. Was natürlich nicht bedeuten soll, daß ich dich für inkompetent halte. Es ist nur … Wir haben eben unterschiedliche Begabungen und Talente.«

»Ich bin ausgebildete Diplomatin, Mutter. Wieso glaubst du, ich sei zu so etwas nicht fähig? Ich …« Deanna unterbrach sich abrupt.

Die auf dem Kom-Schirm dargestellte Lwaxana wich ein wenig zurück und blinzelte verblüfft. »Oh, Teuerste, es liegt mir fern, dich für unfähig zu halten. Ich bin sicher, du könntest eine solche Aufgabe ebenso gut – und vielleicht sogar noch besser – erledigen. Vorausgesetzt natürlich, du würdest dich dafür interessieren.«

»Äh, möchtest du, daß ich mich darum kümmere? Ach, Mutter, bitte entschuldige, daß ich vorhin so scharf geantwortet habe.«

»Schon gut. Wenn du es wirklich versuchen willst … Dann rufe ich Doraxi an und sage, du hättest es dir anders überlegt.«

»Ich habe doch gar nicht abgelehnt! Du hättest mich wenigstens fragen können.«

»Oh, ich wollte dich nicht beleidigen.«

Plötzlich begriff Deanna, mit welchen Tricks Lwaxana sie manipulierte. Von einem Augenblick zum anderen wurde ihr klar, daß sie sich praktisch *freiwillig* für eine sicher sehr unangenehme Aufgabe gemeldet hatte.

Unglücklicherweise gab es jetzt kein Zurück mehr, ohne dabei das Gesicht zu verlieren. Mit verblüffender Leichtigkeit war es Lwaxana einmal mehr gelungen, ihre Tochter um den Finger zu wickeln. Deanna starrte nur und konnte es kaum fassen.

Lwaxana lächelte und gab sich großmütig, als sie sah, daß Deanna verstanden hatte. »Keine Sorge, Schatz. Es handelt sich um eine interessante kleine Sache, die keine weiten Reisen erfordert. Du bist doch zu der Auktion unterwegs, nicht wahr? Nun, ich möchte, daß du für Betazed bietest, wenn du dort eintriffst. Laß mich betonen, daß du mir keinen persönlichen Gefallen tun sollst. Du erweist Betazed einen Dienst, sogar der ganzen Föderation.

Wir müssen die anderen davor bewahren, jene Erfindungen zu bekommen. Nicht einmal Starfleet darf sie bekommen. Stell dir nur vor, was passieren könnte, wenn sie in die Hände so unreifer Völker fallen! Man darf nicht zulassen daß Kinder mit Waffen spielen, Deanna! Wir müssen sie vor sich selbst schützen!«

Lwaxana sprach jetzt in einem drängenden Tonfall. »Glaubst du, daß Menschen und insbesondere Klingonen in emotionaler Hinsicht stabil genug sind, um klug und umsichtig mit Apparaturen umzugehen, die so große Macht ermöglichen? Die Vulkanier wären vielleicht dazu imstande, aber sie sind nicht an der Versteigerung interessiert.«

»Nun, vielleicht hast du recht.« Deanna erinnerte sich. Einmal hatte der Captain ein solches Objekt besessen, und die Folgen waren ziemlich unangenehm gewesen.

Deannas Gedanken rasten, und sie suchte nach metaphorischen Strohhalmen. Sie wollte nicht erneut in die Machenschaften ihrer Mutter verstrickt werden. »Aber ... aber ich bin Starfleet-Offizier. Ich kann nicht gegen Starfleet bieten!«

»Derzeit trägst du eine Starfleet-Uniform, aber du bist *seit deiner Geburt* Betazoidin.«

»Bestimmt ließe man gar nicht zu, daß ich Starfleet Konkurrenz mache. Dadurch würden zweifellos irgendwelche Vorschriften verletzt.«

Lwaxanas Miene erhellte sich, und sie lächelte einmal mehr. »Wie es der Zufall will, habe ich kürzlich mit Admiral Boom gesprochen. Er schien großen Wert darauf zu legen, mir gefällig zu sein, was angesichts der Umstände vielleicht kein Wunder ist. Wir versteckten uns im Gebäude vor dem Apartment seines Sohnes und beobachteten ihn bei einigen *sehr* unanständigen Dingen ...«

*»Mutter!«*

»Ich wollte nur erklären, daß der Admiral kaum in der geeigneten Position war, mir eine Bitte auszuschlagen. Er hielt es für durchaus vernünftig, daß Betazed bei der Auktion von einer Betazoidin vertreten wird. Und da ich unmöglich rechtzeitig zur Stelle sein kann, wurdest du nominiert.«

»Ich ... ich ...« Deanna schluckte. »Ich muß den Captain fragen.«

»Natürlich, Schatz. Wende dich ruhig an jenes Prachtexemplar von einem Mann. Sag ihm, er soll Admiral Boom vom diplomatischen Korps Starfleets eine Subraum-Nachricht schicken. Boom wird ihm alles erklären.«

Irgendwie brachte Deanna auch den Rest des Gesprächs hinter sich. Schließlich schaltete Lwaxana ab, und ihre Tochter blieb noch einige Minuten lang fassungslos vor dem leeren Schirm sitzen. Ihre Mutter hatte sie erneut in eine Marionette verwandelt, sie gegen ihren Willen dazu gebracht, bei der bevorstehenden Versteigerung als offizielle Repräsentantin Betazeds aufzutreten.

Es blieb nur eine vage Hoffnung: Vielleicht war Captain Picard diesmal unvernünftig und stur; vielleicht verweigerte er ihr die Erlaubnis, gegen Starfleet zu bieten. Und wenn er sich diesmal von seiner verständnisvollen und zuvorkommenden Seite zeigte … Vielleicht konnte sie mit einer angemessen formulierten Bitte dafür sorgen, daß er unvernünftig und stur wurde.

Kurze Zeit später saß Deanna Troi in Picards Quartier. Der Captain sah sie an, aber die Counselor spürte, daß er in Gedanken viele Lichtjahre entfernt war, bereits bei der Auktion weilte.

»Ich habe gerade ein sehr beunruhigendes Gespräch mit meiner Mutter geführt, Sir.«

Picard nickte geistesabwesend. »Ja, ich weiß.«

»Sie *wissen* davon? Ihnen ist bekannt, daß ich bei der Auktion Betazed vertreten soll?«

Der Captain hob die Brauen. »Ich habe eben eine Subraum-Mitteilung erhalten, von Buckminster Boom. Sein Bruder Phillip war Sektionsleiter, als der Kadett Jean-Luc Picard seinen Probeflug hinter sich brachte.«

»Captain, ich fürchte, ich wäre keine sehr gute Repräsentantin Betazeds. Ich weiß überhaupt nicht, was Doktor Zorkas Erfindungen wert sind – ich bin keine Technikerin! Und außerdem widerstrebt es mir, gegen Sie zu bieten.«

»Ich biete gar nicht, Deanna.«

Die Counselor schwieg und runzelte verwundert die Stirn.

»Auch Romulaner und Cardassianer nehmen an der Versteigerung teil.« Picard lächelte schief. »Unter solchen Umständen verlangen die Vorschriften der allgemeinen Einsatzorder, daß ich an Bord des Schiffes bleibe. Ich schicke Will zur Auktion.«

»Oh, es fällt mir ebenso schwer, gegen Will zu bieten. Und gegen Starfleet. Ich fühle mich in erster Linie als Starfleet-Offizier, erst dann als Betazoidin.«

Captain Picard hob und senkte die Schultern. »Tut mir leid, Deanna, aber kein einziger Admiral in der Sternenflotte ist sicher, wenn Botschafterin Troi nach einem Opfer sucht. Was Lwaxana Troi will, bekommt sie auch. Aber das wissen Sie ja, nicht wahr?« Er lächelte, als bestimmte Erinnerungen in ihm erwachten.

*Ja, ich weiß es nur zu gut,* dachte Deanna, gab jedoch keine Antwort.

»Außerdem gibt es da noch einen anderen Punkt«, fuhr der Captain fort. »Erst kürzlich bereitete es mir große Genugtuung, Ihre Beförderung zum Commander vorzuschlagen. Sie haben hart gearbeitet und sich sehr viel Mühe gegeben, auch in bezug auf Will. Dabei hatten Sie Gelegenheit, den wichtigsten Teil der Kommando-Aufgaben kennenzulernen: Sie müssen Ihre Pflicht akzeptieren, ganz gleich, wie unvorbereitet Sie sich fühlen und wie sehr es Ihnen widerstrebt, eine bestimmte Aufgabe wahrzunehmen.«

»Bei allem Respekt, Captain: Diesmal liegt der Fall anders. Es handelt sich nicht um Starfleet-Anweisungen, sondern um meine Mutter, die mal wieder ihre Beziehungen spielen läßt. Sie beauftragt *mich* mit etwas, das *ihr* unangenehm ist!«

Picard schüttelte den Kopf. »Die Pflicht wartet an vielen verschiedenen Orten. Sie sind Ihrer Heimatwelt verpflichtet, die ebenso zur Föderation gehört wie Starfleet oder dieses Schiff. Sie können die Pflicht nicht wie ein Kleidungsstück nehmen, das Sie mal tragen und mal nicht. Sie ist immer bei Ihnen, während des Dienstes und auch in Ihrer freien Zeit, an Bord der *Enterprise* und auf fernen Welten.

Eine andere Einstellung kommt für einen Offizier unter meinem Kommando nicht in Frage.«

Deanna senkte den Kopf und blickte zu Boden. Tief

in ihrem Herzen wußte sie, daß Picard recht hatte. Sie gab sich einen inneren Ruck und sah auf.

»Ich verstehe, Sir«, sagte sie. »Ich spreche mich mit Will ab; er kann mir sicher dabei helfen zu entscheiden, wofür ich bieten soll.«

»Bitten Sie Botschafterin Troi um eine Wunschliste, Deanna. Das ist Betazed Ihnen schuldig. Sie müssen wissen, wie hoch das Maximum ist, das sich Ihre Heimatwelt leisten kann. Nur dann sind Sie imstande, Ihre finanziellen Ressourcen richtig einzusetzen.«

»Danke, Captain. So weit habe ich noch nicht vorausgedacht.« Die Counselor war froh, daß Picard von der Erde kam und nicht von Betazed. Zum Glück blieb ihm verborgen, was ihr nun durch den Kopf ging.

Der Captain lächelte. »Ich beneide Sie nicht um Ihre Aufgabe, Deanna. Ich könnte Sie gewiß nicht besser wahrnehmen als Sie, und vermutlich würde mein Stolz dabei sehr leiden. Ich wünsche Ihnen viel Glück.«

Sie bewegte sich unruhig, und Picard verstand den Hinweis. »Wegtreten, Commander.«

»Danke, Sir«, sagte Deanna, stand auf und kehrte in ihr Büro zurück. Dort stellte sie fest, daß ihr bei der Einplanung ein Fehler unterlaufen war: Sie hatte mit zwei Besatzungsmitgliedern Gesprächstermine zur gleichen Zeit vereinbart.

Heute ist nicht gerade mein Glückstag, dachte sie.

# 8

Zwei Tage lang tuckerte Tunks kleine Raumyacht mit der ihr zur Verfügung stehenden Höchstgeschwindigkeit von Warp zwei durchs All. Wesley Crusher verbrachte die Zeit damit, überall zu schrubben und zu putzen – obgleich es an Bord zwei Reinigungsroboter gab, die den Job viel gründlicher und auch wesentlich schneller erledigen konnten.

Jener Leibwächter, der nicht nur menschlicher, sondern auch klingonischer Abstammung zu sein schien, stand immer mit verschränkten Armen in der Nähe und schnitt eine finstere Miene, die jemand anders sicher sehr beunruhigt hätte. Aber Wesley war an Bord der *Enterprise* aufgewachsen, in der Gesellschaft von Lieutenant Worf. Während des Schrubbens tröstete er sich mit dem Gedanken, daß Worf in der Lage gewesen wäre, den Leibwächter zu einer Kugel zu rollen und durchs nächste Bullauge ins All zu werfen.

Mehrmals am Tag kam Tunk, um seine ›Festnahme durch eine Zivilperson‹, wie er Wesley nannte, zu verspotten. Manchmal sprach er ihn auch mit ›Mähnsch‹ an, was darauf hindeutete, daß er Wesleys Namen nicht kannte. Kadett Crusher verzichtete darauf, den Ferengi zu informieren, und Tunk stellte keine entsprechenden Fragen.

Schließlich näherte sich die *Abschreibung* dem Kreuzer von Tunks Vater, dessen Ferengi-Name übersetzt lautete: ›ein Ferengi, der allen möglichen Lastern gleichzeitig frönt, und zwar mit enormer Genugtuung‹. Wesley beschloß, das Schiff *Vielfraß* zu nennen – dieses eine Wort brachte ein ähnliches Konzept zum Ausdruck.

Ein Rendezvousmanöver fand statt.

Die *Vielfraß* war ein mit Impuls- und Warptriebwerk ausgestattetes Schiff der Madison-Klasse und stammte aus Starfleet-Beständen. Ein anderer alter Kreuzer dieser Art befand sich in der irdischen Umlaufbahn; man verwendete ihn während einer frühen Phase der Kadettenausbildung. Vor vierzig Jahren war er ein hochmodernes Versorgungsschiff gewesen, das für Langstreckenflüge mit maximal Warp fünf eingesetzt wurde.

Kadetten und Piloten bezeichneten die Madison-Klasse als ›Stimmgabel‹ und meinten damit das Aussehen. Solche Schiffe bestanden aus zwei jeweils 250 Meter langen ›Zinken‹, die sich am Bug trafen. Sie enthielten unter anderem einen großen Vorrat an Antimaterie- und Impulstreibstoff. Rein theoretisch konnte ein Madison-Kreuzer bis zu fünfzehn Jahre lang unterwegs sein, ohne eine Raumbasis ansteuern zu müssen. Diese Zeitspanne ließ sich sogar auf zwanzig Jahre verlängern, wenn der Captain auf Sparsamkeit Wert legte.

Die *Abschreibung* legte an der Steuerbordseite des Hecks an, doch Munk, Tunks Vater, bestand darauf, sie in seiner Kabine zu empfangen, nicht weit vom Kontrollraum im Bug entfernt. Sie mußten den ganzen Weg zu Fuß gehen, fast dreihundert Schritte, obgleich sich links von ihnen das Gleis einer Einschienenbahn erstreckte. Bei Munks Quartier fanden sie den Transportwagen, mit dem alles in bester Ordnung zu sein schien. Munk hatte einfach nicht daran gedacht – oder sich bewußt dagegen entschieden –, ihn zum Heck zu schicken.

Munk saß hinter einem pagodenartigen Schreibtisch – er schien von jemandem konstruiert zu sein, der verrückt geworden war, weil er zu viele replizierte chinesische Spezialitäten gegessen hatte. Er bestand aus Mahagoni und Bambus, wies Basreliefs aus Jade, aus Elfenbein geformte Pilgerszenen und Fischbein-Schnitzereien auf. Ein Yin-Yang-Symbol aus Obsidian und Elfenbein schmückte die Vorderfront des Schreibtischs. Auf der gegenüberliegenden Seite des Raums ragte eine fast vier Meter hohe und aus Jade bestehende Statue des pummeligen und lachenden Ferengi-Gottes Roqadox auf. An den Wänden hingen Tapisserien, primitive Waffen und Schilde, Ziergegenstände aus in Gold gepreßtem Latinum sowie Holobilder und Gemälde, die nackte Frauen verschiedener Spezies zeigten.

Trotz allem dominierte Munk das Zimmer.

Der Ferengi war kaum einen Meter groß und schien älter zu sein als der Große Nagus. Es hätte Wesley nicht überrascht zu hören, daß er noch älter war als Guinan. Allerdings: Im Gegensatz zu Guinans Volk maßen Ferengi ihre Lebensspanne nicht in Jahrhunderten.

Munk schien mindestens ebenso breit zu sein wie groß – nie zuvor hatte Wesley Crusher einen so dicken Ferengi gesehen. Seine warzige, haarige Haut, die rote und orangefarbene Flecken aufwies, wirkte wie eine Warnung vor den Gefahren von Exzessen. Die Ohren zitterten und wackelten, als er auf geradezu widerliche Art kicherte – es klang fast nach einem Asthmaanfall.

Wesley rührte sich nicht von der Stelle; Munks Anblick hatte ihn geradezu gelähmt. Nach einer Weile fiel ihm ein, daß es besser war, wieder zu atmen, und daraufhin bemerkte er den Geruch.

Rauchwolken zogen träge durch den Raum und verströmten ein typisches Ferengi-Aroma. Es roch nach Bananen, verfaulenden Blumen, schweißnassen Turnschuhen und anderen Dingen, die Wesley nicht zu identifizieren vermochte. Übelkeit stieg in ihm empor, und er versuchte, nicht zu würgen, rang sich ein Lächeln ab.

Er wankte durch den Gestank und blieb vor dem Schreibtisch stehen, begleitet von Tunk und dem menschlichen Leibwächter. Tunk verneigte sich auf eine betont unterwürfige Art.

Nach einigen Sekunden schlossen sich stählerne Finger um Wesleys Nacken. Der sehr kräftige Mann mit dem d'Artagnan-Bart zwang den Kadetten auf die Knie und zog ihn dann wieder hoch.

»Fürwahr!« quiekte Munk. »Was habt ihr mir da gebracht, beim Klabautermann?«

*Eine solche Stimme paßt nicht zu einem derartigen Monstrum,* dachte Wesley.

Munk rutschte aus seinem Sessel und watschelte dem Kadetten entgegen, hielt dabei einen kleinen, knorrigen Spazierstock in der spinnenartigen Faust. Er hob den Knüttel und rammte Wesley den Messinggriff an die Stirn.

*»Was fällt Ihnen ein?«* entfuhr es Wes. Er rieb sich die schmerzende Stelle und überlegte, wie weit der Respekt fremden Kulturen gegenüber ging – und was Ferengi mit blinden Passagieren und Dieben anstellten.

»Na, da weht wohl ein steifer Wind in deinem Mundwerk, wie? Beim gesplitterten Großmast! Hast du auch ein breites Kreuz und starke Arme, hm?«

Munk sprach so, als hätte er sein Föderationsstandard aus alten Piratenfilmen gelernt.

Tunk duckte sich noch immer und rief: »Dieser Mähnsch hat sich an Bord meines Schiffes geschlichen und dort versteckt, Käpt'n Munk, Herrscher aller Sektoren. Wir entdeckten ihn erst nach einem Flugtag.«

»Das ist gelogen«, warf Wesley ein. »Tunk hat mich entführt, und Sie werden ziemliche Schwierigkeiten mit Starfleet bekommen, wenn Sie mich nicht sofort zurückbringen.«

»Wie? Was? Verschiedenes Gerede. Und welcher Landratte soll ich glauben?« Munk wandte sich an den menschlichen Wächter. Tunk nahm das zum Anlaß, den Kopf ein wenig zu heben und zur Seite zu drehen, dem Mann einen bedeutungsvollen Blick zuzuwerfen.

Der Wächter zögerte nicht. »Blinder Passagier«, log er.

Wesley rollte mit den Augen. Hatte er wirklich Ehrlichkeit von einem Angestellten Tunks erwartet?

»Außerdem ist er ein unverschämter Lügner, wie du gerade selbst feststellen konntest, Ehrwürdiger«, sagte Tunk. »Sehr gefährlich. Redet zuviel.«

»Potzblitz, beim Stein der Weisen! Die heilige Alchimie, das Verschmelzen von Himmel und Hölle ... holt mir die Zauberlampe!«

Tunk sprang auf, tänzelte und klatschte in die Hände. Der klingonische Leibwächter kam mit der Kimbal-Uhr herein.

Wesley biß sich auf die Lippe. Er spannte die Muskeln, wartete auf eine gute Gelegenheit, um dann vorzuspringen und dem Klingonen das Gerät aus den Händen zu reißen. Wenn es auf dem Boden lag ... Dann genügte ein ordentlicher Stiefeltritt, um den Latinum-Fälscher zu zerstören.

Doch d'Artagnan hielt ihn an den Schultern fest. Entweder ahnte der Mann die Absichten des Kadetten, oder er zog es einfach nur vor, kein Risiko einzugehen. Er zog Wesley zur Seite, als der Klingone näher kam und den Apparat Tunk reichte.

Munks Sohn öffnete das Uhrgehäuse, legte einen kleinen Schraubenschlüssel aus Chaseum hinein, klappte den transparenten Deckel wieder zu und betätigte dann den Schalter.

»Laß mich sehen!« heulte Munk und nahm seinem Sohn die Uhr aus der Hand.

Licht glühte aus dem Apparat, verwandelte die Gesichter der beiden Ferengi in gelbe Fratzen. Nach einigen Sekunden gab Munk einen erschrockenen Schrei von sich und ließ die plötzlich heiß gewordene Uhr fallen. Unglücklicherweise zerbrach sie nicht auf dem Boden.

Vorsichtig öffnete Munk die Klappe und holte einen Schraubenschlüssel hervor, der nun aus Latinum zu bestehen schien.

Er runzelte die Stirn und schüttelte den Kopf. »Nein, nein, beim Krähennest und allen Planken, die jemals unter mir geächzt haben: Hier geht etwas nicht mit rechten Dingen zu. Schon seit langer Zeit wissen wir, daß man Latinum nicht replizieren kann.«

»Es handelt sich nicht um repliziertes Latinum«, hauchte Tunk voller Ehrfurcht – angesichts des größten Schwindels in der Geschichte des Universums. »Es ist nur eine Illusion, eine Fälschung.«

»Feengold!« proklamierte Munk triumphierend.

»Feengold! Ja, Vater. Genau das ist es.«

»Und wir werden es bei der Auktion verwenden. Jawohl, mit diesem Zeug erteilen wir dem elenden, pockenzerfressenen, von Würmern durchbohrten und eitrigem Großen Nagus eine Lektion, die er so schnell nicht vergißt. Festgehievt und aufgetakelt! Geh jetzt und nimm diesen Haufen Dung mit …« Munk schlug noch einmal mit dem Knüppel zu, und Wesley fluchte auf eine sehr ungebührliche Weise. »Ich möchte mit der Zauberlampe allein sein.«

Tunk verließ den Raum, und die Wächter zerrten Wesley fort, brachten ihn in einer Arrestzelle unter.

Dort ging der Kadett eine Zeitlang auf und ab. Schließlich zuckte er mit den Schultern und streckte sich auf der schmalen Koje aus. Zwei Tage lang war er auf Händen und Knien herumgekrochen, um eine mehrere Jahre alte Schmutzkruste zu entfernen. Entsprechend viel Müdigkeit hatte sich angesammelt.

*Ich ruhe mich nur kurz aus,* dachte er. *Anschließend*

*richte ich meine volle Aufmerksamkeit auf die Frage, wie ich in die Freiheit zurückkehren und Starfleet darauf hinweisen kann, daß zwei Ferengi über ein Gerät verfügen, mit dem sich gefälschtes Latinum herstellen läßt.*

Er schloß die Augen und fiel in einen tiefen, traumlosen Schlaf. Zweimal erwachte er kurz, gestört von seinem eigenen Schnarchen.

Irgendwann klatschte dem Kadetten eiskaltes Wasser ins Gesicht und weckte ihn. Erschrocken sprang er auf, prustete und rutschte in einer Pfütze vor der Koje aus. Nur mit Mühe gelang es ihm, das Gleichgewicht zu wahren. D'Artagnan stellte einen Eimer auf die nahe Replikatorfläche und ließ ihn verschwinden.

»Der Boß will Sie sprechen, Mister.«

»Das trifft sich gut. Ich möchte ebenfalls mit ihm reden.«

»Nach Ihnen.« D'Artagnan deutete spöttisch eine Verbeugung an. Wesley trat durch den offenen Zugang in den Korridor – jetzt gab es dort kein Schirmfeld mehr, das ihn daran hinderte, die Zelle zu verlassen.

Munk empfing ihn im gleichen Zimmer wie zuvor, und Wesley schloß daraus, daß der fette Ferengi tatsächlich in diesem gräßlichen Raum arbeitete. Er seufzte und sah sich nach einem Stuhl um.

»Du wirst keinen finden«, krächzte der alte Ferengi.

Wesley zuckte unwillkürlich zusammen. Konnte Munk seine Gedanken lesen? »Na schön, dann stehe ich eben.«

»Ich kenne drei gute Gründe, um dich aus der nächsten Luftschleuse zu werfen. *Primo:* Du weißt zuviel. *Secundo:* Du kannst sprechen und bist vielleicht imstande, deinen Freunden eine Subraum-Nachricht zu übermitteln. *Tertio:* Mein Sohn hat mich darauf hingewiesen, daß du ein altruistischer kleiner Philanthrop bist, und solche Leute machen mich nervös, weil sie mir ein Rätsel sind.«

Kadett Crusher befeuchtete sich die trockenen Lippen. Das dringendste Problem bestand derzeit darin, einen zu engen Kontakt mit dem Vakuum zu vermeiden. Tote Kadetten konnten nichts mehr erzählen.

»Erstens: Sie brauchen mich, um den Apparat zu reparieren, falls er defekt wird«, sagte er. »Ich, äh, habe ihn konstruiert und bin der einzige, der ihn in Ordnung bringen kann. Zweitens, äh ...« Er überlegte fieberhaft. »Zweitens: Wenn Sie fürchten, daß ich jemandem Bescheid gebe ... Ich bin bereit, einen Vertrag zu unterschreiben, der mich zum Schweigen verpflichtet. Drittens: Ich bin Realist, kein Altruist. Ich falle nicht auf die Föderationspropaganda herein. Meine Güte, ich gehöre nicht einmal zu Starfleet!«

Er blinzelte, überrascht von dem Nachdruck, der in den letzten Worten zum Ausdruck kam. *Ich versuche nur zu überleben,* dachte er. *Ich sage, was der Ferengi hören möchte. Das ist alles.*

Munk lächelte, wodurch sein Gesicht zu einer Fratze wurde. »Ha! Beim Klabautermann, das ist nach meinem Geschmack! Komm Junge, gib mir die Hand drauf!«

Munk streckte eine schmale, schwach wirkende Pfote aus. Wesley griff vorsichtig danach, um den Ferengi (wenigstens diesmal) nicht zu verletzen.

Munks Finger schlossen sich um die des Kadetten und drückten wie eine stählerne Zange zu. Nur mit Mühe gelang es Wesley, einen schmerzerfüllten Schrei zu unterdrücken. Er biß die Zähne zusammen und konnte keinen Widerstand leisten, als Munk ihn zum Schreibtisch zerrte.

»Und jetzt unterschreib das hier. Es handelt sich um einen ganz gewöhnlichen Standardvertrag, der dich, deine Nachkommen, Agenten, Angestellten, Beauftragten, Anwälte, Buchhalter, Teilhaber, Geschäftspartner, Freunde, Bekannten, Verwandten sowie alle nichtorganischen Aufzeichnungsmedien verpflichtet, nie etwas über die Dinge verlauten zu lassen, von denen du während deiner Arbeit Kenntnis erhältst.«

»Meiner Arbeit?«

Munk ließ Wesleys Hand los und klopfte ihm auf die Schulter. »Du bist wohl der neue Schiffsjunge, Mähnsch!«

Wesley zögerte betroffen, aber er sah keine andere Möglichkeit und drückte den Daumen aufs ID-Feld.

»Na schön, Schwabberer ...« Munk betrachtete die Unterschrift mit gerunzelter Stirn. »Fred Kimbal. Hm, bist du sicher, daß so dein richtiger Name lautet? Ich erinnere mich da an einen ähnlichen ... Westlake Kimbal ...«

*Fred Kimbal?* Wesley blinzelte. Er hatte sich instinktiv für diesen Namen entschieden – und damit eigentlich eine ganz gute Wahl getroffen. Der Programmcode des Geräts enthielt auch Freds Namen. Wenn Tunk oder Munk eine entsprechende Überprüfung vornahmen, so fanden sie eine Bestätigung dafür, daß Wesley den Apparat konstruiert hatte.

Und es gab noch einen zweiten Aspekt: Vielleicht war es ihm später möglich, sich aus den vertraglichen Verpflichtungen herauszuwinden – mit dem Hinweis auf den falschen Namen. Er zeigte ganz deutlich, daß es nie seine Absicht gewesen war, eine echte Vereinbarung mit Munk zu treffen. Andererseits: Wenn es in diesem Zusammenhang zu einem Prozeß kam, so fand er vor einem Ferengi-Gericht statt. Und Ferengi-Geschworene würden wohl kaum zugunsten des Menschen Wesley Crusher entscheiden, was auch immer er zu seiner Verteidigung vorbrachte.

»So hieß der andere«, sagte er.

»Der andere Mähnsch?«

»Ja.«

Munk durchbohrte den Kadetten mit einem skeptischen Blick. »Sprichst du wirklich die Wahrheit, Plankenscheuerer?«

»Ja.«

»Nun, uns Ferengi fällt es schwer, euch Menschen auseinander zu halten. Ihr seht alle gleich aus. Der andere Kimbal ... Bist du mit ihm verwandt?«

»Er ist mein Bruder, ich meine ... mein Kusin ... äh, mein Bruder ...«

»Was denn nun?« Munk kniff argwöhnisch die Augen zusammen.

»Nun, eigentlich ist er beides. Mein, äh, der Bruder meines Vaters hat meine Mutter geheiratet, als mein Vater ... hinter Gitter wanderte. Man erwischte ihn mit einer Ladung cardassianischer Relikte.« *Trag ruhig dick auf*, dachte Wesley. *Wenn schon, denn schon.*

Munk grinste und zeigte gelbe, spitze Zähne. »Bei Klüver und Klüverbaum! Das klingt nach jemandem, der mir gefallen könnte.«

So lauteten die letzten freundlichen Worte, die Wesley Crusher von Munk zu hören bekam. Mit dem nächsten Atemzug quiekte Munk, der neue Schiffsjunge hätte gefälligst alle Anweisungen des Schiffsführers zu befolgen, womit vermutlich Tunk gemeint war.

Abgesehen von Käpt'n Munk und Schiffsführer Tunk bestand die Crew des Schiffes aus drei Lotriani. Irgend etwas an ihnen wies darauf hin, daß sie gewissermaßen zum Inventar der *Vielfraß* gehörten: Wenn Munk jemals auf den Gedanken kam, seinen Kreuzer zu verkaufen, so wechselten sie ebenfalls den Besitzer. Es handelte sich um eine Technikerin, eine Köchin und einen Navigator.

Die Lotriani behandelten ihren Käpt'n auf ähnliche Weise wie die Leibwächter Tunk: Sie nahmen Angaben über das Reiseziel entgegen, und den Rest erledigten sie ungeachtet irgendwelcher Order, die sie zwar mit ›Aye, aye‹ quittierten, jedoch weitgehend ignorierten.

Da sich die Crew um alles kümmerte, blieb den Ferengi viel freie Zeit, was dazu führte, daß sie sich nach persönlichen Kontakten sehnten. Im Fall von Munk und Tunk bedeutete das: Immer wieder verspürten sie das dringende Bedürfnis, jemanden zu schikanieren. Sie folgten Wesley oder riefen ihn in ihr Quartier, um ihn mit irgendwelchen banalen Dingen zu beauftragen.

Nachdem Wes d'Artagnan und den klingonischen Leibwächter schon seit einigen Stunden nicht mehr gesehen hatte, beschloß er, einen Abstecher zum Subraum-Sender zu wagen.

Genau dort fand er die beiden Wächter. Sie saßen gemütlich zwischen Wes und dem Sender, lächelten beide das gleiche süffisante Lächeln. Wesley gab sich den Anschein, als sei er beauftragt, Transceiver-Spulen zu zählen. Die Wächter ließen sich davon zwar nicht täuschen, aber sie blieben stumm und beobachteten ihn nur.

Einige Minuten später, als Wesley Mahlzeit um Mahlzeit für die Köchin Charteris replizierte – sie lehnte immer wieder ab und verlangte etwas anderes –, tauchte Tunk plötzlich hinter ihm auf.

»Ich schätze, Sie haben Ihren Vertrag nicht richtig gelesen, Kimbal! Ist Ihnen klar, daß Sie sich an Bord eines Schiffes befinden, das die Ferengi-Flagge führt?«

»Na und?« Wesley ärgerte sich über Charteris' Pedanterie – gab es denn einen erkennbaren Unterschied zwischen zermahlenen und zerriebenen *Mookartoffeln?* –, und man hörte die Gereiztheit in seinen Worten.

Tunk trat ihm dafür ans Schienbein. »Unverschämter Mähnsch! Nach den Vereinbarungen mit der Föderation gilt Ferengi-Recht an Bord von Schiffen mit Ferengi-Flagge. Das bedeutet: Über die strafrechtlichen Folgen eines Vertragsbruchs entscheidet das *Ferengi*-Gericht des nächsten *Ferengi*-Außenpostens.« Er beugte sich vor und blies Wesley seinen stinkenden Atem ins Gesicht. »Haben Sie jemals ein Ferengi-Gefängnis gesehen?«

Wesley verstand den Hinweis. Wenn er hoffte, den Subraum-Sender zu benutzen, sobald die Wächter eingeschlafen waren, sollte er besser an folgendes denken: So dankbar die Föderation und Starfleet für die von ihm übermittelten Informationen sein mochten – er blieb auch weiterhin der ungerechten Ferengi-Justiz ausgeliefert.

In einem Anflug von Zynismus stellte sich Wesley vor, daß Starfleet nach einer erfolgreichen Flucht bereit sein könnte, ihn an die Ferengi auszuliefern – um der diplomatische Beziehungen willen.

Von Drohungen und Schikanen einmal abgesehen: Tunk schien großes Interesse daran zu haben, mit jemand anders zu reden als nur mit seinem aufgeblasenen Vater oder den schweigsamen Leibwächtern. Wesley beschloß, Munks Sohn auszuhorchen, um mehr über den Plan zu erfahren. Eine besondere Taktik seinerseits war überhaupt nicht nötig – Tunk sprach nur zu gern über das, was er von der Zukunft erwartete.

»Falls Sie wirklich noch nichts davon gehört haben, Mähnsch ...« Das hatte Wesley tatsächlich nicht. »Einer der berühmtesten Föderationswissenschaftler ist gestorben, und seine Erfindungen sollen an den Meistbietenden versteigert werden. Was dazu führt, daß jeder nur noch an seinen eigenen Vorteil denkt – eine sehr vernünftige Einstellung, die Ihrem Volk bisher fehlte.«

»Ja, natürlich«, pflichtete Wesley dem Ferengi bei. »Erwerbsregel Nummer ... Nun, wie lautete die Nummer noch?«

Tunks Augen wurden ein ganzes Stück größer. »Vermutlich meinen Sie die sechzigste Regel des Erwerbs: Kämpfe gegen die anderen. Es erstaunt mich, daß Sie unsere Kultur so gut kennen.«

Wesley zuckte wie beiläufig mit den Schultern. »Ich versuche, auf dem laufenden zu bleiben. Ich nehme an, Sie wollen ... Ach, vielleicht sollten wir nicht über Ihre erfolgreichen Pläne reden.«

»Warum denn nicht? Ich meine, wir könnten die Gelegenheit nutzen und nach Fehlern in ihnen Ausschau halten, oder?« Wenn Tunk sein Lieblingsthema anschnitt – Klugheit und Schläue der Ferengi –, so war er durch nichts mehr zu bremsen. Er strahlte und rieb sich die Hände, so als sei er bestrebt, sie unter einem altmodischen Wasserhahn zu waschen.

»Wir werden viele hundert Barren in Gold gepreßtes Latinum replizieren. Aber es ist gar kein echtes Latinum, sondern ...«

»Chaseum.«

Tunk bedachte ihn mit einem vorwurfsvollen Blick, und daraufhin blieb Wesley still. Er wollte nicht von einem verärgerten Ferengi getreten oder mit einem Knüppel geschlagen werden.

»Ja, wir nehmen Chaseum, benutzen Ihr Gerät, und *radrabat!* Plötzlich haben wir mehr Latinum als sonst jemand. Mehr als genug, um bei der Auktion alles zu stehl ... um alles zu ersteigern. Der einzige Haken besteht darin, daß Hatheby's – so heißt die terranische Firma, von der die Auktion veranstaltet wird – es vielleicht für notwendig hält, das Latinum zu untersuchen. Heutzutage begegnet man den Ferengi überall mit Mißtrauen! Das ist einfach nicht fair. Wenn jemand anders aggressive Verkaufstaktiken anwendet, so gilt er als geschäftstüchtig. Aber *uns* bezeichnet man als Diebe und Betrüger!

Wie dem auch sei: Ich schätze, wir können den Überprüfungen gelassen entgegensehen, solange die Barren keinem Replikator-Test unterzogen werden – aber wer käme schon auf den Gedanken, Latinum in einen Replikator zu legen, hm? Und was die anderen Untersuchungen betrifft ... Ihr Komplize meinte, dabei ließe sich kein Unterschied feststellen. Dafür haben Sie gesorgt, nicht wahr, Kimbal? He! He!«

Wesley lächelte und feuerte einen Photonentorpedo ab. »Tja, es gibt da nur ein kleines Detail, das Sie übersehen haben.«

»Was? Werden Sie nicht unverschämt! Wir haben überhaupt nichts übersehen.«

Stille folgte. Tunk summte vor sich hin, pfiff leise und betrachtete seine Fingernägel so, als erwarte er irgendeine Offenbarung von ihnen. Schließlich hielt er es nicht mehr aus. »Na schön, Kimbal. Was haben wir übersehen? Der Plan ist perfekt!«

»Wenn Sie meinen ...«

»Er ist es wirklich. Wo liegt das Problem?«

»Wenn Ihr Plan perfekt ist, gibt es gar kein Problem. Vermutlich habe ich mich geirrt.«

Tunk starrte Wesley an und schien nicht überzeugt zu sein. Etwas belastete ihn, aber es widerstrebte ihm zu glauben, daß ein einfacher Mähnsch Fehler in einem genialen Ferengi-Plan entdecken konnte. Er schnaufte, brummte etwas Unverständliches und ging fort.

Angesichts seiner Navigationsausbildung hatte Wesley sofort ein Problem in Hinsicht auf Zeit und Ort bemerkt. Die *Vielfraß* war so weit von Novus Alamogordus entfernt, daß sie mit ihrer Höchstgeschwindigkeit von Warp fünf den Zielplaneten erst dann erreichen konnte, wenn die Auktion praktisch vorbei war.

Die Lotriani-Crew (nicht nur Technikerin und Navigator, sondern wahrscheinlich auch die Köchin) wußte bestimmt darüber Bescheid. Aber sie wies nicht darauf hin, da Tunk und Munk es versäumten, entsprechende Fragen zu stellen.

Es gab ein anderes Schiff in diesem Sektor, das rechtzeitig nach Novus Alamogordus gelangen konnte: ein Schiff der Galaxy-Klasse, um ein Vielfaches schneller als die *Vielfraß*.

Wenn sich Wesley richtig an die Einzelheiten des gegenwärtigen Patrouillendienstes erinnerte, so handelte es sich um die U.S.S. *Enterprise* unter dem Kommando eines gewissen Jean-Luc Picard.

Kadett Crusher wartete geduldig. Früher oder später errang die affenartige Ferengi-Neugier zweifellos den Sieg über den Stolz. Wenn das geschah, kehrte Tunk zurück und fragte nach dem Fehler im Plan. Je länger es dauerte, um so später wurde es – und um so größer die Wahrscheinlichkeit, daß Munk in Verzweiflung geriet, alle Vorsicht über Bord warf und beschloß, sich mitnehmen zu lassen.

Wesley wußte nicht genau, was er unter den gegenwärtigen Umständen unternehmen konnte. Er war an einen Ferengi-Vertrag gebunden, unterlag Ferengi-Recht. Aber an Bord der *Enterprise* befand er sich wenigstens unter Freunden, und seinem ›Weitblick‹, sich Fred Kimbal zu nennen, verdankte er dies: Munk und Tunk würden nicht merken, daß ihn die Besatzungsmitglieder der *Enterprise* kannten.

Der junge Kadett erstarrte innerlich, als er auf einen Fehler in seinem eigenen Plan stieß. Er mußte sich als Fred Kimbal vorstellen (heimliches, bedeutungsvolles Zwinkern), bevor ihm jemand auf die Schulter klopfte und sagte: »Hallo, Wesley, wie geht's dir?«

Es gelang Tunk, zwei Stunden lang an seinem Stolz festzuhalten. Dann kehrte er zurück und erfüllte damit Wesleys Prophezeiung. Crusher druckste zunächst herum, doch nach einigen Minuten gab er nach und erteilte dem Ferengi die gewünschte Auskunft.

Tunk eilte so schnell fort, wie er watscheln konnte – er war auf dem besten Weg, sich das von seinem Vater bevorzugte kugelförmige Erscheinungsbild zuzulegen. In der allgemeinen Aufregung dachte niemand daran, Wesley im Auge zu behalten oder ihn mit neuen Arbeitsaufträgen zu schikanieren. Er machte sich auf den Weg zur Brücke und betrat sie rechtzeitig genug, um den Befehl zu hören, ein Rendezvousmanöver mit der *Enterprise* durchzuführen.

Als Tunk die Anweisung erteilt hatte, und zwar in Abwesenheit seines Vaters (den es ärgerte, von seinem Sohn beim Zählen seiner recht beeindruckenden Sammlung echter Latinumbarren gestört zu werden), drehte er sich um und sah den an einer Konsole sitzenden Wesley.

»Fauler, nichtsnutziger Mähnsch! Zurück an die Arbeit!«

»Ich habe bereits alles erledigt.«

»Dann suchen Sie sich irgend etwas anderes. Machen Sie sich nützlich!«

»Wenn Sie darauf bestehen ... Nun, vielleicht gibt es noch einen weiteren klitzekleinen Fehler in Ihrem Plan. Wie wollen Sie ...« Wesley schüttelte den Kopf. »Schon gut. Sie haben bestimmt alles unter Kontrolle.«

Wenn es möglich gewesen wäre, daß Rauch aus Ferengi-Ohren quoll, so hätte Wesley jetzt ein derartiges Phänomen beobachten können.

Tunk holte tief Luft und hielt den Atem an. Sein Gesicht verfärbte sich rosarot. Er erweckte den Eindruck, explodieren zu können, wenn ihn jemand mit einer Nadel pikte. Dann ließ er den angehaltenen Atem langsam entweichen und faßte sich wieder.

»Na schön, Kimbal. Sie haben gewonnen. Was ist diesmal nicht in Ordnung?«

»Wenn Sie sich mit der *Enterprise* in Verbindung setzen ...«

»Ja?«

»Wie wollen Sie den Captain veranlassen, Sie an Bord zu nehmen?«

»Nun, ich dachte, wir ... fragen ihn ... einfach ...« Tunks Stimme verklang. Es war höchst unwahrscheinlich, daß sich die *Enterprise* bereit erklären würde, Taxidienste für einige reisende Ferengi zu leisten – die bei der Auktion gegen die Interessen der Föderation bieten wollten.

»Na schön, Mähnsch. Wissen Sie, wie wir an Bord gelangen könnten?«

»Tut mir leid. Ich habe nicht die geringste Ahnung.«

Eins mußte man Tunk lassen: Er bekam keinen Wutanfall – man durfte Ferengi eben nicht mit jähzornigen Kobolden verwechseln. Statt dessen dachte er nach, ging dabei auf und ab. Der klingonische Leibwächter folgte ihm pflichtbewußt.

Schließlich sah Tunk auf, und sein Gesicht zeigte den Ausdruck eines Mannes, der die Lösung für ein schwieriges Problem gefunden hatte – eine Lösung, die ihm nicht gefiel.

»Ich fürchte, die *Enterprise* nimmt uns nur dann auf, wenn es sich um einen Notfall handelt. Das ist die einzige Möglichkeit. Starfleet-Schiffe *müssen* reagieren, wenn sie einen Notruf empfangen – das ist eine ihrer Regeln des Erwerbs oder Altruismus oder so. Wir brauchen also nur entsprechende Kom-Signale zu senden.«

»Glauben Sie etwa, daß man darauf verzichtet, dieses Schiff zu scannen? Dabei stellt sich sofort heraus, daß kein echter Notfall herrscht.«

»Ich weiß, ich weiß«, erwiderte Tunk kummervoll. »Wir müssen also tatsächlich in eine gefährliche Situation geraten. Was in diesem Fall bedeutet, daß die Vernichtung dieses Schiffes unmittelbar bevorsteht – ich fürchte, nur unter solchen Bedingungen wäre die *Enterprise* bereit, uns an Bord zu beamen.«

»Sie denken doch nicht im Ernst daran, das Raumschiff Ihres Vaters zu zerstören, oder?«

Tunk blickte verdrießlich ins Leere und kräuselte die Lippen, wodurch seine spitzen Zähne sichtbar wurden. Dann lächelte er langsam, als vor seinem inneren Auge ein Bild entstand. Es zeigte ihm, wie sich das Schiff seines Vaters in einen Glutball verwandelte.

Vielleicht dachte er jetzt: *Geschieht dem alten Knacker ganz recht!*

Tunk drehte den Kopf und blickte zu Munks Kabine. Er hatte den Käpt'n erst vor kurzer Zeit gestört und zu einem Rendezvousmanöver mit der *Enterprise* überredet. Ihn jetzt noch einmal zu belästigen, noch dazu mit dem Anliegen, die *Vielfraß* zu vernichten ... Diese Vorstellung erfüllte Tunk mit tiefem Unbehagen. Allerdings sah er darin nicht nur die einzige Möglichkeit, sondern den größten Streich – beziehungsweise ›Streik‹ – überhaupt, und deshalb entschied er schließlich, noch einmal mit seinem Vater zu reden.

Er beruhigte sich, schritt langsam durch den Kontrollraum und probierte unterwegs verschiedene Arten des Katzbuckelns aus.

Es fiel Wesley sehr schwer, nicht laut zu lachen.

Für ihn selbst konnte es nur besser werden. An Bord der *Enterprise* brauchte er wenigstens nicht mehr damit zu rechnen, ständig schikaniert zu werden. Für den von ihm unterschriebenen Vertrag galt zwar Ferengi-Recht, doch an Bord eines Föderationsschiffes mußten Angestellte – auch Schiffsjungen – nach den Vorschriften der Föderation behandelt werden.

Außerdem: Vielleicht konnte er den klingonischen Leibwächter irgendwie dazu bringen, Lieutenant Worf zu beleidigen. Seiner Meinung nach hatte der verdammte Mistkerl eine ordentliche Abreibung verdient.

# 9

Einige Sekunden lang herrschte Stille auf der Brücke, und dann kam ein Schwall Verwünschungen aus dem Quartier des Captains. Wesley erkannte Munks schrille Stimme; die dicken Wände bewahrten ihn glücklicherweise davor, einzelne Worte zu verstehen.

Diese Art von Gnade währte nicht lange. Kurz darauf öffnete sich die Tür der Kabine, und Munk wankte auf die Brücke, schwang wütend seinen Stock. Er entdeckte Wesley und hielt direkt auf ihn zu.

Kadett Crusher wich nicht zurück und lehnte es ab, sich von einem Ferengi einschüchtern zu lassen. Allerdings behielt er vorsichtshalber den Knüppel im Auge.

»Was fällt dir ein, du dreckiger, hinterlistiger und ohrloser Philanthrop? Beim Klabautermann, glaubst du etwa, du könntest mein Schiff zu deinem Privatvergnügen in die nächste Sonne werfen?«

Wesley verschränkte die Arme. »Wollen Sie mir vorwerfen, daß ich Ihnen meinen Rat angeboten habe? Die *Enterprise* ist nur dann bereit, Sie aufzunehmen, wenn Sie in Not sind. Und man wird nur dann glauben, daß Sie in Not sind, wenn dieses Schiff kurz vor der Explosion steht – was sich mit Hilfe der Sensoren feststellen läßt. Das sind die Fakten. Wenn sie Ihnen nicht gefallen, so ist das Ihre Sache. Kriechen Sie von mir aus mit Warp fünf zur Auktion – mich kümmert das nicht!«

Munks Gesicht verfärbte sich rot, und er hielt die

Luft an. Nach einer halben Minute ließ er den Atem mit einem jähen Zischen entweichen und hustete.

Er senkte den Kopf ein wenig, hielt jedoch auch weiterhin einen kalten, reptilienartigen Blick auf Wesley gerichtet. »Wenn es nicht funktioniert, Mähnsch ... Dann füge ich den Wert der *Vielfraß* deinem bereits recht hohen Schuldenberg hinzu – wegen falscher Beratung.«

»Schuldenberg? Welche Schulden meinen Sie? Ich habe doch gar nichts gekauft!«

Munk hob den Kopf wieder, und sein Lächeln zeigte verfaulende spitze Zähne. »Und ob du das hast, bei den Toppsegeln. Luft, Wasser, Nahrungsmittel, Transport, eine Führung durchs Schiff ...«

»Eine *Führung durchs Schiff?*«

»Nach dem Andocken habe ich Sie vom Heck zum Bug geführt«, erklärte Tunk. »Ich erinnere mich ganz deutlich daran.«

Wesley Crusher hob die Arme und ließ sie wieder sinken. »Na schön. Wie Sie meinen. Rechnen Sie ruhig alles zusammen.« Eins war ihm klar: Auf *legale* Weise konnte er seine Schulden bei den Ferengi ohnehin nicht abtragen. Er mußte sich etwas anderes einfallen lassen.

Drei Stunden verstrichen, während die *Vielfraß* mit dem vom Lotriani-Navigator errechneten Kurs flog, sich dabei dem Rendezvouspunkt näherte.

Kurz darauf geriet die *Enterprise* in Kommunikationsreichweite, und nach einigen weiteren Minuten erschien sie auf dem Hauptschirm.

Munk wanderte hilflos im Kontrollraum umher, murmelte dabei »Ach! O weh!« und hob immer wieder verzweifelt die Hände zu den Ohren. Zweimal wankte er zur Kom-Station, und zweimal brachte er es nicht fertig, ganz an sie heranzutreten und die Kontrollen zu betätigen.

Wesley beobachtete den Ferengi und fragte sich besorgt, ob er den Verstand verlor. Nervös versuchte er, einen sicheren Abstand zu Munk zu schaffen, für den Fall, daß er Amok lief – oder was auch immer Ferengi anstellten, wenn sie ausrasteten.

Doch Tunk scherte sich kaum darum, was mit der *Vielfraß* geschah – immerhin war es nicht sein Schiff. Zielstrebig schritt er zur Kommunikationsstation, straffte dort die Gestalt und öffnete einen Kom-Kanal.

»Hier *Enterprise*«, meldete sich Commander Data.

»Äh, ist dort die U.S.S. *Enterprise?* Hier spricht, äh, Captain Tunk vom Ferengi-Handelsschiff *Vielfraß.* Wir haben Schwierigkeiten mit der Antimaterie-Flußkontrolle. Bitte halten Sie sich in Bereitschaft. Wir senden Ihnen ...« Tunk unterbrach sich und lächelte. »Unser menschlicher Ingenieur versucht, den Schaden zu beheben, aber vielleicht brauchen wir Hilfe.«

Wesley öffnete den Mund – und schloß ihn wieder, als er daran dachte, daß Data vermutlich sein Stimmuster erkannte und unabsichtlich seine wahre Identität preisgab. Er wich in den Schatten zurück und hoffte, daß der große Wandschirm im Kontrollraum der *Enterprise* ihn nicht zeigte.

»Captain Tunk, wir raten Ihnen dringend davon ab, selbst eine Reparatur der Flußkontrolle für die Antimaterie zu versuchen«, antwortete der Androide sofort. »Wir sind bereit, einige Spezialisten an Bord Ihres Schiffes zu beamen und ...«

Tunk unterbrach Data mit einem markerschütternden Schrei. *»Bei den Göttern des Profits!«*

Er zerrte den Modulationsprozessor aus dem Kommunikator, was dazu führte, daß es an Datas Ende des Kom-Kanals nur noch knisterte und rauschte.

»Beeil dich, du faules Schwein!« fuhr Tunk die Lotriani-Technikerin an. »Programmiere die Antimateriekapseln auf Überladung in zwanzig Sekunden. Und schleuse die Kapseln aus, wenn uns die *Enterprise* in zehn Sekunden nicht in an Bord gebeamt hat!«

»Zehn Sekunden!« entfuhr es Wesley und Munk gleichzeitig. Letzterer fügte den beiden Worten ein entsetztes ›Argh!‹ hinzu.

Die Technikerin antwortete nicht. Sie eilte von einer Konsole zur anderen, deaktivierte Sicherheitssysteme und verkündete schließlich: »Das Schiff explodiert in zwanzig Sekunden ... neunzehn ... achtzehn ...«

Wesley fragte sich plötzlich, ob es wirklich eine gute Idee gewesen war, die Zerstörung der *Vielfraß* vorzuschlagen. Vielleicht hatte die *Enterprise* derzeit gar keine Möglichkeit, sie an Bord zu beamen. Vielleicht saß Data gerade nicht an den Kontrollen. *Vielleicht konnten die Antimateriekapseln nicht ausgeschleust werden ...*

Als nur noch zwölf Sekunden blieben, tropfte Wesley Schweiß in die Augen. Bei ›zehn‹ wandte sich die Technikerin erneut den Schaltelementen zu.

Bei ›sechs‹ drehte sie sich zu Tunk um und zuckte resigniert mit den Schultern. Sie war nicht imstande, die Antimateriekapseln auszuschleusen.

Wesley Crusher spürte, wie seine Knie nachgaben. Er hielt sich am nahen Geländer fest und starrte zum Chronometer. In fünf Sekunden ging sein Leben zu Ende.

Vier ...

Drei ...

*Zwei.* Er blinzelte. Er war so sehr von der Uhr fasziniert gewesen, daß er nicht das leise Surren des Transferstrahls gehört hatte. Während er im Transporterraum der *Enterprise* stand, setzte er den Countdown stumm fort.

Die Sprachprozessorstimme des Computers kam einer herrlichen Musik gleich, als sie mitteilte: »Das Ferengi-Schiff ist explodiert. Alle Besatzungsmitglieder konnten an Bord gebeamt werden.«

Wesley sah sich um. Auf der Transferplattform standen Munk, Tunk, drei Lotriani, zwei Leibwächter und ein Kadett Crusher. Tunk hatte sich voller Panik an seinen Vater geklammert, und Munk versuchte gerade, die Arme seines Sohns von sich abzustreifen. D'Artagnans Gesicht war so blaß wie der terranische Mond, während die Pupillen des Klingonen nur noch kleine Punkte bildeten. Allein die Lotriani wirkten völlig unbeeindruckt; vielleicht war ihr Volk gar nicht zur Furcht fähig.

Wesley blickte zum Transporterchef. Kannte er ihn? Der Mann starrte so, als wollte er ›He, Wes!‹ oder etwas in der Art rufen. Oder bildete sich der Kadett das nur ein?

Er beschloß, kein Risiko einzugehen. »Fred Kimbal!« stieß er hervor, hastete durch den Raum und streckte die Hand aus. Der Mann griff vorsichtig danach wie nach einem Fisch, der gerade aus einem Bach ans Ufer gehüpfte war.

»Äh, Transporteroffizier Heavenly«, sagte er.

Um sein Verhalten nicht zu seltsam erscheinen zu lassen, deutete er auf die anderen und stellte sie ebenfalls vor.

»Käpt'n Munk, Schiffsführer Tunk – nein, der größere –, Technikerin Jina Kef, Navigator Rolt Soundso, Köchin Ming, d'Artag ...« Wesley unterbrach sich verlegen, als ihm einfiel: Er hatte überhaupt keine Ahnung, wie die Leibwächter hießen.

Nun, und wenn schon. Die beiden Ferengi richteten mißtrauische Blicke auf Heavenly. Die Lotriani sprachen leise miteinander und ignorierten alles andere. D'Artagnan und der Klingone beobachteten Wesley wie zwei Geier, blieben dabei völlig still.

»Oh«, sagte der Transporteroffizier. »Hallo.«

Das Schott öffnete sich mit einem leisen Zischen. Commander Data kam mit Wesleys Mutter Beverly Crusher herein.

Sie traten vor – und blieben stehen, als sie das vertraute Gesicht sahen.

*»Fred Kimbal!«* rief Wesley, sauste an den beiden Ferengi vorbei und streckte Data die Hand entgegen. »Mein Name lautet Fred Kimbal! Ich gehöre zur Crew dieser überaus ehrenvollen Ferengi-Händler! Wir sind auf dem Weg zur Auktion! Das Schiff explodierte! Ich kenne Sie nicht! Bitte sagen Sie mir, wer Sie sind!«

Dr. Crusher wechselte einen Blick mit Data, der die Brauen wölbte und als erster sprach. »Es freut uns sehr, Sie kennenzulernen, Mister … *Kimbal.* Ich bin Commander Data vom Raumschiff *Enterprise.* Dies ist unsere Bordärztin Doktor Beverly Crusher. Wer sind Ihre Freunde?«

Wesley wiederholte die Vorstellung. »Käpt'n Munk, sein Sohn Tunk, die Crewmitglieder Jina Kef, Rolt Soundso, Ming Soundso und zwei Leibwächter …«

»Wir sind jetzt weder Crewmitglieder noch Angestellte«, sagte Technikerin Kef scharf. »Die Zerstörung des Schiffes befreit uns von unseren vertraglichen Pflichten.«

»Na schön«, entgegnete Wesley. »Sie *waren* also die Crew der *Vielfraß.*«

»Wir haben die Sache besprochen und eine Entscheidung getroffen. Wir möchten ebenfalls an der Versteigerung teilnehmen und für Lotri bieten.«

»Ist alles in Ordnung?« fragte Dr. Crusher besorgt. Sie musterte Wesley, der einen bedeutungsvollen Blick in Richtung der beiden Ferengi warf und dadurch versuchte, seine Mutter zu einem natürlicheren Verhalten zu veranlassen.

Erneut öffnete sich das Schott, und diesmal kam Commander Riker herein, begleitet von zwei als Begrüßungskomitee verkleideten Sicherheitswächtern.

»Fred Kimbal«, sagte Wesley nervös.

Data zeigte auf ihn. »Das ist Fred Kimbal«, behauptete er.

»Kimbal«, sagte Beverly gleichzeitig. »Er traf gerade mit zwei Ferengi ein.«

Riker sah von Data zu Dr. Crusher und dann zu Wesley, der unwillkürlich den Atem anhielt. »Willkommen an Bord der *Enterprise*, Mister Kimbal«, sagte der Erste Offizier betont herablassend. Im linken Mundwinkel zuckte es, als er ein Lächeln unterdrückte.

*Großartig!* dachte Wesley. *Riker wird mir dies immer wieder unter die Nase reiben.*

»Wer sind Ihre Freunde, Mister Kimbal?«

Wesley seufzte und wiederholte das Ritual noch einmal. »Munk, Tunk, Kef, Rolt, Ming, Leibwächter Nummer eins und Leibwächter Nummer zwei. Den Ferengi gehörte das Schiff, das gerade explodiert ist, und seine Crew bestand aus den Lotriani.«

»Wer ist das?« fragte Riker und deutete auf die Leibwächter.

»Diese beiden Männer sorgen für die Sicherheit«, erklärte Tunk stolz.

»Da wir gerade dabei sind ...«, sagte Wesley. »Wo befindet sich der Sicherheitsoffizier dieses Schiffes, das ... *Enterprise* heißt, nicht wahr?«

»Ja«, bestätigte Riker, und es fiel ihm noch schwerer als vorher, ernst zu bleiben. »Der Sicherheitsoffizier Lieutenant Worf und unser Chefingenieur Lieutenant Commander Geordi LaForge befinden sich an Bord eines anderen Schiffes. Wir sehen sie bei der Auktion wieder. Ich nehme an, dorthin sind auch Sie unterwegs, nicht wahr?«

»Ja«, erwiderte Tunk. »Leider kam es an Bord unseres Schiffes zu einem technischen Defekt. Nun, worauf warten wir noch? Volle Kraft voraus, Mähnsch! Warpfaktor zwölf! Wir müssen Novus Alamogordus erreichen, bevor die Versteigerung beginnt!«

Daraufhin verschwand der Schatten des Lächelns aus Rikers Mundwinkeln. »Wir fliegen bereits mit Höchstgeschwindigkeit, Mister Tunk.«

»Was? Unsinn! Wie schnell sind wir, Kimbal?«

Wesley starrte Riker groß an und trachtete danach, die Gedanken des Ersten Offiziers zu erraten. »Als wir an Bord gebeamt wurden, flog die *Enterprise* mit Warp fünf.«

Riker straffte die Schultern, um noch mehr wie ›Starfleet‹ auszusehen. Mit einem energischen Ruck zog er den Uniformpulli nach unten, entfernte dadurch einige Falten. »Falls Ihnen die diesbezüglichen Starfleet-Vorschriften nicht bekannt sein sollten, *Kadett Kimbal:* Im stellaren Territorium der Föderation ist Warp fünf die zulässige Höchstgeschwindigkeit.«

Wesley wartete auf die Pointe. Als das Schweigen andauerte, fragte er schließlich: »Ist das Ihr *Ernst?* Sie sind nicht befugt, schneller zu fliegen?«

»Für Starfleet hat der Schutz vor möglichen Schäden, die zu hohe Warpgeschwindigkeiten anrichten können, oberste Priorität«, sagte Riker und ließ dabei so etwas wie Entrüstung erklingen. »An der Starfleet-Akademie lehrt man doch noch die Bedeutung von Umweltschutz und der Ersten Direktive, oder?«

»Natürlich! Ich wollte nur ...«

»Wenn wir die Geschwindigkeitsbegrenzung jedesmal dann mißachten, wenn wir das im Lauf irgendeiner Mission für erforderlich halten, so verliert sie ihren Sinn.«

»So meinte ich das nicht, Sir! Sie verstehen mich völlig falsch! Ich ...«

»Dieses Schiff fliegt mit der zulässigen Höchstgeschwindigkeit von Warp fünf zur Auktion. Wenn Ihnen das nicht paßt, sind wir bereit, Sie bei Starbase Achtunddreißig abzusetzen, damit Sie sich ein anderes Transportmittel besorgen können.«

Wesley schwieg. Wenn er das Gespräch fortgesetzt hätte, wäre ihm früher oder später ein »Hurra!« herausgerutscht – deutlicher Hinweis für die Ferengi, da er nach wie vor versuchte, ihre Pläne zu durchkreuzen.

Munk hatte die ganze Zeit über geschnauft und leise vor sich hin gebrummt. Jetzt nutzte er die Gelegenheit, um seinen Zorn in Worte zu fassen.

»Lumpenpack! Halunkengesindel! Sie treiben mich in den *Ruin,* reißen mir den Bart an den Wurzeln heraus! Jetzt hören Sie mal, Sie Angeber, Sie sind *verpflichtet,* uns zur Auktion zu bringen. Der Vertrag zwischen uns Ferengi und der Föderation ...«

»In jenem Vertrag versprachen die Ferengi, innerhalb der Föderation die Gesetze des interstellaren Völkerbunds zu achten«, warf Data ein. »Es gibt auch ein Gesetz, das es verbietet, falsche Notsignale zu senden und Angehörige der Föderation durch eine Sabotage des Schiffes in Gefahr zu bringen.«

Munk schloß den Mund und plusterte die Wangen auf. Alles in ihm drängte danach, den – durchaus gerechtfertigten – Vorwurf empört zurückzuweisen, und die Vernunft errang einen nur knappen Sieg. Tunk trat zwischen ihn und Data, bemühte sich, die Wogen zu glätten.

»Ich bitte Sie, meine Herren! Welchen Sinn haben solche Anschuldigungen? Dieses Schiff schleicht eben nur durchs All, wodurch wir zu spät zur Auktion kommen. Na und? Wir sind daran gewöhnt, auf diese Weise von der Föderation behandelt zu werden. Es lohnt nicht, sich darüber aufzuregen.

Nun, vielleicht können wir das Problem auf eine andere Art lösen. Sie erwähnten eben zwei Besatzungsmitglieder, die Sie bei der Versteigerung wiedersehen.«

»Ja«, sagte Riker vorsichtig. Er musterte Tunk argwöhnisch und fragte sich bestimmt, worauf der Ferengi hinauswollte.

»Ich nehme an, sie sind bereits auf dem Weg nach Novus Alamogordus, an Bord eines anderen Schiffes.«

»Dabei handelt es sich um einen klingonischen Scout«, erläuterte Data.

»Wenn ich mich recht entsinne«, fuhr Tunk fort, »ist mit den Klingonen noch keine endgültige Vereinbarung in Hinsicht auf die maximale Warpgeschwindigkeit zum Schutz der kosmischen Umwelt getroffen worden, oder?«

»Das stimmt«, sagte Data. »Wir verhandeln nach wie vor mit Imperator Kahless. Sein Sprecher, Dagragas Nai, wies darauf hin, daß ...«

»Ja, ja, ja.« Tunk gestikulierte ungeduldig. »Mir geht es in erster Linie um dies: Ihre Leute erreichen die Auktion vor uns, nicht wahr?«

»Und wenn das der Fall ist?« lautete Rikers Gegenfrage, der immer noch nicht verstand.

»Nun, mein lieber Mähnsch, es dürfte doch möglich sein, einen Subraum-Kontakt herzustellen, genaue Beschreibungen der einzelnen zu versteigernden Objekte zu übermitteln und unsere Angebote weiterzugeben ...«

»Ja, ich denke schon.« Riker klang zwar skeptisch, aber er sah keinen Grund, das Anliegen des Ferengi abzulehnen. »Es könnte ein ziemliches Durcheinander entstehen«, fügte er hinzu. »LaForge vertritt die Föderation und Lieutenant Worf das klingonische Imperium.«

»Wer leitet die Auktion?« fragte Tunk.

»Hatheby's von der Erde und Cis-Lunar«, antwortete Data. »Eine sehr angesehene Firma. Sie existiert schon seit über fünfhundert Jahren.«

»Um so besser. Dann fällt es ihr bestimmt nicht schwer, die einzelnen Angebote zu unterscheiden, wenn LaForge und Worf für die Föderation, Klingonen und uns Ferengi bieten. Sie brauchen nur zu sagen ›Die Föderation dies und dies‹, oder ›Käpt'n Munk bietet das und das‹ – und schon ist die Sache geritzt!«

Der Vorschlag gefiel Riker nicht sonderlich, aber er konnte ihn nicht so ohne weiteres zurückweisen. In einem Punkt hatte Tunk recht: Aufgrund der verschiedenen Verträge zwischen den Ferengi und der Föderation war die *Enterprise* verpflichtet, *angemessene* Hilfe zu leisten, wenn die Opfer eines Unglücks im All darum baten – es sei denn, Data konnte beweisen, daß die Ferengi ihr Schiff mit Absicht zerstört hatten.

Wenn das nicht gelang, mußte Riker auf das Anliegen von Munk und Tunk eingehen.

»Na schön«, sagte er und rang sich ein Lächeln ab. »Solange es unsere Pflicht ist, angemessene Hilfe zu leisten, dürfen Sie Ihre Angebote Commander LaForge mitteilen, der Sie dann im Namen der Ferengi weiterleitet.«

Röte huschte über Tunks Gesicht. »Äh, wir bieten nicht für die Ferengi oder den Großen Nagus, nur für uns selbst, für Käpt'n Munk und seinen Sohn.«

»Wie Sie meinen. Sprechen Sie die Details mit Commander Data ab.«

»Herzlichen Dank«, sagte Tunk mit übertriebener Freundlichkeit.

»Der Segen des Klabautermanns sei mit Ihnen«, grummelte Munk.

»Data bringt Sie jetzt zu einem geräumigen Quartier in unmittelbarer Nähe des Sicherheitsbüros«, wies Riker den Androiden an.

»Auch dafür danken wir Ihnen.« Die beiden Ferengi begleiteten Riker zur Tür. Wesley fühlte eine große Hand auf seiner Schulter – d'Artagnan sorgte dafür, daß er Munk und Tunk folgte.

Das Schott öffnete sich, kurz bevor sie es erreichten. Captain Jean-Luc Picard kam herein.

Wesley riß die Augen auf. Picard erkannte den jungen Kadetten und öffnete den Mund, um ihn zu begrüßen.

Wes kam ihm zuvor. *»Kimbal!«* rief er. *»Fred Kimbal!«*

»Captain ...«, sagte Riker. »Ich möchte Ihnen *Kadett Kimbal* vorstellen.«

»Ja«, ließ sich Beverly vernehmen. »*Mister Kimbal* reist mit diesen beiden ehrenwerten Ferengi zur Auktion.«

Gleichzeitig sagte Data: »Das ist *Kadett Fred Kimbal*, Sir.«

Picard sah von einem zum anderen. »Interessant. Nun, ich hoffe, daß *Mister Kimbal* und seine Freunde einen angenehmen Aufenthalt an Bord der *Enterprise* haben werden. Es tut mir leid, daß ich nicht eher hier sein konnte, aber ich mußte mich um andere Dinge kümmern. Mister Kimbal, wenn Sie mich bitte den übrigen Besatzungsmitgliedern des zerstörten Schiffes vorstellen würden ...«

Wesley stöhnte innerlich und brachte die ganze Sache noch einmal hinter sich. Auch diesmal blieben die beiden Leibwächter anonym.

»Gehe ich recht in der Annahme, daß Sie ebenfalls zur Versteigerung unterwegs sind?« fragte der Captain.

Alle nickten oder brummten zustimmend.

»Die Ferengi möchten, daß wir ihre Angebote an Geordi und Worf weiterleiten«, sagte Riker. Seine Miene gab zu erkennen, wie wenig er davon hielt. »Eine solche Hilfeleistung unsererseits erscheint mir nicht unangemessen, oder?«

»Sie mag nicht unangemessen sein«, erwiderte der Captain. »Aber sie ist unmöglich. Wir haben gerade eine Subraum-Mitteilung von Hatheby's erhalten, in der man uns die Auktionsregeln erläutert. Sie verbieten es leider, daß wir Angebote der Ferengi weiterleiten. Ich bedauere, wenn Ihnen dadurch Unannehmlichkeiten entstehen, aber ich versichere Ihnen: Wenn es nicht zu weiteren Zwischenfällen kommt, erreichen wir die Versteigerung, bevor sie zu Ende geht.«

Riker wandte sich an die Ferengi und wirkte nicht sehr enttäuscht. »Pech«, sagte er und klopfte Tunk auf die Schulter. »Nun, machen Sie sich keine Sorgen. Die

Ferengi-Interessen werden bei der Auktion wahrgenommen.«

Tunk richtete einen verwunderten Blick auf Riker. »Werden sie das?«

»Ja. Vor einigen Stunden haben wir erfahren, daß der Große Nagus bereits auf Novus Alamogordus weilt.«

Erneut blähten sich Munks Wangen auf, und es schien eine noch heftigere Explosion zu drohen als an Bord der *Vielfraß*. Tunk preßte seinem Vater die Hand auf den Mund, um zu verhindern, daß sich eine Flut von Beschimpfungen auf ihre einzige Hoffnung ergoß, überhaupt zur Auktion zu gelangen. Er drängte Munk hinter Data in den Korridor, und die beiden Leibwächter sorgten dafür, daß Wesley folgte. Die Lotriani blieben zurück.

Als sie fortgingen, rief Riker ihnen nach: »Der Große Nagus wird sich bestimmt wie ein Schneekönig freuen, Sie wiederzusehen!«

Tunk schauderte und murmelte einige Verwünschungen, bei denen es um Bankrott und den Verlust von Kreditwürdigkeit ging.

# 10

»Commander«, sagte Lieutenant Worf, und für einen klingonischen Krieger zeigte er ein erstaunliches Maß an Geduld. »Wenn Sie Informationen über Doktor Zorkas geistige Verfassung haben, so bitte ich Sie in aller Form darum, mich daran teilhaben zu lassen.«

»Ich habe keine Informationen, Worf.«

»Das klingonische Imperium sollte Zugang zu allen relevanten Daten haben, um vernünftige Entscheidungen in Hinsicht auf die Angebote bei der Auktion zu treffen.«

»Mit anderen Worten: Sie möchten wissen, wieviel Sie bieten sollen.« Geordi LaForge sah von dem Lesegerät auf, das ihm mehrere Jahrgänge verschiedener technischer Fachzeitschriften zeigte. »Ich habe Ihnen eine Kopie dieser Unterlagen besorgt, Worf. Vielleicht sollten Sie sich eingehender damit befassen.«

»Leider bin ich nicht Techniker genug, um daraus schlau zu werden, Commander.«

Geordi zuckte mit den Schultern. »*Ich* bin ein ziemlich guter Techniker, und trotzdem bleibt der größte Teil dieses Krams Kauderwelsch für mich. Meiner Ansicht nach gibt es zwei Möglichkeiten. Erstens: Alles ist so hochwissenschaftlich, daß ich einfach nicht mehr mitkomme. Möglicherweise bin ich blind für Zorkas Genie, weil ich ihm aufgrund seiner größenwahnsinnigen Tendenzen mit Vorurteilen begegne. Zweitens: Ich habe recht und seine angeblichen Erfindungen sind nur pseudowissenschaftlicher Unsinn, der es nicht einmal wert ist, daß man ihn in Datenbanken speichert oder gar publiziert.

Wie kann ich herausfinden, was der Fall ist? Wenn Zorkas Erfindungen tatsächlich mein Verständnis übersteigen, so bin ich gar nicht zu einer entsprechenden Feststellung fähig.«

»Was meinen Sie mit ›größenwahnsinnigen Tendenzen‹?« fragte Worf. »Was veranlaßt Sie zu der Annahme, Zorka könnte verrückt gewesen sein?«

»Nun, vielleicht war er nicht in dem Sinne *verrückt*. Aber er verdiente es sicherlich, als *eigenartig* bezeichnet zu werden.«

»Aus welchem Grund?«

Geordi neigte den Kopf zurück und rieb sich die Schläfen. Er nahm das Visor ab, genoß die Dunkelheit und das Ende des dumpfen Schmerzes. Stille herrschte im Maschinenraum, obwohl LaForge und Worf nicht allein waren. Einige Meter entfernt saß ein junger Klingone und beobachtete Instrumentenanzeigen.

»Ein guter Wissenschaftler hat immer etwas Monomanisches. Er tendiert dazu, sich auf eine einzelne Idee zu konzentrieren und ihr weiter zu folgen als sonst jemand. Albert Einsteins spezielle Relativitätstheorie basierte auf seiner fast religiösen Besessenheit von dem Gedanken, daß die Lichtgeschwindigkeit für jeden Beobachter gleich ist. Auf ähnliche Weise entwickelte Zefram Cochrane hundertfünfzig Jahre später das Warptriebwerk, indem er sich von der gegenteiligen Vorstellung leiten ließ, und zwar über die Grenzen vermeintlicher Vernunft hinaus. Er fragte sich, wie das Universum aussähe, wenn die Lichtgeschwindigkeit *nicht* überall eine Konstante ist.«

»Und Zorka? Wie kommen Sie darauf, daß er ... ein Irrer gewesen sein könnte?«

»Irgendwann muß der Wissenschaftler Stellung beziehen, seine Theorien beweisen – oder schweigen. Es ist wie beim Poker, Worf: Man muß entweder passen oder die Karten auf den Tisch legen. Zorka hingegen hielt sie sein ganzes Leben lang verdeckt! Er hat Artikel über Dutzende von angeblichen Erfindungen geschrieben, ohne eine einzige von ihnen ganz konkret der Öffentlichkeit zu präsentieren. Er behauptete, alles neu ausgearbeitet zu haben, von der Relativität bis hin zu Cochranes Gleichungen des photonischen Theorems. Aber niemand hat jemals die mathematischen Einzelheiten gesehen. Und das ist noch nicht alles ...«

»Vielleicht war er nur ein wenig geheimnistuerisch.«

»Sie meinen wohl paranoid. Er litt an regelrechtem Verfolgungswahn. Als ich seine Vorlesungen besuchte, hielt er mich für einen Spion.«

»Für wen sollen Sie denn spioniert haben?«

»Für den Ersten Offizier der Akademie.«

Worf knurrte leise. *Das gefällt mir nicht,* dachte er. Es war schon schlimm genug, bei der Auktion für unbekannte wissenschaftliche Errungenschaften bieten zu müssen. Doch in diesem Fall kam hinzu, daß die angeblichen Erfindungen vielleicht überhaupt nichts taugten.

Worf verabscheute nichts mehr, als von der Ehre zu einer Aufgabe gezwungen zu werden, bei der er versagen mußte. Aber ihm blieb keine Wahl. Der klingonische Hohe Rat hatte ihn ausgewählt, und die Pflicht des Kriegers sowie eines Repräsentanten des Hauses Mogh bestand darin, Befehlen zu gehorchen. Immerhin handelte der Rat auf Geheiß des Imperators.

»Danke, Sir«, sagte er höflich. »Sie haben mir sehr geholfen.« *Sie haben mir* überhaupt nicht *geholfen!* fügte er in Gedanken hinzu. Es war natürlich nicht Commander LaForges Schuld. Worf wußte, daß sich Geordi praktisch in der gleichen Situation wie er selbst befand. Vielleicht waren seine Probleme sogar noch größer, da er ständig mit sich selbst rang und nie sicher sein konnte, ob er richtig urteilte.

LaForge räusperte sich, setzte das Visor auf und wandte sich wieder dem Lesegerät zu.

Worf beneidete ihn nicht. Von ihm erwartete niemand, daß er wirklich wußte, ob die zur Versteigerung anstehenden Objekte tatsächlich funktionierten oder nicht. LaForge hingegen galt als Fachmann, und man würde ihn zur Rechenschaft ziehen, wenn er etwas ersteigerte, das sich später als völlig wertlos erwies – oder wenn er funktionstüchtige Geräte anderen Auktionsteilnehmern überließ.

Der Klingone stand auf und kehrte in ihr Quartier zurück, während Geordi LaForge auch weiterhin Zorkas Artikel las. In der kleinen Unterkunft reduzierte Worf das Licht auf ein Minimum und stellte sich selbst als Captain Picard vor. Wenn ihm klar wurde, wie sich der Captain in einer solchen Situation verhalten würde, so fand er vielleicht einen Ausweg.

Im Kontrollraum der *Verborgener Fisch* setzte Worfs Bruder Kurn seine unruhige Wanderung fort. Er mußte sein Anliegen mit großer Sorgfalt formulieren, denn es lag ihm fern, Worf vor dem Rat zu diskreditieren – immerhin war Worfs Ehre auch die des Hauses Mogh und somit seine eigene! Außerdem: Wenn Worf sich durch den Bruder entehrt fühlte, so würde er Kurns Schiff – und Kurn – mit bloßen Händen auseinandernehmen.

Doch Kurn glaubte fest daran, daß er das klingonische Imperium besser repräsentieren konnte als sein älterer Bruder. Er durfte seine Pflicht der Heimat gegenüber nicht ignorieren.

Er hatte sich so gut wie möglich vorbereitet, trug schwarzes Leder im typischen Mogh-Stil, darüber hinaus die Rüstung eines Admirals. Letzteres war nicht ganz unproblematisch. Normalerweise stand es Worf als älterem Bruder zu, die Zeichen des Admiralsrangs zu tragen; aber Worf gehörte nicht mehr zur klingonischen Verteidigungsstreitmacht, sondern zu Starfleet.

Genau diesen Punkt wollte Kurn herausstellen: Worf hatte seit langer Zeit keinen direkten Kontakt mit der imperialen Kultur, und deshalb konnte er bei der Auktion nicht mit dem Herzen eines wahren Klingonen bieten.

»Also gut, Commander. Öffnen Sie einen Kom-Kanal.«

Das Bild auf dem Hauptschirm wechselte und zeigte das Hoheitszeichen des Imperiums, während eine automatische Sicherheitsüberprüfung stattfand: In den Kom-Signalen wurde nach gefährlichen Frequenzen und verborgenen Codes gesucht, die vielleicht dazu dienen sollten, vorbereitete Bomben zu zünden.

Captain Kurn legte die Hände auf den Rücken und wartete darauf, daß sich der Ratssekretär meldete.

*»Auf diese Weise grüßen Sie Ihren Imperator?«* donnerte eine Stimme.

Kurn nahm sofort Haltung an und stellte verblüfft fest, daß Imperator Kahless im zentralen Projektionsfeld erschienen war! Er schluckte nervös. Bisher hatte er den zurückgekehrten Herrscher nur bei der Versammlung und einigen Ansprachen gesehen. Normalerweise begrüßte Kahless den Rat, um sich dann mit den Repräsentanten der herrschenden Fraktionen zur Beratung zurückzuziehen.

Zwar kannte Kurn die besondere Geschichte des Individuums, das an der Spitze des klingonischen Imperiums stand, aber er hielt es trotzdem für den echten Kahless. Warum auch nicht? Der Mann auf dem Bildschirm hatte Kahless' genetischen Code und alle seine Erinnerungen. Er war Körper und Seele eines seit vielen Jahrhunderten toten Kriegers.

Ehrfurcht ließ Kurn erstarren. Er geriet fast in Panik

bei der Vorstellung, daß er etwas Falsches sagte und dadurch Schande über sich und die Familie Mogh brachte. Er hüstelte und nahm unwillkürlich die ›Inspektionshaltung‹ an, die er am Turn War College gelernt hatte.

»Euer Hoheit, Imperator Kahless … Ich muß mich mit einem Gesuch an Sie wenden, das sich gegen meinen eigenen Bruder zu richten scheint – was in Wirklichkeit jedoch nicht der Fall ist.«

Kurn legte eine kurze Pause ein, um dem Imperator Gelegenheit zu geben, ihn zu unterbrechen. Doch Kahless schwieg.

»Ich habe großen Respekt vor Worf aus dem Hause Mogh. Wenn er in der klingonischen Verteidigungsstreitmacht geblieben wäre, stünde er jetzt zweifellos im Rang eines Admirals und gehörte an meiner Stelle dem Hohen Rat an. In dem Fall würde dieses Gespräch gar nicht stattfinden.

Aber Worf hat einen anderen Weg gewählt. Ich will keineswegs behaupten, daß er entschied, sich von unserem Volk und seiner Heimat abzuwenden, denn das ist sicher nicht der Fall. Aber er band sich mit einem Treueid an eine fremde Macht, und das beeinträchtigt seine Eignung als Repräsentant des Imperiums, Herr.«

»Guter Hinweis.«

»Ich würde es nie wagen, Euer Hoheit zu beleidigen, indem ich … Was haben Sie gesagt, Herr?«

»Ich sagte: Guter Hinweis, Kurn aus dem Hause Mogh. Seit ich beschloß, das Imperium von Worf bei der Auktion vertreten zu lassen, habe ich immer wieder darüber nachgedacht.«

Kurn wartete, sowohl respektvoll als auch unsicher. *Seltsam,* fuhr es ihm durch den Sinn. *Ich würde nicht zögern, hundert Feinden und damit dem sicheren Tod gegenüberzutreten, doch mit diesem einen Mann konfrontiert zu sein, der nicht einmal das ist, was er zu sein glaubt … Dabei bricht mir der Schweiß aus.*

»Mein Bruder ist ein Krieger, auf den jedes Haus stolz sein kann. Er half dabei, Ihnen den legendären Thron des Imperiums zu ge…, äh, Ihnen den Thron *wieder*zugeben. Aber er verfügt nicht über genug Erfahrung, um das klingonische Volk auf angemessene Weise bei einem so wichtigen Ereignis zu repräsentieren.«

Imperator Kahless nickte. »Ja, daran habe ich ebenfalls gedacht. Worf ist ein großer Krieger, der dem Haus Mogh viel Ehre bringt. In diesem Zusammenhang stellte ich mir folgende Frage: Ist es fair, von Worf zu verlangen, bei der Versteigerung für unbekannte, von einem terranischen Wissenschafter entwickelte Gerätschaften zu bieten, mit denen Ihr Bruder gar nicht vertraut sein kann?«

Kurns Miene erhellte sich – mit seinem Plan lief alles viel besser als erhofft. »Um einen solchen Auftrag wahrzunehmen, braucht man diplomatische Fähigkeiten. Erforderlich ist jemand, der in den höchsten Entscheidungsgremien gesessen und die Herrscher des Imperiums mit allen Nuancen der Föderation vertraut gemacht hat. Der Repräsentant unseres Volkes muß natürlich ein Krieger sein, aber er braucht auch noch weitere Eigenschaften.«

»Sie sind noch jung, Captain Kurn, aber Sie beweisen schon jetzt ein erstaunlich hohes Maß an Weisheit. Ich bin gespannt, welche Resultate Sie bei der bevorstehenden Commodore-Prüfung erzielen. Wenn das Ergebnis meinen Erwartungen entspricht, werde ich nicht zögern, Ihnen das Kommando über ein richtiges Kriegsschiff zu geben.«

»Und sind Sie bereit, meinen Vorschlag in Erwägung zu ziehen, Euer Hoheit? In Hinsicht auf unseren Repräsentanten bei der Auktion?«

»Ich bin nicht nur bereit, ihn in Erwägung zu ziehen. Ich habe bereits beschlossen, ihn aufzugreifen. Diese Aufgabe übersteigt die Fähigkeiten von Worf aus dem Hause Mogh – und ich möchte betonen, daß Sie mit Ihrem Hinweis keine Schande über Worfs Haus brachten. Man verwendet kein *Bat'leth,* um zu operieren.«

Kurn nickte. »Euer Hoheit … Sie beweisen einmal mehr, wie klug es von uns war, Ihnen den Thron zurückzugeben. Kraft wohnt in Ihrem Arm, und hohe Intelligenz in Ihrem Kopf.«

Ein Lächeln umspielte Kahless' Lippen. »Bald übermittle ich Ihnen und Ihrem Bruder neue Befehle, Kurn aus dem Hause Mogh. Setzen Sie bis dahin den Flug mit dem gleichen Kurs fort.«

»Zu Befehl, Euer Hoheit.«

»Kahless Ende.«

»Möge Ihre Herrschaft noch tausend Jahre dauern.«

Kurn gab sich auch weiterhin würdevoll und gelassen – bis der Hauptschirm wieder das Weltall vor der *Verborgener Fisch* zeigte. Dann stieß er einen Schrei aus, der Commander Kurak veranlaßte, die Brauen zu wölben.

»Ich hab's geschafft!« triumphierte Kurn. Mit geballten Fäusten stapfte er durch den Kontrollraum. »Ich habe den Auftrag!«

»Man soll die Köpfe der Feinde erst präparieren, wenn sie abgeschlagen sind«, erwiderte Kurak und lächelte amüsiert, als Kurn ihr einen finsteren Blick zuwarf.

»Rufen Sie meinen Bruder zur Brücke«, sagte Kurn und nahm wieder im Kommandosessel Platz.

Captain Jean-Luc Picard saß ebenfalls im Kommandosessel und spürte, wie seine Unruhe zunahm. Während die *Enterprise* nach Novus Alamogordus kroch, kaum schneller als ein Schleichboot der Ryan-Klasse, verdichtete sich in ihm das Gefühl drohenden Unheils.

Er nippte an seinem Tee – Earl Grey, heiß – und ging eine mentale Checkliste durch. Was konnte an Bord eines Raumschiffs alles schiefgehen? Er hatte die Junior-Ingenieure beauftragt, alle wichtigen Systeme zu überprüfen – angeblich diente diese Maßnahme ›Ausbildungszwecken‹. Die Wahrheit lautete: Er vermißte den zuverlässigen technischen Instinkt von Geordi LaForge.

Will Riker saß neben ihm und erarbeitete den Dienstplan für die nächsten sechs Monate – deutliches Anzeichen dafür, daß er ebenfalls nervös war.

*Es geht also nicht nur mir so,* dachte Picard. *Welche Katastrophe bahnt sich an?*

Commander Data drehte sich halb um. »Sir?« fragte er.

»Ja, Data?«

»Die klingonische Zentralwelt setzt sich mit uns in Verbindung. Ich glaube, der Imperator höchstpersönlich hat einen Kom-Kanal geöffnet.«

Picard hob den Kopf. Kahless wollte ihn sprechen? Stand die befürchtete Katastrophe unmittelbar bevor?

Ein oder zwei Sekunden lang erwog er die Möglichkeit, sich in sein Quartier zurückzuziehen und die Nachricht dort in Empfang zu nehmen. Doch dann begriff er, wie dumm so etwas gewesen wäre. Letztendlich mußte er seinen Offizieren ohnehin berichten, was Kahless ihm mitgeteilt hatte – erst recht dann, wenn es um Neuigkeiten ging, die wichtige Entscheidungen verlangten.

»Auf den Schirm«, sagte Picard.

»Aye, Sir.«

Die Sterne verschwanden aus dem großen Projektionsfeld, und das klingonische Wappen erschien. Kurz darauf wurde es von der grimmig wirkenden Miene des Imperators Kahless – einstiger und zukünftiger Herrscher – ersetzt.

»Captain Picard ... Wir haben uns lange nicht gesehen.«

»In der Tat, Euer Hoheit. Ich hoffe, daß wir uns bald

persönlich begegnen können. Ich würde gern den Rest der Geschichte vom Krieger Taruf Sadan und dem Autokraten in Grün hören.«

Kahless blinzelte überrascht. Picards akzentfreies Klingonisch erstaunte ihn sehr.

Der Imperator lächelte anerkennend. »Sie haben ein bemerkenswert gutes Gedächtnis, Jean-Luc. Selbst wenn Sie zweihundert Jahre lang auf den Rest der Geschichte warten müßten: Es wäre bestimmt nicht notwendig, daß ich ihren Anfang wiederhole.

Nun, ich habe lange darüber nachgedacht, wer sich am besten dafür eignet, das klingonische Imperium bei der Auktion zu vertreten. Eigentlich kamen dafür nur zwei Personen in Frage: Captain Kurn und Ihr Lieutenant Worf. Ich hielt es für angebracht, Rat einzuholen.«

»Ich biete Ihnen gern meinen Rat an, Euer Hoheit, und zwar in jeder Hinsicht.«

»Die Entscheidung betrifft beide genannte Personen. Darum möchte ich sie an diesem Gespräch beteiligen.«

Kahless winkte einem Techniker zu, der nicht auf dem Wandschirm zu sehen war, und daraufhin öffnete sich ein kleines Bildschirmfenster. Es zeigte die Brücke der *Verborgener Fisch.* Worf und Kurn waren deutlich zu erkennen; Geordi LaForge befand sich am Rand der Darstellung.

Picard glaubte, in Kurns Zügen so etwas wie selbstgefällige Zufriedenheit zu erkennen. Worf hingegen versuchte ganz offensichtlich, sich eine erlittene Demütigung nicht zu deutlich anmerken zu lassen. In diesem Fall brauchte Picard nicht auf die empathischen Sondierungsdienste von Deanna Troi zurückzugreifen.

»Ich habe lange und gründlich nachgedacht, bevor ich eine Entscheidung traf«, sagte Kahless. Der Bedeutungsinhalt seiner Worte war friedlicher Natur, aber trotzdem klang jedes einzelne von ihnen wie eine Kriegserklärung. *Kahless ist eben ein geborener Krieger,* dachte Picard.

»Ich muß der Einschätzung beipflichten, daß Worf aus dem Hause Mogh den Kontakt zur klingonischen Kultur verloren hat. Andererseits ist sein Bruder Kurn zu jung und unerfahren.

Deshalb habe ich beschlossen, Jean-Luc Picard zum offiziellen Repräsentanten des klingonischen Imperiums bei der Auktion zu ernennen.«

Einige Sekunden lang starrten sich Picard, Worf und Kurn nur stumm an. Dann brach das Chaos aus.

Picard sprang fast aus dem Kommandosessel. Wills verblüffter Blick wanderte zwischen Captain und Imperator hin und her.

Worf wandte sich traurig an Kurn. »Mein eigener Bruder entehrt mich vor dem Imperator ...«

Und gleichzeitig entfuhr es Kurn: »Ich dachte, *mir* würde die Ehre zuteil ... Ich werde ...«

Die letzten Worte blieben unverständlich, da sich Kurn abwandte, um dem vorwurfsvollen Blick Worfs zu entgehen. Kahless winkte erneut, woraufhin sich das Bildschirmfenster wieder schloß.

»Ich erinnere mich genau daran, wie geschickt Sie die Verhandlungen führten, die mir zum Thron verhalfen«, fuhr der Imperator fort. »Darüber hinaus habe ich von Ihrer ausgezeichneten Vermittlung zwischen Gowron und den Duras-Schwestern Lursa und B'Etor gelesen.«

»Euer Hoheit ...«, sagte Picard langsam. »Sie erweisen mir große Ehre. Aber ich fürchte, ich muß ablehnen. Die Starfleet-Vorschriften zwingen mich, auf der Brücke der *Enterprise* zu bleiben, solange Cardassianer und Romulaner in der Nähe sind. Trotzdem danke ich Ihnen sehr herzlich für Ihr großzügiges Angebot.«

Kahless lächelte. »Sie verstehen nicht, Jean-Luc. Ich

frage Sie keineswegs, ob Sie die klingonische Delegation bei der Versteigerung leiten *möchten.*«

»Ihr Vertrauen in mich ist sehr schmeichelhaft. Dennoch bleibt mir keine andere Wahl, als mit allem Respekt abzulehnen.«

Kahless schüttelte den Kopf. »O nein, Sie lehnen nicht ab. Bevor ich mich mit Ihnen in Verbindung setzte, habe ich mit dem Föderationsrat gesprochen. Dort zögerte man zunächst, aber schließlich ging der Rat auf mein Anliegen ein. Er weist Sie an, unverzüglich mit Vorbereitungen zu beginnen, um bei der Auktion für das klingonische Imperium zu bieten.«

»Aber ... aber Euer Hoheit! Es muß doch möglich sein, das Imperium von jemand anders vertreten zu lassen. Gibt es denn keine klingonischen Ratsmitglieder, die besser geeignet sind als ich, bei der Auktion zu bieten?«

Kahless lächelte erst, und dann lachte er das laute, schallende Lachen eines Kriegers. »Sie haben einen köstlichen Sinn für Humor, Captain Picard. Sind Sie ganz sicher, daß kein klingonisches Blut in Ihren Adern fließt?

Welches Ratsmitglied schlagen Sie vor. Dorak Halbhand? Er würde einem tragischen ›Unfall‹ zum Opfer fallen, verursacht von einem Partisanen des Hauses Namal. Tivanazt? Das Haus Duras brächte seine Einwände auf recht deutliche Weise zum Ausdruck. Oder wie wär's mit den Duras-Schwestern?

Auf jeden klingonischen Helden, der im Hohen Rat sitzt oder eigene Raumschiffe besitzt, kommen zehn und mehr Helden, die ihm den Tod wünschen! Selbst Worf stellte kaum mehr dar als eine Notlösung. Auf unserem Zentralplaneten gibt es viele Leute, die meinen, mit einem *Skat*-Messer in der Brust sähe Ihr Lieutenant viel besser aus.«

Picard schnitt eine Grimasse. »Es gab auch klingonische Anschläge auf mein Leben.«

Kahless zuckte mit den Schultern. »Alle Männer haben Feinde, große oder kleine. Doch Sie sind sicher an Bord Ihres Schiffes, und das ist mehr, als so manches Ratsmitglied oder mancher General behaupten kann.«

Mit einer knappen Geste wies der Imperator darauf hin, daß er diesen Punkt für erledigt hielt.

»Genug. Es ist bereits entschieden, und der Föderationsrat hat zugestimmt. Von jetzt an bis zum Ende der Auktion sind Sie mein Repräsentant, Picard. Ihr Auftrag besteht darin, für den größeren Ruhm des klingonischen Imperiums zu bieten, Freund und Verbündeter der Föderation.«

Picard schwieg eine Zeitlang. Als er schließlich sprach, ging er nicht direkt auf seine neuen Pflichten ein. »Imperator Kahless ... Wenn Sie beim Föderationsrat und sogar bei Starfleet gewissen Einfluß haben, so möchte ich Sie um einen Gefallen bitten.«

»Ich bin bereit, Ihnen jeden Gefallen zu erweisen, der sich im Rahmen von Ehre und Vernunft hält«, erwiderte Kahless.

»Unglücklicherweise müssen wir uns an die Bestimmungen der allgemeinen Order 44556-34 halten, und danach ist unsere Höchstgeschwindigkeit auf Warp fünf begrenzt. Bei einem Notfall besteht die Möglichkeit, schneller zu fliegen, doch derzeit ringt die rechte Hand mit der linken, und deshalb wurde uns noch nicht die notwendige Genehmigung erteilt.«

Kahless' Brauen zogen sich zusammen und formten ein buschiges V. »Sie kriechen mit Warp fünf durchs All? Das kann nicht hingenommen werden! Als offizielle klingonische Repräsentanten erteile ich Ihnen hiermit die Anweisung, mit maximaler Warpgeschwindigkeit nach Novus Alamogordus zu fliegen.«

Eine Stimme flüsterte im Hintergrund. Kahless wandte sich kurz ab, hörte zu und kommentierte mit einem gelegentlichen »Nein!« und »Finden Sie eine

Möglichkeit!« Dann richtete er den Blick wieder auf Picard. »Offenbar habe ich voreilig gesprochen. Bitte schenken Sie meiner Anweisung keine Beachtung.«

Picard schmunzelte. »Ich hielt es gleich für ein wenig seltsam, daß der Oberbefehlshaber der klingonischen Verteidigungsstreitmacht einem Starfleet-Captain Befehle erteilt.«

»Ich werde mich noch einmal an den Föderationsrat wenden. Bestimmt können wir dieses absurde Problem lösen. Kahless Ende.«

»Möge Ihre Herrschaft noch fünfhundert Jahre dauern. Picard Ende.«

Der Captain ließ sich in den Kommandosessel sinken und starrte auf den längst kalt gewordenen Tee. »Nummer Eins, verbinden Sie mich mit Sekretär Corrigon vom diplomatischen Korps der Föderation. Er schuldet mir noch einen Gefallen, und gerade jetzt könnte ich seine Hilfe gut gebrauchen.«

Deanna Troi hatte bisher stumm zugehört, und nun sah sie Picard an. »Captain ...«, sagte sie behutsam. »Kann ich Sie unter vier Augen sprechen? Es geht um eine für die Moral der Besatzung wichtige Angelegenheit.«

Captain Picard musterte sie, und erstaunt entdeckte er Anzeichen von Ärger in ihren Zügen. Irgend etwas schien ihr gegen den Strich zu gehen.

Sie verließen die Brücke und begaben sich in den Bereitschaftsraum des Captains. Bevor Picard die Counselor fragen konnte, worum es ging, richtete sie einen eisigen Blick auf ihn.

»Darf ich ganz offen reden, Captain?«

»Natürlich.«

»Dann möchte ich zitieren, was ein bekannter Philosoph über die Diktate der Pflicht sagte.« Troi verschränkte die Arme. »›Sie müssen Ihre Pflicht akzeptieren, ganz gleich, wie unvorbereitet Sie sich fühlen und wie sehr es Ihnen widerstrebt, eine bestimmte

Aufgabe wahrzunehmen. Die Pflicht wartet an vielen verschiedenen Orten. Sie können sie nicht wie ein Kleidungsstück nehmen, das mal getragen wird und mal nicht.‹

Erkennen Sie diese Worte wieder, Captain? Sie selbst haben sie an mich gerichtet, vor nur drei Tagen!«

Picard runzelte die Stirn und neigte verlegen den Kopf zur Seite. »›Eine andere Einstellung kommt für einen Offizier unter meinem Kommando nicht in Frage‹«, zitierte er sich selbst. »Ich fürchte, hier muß mein Stolz einen harten Schlag hinnehmen.«

Deanna zögerte. Der Umstand, daß Picard sofort nachgab, brachte sie ein wenig aus dem Konzept. »Nun, ich … Äh. Na schön. Und was jetzt?«

»Ich schätze, mir bleibt nichts anderes übrig, als für das klingonische Imperium zu bieten – und Sie für Betazed.«

»Und wer bietet für die Föderation? Oder für die *Erde?*« Die Worte klangen schärfer, als es Deanna beabsichtigt hatte.

»Ich hoffe, daß es nicht dazu kommen muß, Deanna. Ich verstehe durchaus, daß Betazoiden für Betazed an der Versteigerung teilnehmen. Aber ich möchte nicht erleben, daß sich im ganzen Völkerbund wegen einer dummen Auktion Egoismus ausbreitet.«

»Dann sollte jemand die Föderation vertreten.«

»Ich wollte Will schicken, aber die von Hatheby's bestimmten Regeln bedeuten zusätzliche Schwierigkeiten für uns. Wenn Cardassianer und Romulaner in der Nähe sind, muß ein Führungsoffizier aus dem Kommandostab die ganze Zeit über auf der Brücke sein. Diese Aufgabe wollte ich selbst wahrnehmen.«

»Aber jetzt müssen Sie sich auf den Planeten beamen, um für die Klingonen zu bieten.«

»Und deshalb muß Commander Riker hierbleiben.«

»Kann er nicht mit Hilfe einer Kom-Verbindung an der Versteigerung teilnehmen?«

Picard schüttelte den Kopf. »Das ist leider ausgeschlossen, Counselor. Die Bieter müssen persönlich zugegen sein und sich identifizieren. Dadurch soll vermutlich vermieden werden, daß jemand zu hoch bietet – um später zu behaupten, es sei jemand anders gewesen.« Der Captain seufzte. »Ich schätze, Commander Data kommt als nächster an die Reihe. Hoffentlich ist er der Aufgabe gewachsen.«

Er klopfte auf seinen Insignienkommunikator. »Picard an Riker. Bitte kommen Sie zu mir, Nummer Eins.«

Kurze Zeit später nahm der Erste Offizier Picard und Troi gegenüber Platz. »Nummer Eins ... Die Umstände zwingen mich, Novus Alamogordus aufzusuchen, um bei der Auktion das klingonische Imperium zu vertreten.«

»Was bedeutet, daß ich auf der Brücke bleiben muß.« Rikers Antwort zeichnete sich durch einen auffallenden Mangel an Anteilnahme aus. Sie klang sogar erfreut. »Sollten wir die Sache nicht einfach Geordi überlassen?«

»Eine solche Lösung für das Problem kommt nicht in Frage. Geordi ist davon überzeugt – oder hat sich eingeredet –, daß Zorkas Erfindungen völlig wertlos sind. Ich kann ihm nicht befehlen, zu bieten und gleichzeitig die Verantwortung zu übernehmen. Wenn er an der Versteigerung teilnimmt, so muß er die eigenen Gebote mit seinem Gewissen vereinbaren. Das bedeutet: Er wird nicht bereit sein, für vermeintlichen Unfug zu bieten.«

»Die nächste logische Wahl ist Data.«

»Ja. Es dürfte eine sehr interessante *menschliche* Erfahrung für ihn werden.« Picard lächelte kurz. »Nun zu einer anderen Sache, die mich sehr besorgt. Wieso befindet sich Wesley in der Gesellschaft von zwei zwielichtigen Ferengi, obwohl er eigentlich an der Akademie sein sollte?«

»Wesley?« wiederholte Riker verwirrt. »Von Wesley weiß ich nichts, Sir. Ich kenne nur einen Kadetten, der zwei Ferengi Gesellschaft leistet, und er heißt Fred Kimbal.«

»Sehr komisch, Will. Wieso reiste Wesley unter falschem Namen bis in diesen Sektor? Warum beabsichtigt er, an der Auktion teilzunehmen?«

Riker kratzte sich am Bart und überlegte. »Ich habe versucht, allein mit ihm zu reden, Captain. Aber einer der beiden Ferengi klebt immer wie eine Klette an ihm.«

»Können Sie Wesley nicht irgendwie von ihnen trennen?«

»In diesem Zusammenhang ergibt sich ein weiteres Problem. Ich bin mir nicht ganz sicher, aber ich habe den Eindruck gewonnen, daß Fred mir absichtlich aus dem Weg geht. Er scheint es vermeiden zu wollen, mit einem Mitglied der Besatzung – sogar mit seiner Mutter – allein zu sein.«

»Ich mag keine sonderbaren, unerklärlichen Ereignisse an Bord meines Schiffes, Nummer Eins. Deanna ... Welche Emotionen spüren Sie in dem jungen Mann?«

»Besorgnis und jede Menge Frustration. Doch unter diesen Empfindungen verbirgt sich noch etwas anderes. Ich könnte schwören, daß Fred – ich meine Wesley – an der ganzen Sache Spaß hat. Ich habe noch etwas anderes in ihm entdeckt, ein beunruhigendes ...«

»Ja? Bitte fahren Sie fort, Counselor.«

»Ein Überlegenheitsgefühl. Fred ist nicht gern bei den Ferengi, aber er findet großen Gefallen daran, sie zu manipulieren und zum Narren zu halten.«

»Wesley«, korrigierte Picard.

»Wesley, ja. Habe ich Fred gesagt?« Deanna schüttelte den Kopf. »Seit unserer letzten Begegnung hat er sich sehr verändert. Nun, drei Jahre an der Akademie sind natürlich nicht spurlos an ihm vorübergegangen, aber ... Ich könnte fast glauben, daß er wirklich Fred Kimbal ist und nicht Wesley Crusher.«

»Will, bitte versuchen Sie, Informationen über Fred Kimbal zu gewinnen. Ich kann mich nicht daran erinnern, daß wir jemals ein Besatzungsmitglied mit diesem Namen hatten.«

»Zumindest nicht, seit ich Erster Offizier der *Enterprise* bin.«

»Überprüfen Sie die Datenbanken der Akademie. Ich möchte wissen, was zwischen den Ohren des jungen Kadetten vor sich geht. Und wenn Sie schon einmal dabei sind ... Finden Sie heraus, wer Munk ist. Welcher Ferengi könnte uns mehr über ihn verraten?«

Riker dachte kurz nach. »Der Große Nagus. Er legt großen Wert darauf, über alle Personen Bescheid zu wissen, die wichtig genug sind, um bei der Versteigerung auf Novus Alamogordus zu erscheinen. Ich setze mich mit ihm in Verbindung und horche ihn aus. Allerdings ... Ich weiß nicht, ob wir detaillierte und zuverlässige Auskünfte von ihm erwarten dürfen. Immerhin ist er ein Ferengi.«

»Bis wir mehr wissen, Nummer Eins, sollten wir so weitermachen wie bisher. Behandeln Sie Wesley so, als sei er Fred Kimbal, insbesondere dann, wenn die Ferengi in der Nähe sind. Gehen wir davon aus, daß er nicht in Schwierigkeiten ist und weiß, auf was er sich eingelassen hat.«

»Das ist nicht unbedingt eine sichere Annahme«, erwiderte Riker.

»Wesley – beziehungsweise Fred – ist normalerweise imstande, seine Probleme selbst zu lösen. Ich habe Vertrauen in ihn. Counselor?«

Deanna nickte. »Ich bin der gleichen Ansicht. Ob es einen guten Grund für sein Verhalten gibt, oder ob es sich dabei um eine seltsame Reaktion auf den Streß des Studiums handelt: Wir sollten seine wahre Identität nicht preisgeben – bis wir verstehen, was es mit der ganzen Angelegenheit auf sich hat.«

»Also gut«, sagte der Captain. »Bis auf weiteres haben wir einen gewissen Fred Kimbal an Bord, einen Kadetten der Starfleet-Akademie, der Munk zur Auktion begleitet.«

»Data an Captain Picard«, ertönte Datas Stimme aus dem Kom-Lautsprecher.

»Hier Picard«, meldete sich Jean-Luc.

»Gute Neuigkeiten, Sir. Imperator Kahless scheint tatsächlich recht großen Einfluß beim Föderationsrat und Starfleet zu haben.«

»Gibt man uns grünes Licht?«

»Ja, Sir. Admiral Boom übermittelte uns eine Subraum-Nachricht, mit der wir die Genehmigung erhalten, schneller zu fliegen als nur mit Warp fünf.«

Picard und Riker wechselten einen Blick. »Es hat eben seine Vorteile, der Avatara eines Imperators zu sein«, meinte Jean-Luc.

»Mister Data …«, sagte Riker in einem triumphierenden Tonfall. »Erhöhen Sie die Geschwindigkeit auf Warp neun. Lassen Sie uns Novus Alamogordus erreichen, bevor alle guten Sachen verkauft sind!«

# 11

Als die *Enterprise* in einen Orbit um Novus Alamogordus schwenkte, hatte die Auktion bereits begonnen. Captain Picard und Commander Data wollten sich gerade auf den Planeten beamen, als Riker einen internen Kom-Kanal öffnete.

»Ja, Will, was ist?«

»Eine Nachricht von Starfleet, Captain. Priorität eins.«

»Ich höre.«

»Der exoökologische Forschungsrat der Föderation hat Ihren Antrag auf höhere Warpgeschwindigkeit gebilligt.«

»Ausgezeichnet, Nummer Eins. Genehmigen Sie sich einen Drink im Gesellschaftsraum, zur Feier des Tages.«

»Ich habe einen Orbit für Warp neun berechnet, Sir. Sollen wir mit der Beschleunigung beginnen?«

Picard lachte leise. Aus jahrzehntelanger Erfahrung bei Starfleet wußte er: Die Bürokratie der Föderation konnte einen zur Verzweiflung treiben, aber manchmal wirkte sie auch recht amüsant. Der Verwaltungsapparat des Völkerbunds mußte die Interessen Hunderter von Planeten ausgleichen; deshalb ging die Geschwindigkeit von Entscheidungsprozessen manchmal nicht über die der Kontinentalverschiebung hinaus.

»Halten Sie den Kom-Kanal während der Versteigerung geöffnet. Es ist nicht verboten, dem Verlauf der Auktion mit elektronischen Mitteln zu folgen.«

»Riker Ende.«

Data wandte sich an den Captain. »Sir ... Ich nehme an, Commander Riker hat sich einen Scherz erlaubt, als er einen Orbit mit Warp neun erwähnte. Zwar klang seine Stimme neutral, aber ein derartiger Vorschlag ist so absurd, daß er unmöglich ernst gemeint sein kann.«

»Es handelt sich dabei um eine spezielle Form des schwarzen Humors, Sarkasmus genannt.«

»Meine internen Speichermodule enthalten mehrere Beispiele für Sarkasmus. Ich arbeite an einem Programm, das es mir erlauben soll, auf derartigen Humor zu reagieren, aber es ist noch nicht fertig.«

Die Tür des Transporterraums öffnete sich, und Beverly Crusher kam herein.

»Gut, Sie sind noch da. Ich begleite Sie.«

»Wie Sie wünschen, Beverly. Gibt es dafür einen besonderen Grund? Immerhin ist Ihr Sohn an Bord, und ich dachte ...«

Dr. Crusher rollte mit den Augen. »Ach, Sie meinen Fred Kimbal? Offenbar kann er keine Zeit für mich erübrigen. Hat zuviel mit seinen Ferengi-Freunden zu tun – die mir nicht sonderlich gefallen, Jean-Luc.«

»Warum wollen Sie sich ebenfalls auf den Planeten beamen?«

»Wegen der medizinischen Ausrüstung.« Beverly trat auf die Transferplattform. »Ich habe mit Admiral Dyreal gesprochen, der mir ein kleines Budget zur Verfügung stellte. Aber um ganz ehrlich zu sein: Ich interessiere mich nicht in erster Linie für die Versteigerung, sondern vor allem für das Chateau. Ich würde es mir gern ansehen, vor allem in Begleitung zweier so reizender Herren.«

»Energie«, sagte Picard. Kurz darauf rematerialisierten sie im Vorzimmer des Großen Saals auf Novus Alamogordus. »Will stellt Nachforschungen in Hinsicht auf Munk und Tunk an«, fuhr der Captain fort.

»Allerdings scheinen nirgends Informationen über sie gespeichert zu sein.«

»Vermutlich deshalb, weil jemand alle Aufzeichnungen gelöscht hat«, sagte Data. »Derartige Praktiken sind bei einflußreichen Ferengi weit verbreitet.«

»Vielleicht bekommen wir Auskunft vom Großen Nagus, Beverly. Er nimmt ebenfalls an der Versteigerung teil. Wie dem auch sei: Inzwischen wissen wir, woher der Name Fred Kimbal stammt – so heißt Wesleys Stubengenosse im Studentenheim der Akademie.«

»*Deshalb* kam mir der Name bekannt vor.«

Der Große Saal verdiente seine Bezeichnung. Er bot genug Platz, um die ganze *Enterprise* aufzunehmen, enthielt Tausende von Büros, ein Dutzend Freizeitzentren, hydroponische Anlagen, ein eigenes Kraftwerk (einen vierzig Jahre alten Materie-Antimaterie-Reaktor), zwei Spielkasinos, in denen man bei allen erdenklichen Glücksspielen Geld verlieren konnte, drei separate Speisesäle, einen ›kleinen‹ Bankettsaal, in dem nur dreihundert Personen Platz fanden, sowie zwei Kongreßhallen mit jeweils mehr als tausend Sitzplätzen.

Der Große Saal war zunächst in Form eines Chateaus errichtet worden, als die künstliche Welt Novus Alamogordus noch Nouveau Yvelines hieß und als Verwaltungszentrum für eine sechs Sonnensysteme umfassende Bergbaukolonie diente. Als vor zwei Jahrzehnten das aus dreiundzwanzig Firmen bestehende Dilithium-Konsortium Pleite machte, setzte sich der ›Gouverneur‹, Viscomte Nicholas Fouquet XI, mit einem großen Teil des liquiden Konzernvermögens ab. Der kleine Planet – beziehungsweise Planetoid – wurde aufgegeben. Vier Jahre später übernahm die Föderationsgesellschaft für die Weiterentwicklung der Wissenschaft den Planetoiden und stellte ihn Dr. Zorka zur Verfügung, der ihn Novus Alamogordus nannte und die nördliche Hemisphäre mit dem Chateau an das Urlaubskonsortium ›Novus Risikogeschäfte‹ verkaufte.

Fouquet hatte das Chateau ganz im Stil von Ludwig XIV. und des Schlosses von Versailles auf der Erde dekoriert. Was Zorka betraf: Er mied den Gebäudekomplex und hielt sich lieber in der öden südlichen Hemisphäre auf. Dort gab es Fabriken für die Produktion von Bergbaugeräten, die er zu Laboratorien umbauen ließ.

Bradford junior hingegen wohnte im Chateau. Er verlangte von NRG, ihn für seine Dienste als Innenarchitekt zu bezahlen. Zorkas Sohn bewahrte den ursprünglichen Einrichtungsstil nicht nur, sondern fügte ihm noch etliche Geschmacklosigkeiten hinzu.

Jean-Luc Picard betrat das Hauptgebäude und lächelte unwillkürlich, als er weiße Möbel mit goldenen Kanten sah, große Spiegel, mit Edelsteinen besetzte Kisten und lebensgroße Porträts, von Samtvorhängen gesäumt. Der Boden präsentierte eine ausgezeichnete Nachbildung von Marmorfliesen, während die weißen Wände hier und dort schnörkelige Verzierungen aus Blattgold aufwiesen. Darüber hinaus schienen sie zahlreiche ›Geheimtüren‹ zu ermöglichen.

»Wesley hat Fred Kimbal in einigen seiner Briefe erwähnt«, setzte Beverly das ursprüngliche Gespräch fort. »Er scheint ein wahres Genie zu sein, wenn es um Mathematik und Technik geht. Aber Wes bezeichnete ihn auch als einen recht kontaktarmen Einzelgänger. Er wies auf seine Absicht hin, ihn mehr am allgemeinen gesellschaftlichen Leben zu beteiligen.«

»Er hat einen seltsamen Weg gewählt, um das zu bewerkstelligen«, kommentierte Data.

Picard drehte geistesabwesend den Kopf. »Wie? Haben Sie etwas gesagt, Beverly?«

»Nein, Jean-Luc. Bewundern Sie ruhig weiter das Sofa, auf dem Ludwig der Vierzehnte gesessen haben könnte.«

»Entschuldigen Sie, Beverly. Es ist eine große Freude für mich, perfekte Replikationen der wichtigsten historischen Artefakte meiner Heimat zu sehen. Kennen Sie die Rekonstruktion des Schlosses von Versailles, etwa zwanzig Kilometer von Paris entfernt?«

»Nein. Aber ich würde sie mir gern einmal von Ihnen zeigen lassen.«

»Abgemacht, Doktor.«

»In Ordnung.«

Unmittelbar nach ihrer Ankunft hatten sie ein Programm erhalten, aus dem hervorging, daß die Auktion bereits im Gange war. Doch Data stellte erstaunt fest, daß kaum jemand an ihr Interesse zu haben schien. Er schloß dies aus folgendem Umstand: 814 Personen befanden sich im größten Ballsaal und nur elf in dem Speisesaal, wo die Versteigerung stattfand.

Er sah zur Tür hinein und stellte fest, daß der Auktionator an einem Podium stand. Data beobachtete das Geschehen erstaunt, und nach einer Weile glaubte er, das System zu verstehen. Der Auktionator stellte bestimmte Objekte vor und appellierte so lange an die Bietenden, bis sie sich unwillkürlich bewegten oder leise schnauften – was prompt als Zustimmung für den vorgeschlagenen Preis interpretiert wurde.

»Eine sonderbare Methode, um einen fairen Marktpreis zu ermitteln«, sagte Data. Eine Sekunde später stellte er fest, daß Captain Picard und Dr. Crusher verschwunden waren.

Er wölbte die Brauen, betrat den Auktions-Saal und setzte sich.

Ein ziemlich großer Zeigefinger berührte ihn an der Schulter. »Sie sitzen auf dem bajoranischen Botschafter«, grollte ein riesenhafter Elphasianer.

Data stand sofort auf, blickte auf den Stuhl hinab und befürchtete, einen zerquetschten Bajoraner zu sehen. »Ich verstehe nicht, was Sie meinen«, sagte er. »Dieser Stuhl ist nicht besetzt.«

»Doch, das ist er«, widersprach der Elphasianer. »Der Botschafter befindet sich drüben im Salon und plaudert dort mit dem Großen Nagus.«

Data sah zum Salon, und anschließend kehrte sein Blick zum Elphasianer zurück. »Wenn der bajoranische Botschafter dort drüben mit dem Großen Nagus spricht – wie kann er dann gleichzeitig auf diesem Stuhl sitzen?«

»Sie haben noch nie zuvor an einer solchen Auktion teilgenommen, oder?« Als Data dies bestätigte, fuhr der große Mann fort: »Wir sind noch in der Anfangsphase. Es geht um die unwichtigen Sachen, für die sich kaum jemand interessiert.«

»Meinen Sie ... Tische und Stühle?« fragte Data und erinnerte sich an sein früheres Gespräch mit Commander Riker.

»Ja. Derzeit werden die Beleuchtungskomponenten versteigert. Sie stammen von den Art/Dexo-Studios. Nach dem Tod von Core Bellorus könnten sie durchaus etwas wert sein. Nun, wer was von diesem Kram kaufen will, hat dem Auktionator bereits ein maximales Angebot zukommen lassen und sich anschließend zurückgezogen, um mit den übrigen Bietern zu reden und herauszufinden, was sie ersteigern wollen.«

»Aber wenn die Angebote bereits vorliegen ...«, sagte Data. »Warum werden dann trotzdem immer neue Preise genannt?«

Der Elphasianer zuckte mit den Schultern, sah dadurch aus wie ein Berg bei einem Erdbeben. »Einige Leute bleiben im Saal – weil ihnen einfach die Show gefällt. Niemand weiß, in welchem Fall bereits Angebote vorliegen. Wenn es keine gibt, besteht die Möglichkeit, bestimmte Dinge zu einem lächerlich geringen Preis zu erwerben.«

»Sind Sie hier, um für die ›unwichtigen Dinge‹ zu bieten?«

»Ich? Nein. Ich brauchte nur einen ruhigen Ort, um

meine elektronischen Bücher auf den neuesten Stand zu bringen. Ich bin Agent und biete für Kunden. Da wir gerade dabei sind … Soll ich auch für Sie bieten? Auf diese Weise ersparen Sie sich die ganze Mühe.«

»Nein, danke. Wie läßt sich feststellen, wann bestimmte Posten versteigert werden?«

»Auf die einzelnen Objekte wird oben hingewiesen, in den Holo-Kammern. Angegeben sind unter anderem Zeitpunkt und Minimalpreis. Sie können ein schriftliches Angebot einreichen, wenn Sie wollen. Und noch ein guter Rat: Seien Sie mindestens eine Stunde vorher im Saal. Die genannten Zeitpunkte sind nie genau. Versteigerungen können auch früher als angekündigt beginnen.«

Data bedankte sich und ging zur Tür. Dort blieb er noch einmal stehen und sah zurück. Jetzt befanden sich nur noch zwei Personen im Saal: der Elphasianer und ein romulanisches Mädchen, nicht älter als siebzehn. Dennoch rief der Auktionator aus vollem Hals und verhielt sich so, als seien alle Plätze besetzt.

*Hier kann man viel über organische Wesen lernen,* dachte Data. Er speicherte neue Daten in der speziellen Datei, in der er alle identifizierten Stücke des Puzzles aufbewahrte – jenes Puzzles, das zusammengesetzt ein menschliches Wesen ergab.

Draußen bahnte sich Data vorsichtig einen Weg durch die Menge auf der fast zwanzig Meter breiten Treppe. Eine lange, laute Schlange erstreckte sich im ersten Stock durch den Flur zum zweiten Ballsaal, den Hatheby's in Dutzende Holo-Kammern unterteilt hatte. Data wollte sich am Ende anstellen, als er weiter vorn Dr. Crusher und den Captain bemerkte.

Er zögerte und fragte sich, was die Etikette in solchen Fällen vorschrieb. Dann sah Picard den Androiden und winkte ihn näher.

»Wir dachten schon, man hätte Sie entführt und versteigert«, sagte Beverly Crusher.

Data erkannte den Scherz und hielt den Zeitpunkt für geeignet, sein neues Programm zu testen. Er öffnete den Mund, atmete aus und ahmte dabei menschliches Gelächter nach.

Der Captain und Dr. Crusher starrten ihn groß an – ebenso wie alle anderen Leute im Umkreis von vier Metern.

»Ein neues Lachprogramm?« vermutete die Ärztin besorgt.

»Ja, Doktor. Ich habe über Ihren Scherz gelacht.«

Captain Picard beugte sich näher. »Ich glaube, Sie sollten noch etwas gründlicher daran arbeiten, Data. Ihr Lachen klingt wie Eselsgeschrei.«

»Danke für den Hinweis, Sir. Ich werden versuchen, die Geräusche so zu modulieren, daß sie natürlicher klingen.«

»Wo sind Sie gewesen?« fragte Dr. Crusher.

»Ich dachte zunächst, Sie hätten den Auktions-Saal aufgesucht. Ich wußte nicht, daß man die Ware inspizieren muß, bevor man für sie bietet. Was natürlich durchaus Sinn ergibt.«

Eine Stunde lang warteten sie mehr oder weniger geduldig, bevor sie einen der holographischen Projektionsräume betraten, und zwar hintereinander – so verlangte es ein Angestellter von Hatheby's.

Als Data durch die Tür trat, fand er sich plötzlich im All wieder – während er gleichzeitig noch immer festen Boden unter den Füßen spürte. Weiter vorn blieb Dr. Crusher stehen, was dazu führte, daß der staunende Captain gegen sie stieß. Sie lachten beide und setzten den Weg vorsichtig fort. Data zeichnete das Geräusch auf, um es später bei der Restrukturierung seines Lachprogramms zu verwenden.

Ein sonderbares Objekt schwebte vor ihnen. Es schien sich um ein aus Röhren geformtes gleichschenkliges Dreieck zu handeln, das weiß schimmerte. Data trat noch einen Schritt vor, betrachtete das Etwas und fragte sich, welchem Zweck es diente. Eine Sekunde später merkte er, daß er in Bewegung blieb – offenbar stand er auf einem Gleitsegment.

Eine Stimme erklang und beschrieb den ersten Posten: »Dieser Subraum-Beschleunigungsprototyp bezieht Energie aus dem Subraum, um Massen fast bis auf Lichtgeschwindigkeit zu beschleunigen, ohne das energetische Gefüge des umgebenden Kontinuums zu verändern. Die Vorrichtung nutzt bislang unbekannte Eigenschaften der Protomaterie und kann die wesentlich teureren Impulstriebwerke für Flüge innerhalb von Sonnensystemen vollkommen ersetzen.«

Die einzelnen Stangen des Dreiecks begannen zu rotieren, formten dadurch einen inneren roten und einen äußeren blauen Ring, als das Gebilde immer schneller wurde und schließlich fast mit Lichtgeschwindigkeit flog. Subraum-Koordinaten wurden eingeblendet, glitten dem Zentrum des Dreiecks entgegen und sausten dann jäh fort.

Ein Raumschiff erschien, flog ins Dreieck und verschwand in einem grellen Aufblitzen blauer Tscherenkow-Strahlung.

Data war sehr nachdenklich geworden. Wenn diese Erfindung tatsächlich funktionierte, mußten die universellen Feldgleichungen völlig neu geschrieben werden. *Jetzt verstehe ich, was Geordi meinte,* dachte er.

Die Tour führte an zweiundzwanzig weiteren Posten vorbei, die jeweils sehr detailliert vorgestellt wurden, mit Animationen, verbalen Beschreibungen und häufig auch dreidimensionalen Diagrammen. Data erlebt die Illusion, verkleinert zu werden und durch den menschlichen Körper zu reisen; man schickte ihn in eine Pseudo-Zukunft, die ihm ein zweigeteiltes Volk zeigte: unten fleißige Arbeiter, oben sorglos spielende Kinder; er sah einen Apparat, der das Leben einer Person in Form eines langen, wurmartigen Bildstreifens projizieren konnte, wodurch jedes Individuum den genauen Zeitpunkt seines Todes erkennen konnte.

Schließlich zeigten die Holo-Projektoren die letzte zu versteigernde Erfindung – eine photonische Impulskanone. Die Waffe erwies sich als sehr beeindruckend: ein künstlicher Planetoid, nicht so groß wie Novus Alamogordus, aber doch mit einem Durchmesser von zweihundert Kilometer, ausgerüstet mit einer riesigen Antenne. Von mehreren Stellen gingen photonische Strahlen aus Protomaterieteilchen aus und trafen sich an der Antenne. Dort wurden sie zu einem einzigen Strahl gebündelt, der die Schilde eines Raumschiffs durchschlug. Das Schiff war so beschaffen, daß es keiner bekannten galaktischen Macht zugeordnet werden konnte, aber es *erinnerte* zumindest an Raumer, wie man sie in der Föderation oder bei den Klingonen, Romulanern, Cardassianern und anderen Völkern verwendete.

Nach der holographischen Vorführung stießen Datas Füße an stationären Boden. Er trat vom Gleitsegment herunter und verließ die Projektionskammer.

Das letzte Zimmer präsentierte statische Holo-Bilder der Erfindungen, die Data gerade gesehen hatte. Hinzu kamen die Darstellungen weiterer Auktionsposten. In jedem Fall boten Hinweistafeln Informationen über den Namen der Erfindung, den voraussichtlichen Versteigerungszeitpunkt, den Minimalpreis sowie bereits eingereichte Gebote.

Bei allen wichtigen Geräten gab es bereits Angebote, die weit über den jeweiligen minimalen Preis hinausgingen – es deutete also alles auf einen Erfolg der Auktion hin. Data entschied sich dagegen, schriftlich zu bieten. Ebenso wie der Captain, stellte er fest.

An der einen Wand zogen sich Bildschirme entlang und gaben den Interessierten Gelegenheit, sich über nicht ganz so wichtige Posten zu informieren, zum Beispiel über Geräte zur Energiespeicherung, Innovationen bei der Warpgondel-Architektur und Antriebstechnik. Dr. Crusher entdeckte einen Monitor, der Auskunft über die medizinischen Instrumente gab, und sie übermittelte einige Gebote in Hinsicht auf Dinge, für die sich kaum jemand zu interessieren schien.

Data näherte sich dem Captain. »Sir, ich würde gern in den Auktions-Saal zurückkehren und dort ein wenig Erfahrung sammeln, indem ich für einige günstige Objekte biete. Haben Sie etwas dagegen?«

»Natürlich nicht«, erwiderte Picard. Data stellte fest, daß die Stimme des Captains bei diesen beiden Worten recht zufrieden klang. Er sah Dr. Crusher an und bedachte sie mit einem sehr freundlichen Lächeln.

»Führen Sie mich ein wenig herum, Jean-Luc?« fragte die Ärztin. »Hier im Chateau gibt es viele faszinierende Dinge, über die ich gern mehr erfahren würde.«

Der Captain wandte sich von Data ab, reichte Dr. Crusher den Arm und ging mit ihr fort. Der Androide zuckte kurz mit den Schultern und kehrte zum Auktions-Saal zurück.

Dort stand jetzt ein anderer Auktionator am Podium, aber er offenbarte den gleichen Stil wie sein Vorgänger. Er redete die ganze Zeit über, unterbrach sich gerade lange genug, um Atem zu holen. Ständig forderte er dazu auf, mehr zu bieten. Data nahm ein ganzes Stück abseits der übrigen Anwesenden Platz und hoffte, daß der Stuhl nicht bereits ›besetzt‹ war. Anschließend wartete er auf eine Gelegenheit, direkt an der Versteigerung teilzunehmen.

Zehn Minuten später stellte der Auktionator eine kleine Verbesserung der Warpgondel-Architektur vor und bat um Angebote.

Als Data einen günstigen Moment gekommen glaubte, fing er den Blick des Versteigerers ein und hob die Hand so, daß der Zeigefinger zur Decke deutete. Der Auktionator akzeptierte das Gebot, und Data war zufrieden.

Wenn man dem Gerede des Versteigerers Glauben schenken durfte, bot Data gegen eine physisch anwesende Person und drei weitere, die Maximalgebote abgegeben hatten, sich derzeit jedoch nicht im Raum befanden. Der Androide empfand den Vorgang als sehr verwirrend.

»Wer bietet zehn Barren? Wer bietet zehn? Danke, der Herr in der ersten Reihe! Zehn sind geboten, zehn sind geboten ...«

In der ersten Reihe saß überhaupt niemand. Das Gebot stammte von einem nicht anwesenden Bieter.

*Noch* seltsamer wurde es, als zwei abwesende Bieter damit begannen, sich gegenseitig zu überbieten. Der Auktionator schlüpfte dabei in drei verschiedene Rollen, nannte immer wieder neue, höhere Preise. Data fragte sich, wie jemand, der nicht mit einem positronischen Gehirn ausgestattet war, dabei die Übersicht behalten konnte.

Mit drei Barren Latinum ersteigerte der Androide einen Kraftfeldprojektor. Der Auktionator forderte ihn auf, nach vorn zu kommen und sich zu identifizieren.

»Name, Kunde und Volkszugehörigkeit«, sagte der Versteigerer knapp.

»Commander Data. Ich biete für die Vereinte Föderation der Planeten.«

»Und die Volkszugehörigkeit? Bei Hatheby's gibt es die Tradition, bei erfolgreichen Versteigerungen alle persönlichen Daten zu veröffentlichen. Ausnahmen gelten nur für begrenzt zugängliche, private Auktionen.«

»Ich bin Androide«, sagte Data.

Der Auktionator zögerte und bedachte Data mit einem durchdringenden Blick. »Soll das heißen, daß Sie künstlicher Natur sind?«

»Ja. Doktor Soong hat mich gebaut, und ich wurde vor zweiunddreißig Jahren aktiviert.«

Der Versteigerer überlegte einige Sekunden lang und aktivierte dann seinen Kommunikator. »Das Kontrollkomitee bitte zum Auktions-Saal«, sagte er.

Neugierige näherten sich, um den Grund für die Unterbrechung der Versteigerung festzustellen. Die Sache sprach sich herum, und zwei Minuten später war der Saal halb voll.

»Ich verstehe diese Verzögerung nicht«, sagte Data. »Mein Gebot war das höchste für diesen Posten. Wo liegt das Problem?«

Der Auktionator schwieg, und es dauerte nicht lange, bis der Saal voll war. Dann traf das Kontrollkomitee ein. Es bestand aus drei leitenden Angestellten von Hatheby's.

Der Versteigerer deutete auf Data. »Bei dieser Person handelt es sich um ein künstliches Geschöpf, um einen Androiden, der vor dreißig Jahren gebaut wurde.«

»Das ist nicht ganz richtig«, sagte Data. »Man aktivierte mich vor zweiunddreißig Jahren, aber gebaut wurde ich eine ganze Weile vorher.«

»Können Sie beweisen, ein Androide zu sein?« fragte das älteste Mitglied des Kontrollkomitees.

Überrascht öffnete Data seine Kopfplatte, und darunter kamen positronische Schaltkreise zum Vorschein. Die leitenden Angestellten betrachteten sie und flüsterten miteinander. Aus Achtung vor ihrer Privatsphäre verzichtete Data darauf, die Leistungsfähigkeit seiner Audiosensoren zu erhöhen.

Schließlich nickten sie und wandten sich wieder Data zu. »Ich fürchte, wir können Ihren Geboten keine Beachtung schenken, Sir«, sagte das älteste Mitglied.

»Warum denn nicht?«

»Die Auktionsregeln verbieten die Teilnahme an der Versteigerung mit elektronischen Mitteln.«

Data wartete und verstand noch immer nicht.

»Sie sind eine elektronische Konstruktion«, erklärte der Auktionator.

»Mein Gehirn ist positronischer und nicht elektronischer Natur.«

»Da besteht kaum ein Unterschied. Ein Positron ist ein Elektron mit positiver Ladung. Ich bedauere, aber die Entscheidung des Kontrollkomitees ist endgültig. Sie werden hiermit zu einer elektronischen Vorrichtung erklärt, und da das Bieten mit elektronischen Mitteln ausdrücklich verboten wurde, können Sie leider nicht an der Auktion teilnehmen.«

Zwei stämmige Sicherheitswächter führten Data ins Vorzimmer des Großen Saals zurück, und dort blieb dem Androiden nichts anderes übrig, als die Transferplattform zu betreten. Wenige Sekunden später befand er sich wieder an Bord der *Enterprise* – ohne daß er Gelegenheit gefunden hatte, den Captain zu benachrichtigen.

Commander William Riker saß im Kommandosessel und dachte über die Situation nach. »Riker an Picard«, sagte er.

Ein externer Kom-Kanal wurde geöffnet. »Hier Picard. Gib es etwas Neues, Nummer Eins?«

»Vielleicht interessiert es Sie zu erfahren, daß Data wieder an Bord ist.«

»Ach? Und der Grund dafür?«

Riker erklärte die Intervention des Kontrollkomitees.

»Ich werde offiziell protestieren, Will. Hatheby's hat kein Recht, einem Starfleet-Offizier die Teilnahme an der Auktion zu verbieten, ob Androide oder nicht.«

»Da bin ich ganz Ihrer Meinung, Sir. Doch derzeit ergibt sich ein Problem für uns. Angesichts des jüngsten Beispiels für die Geschwindigkeit, mit der die Föderationsbürokratie arbeitet, dürfte die Weiterleitung des Protests sicher einige Tage in Anspruch nehmen ...«

»Ich verstehe, was Sie meinen, Nummer Eins. Wer soll jetzt die Föderation repräsentieren?«

»Sie kommen dafür nicht in Frage, oder? Nein, ich schätze, Sie können nicht gegen sich selbst bieten.«

»Imperator Kahless wäre alles andere als erfreut.«

»Ich muß auf der Brücke bleiben. Data gilt als elektronische Vorrichtung, die nicht an der Auktion teilnehmen darf. Geordi ist davon überzeugt, daß Zorkas Erfindungen völlig wertlos sind, und deshalb weigert er sich, für sie zu bieten. Deanna wäre eine gute Wahl – aber sie vertritt Betazed. Wir müssen selbst ›Fred Kimbal‹ von der Kandidatenliste streichen, denn er vertritt die Interessen seiner Ferengi-Kumpel Munk und Tunk. Was ist mit Beverly?«

»Ausgeschlossen, Will!« erklang die Stimme der Ärztin. »Meine technischen Kenntnisse reichen nicht aus, um zu beurteilen, was funktionieren könnte und was einfach absurd ist. Würden Sie Geordi damit beauftragen, für ein mikrochirurgisches Multiphasenskalpell zu bieten?«

Riker brummte. Beverly Crusher hatte ihren Standpunkt mit aller Klarheit zum Ausdruck gebracht.

»Eigentlich bleibt nur eine Person übrig, Will.«

Riker rieb sich den Bart. »Lieutenant Worf?«

»Die Entscheidung liegt bei Ihnen. Ich kann mich nicht in diese Sache einmischen; immerhin vertrete ich derzeit das klingonische Imperium.«

»Captain … Finden Sie es nicht ein wenig seltsam, wenn Sie für die Klingonen bieten, während Worf die Interessen der Föderation wahrnimmt?«

»›Die Not macht einen mit seltsamen Schlafgenossen bekannt‹, Nummer Eins.«

»Shakespeare?«

»*Der Sturm*, zweiter Akt, zweite Szene.«*

---

* Nach der Übersetzung von Rudolf Schaller, Insel Verlag. – *Anmerkung des Übersetzers.*

Will nickte langsam und erinnerte sich dann daran, daß ihn Captain Picard überhaupt nicht sehen konnte. »Uns bleibt keine Wahl. Worf muß für die Föderation bieten.«

»Er ist bestimmt ein guter Repräsentant des Völkerbunds, Will. Picard Ende.«

Der Computer schloß den Kom-Kanal. Einige Sekunden lang saß Riker reglos und dachte darüber nach, welche erstaunliche Wendung die Ereignisse genommen hatten. Alle in Frage kommenden Kandidaten waren nacheinander eliminiert worden. »Data ... Für wie hoch halten Sie die Wahrscheinlichkeit, daß Sie ausgewählt wurden, um die Borg zu repräsentieren?«

Der Androide sah auf. »Diese Möglichkeit erscheint mir sehr unwahrscheinlich, Sir. Erlauben Sie sich einen Scherz mit mir?«

»Es ist ein Scherz, ja.«

»Ah.« Data neigte abrupt den Kopf nach hinten, und vier Sekunden lang lachte er hysterisch. Dann verstummte er abrupt. Als wieder Stille herrschte, starrten ihn alle Brückenoffiziere verblüfft an.

»Wie realistisch war meine Reaktion, Sir?« fragte Data in dem für ihn typischen höflichen Tonfall.

»Sie klangen wie ein Irrer, der sich anschickt, die ganze Crew zu massakrieren!«

»Hm.« Verwirrung zeigte sich im Gesicht des Androiden. »Ich schätze, das Programm muß noch weiter verbessert werden. Danke, Sir.«

Rikers Puls beruhigte sich allmählich. »Lokalisieren Sie Lieutenant Worf und teilen Sie ihm seinen neuen Status mit, Data.«

»Aye, Sir.«

Lieutenant Worf hatte die Holo-Kammern im Ersten Stock des gewaltigen Gebäudes gefunden und genoß die Vorstellungstour. Die Waffen-Animationen fand er recht amüsant, doch die anderen technologischen Wunder gingen weit über das hinaus, was er verstehen konnte. Zum Glück spielte es keine Rolle mehr, ob er eine klare Vorstellung in Hinsicht auf die mögliche – oder unmögliche – Funktionsweise der verschiedenen Erfindungen gewann; immerhin brauchte er nicht mehr für sie zu bieten.

In bezug auf diese besondere Pflicht hatte Worf von Anfang an tiefes Unbehagen empfunden, vor allem deshalb, weil er nicht genau wußte, wie er sie wahrnehmen sollte. Wie stellte man fest, was ein fairer Preis für ein bestimmtes Objekt sein mochte? Und wie wurde man der Kriegerehre gerecht, wenn die Gebote auch nur ein wenig über diesen Preis hinausgingen?

Wann sollte man mit dem Bieten aufhören? Unter bestimmten Umständen genügte es vielleicht, einen einzigen zusätzlichen Latinumbarren zu bieten, um einen Auktionsposten zu erwerben. Oder man mußte sich plötzlich dabei ertappen, zweihundert Barren für einen Gegenstand zu bieten, der nur hundert wert war – ohne zu wissen, was den Preis so sehr in die Höhe getrieben hatte!

Worf gratulierte sich gerade dazu, daß Kahless beschlossen hatte, das klingonische Imperium nicht von ihm vertreten zu lassen, sondern von Captain Picard – der eine weitaus bessere Wahl darstellte, weil er über weitaus mehr Erfahrung in Hinsicht auf so abstrakte Dinge verfügte –, als plötzlich sein Insignienkommunikator piepte. Commander Data meldete sich, seltsamerweise von Bord der *Enterprise* aus.

Drei Minuten später saß Worf stumm und starr. Er hatte erneut den Auftrag erhalten, an der Auktion teilzunehmen und für jemanden zu bieten – diesmal für die Föderation, gegen seinen eigenen Captain!

Er saß noch immer in fassungslosem Schweigen da, als Geordi LaForge ihn fand. Der Chefingenieur hatte gerade seine fünfte Tour durch die Holo-Kammern hinter sich.

»Eine tolle Sache!« rief Geordi. Er wirkte so aufgeregt wie ein Junge nach dem ersten Aufstiegsritual.

»Sie haben die Erfindungen doch als ›Vaporware‹ bezeichnet«, grollte der Klingone. LaForges Begeisterung ärgerte ihn.

»Das stimmt auch! Aber sie geben wundervolle Science Fiction-Geschichten ab!«

# 12

Kadett Wesley Crusher setzte sich auf seine Koje, körperlich und emotional erschöpft. Er hatte mehrere Stunden damit verbracht, Chaseum in der Form von goldgepreßten Latinumbarren mit verschiedenen Nennwerten zu replizieren: Dezibarren, Hektobarren, sogar Kilobarren, die ihn mit Ehrfurcht erfüllten – er hatte noch nie einen Kilobarren Latinum gesehen.

In emotionaler Hinsicht hatte er sich zu neunzig Prozent davon überzeugt, daß er die nächsten sechzig Jahre entweder in einer Strafkolonie der Föderation verbringen würde oder in einem Erwerbsbildungszentrum der Ferengi.

Es war nicht leicht, den Barren die richtige Form zu geben. Normalerweise ging man bei der Herstellung einer Replikationskopie von einem Gegenstand folgendermaßen vor: Man legte das Original in den Replikator und aktivierte das Objekt-erfassen-Programm. Daraufhin begann eine strukturelle Sondierung, bis hinab zur subatomaren Ebene. Das Strukturmuster wurde erfaßt und gespeichert, wodurch es möglich wurde, das Objekt beliebig oft zu reproduzieren – die Anzahl der betreffenden Replikationen hing nur von der im Replikatorsystem zur Verfügung stehenden Masse und Energie ab. Und natürlich von der Zeit, die man investieren wollte.

In diesem Fall allerdings konnte die normale Methode nicht verwendet werden, denn in Gold gepreßtes Latinum ließ sich nicht replizieren – kein Replikator war imstande, die Struktur von GGL genau genug zu erfassen. Es blieb Wesley also nichts anderes übrig, als einen Chaseumbarren zu replizieren, um ihn mit einem echten GGL-Barren zu vergleichen und dann in den Replikator zurückzulegen. Anschließend mußte er das Replikationsprogramm ein wenig verändern, damit der Stempel etwas tiefer ins Metall reichte, das Wappen deutlicher hervortrat, die Kerben am Rand noch genauer dem Original entsprachen und sich das Porträt exakt an der richtigen Stelle befand.

Während der ersten Minuten fürchtete er, jemand könnte darauf aufmerksam werden, daß die Ferengi (und ›Fred Kimbal‹) Chaseumbarren replizierten. Nach einer Weile *hoffte* er sogar, daß jemand Verdacht schöpfte.

»Warum sollte jemand argwöhnisch werden?« Tunk zuckte mit den Schultern. »Warum sollte jemand auch nur auf den *Gedanken* kommen, entsprechende Nachforschungen anzustellen.«

Wesley wußte, daß Tunk recht hatte. Es gab kein allgemeines Kontrollprogramm, das die Aktivitäten von Passagieren an Bord der *Enterprise* überwachte und Ungewöhnliches protokollierte. Niemand erfuhr etwas. Es sei denn, Data oder Riker wandten sich mit ganz konkreten Fragen an den Computer, in der Art von »Haben die Ferengi irgend etwas repliziert?« Außerdem: Die Replikation von Chaseum galt nicht als gefährlich und unterlag keinen Beschränkungen.

Was natürlich nicht für Chaseum galt, das so verändert worden war, daß sich kein Unterschied mehr zu Latinum feststellen ließ. In diesem Zusammenhang sprach man in der Föderation von Währungsfälschung.

Wesley kauerte über dem Apparat, und mit dem Ärmel wischte er sich Schweiß von der Stirn. Plötzlich erschienen zwei ziemlich große Stiefel neben ihm.

Er sah auf und erkannte den klingonischen Leibwächter. Der Hüne stand breitbeinig und mit verschränkten Armen. D'Artagnan leistete ihm Gesellschaft und nahm die gleiche Haltung ein. Erleichterung durchströmte Wesley, als ihm klar wurde, daß ihre finsteren Blick nicht ihm galten, sondern Tunk.

»Ähem«, räusperte sich d'Artagnan demonstrativ.

»Was, was, was?« murmelte Tunk geistesabwesend.

»Es ist Sternzeit 47283.7.«

»Na und?«

»Der Erste des Monats.«

»Ach?«

»Wo ist unser Latinum?«

Tunk blinzelte und lächelte schief. »Oh, nehmt das hier! Ihr könnt euch ein *Hektogramm* teilen – der Verdienst von sechs Monaten!«

D'Artagnan beugte sich vor und spuckte auf den goldgelben Barren. »In unserem Vertrag ist die Rede von *Latinum*, nicht von angemaltem Chaseum.«

»Nun, vielleicht brauchen wir euch überhaupt nicht mehr!« ereiferte sich der zornige Ferengi. »Verschwinde, Simon! Und nimm deinen dämlichen Partner mit ... Wir verfügen jetzt über die finanziellen Mittel, um ein Dutzend Leute wie euch in unsere Dienste zu nehmen!«

D'Artagnan lächelte, und dadurch wurden sehr spitze, raubtierartige Zähne sichtbar. Wesley riß unwillkürlich die Augen auf. Er hatte diesen Mann bisher für einen Menschen gehalten, doch in einem gewöhnlichen menschlichen Mund gab es keine derartigen Zähne; d'Artagnan stammte also aus einem anderen Volk.

»Danke dafür, daß du uns entläßt, Ferengi-Wurm«, knurrte der – ehemalige – Leibwächter. »Wir haben einen recht ansehnlichen Betrag gespart, den wir unten im Kasino vervielfachen wollen. Ich wünsche dir ein mieses Leben – mögest du irgendwann in einer Kerkerzelle enden.«

»Denk an die Geheimhaltungserklärung, die du unterschrieben hast, wenn du nicht vor einem Ferengi-Gericht enden willst!« zischte Tunk.

*Wo habe ich das schon einmal gehört?* dachte Wesley und lächelte.

»Rück jetzt den Lohn des letzten Monats raus, und zwar in *echtem* Latinum, du kleiner, krummer Gnom. Und versuch bloß nicht, uns zu betrügen, wenn dir was an deinem jämmerlichen Leben liegt.«

Tunk grummelte vor sich hin, stand auf und watschelte ins Nebenzimmer. Während er dort kramte, wandte sich d'Artagnan an Wesley. »Ich hoffe, Sie nehmen mir nichts übel. Immerhin habe ich nur meine Pflicht erfüllt.«

»Ja, sicher, kein Problem. Es passiert mir dauernd, daß man mich entführt und bedroht.«

»Nun, äh, ich habe noch nie zuvor in einem Kasino gespielt. Könnten Sie uns den einen oder anderen guten Tip geben?«

Wesley überlegte. Einerseits waren es nur bezahlte Leibwächter, doch andererseits *hatten* sie Tunk dabei geholfen, Wesley zu entführen. Ein dritter Punkt kam hinzu: Die beiden Gorillas waren ihm unsympathisch.

»Na klar«, sagte er. »Dabo ist das beste Spiel. Dabei kommt es auf folgendes an: Setzen Sie nach jedem dreifachen Blau auf die Doppelkreise und verdreifachen Sie die Summe, wenn sich der Rand mit Einsätzen füllt.« Aus einschlägigen Büchern wußte Wesley: Er hatte d'Artagnan gerade zur denkbar schlechtesten Dabo-Taktik geraten. Die beiden Ex-Leibwächter würden binnen weniger Stunden pleite sein.

Schließlich kehrte Tunk zurück und grummelte erneut, als er feststellte, daß die beiden Gorillas noch immer auf ihre Bezahlung warteten. Äußerst widerstrebend gab er ihnen den Lohn und wies mehrmals darauf hin, er empfände es als Betrug, daß sie mit echtem Latinum bezahlt werden wollten.

D'Artagnan zählte das Geld, steckte es ein und ging fort, begleitet von dem Klingonen. Hinter ihnen schloß sich die Tür, und Tunk schien sie sofort zu vergessen.

»Also gut, die Show ist vorbei«, fauchte er. »Zurück an die Arbeit, wenn Sie nicht den Knüttel meines Vaters spüren wollen!«

Doch dann schob Tunk den Kadetten vom Replikator zurück und zwinkerte ihm zu. »Einen Augenblick, Kimbal. Ich muß da noch was erledigen.« Er beugte sich zur Maschine vor. »Ich möchte eine fünf Zentimeter durchmessende Kugel aus reinem Natrium.«

Das gewünschte Objekt erschien im Ausgabefach des Replikators. Tunk vergewisserte sich, daß seine Hände trocken waren, bevor er danach griff. »Nur ein kleiner Streik«, sagte er, was seiner Meinung nach alles zu erklären schien. »Und nun, Kimbal ... Die Pause ist vorbei. Na los, keine Müdigkeit vorschützen.«

Als Munk für den Transfer nach Novus Alamogordus bereit war, taumelte Wesley unter einer schweren Bürde, die nicht nur sein Gewissen belastete, sondern in besonderem Maße den Rücken. Sechsundfünfzig Barren aus falschem goldgepreßtem Latinum steckten in einer Schultertasche, die ihn zwang, sich ein ganzes Stück nach rechts zu neigen. Der Nennwert belief sich auf sage und schreibe 14 060 Barren.

»Werkzeuge«, sagte Tunk, als sich der Transporterchef nach dem Inhalt der Tasche erkundigte. »Um die Auktionsobjekte zu untersuchen und festzustellen, ob sie *echt* sind, he-he.« Der Ferengi lachte, und in seinem Gesicht erschien ein Kobold-Grinsen, das die Augen zwischen Brauen und Wangen verschwinden ließ. Tunks Vater reagierte nicht und blieb stumm.

Im Chateau auf dem Planetoiden wandte sich Munk an seinen Sohn. »Beim Klabautermann, wir müssen feststellen, ob man das Metall wirklich als Latinum akzeptiert. Tunk! Nimm einige Barren und miete zwei Kajüten für uns.«

»Ich?« quiekte der jüngere Ferengi. »Warum nicht der Mähnsch?«

Munk maß seinen Sohn mit einem eisigen Blick, der jedoch nicht besonders bedrohlich wirkte – dafür war der ältere Ferengi zu klein und dick. »Welcher Ferengi gäbe seinem mähnschlichen Diener so viel Geld?«

»Oh, ja. Ich schätze, so etwas könnte man für sehr seltsam halten.«

»Fürwahr! Und nun geschwind, begib dich zum Portier noch heute. *Zwei* Zimmer sollst du mieten, meiner Treu! Auf daß ich allein sein kann und nicht ertragen muß die Nähe eines dummen Sohns.«

Wesley folgte Tunk, da er die Gesellschaft eines dummen Sohns der eines alten Halunken vorzog. Unterdessen stützte sich Munk auf seinen Gehstock und versuchte, sehr würdevoll auszusehen.

»Warum redet Ihr Vater immer so?«

»So wie?«

»Wie der Herzog und die Dauphine.« Wesley dachte in diesem Zusammenhang an den klassischen Roman Huckleberry Finn von Mark Twain.

Tunk lächelte und zeigte dabei Zähne, die bei einem Kind Alpträume bewirkt hätten. »Offenbar lernen Sie allmählich, den alten Herrn zu schätzen. Mein Vater hat nie die guten Schulen besucht. Er ist ganz und gar Selfmadeferengi.«

*Bestimmt gibt es selbst bei den Ferengi keine Lehrer, die für ein solches schulisches Produkt die Verantwortung übernehmen möchten,* dachte Wesley. »Lassen Sie mich raten ... Ihr Vater lernte Föderationsstandard, indem er sich schlecht inszenierte Shakespeare-Holostücke ansah.«

»Ha! Das zeigt deutlich, wie wenig Mähnschen wissen. Mein Vater verbesserte seine Ausdrucksweise, indem er einige eher unwichtige sprachliche Komponenten Ihres sehr überschätzten Shakespeare übernahm. Doch der größte Teil seiner Kenntnisse stammt aus einer wesentlich kultivierteren Quelle: den wundervollen holographischen Piraten-Geschichten, wie sie zum Beispiel von den Peter Blood-Studios produziert wurden. Wenn ich mich recht entsinne, fand mein Vater besonderen Gefallen an *The Treasure of Bludy Sea.* Darin gibt es einen Helden namens Edward Teach, der sich fast genauso verhielt wie ein Ferengi … Oh, wir sind an der Reihe.«

Tunk trat an den Tresen heran und zeigte jetzt überhaupt keine Anzeichen von Unsicherheit mehr. Wesley hingegen war ein Nervenbündel. Innerlich zitterte er immer heftiger; bei einem Verhör hätte er höchstens drei Sekunden lang Widerstand geleistet, bevor er bereit gewesen wäre, ein vollständiges Geständnis abzulegen. Er blieb nur deshalb stumm, weil er wußte, daß Tunk und Munk alle Schuld auf ›Fred Kimbal‹ geschoben und behauptet hätten, daß der Fälschungsapparat von ihm stammte, was sich nicht leugnen ließ. Hinzu kam, daß die scheinbare Verwandlung von Chaseum in Latinum auf Fred (beziehungsweise Wesley) zurückging. Bei einer Befragung durch die Polizei wäre Wesley natürlich gezwungen gewesen, die Wahrheit zu sagen – mit dem ziemlich unerfreulichen Ergebnis, daß Fred und ihm ein längerer Gefängnisaufenthalt bevorstand.

»Ich möchte zwei der besten Zimmer«, sagte Tunk.

Der fomorianische Portier blickte skeptisch auf ihn herab. »Das macht sechs Barren für drei Tage, Sir.«

Der Ferengi warf ihm wortlos einen Dezibarren zu.

»Danke, Sir!« stieß der Portier hastig hervor und reichte ihnen zwei Schlüssel.

Tunk nahm sie beide, bevor Wesley die Hand danach ausstrecken konnte. »Zur Ausstattung der Räume gehören doch auch Replikatoren, oder?«

»Natürlich, Sir. Replikatoren, Eßecken, Zugang zu den Holo-Kammern, große Badenischen …«

»Badenischen?« wiederholte Tunk verwirrt, so als

hörte er jetzt zum erstenmal davon, daß solche Dinge existierten. »Halt, Augenblick. Was haben Sie gerade über Holo-Kammern gesagt?«

»An beiden Enden des Dachgeschoßflurs gibt es Holo-Kammern. Mit den Zimmerschlüsseln haben Sie Zugang. Die Speichermodule enthalten viele verschiedene Programme, Sir.«

»Auch Programme mit ...« Tunk warf Wesley einen argwöhnischen Blick zu und hob die Hand zum Mund. Der Fomorianer beugte sich ein wenig vor.

Tunk sprach so leise, daß Wesley nur ein Wort verstand. Es klang wie *Melasse.*

Der Portier nickte mehrmals. »Natürlich, Sir! Eine umfangreiche Ferengi-Sektion gehört zur Programmbibliothek. Wenn ich sonst noch irgendwie zu Diensten sein kann ...«

»Ja, das können Sie. Indem Sie mir vier Barren Wechselgeld geben.«

Der Fomorianer legte die Barren ein wenig zu langsam auf den Tresen, zeigte damit Verdruß, ohne ihn zu deutlich werden zu lassen. Tunk steckte drei davon ein und füllte die Anmeldekarte aus.

Wesley stellte fest, daß er mit ›Brubrak & Begleiter‹ unterschrieb. *Aus welchem Grund?* fragte sich der Kadett. Nun, vielleicht war es einfach nur die typische Boshaftigkeit der Ferengi. *Warum die Wahrheit sagen, wenn man mit einer Lüge das gleiche Ziel erreicht?*

Tunk drehte den verbliebenen Barren hin und her, musterte dabei den Portier. »Haben Sie zufällig ein Halbgrammstück?«

»O ja, Sir«, erwiderte der Fomorianer und gab sich unterwürfig.

»Tatsächlich? Ich schätze, dann brauchen Sie das hier nicht.« Mit diesen Worten steckte er auch den letzten Barren ein.

Er drehte sich um – und begann so zu husten, als sei ihm etwas im Hals steckengeblieben.

Der junge Ferengi entdeckte einen großen Zierbrunnen in der Mitte des Foyers; Dutzende von Auktionsteilnehmern standen und saßen dort.

Tunk lief sofort los, und Wesley folgte ihm, fragte sich dabei, auf welche Weise er ihm helfen sollte. Dann fiel ihm ein, daß er nicht die geringste Ahnung hatte, worauf es bei Erster Hilfe für Ferengi ankam.

Tunk bahnte sich grob einen Weg durch die Menge, sprang dann auf eine Sitzbank. Er griff sich mehrmals an die Kehle, und Wesley beobachtete, wie er verstohlen ein kleines Objekt hervorholte.

Der junge Ferengi hustete noch einmal, röchelte und spuckte ins rauschende Wasser. Gleichzeitig ließ er das Objekt fallen, und Wesley erkannte die an Bord der *Enterprise* replizierte Natriumkugel.

Sie explodierte dort, wo Tunk ins Wasser gespuckt hatte. Gelbe und orangefarbene Flammen züngelten, und das Wasser schäumte, schien sich für wenige Sekunden in flüssiges Feuer zu verwandeln. Eine wahre Flutwelle spritzte empor, und in der vordersten Reihe wurden alle Zuschauer naß, unter ihnen auch Wesley Crusher.

Einige Personen schrien, und die Menge wich vom Springbrunnen fort. Tunk ignorierte die vielen verblüfften Gesichter und klopfte sich mit der Faust auf den Magen.

»Oh, mähnschliche Speisen«, brachte er schließlich hervor.

Wesley spannte die Muskeln und nahm seine ganze Willenskraft zusammen, um sich zu beherrschen. Zu gern hätte er Tunk jetzt in den Hintern getreten und ihn damit in den Brunnen befördert! *Wahrscheinlich verstieße ich damit gegen irgendeine Klausel des Vertrags,* dachte er kummervoll.

»Was hat dieser Unfug zu bedeuten?« fragte der pummelige Repräsentant eines Volkes, dessen Namen Wesley nicht kannte.

»Ach, es war nur ein kleiner Streik. Wo bleibt Ihr Sinn für Humor?«

»Ich habe keinen!«

»Na so was. Nun, Sie sollten wenigstens über einen gesunden Selbsterhaltungstrieb verfügen.«

Das verärgerte Geschöpf mit der langen Schnauze richtete sich zu seiner vollen Größe auf und überragte Tunk um etwa dreißig Zentimeter. »Wollen Sie damit andeuten, ich hätte etwas von Ihnen zu befürchten?«

Tunk schürzte die Lippen. »Sehen Sie diesen Brunnen? Wenn ich wollte, könnte ich Sie bis zur anderen Seite werfen!«

Wesley stellte sich erneut vor, wie Tunk durch die Luft flog und mitten im Brunnen landete. Diesmal war die Versuchung noch größer, den rechten Fuß zu heben und ordentlich zuzutreten, um dem verdammten Angeber eine Lektion zu erteilen.

Nun, vielleicht war Tunk diesmal zu weit gegangen ...

Das Schnauzenwesen starrte ungläubig – der runde Brunnen durchmaß fast zwanzig Meter. »So ein Unsinn!« entfuhr es ihm.

»Ich bin sehr wohl dazu imstande!«

»Sind Sie nicht!«

»Bin ich doch!«

*»Quatsch!«*

Die beiden Kontrahenten standen Bauch an Bauch. »Ach, glauben Sie? Ich wette zwei Barren Latinum, daß ich Sie bis zur anderen Seite werfen kann!«

»Einverstanden!« Der Mann wandte sich an die Zuschauer. »Sie alle sind Zeugen! Der Ferengi wettet zwei Barren Latinum, daß er mich bis zur anderen Seite des Springbrunnens werfen kann!«

Wesley beobachtete das Geschehen fasziniert. Er wußte, daß Tunk einen neuen ›Streik‹ plante, aber er hatte nicht die geringste Ahnung, worum es dabei ging. Trotzdem sah er allmählich ein Muster. Tunks

Streiche erforderten in jedem Fall die *volle Kooperation des Publikums.* Die Zuschauer und Wesley waren dem Ferengi zum Brunnen gefolgt, als er in vermeintlicher Not hustete und würgte. Niemand dachte daran, sich taktvoll abzuwenden – und die Strafe bestand aus einer unfreiwilligen Dusche.

Jetzt hatte sich der Schnauzenmann eine Wette aufschwatzen lassen, die er eigentlich nicht verlieren konnte. Doch Wesley zweifelte kaum daran, daß ihm eine sehr unangenehme Überraschung bevorstand. Er wich zurück.

Der Ferengi schob die Ärmel hoch und spuckte in die Hände. »Sind Sie bereit, wie ein Vogel zu fliegen?«

Der Schnauzenmann sank auf Hände und Knie, blickte zum Brunnen. »Es kann losgehen.«

Tunk packte ihn an Kragen und Hosenbund, zog, stieß einen triumphierenden Schrei aus und warf den Schnauzenmann ... einen Meter weit, ins Wasser des Brunnens.

Kadett Crusher hatte zunächst beschlossen, ernst zu bleiben, doch jetzt lächelte er. Fast hätte er sogar laut gelacht, als der Schnauzenmann im Naß strampelte und nach Luft schnappte. Er bekam keine Gelegenheit, aus dem Brunnen zu klettern, denn Tunk packte ihn erneut.

»Ich habe gesagt, daß ich Sie bis zur anderen Seite des Brunnens werfen kann!« rief der Ferengi wie ein Irrer. *»Aber ich habe nicht behauptet, daß es mir gleich beim ersten Versuch gelingt! Fertig, zielen, Feuer!«*

Erneut tauchte der Schnauzenmann mit dem Kopf voran ins Wasser, fühlte dann einmal mehr Tunks Hände an Kragen und Hosenbund. *»Alle guten Dinge sind drei!«* heulte der Ferengi.

Der Schnauzenmann hatte genug. »Aufhören!« stieß er hervor und versuchte, sich aus dem Griff zu befreien. »Lassen Sie mich los! Sie haben die Wette gewonnen!« Tropfnaß stand er auf und holte zwei Ein-

Gramm-Münzen aus Latinum hervor. Er überließ sie Tunk, stapfte dann zur anderen Seite, kletterte dort aus dem Brunnen und verschwand in der Menge.

Wesley rieb sich das Kinn. Jetzt sah er das Muster ganz deutlich. Ohne die Mitwirkung des Opfers konnten Tunks Streiche nicht funktionieren.

Ein Gedanke keimte in ihm. Wenn das Universum einem gewaltigen Streich gleichkam – dann bestand das Geheimnis darin, dem Gegner die Möglichkeit zu geben, seiner eigenen Mischung aus Habgier, Eitelkeit und arrogantem Stolz zum Opfer zu fallen.

Wesley Crusher speicherte die Subroutine, um sie später zu verarbeiten.

Tunk drehte sich um, kehrte zu Munk zurück und gönnte sich dabei ein meckerndes Lachen. Er reichte seinem Vater einen der beiden Schlüssel. Munk nahm ihn entgegen, ohne auf die beiden Streiche einzugehen.

»Beim Klabautermann, so ein Hotel einem anständigen Seemann durchaus zur Ehre gereicht!« kommentierte Munk, als er von den Holo-Kammern und der Ferengi-Sektion bei den zur Verfügung stehenden Programmen erfuhr. »Fürwahr, ihr jungen Leute, wendet euch nun zu dem Mummenschanz, auf daß ihr kundig werdet der Dinge, die zur Versteigerung anstehen.«

»*Wir* sollen uns den ganzen Kram ansehen? Und was machst *du* in der Zwischenzeit, Vater?«

»Ich? Beim Rahsegel und der knarrenden Takelage, dieser alte und gebrechliche Leib Ruhe braucht nach all den Anstrengungen, um wiederzufinden zumindest ein wenig Kraft.«

»Du willst dich in der Holo-Kammer vergnügen!« Tunk richtete einen anklagenden Zeigefinger auf seinen Vater.

»Schweig sofort, elender Schlingel! Hinfort mit dir. Husch, husch! Ach, der Abschied ist eine kurze Kerze. Bald werden wir erneut zusammen gehen, Hand in

Hand, doch bis dahin *setz deinen verdammten Arsch in Bewegung und sieh dir die holographische Präsentation der Auktionsposten an!*« Die letzten Worte brachte Munk mit solcher Vehemenz hervor, daß sowohl Tunk als auch Wesley vor dem Zorn des alten Ferengi zurückschreckten. Sie eilten in den ersten Stock, um dort mit der holographischen Tour durch Zorkas Erfindungen zu beginnen.

Im Anschluß daran fühlte sich Wesley benommen und verwirrt. Nach dem technischen Unterricht an der Akademie konnte praktisch nichts von dem funktionieren, was er gerade gesehen hatte. Mehr noch: Es schien sich dabei um genau jene Phantastereien zu handeln, denen er sich manchmal hingab, um der Langeweile des Unterrichtes zu entrinnen.

Doch die lange Bekanntschaft mit dem echten Fred Kimbal hatte Wesley darauf hingewiesen, daß man mit Bemerkungen wie ›Das kann unmöglich funktionieren‹ sehr vorsichtig sein sollte. Noch vor einer Woche hätte er geschworen, daß es keine Möglichkeit gab, Chaseum in goldgepreßtes Latinum zu verwandeln – beziehungsweise in eine so gute Fälschung, daß sich der Unterschied nur mit Hilfe der Sensoren eines gut ausgerüsteten wissenschaftlichen Laboratoriums feststellen ließ.

Er schüttelte den Kopf. Wer war Wesley Crusher schon, daß er es sich erlauben konnte, Dr. Zorka für einen Verrückten zu halten – obgleich er vielleicht der größte Wissenschaftler seit Jahrhunderten gewesen sein mochte?

Nach der Holo-Tour meinte der Ferengi, er sei müde. Er nahm auf einer der zahlreichen Bänke Platz und bedeutete Wesley mit einer knappen Geste, sich ebenfalls zu setzen.

Crusher kam der Aufforderung nach, obwohl er gar keine Müdigkeit verspürte. Er wartete geduldig, während Tunk den Betrag errechnete, der nötig war, um alle wichtigen Vorrichtungen zu ersteigern.

Zum erstenmal fragte sich Wesley, was Munk und Tunk mit solchen Geräten anfangen wollten. Er erinnerte sich an die photonische Impulskanone, so groß wie ein Planetoid und dazu imstande, die Schilde eines Raumschiffs zu durchschlagen ... Plötzlich brach ihm der Schweiß aus.

Wenige Sekunden später merkte Wesley, daß ein großer Klingone neben ihm saß. Er wich ein wenig zur Seite, um ihn nicht anzustoßen und dafür mit einer Demonstration schlechter klingonischer Laune belohnt zu werden.

»Sehen Sie, Kimbal.« Tunk hielt den kleinen Rechner vor Wesleys Gesicht. Der Kadett starrte auf eine gewaltige Zahl. »So viele Barren in Gold gepreßtes Latinum benötigen wir wahrscheinlich. Wie lange?«

Wesley konnte es kaum fassen. Die Zahl war so enorm, daß er kaum eine entsprechende Vorstellung gewinnen konnte. *Dreihundertfünfzigtausend Barren in Gold gepreßtes Latinum!*

Seine Kinnlade klappte nach unten, als er daran dachte, über Jahre hinaus am Replikator zu hocken und immer wieder neue Barren zu replizieren, um eine solche Summe zusammenzubringen. Bestimmt enthielt das Replikationssystem dafür nicht einmal genug Materie!

Dann blinzelte er und begriff, wie dumm solche Überlegungen waren. Es ging natürlich darum, Latinum *mit hohem Nennwert* zu replizieren, zum Beispiel Kilo- und Hektobarren.

»Wie lange, Mähnsch?« drängte Tunk. Offenbar wollte er eine genaue Schätzung der erforderlichen Zeit.

»Nun ...« Wesley teilte den Gesamtbetrag in dreitausend Hektobarren und fünfzig Kilobarren aus Chaseum auf, die anschließend von Kimbals Uhr verwandelt werden mußten – insgesamt 3050 Barren. Nur jeweils drei Barren paßten ins Uhrgehäuse, was bedeutete: Es waren rund tausend einzelne ›Umwandlungen‹ nötig.

»Es muß einen logischen, vernünftigen Weg geben, um den Preis zu bestimmen«, knurrte der Klingone. Wesley versuchte, die tiefe Stimme des Mannes zu überhören und sich ganz auf die Berechnungen zu konzentrieren.

Jede Umwandlung dauerte etwa zehn Sekunden, aber man mußte auch die Zeit berücksichtigen, die notwendig war, um Barren ins Uhrgehäuse zu legen und wieder herauszunehmen. Noch einmal zehn Sekunden. Pro Minute konnten also nicht mehr als drei Umwandlungen stattfinden, wahrscheinlich nur zweieinhalb.

Ein auf der anderen Seite des Klingonen sitzender Mensch sagte etwas, und daraufhin erklang erneut die laute, tiefe Stimme. »Intuition mag geeignet sein für Krämer und Geldverleiher! Wie soll ein *Krieger* wissen, wann es besser ist, nicht mehr zu bieten?«

Irgend etwas an dem Klingonen erschien vertraut, doch Wesley ließ sich nicht ablenken und setzte die Berechnungen fort. Tausend Barren bedeuteten zwischen sechs und acht Stunden, vorausgesetzt, es wurde pausenlos gearbeitet.

Er räusperte sich. »Etwa zwölf Stunden, wenn die Arbeit nicht unterbrochen wird. Aber natürlich müssen wir ...«

»Es müßte sich doch in acht Stunden machen lassen, oder?«

»Sie verstehen nicht, Tunk. Meine Schätzung berücksichtigt überhaupt keine Ruhephasen, um zu schlafen oder etwas zu essen.«

»Perfekt. Also acht Stunden. Mal sehen ... Wenn Sie sofort beginnen, müßte der Gesamtbetrag morgen früh zur Verfügung stehen, nicht wahr?«

Wesley seufzte. »Sicher. Kein Problem.«

Der Klingone sprach erneut und beanspruchte zumindest einen Teil von Crushers Aufmerksamkeit. »Können Sie mir nicht wenigstens sagen, welche Preise vernünftig wären, wenn die Erfindungen wirklich funktionierten, Sir?«

Wesley erstarrte entsetzt, als ihm klar wurde, wer neben ihm saß. Lieutenant Worf gestikulierte mit einem Arm und stieß dabei den Kadetten gegen Tunk.

»Ich bitte um Entschuldigung«, grollte Worf, drehte sich um und bemerkte den neben ihm sitzenden jungen Mann zum erstenmal. Eine halbe Sekunde später beugte sich Geordi LaForge vor, um an dem Klingonen vorbeizublicken.

»Wesley Crusher!« entfuhr es Worf. »Was machen Sie so weit von der Akademie entfernt, Kadett?«

»Sie kennen meinen neuen Schiffsjungen?« fragte Tunk überrascht.

»Natürlich kenne ich Wesley Crusher!« erwiderte Worf scharf. »Er befand sich an Bord ...«

»... des Orbitalschiffes«, warf Wesley rasch ein. »Wir sind uns an Bord des Ausbildungsschiffes der Akademie begegnet. Lieutenant Worf war der Sicherheitsausbilder während meines zweiten Studienjahrs.«

Tunk musterte den Klingonen mit offensichtlichem Abscheu. »Ja, ja, interessant. Aber wir müssen jetzt gehen. Freut mich, Sie kennengelernt zu haben, Lieutenant Wuff.«

»Worf!«

»Wenn Sie in diesem Quadranten zurechtkommen wollen, sollten Sie lernen, zwischen einzelnen Menschen zu unterscheiden. Dies ist Fred Kimbal, nicht Wesley Crusher. So heißt der andere. Crusher, meine ich. Für Sie sehen sie bestimmt alle gleich aus, und für mich ebenfalls, um ganz ehrlich zu sein. Aber wenn Sie die Menschen dauernd miteinander verwechseln, könnten Sie sich eine Menge Ärger einhandeln.« Tunk stieß Wesley in die Rippen. »Kommen Sie, Kimbal.

*Acht Stunden Arbeit erwarten Sie,* wenn Sie verstehen, was ich meine, he-he!«

»Fred Kimbal«, betonte Wesley und sah Worf dabei in die Augen.

»Fred Kimbal?«

Wesley nickte mehrmals. »Kimbal! Bitte erinnern Sie sich daran, Sir.«

Worf schwieg, als Tunk seinen Schiffsjungen am Ellenbogen ergriff und fortzerrte.

Als der Ferengi und ›Fred Kimbal‹ außer Sicht und damit auch außer Hörweite waren, fragte Geordi: »Was hat das alles zu bedeuten?«

»Ich weiß es nicht, Commander. Aber ich bin ziemlich sicher, daß sich Wesley eines Tages in große Schwierigkeiten bringen wird.«

Für jemanden mit sehr kurzen Beinen lief Tunk ziemlich schnell durchs Foyer zum Turbolift – Wesley mußte sich beeilen, um mit ihm Schritt zu halten. Mit erstaunlicher Eleganz fand der Ferengi einen Weg durch die Menge und verschwand in einer Transportkapsel. Crusher folgte ihm rasch.

Im Quartier auf dem achtunddreißigsten Deck – *im achtunddreißigsten Stock,* korrigierte sich Wesley – blieb ihm gerade Zeit genug, seine Sachen aufs Bett zu legen, bevor Tunk verkündete: »Ah, hier ist der Replikator! An die Arbeit, Mähnsch. Wir haben bereits einige wertvolle Minuten vergeudet.«

Wesley trat an den Apparat heran und stellte fest, daß es sich um ein mindestens zwanzig Jahre altes Modell handelte. Unterdessen fegte Tunk die Sachen des Kadetten einfach vom Bett herunter und streckte sich darauf aus.

»Warum programmieren Sie den Replikator nicht darauf, automatisch Chaseumbarren zu replizieren?« schlug der Ferengi schläfrig vor. »Dann können Sie sich darauf konzentrieren, das Zeug in Latinum ... zu ... verwan ...« Leises Schnarchen folgte. Tunk war eingeschlafen, müde von der anstrengenden Tätigkeit, einen ganzen Tag lang Befehle zu erteilen.

*Dies ist der Augenblick der Wahrheit, dachte Wesley. Bisher bin ich ein im großen und ganzen passiver Komplize gewesen. Aber wenn ich damit anfange, Chaseum zu replizieren und in vermeintliches goldgepreßtes Latinum zu verwandeln ... Dadurch werde ich zu einem aktiven Mittäter!*

In rechtlicher Hinsicht war der Unterschied vielleicht kaum der Rede wert, aber für Wesley spielte er eine große Rolle. Auf der einen Seite stand die Unterlassungssünde, auf der anderen die aktive Teilnahme an einem Verbrechen. Er hatte es widerstrebend zugelassen, gewissermaßen durch die halbe Galaxis verschleppt zu werden. Man konnte ihm vorwerfen, nicht genug Widerstand geleistet zu haben, vielleicht deshalb, weil er einfach nicht wahrhaben wollte, in welche Machenschaften er verstrickt worden war. Jetzt mußte er ganz bewußt eine Wahl treffen: Entweder förderte er die weitere Entwicklung der von Munk und Tunk entfalteten kriminellen Aktivitäten, oder er wandte sich an einen Polizisten (beziehungsweise an einen Angestellten von Hatheby's) und gestand alles.

Aber so sehr er es auch versuchte: Er sah keinen Weg, ungeschoren aus dieser Sache herauszukommen. Die Ferengi würden bestimmt nicht darauf verzichten, ihn als den Hauptschuldigen hinzustellen.

Andererseits ... Sobald Munk und Tunk damit begannen, das gefälschte Latinum im großen Maßstab auszugeben, unterschrieben sie damit praktisch ein Geständnis. Wenn man sie faßte, hatte Wesley zumindest die Genugtuung, daß die beiden Ferengi ebenfalls ins Kittchen wanderten.

Außerdem: Wenn er ihre Habgier stimulierte, so ließen sie sich vielleicht zu einem Fehler hinreißen. Ferengi neigten dazu, angesichts von grenzenlosem Reichtum völlig überzuschnappen.

Wesley schluckte und programmierte den Replikator darauf, alle dreißig Sekunden drei Hektobarren Chaseum in der exakten Konfiguration von Latinum herzustellen. Schon nach wenigen Minuten ergab sich eine Routine: In regelmäßigen Abständen nahm er die Barren aus dem Replikator, schob sie ins Uhrgehäuse und betätigte den Schalter für die Umwandlung.

Nach fünfunddreißig Minuten hatten sich zweihundert Hektobarren ›goldgepreßtes Latinum‹ angesammelt. Wie erwartet sah das Metall völlig echt aus und konnte nur mit hochmoderner Sondierungstechnik als Fälschung erkannt werden. Das zweite Ergebnis der Arbeit bestand aus einem schweißnassen Pulli und schmerzenden Schultern.

»Programmausführung unterbrechen«, schnaufte Wesley, als Hektobarren Nummer 201 bis 203 im Ausgabefach erschienen. Er zwang sich dazu, sie ins Uhrgehäuse zu legen, hätte sie fast auf den kleinen Apparat fallen gelassen.

Eine ganze Minute lang starrte er auf die Kimbal-Uhr, ohne die Hand nach dem Schalter auszustrecken. *Habe ich den Mut, aufzustehen und das verdammte Ding zu zertreten?* fragte er sich.

Er fühlte, wie sich seine Nackenhaare aufrichteten. Langsam drehte er den Kopf und stellte fest, daß Tunk ihn aus kalt glitzernden Eidechsenaugen beobachtete. »Falls Sie daran denken, das Gerät zu zerstören, Mähnsch … Sie sollten sich an das erinnern, was Sie irgendwann einmal über Ferengi-Konsolidierungscamps gelesen haben.« Tunk schnitt eine drohende Grimasse. »Die Wirklichkeit ist noch viel schlimmer, als man sie mit Beschreibungen wiedergeben kann.«

»Ich könnte das Ding gar nicht zerstören, selbst wenn ich wollte. Die Explosion würde mir vermutlich den Fuß abreißen. Und derzeit bin ich zu erschöpft, um einen Barren zu heben und darauf hinabfallen zu lassen.«

Tunks Blick glitt zum falschen Latinum, und er

schnappte nach Luft. Seine Augen wurden immer größer, bis Wesley befürchtete, daß sie wie bei einem Holo-Trickfilm aus den Höhlen traten. Der Ferengi verhielt sich wie eine Motte, die vom Licht angezogen wurde. Er kroch aus dem Bett, näherte sich wie in Trance dem Barrenhaufen. Voller Ehrfurcht streckte er eine pfotenartige Hand aus und berührte das gelbe Metall.

»Bei allen Erwerbsregeln«, hauchte er, und es klang wie ein Gebet.

Genau in diesem Augenblick öffnete sich die Tür, und Munk kam herein. Es schien den verhutzelten alten Ferengi zu überraschen, sie hier anzutreffen, und in seiner Haltung kam eine Andeutung von Schuld zum Ausdruck – vermutlich hatte er sich nicht etwa ausgeruht, sondern in einer Holo-Kammer vergnügt. Dann fiel ihm ein, wer und was er war; er watschelte hoch erhobenen Hauptes ins Zimmer und schwang seinen Gehstock.

»Fürwahr, da bin ich wieder, ihr Lieben! Beim Klabautermann, ich …« Munks Quieken verklang abrupt, als er das Latinum sah. Als echtes Metall wäre es *zwanzigtausenddreihundert* Barren wert gewesen – genug, um ein kleines Raumschiff der Miranda-Klasse zu kaufen, wenn auch ohne Waffensysteme und Bordinstrumente. Nie zuvor hatte Wesley einen solchen Schatz gesehen, und selbst Munk war zutiefst beeindruckt.

»M-meine meine meine meine meine G-güte!« brachte er hervor.

Tunk und Munk standen vor dem großen, gelb glänzenden Haufen und rieben sich die Hände, als würden sie sie an einem Lagerfeuer zu wärmen. Sie wirkten wie die personifizierte Habgier, und ihr Anblick erfüllte Wesley mit Ekel – bis er daran dachte, daß er sich anschickte, an einem kolossalen Betrug teilzunehmen.

»Potzblitz und Segelriß!« platzte es aus Munk heraus. »Welch köstlich Augenweide für jeden Seeräuber und Raumpiraten! Und nun genug der Ruhe. Auf, auf, zu neuen Taten, damit wächst der Reichtum aufs Doppelte, Dreifache und Vierfache, bevor ein neuer Morgen lacht und vertreibt die Nacht.«

»Aye, ich meine, ja«, entgegnete Tunk. Er griff nach Wesleys Arm, ohne den Blick vom falschen Latinum abzuwenden, zog ihn in Richtung Replikator. »Die Pause ist vorbei. Schiffsjunge. Zurück an die Arbeit!«

Er drehte sich zu dem Kadetten um und grinste wie ein Irrer. »Als Sie sich für eine berufliche Laufbahn bei Starfleet entschieden haben ... Sie hätten es bestimmt nicht für möglich gehalten, eines Tages zehntausend Barren Latinum in der Stunde zu machen, oder?«

Die beiden Ferengi lachten wiehernd über den Witz. Wesley achtete nicht darauf. Müde reaktivierte er den Replikator und replizierte Chaseum, um es anschließend in kostbares Latinum zu verwandeln.

# 13

Vollkommen erschöpft sank Wesley aufs Bett. Munk hatte ihm mit großem Widerstreben erlaubt, die Produktion von ›Latinum‹ zu unterbrechen, um zwei Stunden zu schlafen. Tunk wurde von seinem Vater angewiesen, für den Schiffsjungen einzuspringen, wogegen er energisch protestierte. (Einwände zu erheben gehörte zu den wenigen Tätigkeiten, denen er energisch nachging.)

Die beiden Ferengi zankten sich hingebungsvoll, was Wesley veranlaßte, sich ein Kissen auf den Kopf zu drücken. Dadurch gelang es ihm, etwa dreißig Prozent des Lärms abzuschirmen. Schließlich schien sich Munk durchzusetzen: Als die müden, blutunterlaufenen Augen des Kadetten Tunk zum letzten Mal sahen, beugte er sich über die Kimbal-Uhr.

Doch als Wesley später von Munks Stock wachgestoßen wurde, war der Haufen aus gefälschtem Latinum kaum gewachsen. Angeblich hatte Tunk viele ›technische Probleme‹ entdeckt, weshalb es ihm kaum möglich gewesen war, irgend etwas zu replizieren.

Den Ferengi stand also im großen und ganzen ›nur‹ das zur Verfügung, was Wesley repliziert und transformiert hatte: eintausendzweihundertfünfzehn Hektobarren und hundertzwei Kilobarren, beziehungsweise 223 500 Barren in Gold gepreßtes Latinum!

*Fast genug, um ein voll bewaffnetes Scoutschiff zu kaufen,* dachte Wesley und schauderte. Glücklicherweise gehörte keins zum Angebot der Auktion.

Der Kadett ordnete die Barren zu einem Würfel an,

mit einen Kantenlänge von etwa einem halben Meter und einer Höhe von knapp hundert Zentimetern.

»Nehmen wir das Metall mit?« fragte er und dachte an das Gewicht von fast zweieinhalb Tonnen.

»Zur Auktion?« erwiderte Tunk verblüfft. »Das sähe doch ziemlich verdächtig aus, nicht wahr, Mähnsch? Wir lassen den größten Teil hier, nehmen nur zweihundert Hekto- und zehn Kilobarren mit.«

Wesley schluckte. Zweihundertzehn Barren wogen vierhundertzwanzig Kilogramm, und er ahnte bereits, wer mit dieser Last fertig werden mußte. Selbst wenn er eine Antigravscheibe benutzte: Dadurch änderte sich nur das Gewicht, nicht aber die Masse. *Es dürfte ziemlich schwer sein, so viele Barren um Ecken zu schieben, sie in Bewegung zu setzen und später wieder abzubremsen.*

»Beim steifen Wind der sieben Meere, wie tarnen wir den Rest während unserer Abwesenheit?« fragte Munk.

»Das ist doch ganz einfach, wir ...« Tunk öffnete und schloß den Mund mehrmals, starrte dabei hilflos auf den gelben – und recht großen – Haufen.

Wesley rollte mit den Augen. »Wie wollen Sie erfolgreiche Geschäftsleute sein, wenn Sie nicht einmal die Kunst des Verbergens beherrschen?«

Er legte zweihundert Hekto- und zehn Kilobarren beiseite, nahm ein flaches, zweidimensionales Bild von der Wand – es war etwa einen Quadratmeter groß – und legte es aufs ›Latinum‹. Anschließend replizierte er ein weißes Tischtuch, legte es übers Bild und sah zufrieden, daß es bis auf den Boden reichte. Dann nahm er noch einmal die Dienste des Replikators in Anspruch, replizierte ein Teeservice im japanischen Stil und stellte es auf den ›Tisch‹.

»Na bitte«, sagte er.

Tunk wanderte einmal darum herum und nickte. Der vermeintliche Tisch war etwa fünfundsiebzig Zentimeter hoch – perfekt für Ferengi.

Munk lachte meckernd. »Eine gute Idee, bei den Brassen! Wer käme schon auf den Gedanken, einen Tisch mit einem Schatz zu verwechseln?«

Er stieß Wesley erneut mit dem Stock an und trieb ihn in Richtung Tür. Tunk folgte ihnen und verriegelte das Schloß mit großer Sorgfalt.

Sie gingen die breite Treppe hinunter und betraten kurz darauf den Auktions-Saal. Die Versteigerung der ersten wichtigen Posten stand unmittelbar bevor, und deshalb füllte sich der Raum schnell. Munk hielt Ausschau und entdeckte zwei freie Plätze neben einem müde wirkenden Coroustai. Der alte Ferengi forderte Wesley und seinen Sohn auf, sich zu setzen, stieß dann den Coroustai an und behauptete mit immer größerer Empörung, er habe ihm den Platz ›gestohlen‹. Schließlich hielt es der arme, erschöpfte Mann nicht länger aus – er floh in einen anderen Teil des Saales. Munk ließ sich auf den eroberten Stuhl sinken.

Die beiden Ferengi schenkten Wesley keine Beachtung, was dem Kadetten nur recht war. Dadurch konnte er seine ganze Aufmerksamkeit auf die seltsame Versteigerungsmethode richten.

Verwirrt stellte er fest, daß der Auktionator Preise nannte, die immer *geringer* wurden – und daß zunächst niemand bot. Nach einer Weile, als eine bestimmte Summe genannt wurde, hob ein vorn sitzender Cardassianer die Hand.

»Verkauft an Gul Fubar. Er bietet für ...?«

»Für mich selbst«, sagte der Cardassianer.

»Für zwölf Barren GGL an Gul Fubar verkauft, der für sich selbst bietet.«

*Für sich selbst – von wegen.* Wesley beugte sich zu Tunk. »Fangen Gebote nicht niedrig an, um dann immer höher zu werden?«

Der Ferengi musterte ihn so, als könnte er seine Dummheit kaum fassen. »Das muß nicht unbedingt der Fall sein. Bei dieser besonderen Versteigerungsform, Krücken-Auktion genannt, beginnt man mit einem hohen Preis und senkt ihn, bis er für jemanden akzeptabel wird. Nach ein oder zwei Tagen müssen sich die Auktionatoren etwas einfallen lassen, um das Interesse der Kunden wachzuhalten.«

»Warum spricht man ausgerechnet von ›Krücken-Auktion‹?«

»Weil die Gebote des Versteigerers wie ›Krücken‹ für neue Auktionsteilnehmer sind!«

Während der nächsten fünfzehn Minuten führte der Angestellte von Hatheby's die Krücken-Auktion fort und versteigerte sieben Linsen, die ein Mitarbeiter von Dr. Zorka zur besseren Fokussierung von Phaserenergie entworfen hatte.

Bei der fünften Linse zuckte Wesley zusammen, als er hörte, wie Lieutenant Worf ein Gebot annahm.

»Dummkopf!« knurrte Tunk. »Klingonen mangelt es an Geduld. Er hätte mindestens zwanzig Barren Latinum sparen können, wenn er bereit gewesen wäre, noch eine Minute zu warten.«

Wesley ließ seinen Blick über die Menge schweifen. Er entdeckte nicht nur Worf und Geordi, sondern auch Counselor Troi und den Captain. Sie gaben durch nichts zu erkennen, daß sie sich für die Linsen interessierten; vielleicht hielten sie die aktuellen Preise noch für zu hoch.

Schließlich wurde die siebte Linse versteigert, und sie fand erst einen Käufer, als ihr Preis bis auf neun Barren GGL sank. Im Anschluß daran proklamierte der Auktionator eine zweistündige Pause, nach der die Versteigerung ›auf gewöhnliche Art‹ weitergehen sollte.

»Zeit fürs Essen«, sagte Tunk. »Kommen Sie, Mähnsch. Mir ist gerade ein toller Streik eingefallen!«

Sie ließen Munk zurück – der alte Ferengi schien eingeschlafen zu sein – und verließen den Auktionsraum. Kurz darauf erreichten sie den Bankettsaal, in dem Mahlzeiten serviert wurden. »Bleiben Sie dicht bei mir«, wies Tunk seinen ›Schiffsjungen‹ an.

Wesley beschloß, das Geschehen zu beobachten, ohne sich von Verlegenheit an der Überprüfung seiner Hypothese hindern zu lassen. Wenn er recht hatte, würde sich Tunks Opfer selbst zum Narren machen, indem es bereitwillig in die Rolle des ›Opfers‹ schlüpfte.

Der Ferengi – gefolgt von Wesley – schlenderte hinter einem Kellner durch den Saal. Der junge Bedienstete merkte gar nicht, daß er eine Art lebendigen Kometenschweif bekommen hatte. Ahnungslos betrat er die Küche, und dort klopfte ihm Tunk auf die Schulter.

»He, Kumpel«, sagte der Ferengi und hob ein Dezigramm. »Geben Sie mir Ihre Jacke?«

»Wie bitte?« erwiderte der Kellner verwirrt.

»Ihre Jacke, Mähnsch! Leihen Sie mir Ihre Jacke, nur für kurze Zeit. Nehmen Sie das hier als Leihgebühr!« Tunk drückte dem jungen Mann die Münze in die Hand. Der Kellner zögerte kurz, bevor er seine Jacke dem Ferengi überließ.

Tunk streifte sie über und störte sich nicht daran, daß sie bis zum Boden reichte. Mit arrogantem Stolz kehrte er in den Bankettsaal zurück, in etwas größerem Abstand gefolgt von einem nervösen Kadett Crusher.

Der Ferengi schritt zwischen den Tischen umher, bis er eine große Gruppe aus Auktionsbesuchern fand, die alle ebenso teure wie dezente Kleidung trugen. Er winkte Wesley näher und flüsterte: »Erwerbsregel Nummer dreihundertdrei: Die Schafe *möchten* geschoren werden!«

Wesley runzelte die Stirn. »Bei den Ferengi gibt es Schafe?«

»Nein. Ich habe die Erwerbsregel gerade erfunden. Vielleicht schlage ich sie bei der nächsten Versammlung des Handelsrates vor.« Tunk zwinkerte und rammte Wesley den Ellenbogen so fest in den Bauch, daß sich der Kadett zusammenkrümmte.

Der Ferengi watschelte los und blieb am oberen Ende des Tisches stehen.

Dort saß ein alter, ehrwürdiger Mann, der als Gastgeber fungierte – der Aufsichtsratsvorsitzende eines großen Konzerns. Tunk stand seitlich hinter ihm und beobachtete alle seine Bewegungen mit offensichtlichem Mißfallen.

Es dauerte nicht lange, bis alle Anwesenden – auch der Gastgeber – die häßliche Gestalt bemerkten.

Wesley brachte sich in eine bessere Position, um alles zu sehen. *Was hat Tunk vor?* fragte er sich und hielt nervös nach Sicherheitswächtern Ausschau.

Statt dessen kam ein echter Kellner und brachte Salat. In einem komplexen Ritual verteilte er ihn am Tisch.

*Na schön,* dachte Wesley. *Jetzt muß das Opfer die Kontrolle Tunk übergeben.*

Der Gastgeber griff nach seiner Gabel, und daraufhin begann der ›Spaß‹. Tunk beugte sich vor, schnalzte laut mit der Zunge und hob tadelnd den Finger.

Der ehrwürdige Mann zog verwirrt die Hand zurück, zögerte und griff dann nach einer anderen Gabel – vier standen zur Auswahl.

Als er sie berührte, knurrte Tunk: »Nicht die, Sie unmanierlicher Tölpel!« Der Ferengi erweckte nur den *Eindruck,* leise zu sprechen – alle am Tisch sitzenden Personen hörten ihn.

Wesley staunte. *Warum dreht sich der Mann nicht einfach um und gibt dem unverschämten ›Kellner‹ eine Ohrfeige?* Er mochte alt sein, aber in Hinsicht auf Größe, Gewicht und Länge der Arme war er dem Ferengi klar überlegen. Doch Tunk verfügte über ein Attribut, das in diesem Fall ausschlaggebend zu sein schien. Er trug die weiße Jacke eines Kellners, gewann dadurch ›Autorität‹.

»Hier!« Tunk verhielt sich so, als stünde er kurz

davor, die Geduld zu verlieren. Er griff nach einer Gabel und gab sie dem armen Mann. »Das ist die richtige! Alle *sehen zu!*«

Die unterbrochenen Gespräche am Tisch wurden fortgesetzt, und der Gastgeber trachtete danach, Tunk keine Beachtung zu schenken. Aber ebensogut hätte er versuchen können, den Todesengel zu ignorieren. Immer wieder warf er ihm besorgte Blicke zu. In unregelmäßigen Abständen schnalzte der Ferengi mit der Zunge, schüttelte den Kopf, rollte mit den Augen oder schnaubte laut – während Wesley spürte, wie seine Wangen vor Verlegenheit zu glühen begannen. Als der alte Mann einmal zur Brotschale greifen wollte, *schlug ihm Tunk auf die Hand!*

Wesley hielt unwillkürlich die Luft an und rechnete damit, daß die anderen Leute am Tisch aufstanden, um den Kopf des Ferengi mit einer Suppenterrine zu bearbeiten. Statt dessen sackte der Gastgeber noch etwas mehr in sich zusammen. Plötzlich verstand Wesley den Witz der Situation: Der Aufsichtsratsvorsitzende eines interstellaren Konzerns, Oberhaupt einer Gruppe von hochrangigen Auktionsteilnehmern, ließ sich von einem einfachen Kellner beleidigen – und zwar nur, um eine *Szene* zu verhindern.

Wesley hatte sich vorgenommen, ganz ruhig und gelassen zu bleiben, aber er mußte sich die Hand auf den Mund pressen, um nicht laut zu lachen.

Als die Nachspeise serviert wurde, war der ehrwürdige Alte kein ehrwürdiger Alter mehr, sondern ein zitterndes Nervenbündel. Er fürchtete sich davor, *irgend etwas* zu berühren, aus Angst, erneut die zornige Verachtung des ›Kellners‹ auf sich zu lenken.

Jemand rollte einen großen Dessert-Wagen an den Tisch, beladen mit so köstlich aussehenden Schokoladendelikatessen, daß dem Kadetten das Wasser im Mund zusammenlief. Der Oberkellner und ein Gehilfe servierten den Nachtisch fast ehrfürchtig.

Tunk begann mit einem längeren Vortrag und kritisierte fast alles an dem bemitleidenswerten Gastgeber, von seiner Haltung bis hin zur Kleidung. »Ich *bitte* Sie, mein Herr!« entfuhr es dem Ferengi. »Sie hätten wenigstens daran denken sollen, die Gärtnerkleidung abzulegen und sich vor dem Besuch eines so eleganten Restaurants *anständig* anzuziehen!«

Wesley mußte sich immer mehr beherrschen, um nicht zu prusten. Tunk gab eine hervorragende Vorstellung; man konnte den kleinen Ferengi fast sympathisch finden.

Der Alte griff mit beiden Händen nach einer Cocktailgabel – die Benutzung aller anderen Utensilien war ihm verboten worden. »Aber ... aber ... aber ich muß diese Gabel hier verwenden! *Etwas anderes ist nicht übrig geblieben!*«

Tunk schwieg und musterte den Aufsichtsratsvorsitzenden mit den Augen eines Irren. Stille herrschte am Tisch, und alle Blicke – auch der Wesleys – richteten sich auf den Ferengi. Der Höhepunkt stand unmittelbar bevor.

Der Ferengi trat vor, griff nach dem Dessert des Gastgebers und schmetterte es auf den Boden.

»Na schön!« rief er und schien völlig außer sich zu sein. »Wenn du dich *wie ein Schwein verhältst*, sollst du auch *wie ein Schwein essen!*«

Die letzten Worte heulte Tunk mit einer Fistelstimme, die durch den ganzen Bankettsaal hallte und alle Gespräche verstummen ließ.

Verblüfftes Schweigen folgte. Der Ferengi ergriff Wesley am Arm und schob ihn in Richtung Ausgang. Der Kadett erwachte aus seiner Starre und setzte sich in Bewegung; neben ihm watschelte Tunk nicht wie sonst, sondern *stolzierte*.

Sie verließen den Saal, und der Ferengi ließ die Kellnerjacke am Tresen des Portiers zurück. Einige Minuten später war es im Bankettsaal noch immer still.

Wesley Crushers These war bestätigt worden: Ohne die volle Mitwirkung des Opfers – in diesem Fall des Aufsichtsratsvorsitzenden – hätte Tunks Plan nicht funktionieren können. *Das darf ich nicht vergessen,* dachte Wesley. Es ging hier um mehr als nur um einen Trick, mit dem man Leuten Streiche spielte. Mit dem Hinweis auf eine erfundene Erwerbsregel hatte Tunk selbst die Existenz eines allgemeinen Prinzips postuliert.

Kadett Crusher prägte sich diese Erkenntnis fest ein. Vielleicht brauchte er sie noch einmal, bevor das gegenwärtige Abenteuer zu Ende ging.

Nach der zweistündigen Pause kehrten Tunk und Wesley in den Auktions-Saal zurück und weckten dort Munk. Ein neuer Auktionator trat ans Podium, ein recht alter Mensch, und das Publikum schwieg.

»Beim Posten siebenundfünfzig handelt es sich um einen Subraum-Beschleunigungsprototypen. Sie kennen ihn aus der holographischen Demonstration.« Die letzten Worte waren eine Feststellung, keine Frage.

Der Versteigerer berührte eine Schaltfläche, und über den Köpfen der Zuschauer erschien das gleichschenklige, aus Röhren bestehende Dreieck. Es rotierte langsam.

»Das Minimalgebot wurde auf hundert Hektobarren GGL festgelegt und stammt von Gul Fubar, der für das cardassianische Reich bietet. Einhundertzehn. Einhundertfünfzehn. Hundertsiebzehn? Tut mit leid, Madame, wir können nur um jeweils fünf Hektobarren höhere Gebote akzeptieren.«

Wesley sah sich immer wieder in dem großen Raum um und versuchte, die Bietenden zu beobachten. Doch er hielt vergeblich Ausschau, entdeckte keinen Hinweis darauf, wie sie die Aufmerksamkeit des Auktionators erregten und ihm die Höhe ihres Gebots mitteilten.

Schließlich boten nur noch vier Personen, die Wesley zu identifizieren vermochte: Worf, Gul Fubar, Deanna Troi und Captain Picard.

Der Klingone machte seine Gebote, indem er die Hand kurz zur Faust ballte. Counselor Troi fing den Blick des Versteigerers ein und nickte. Gul Fubar schnaubte verächtlich. Captain Picard wählte eine elegantere Methode: Er hob einen Finger für ›fünf Hektobarren mehr‹ und zwei für zehn.

Der Auktionator merkte natürlich, daß die übrigen Auktionsteilnehmer sich darauf beschränkten, das Geschehen zu beobachten. Wenn er um neue Gebote bat, wandte er sich direkt an die vier verbliebenen Bieter. Seine Taktik funktionierte: Jeder von ihnen erhöhte, wenn er oder sie ›an die Reihe kam‹.

Schließlich zögerte Worf, knurrte und schüttelte den Kopf – der Preis wurde ihm zu hoch. Nach ihm stieg Deanna aus, und sie wirkte sehr enttäuscht. Nur der Gul und Picard boten weiter.

Sie erhöhten immer wieder, trieben den Preis bis auf siebenunddreißigtausendfünfhundert Barren hoch. Munk gab die ganze Zeit über keinen einzigen Ton von sich.

Nach einer Weile zögerte Picard.

»Das letzte Gebot stammt von Gul Fubar, der für das cardassianische Reich bietet«, verkündete der Versteigerer. »Zum ersten, zum zweiten …«

Es krachte, und alle Köpfe drehten sich, auch der des Auktionators. »Möchten Sie bieten?« fragte er.

*»Vierhundert Hektobarren!«* rief ein verschrumpelter Ferengi, der in einer Ecke saß. Er wirkte so alt und knorrig wie eine alte Kiefer. Für das spektakuläre Krachen hatte er gesorgt, indem er einem Kellner das mit Gläsern beladene Tablett aus der Hand stieß.

»Ach!« entfuhr es Munk. »Eine neue Stimme läßt sich vernehmen im Gesang!«

Tunk stieß Wesley den Ellenbogen in eine Seite, an der Munks Knüttel bereits einige wunde Stellen hinterlassen hatte. »Der Große Nagus«, knurrte er. »Ein Ferengi wartet, bis sich die anderen beim Bieten erschöpft haben – Erwerbsregel Nummer hunderteinundneunzig.«

»Hundertachtundachtzig«, berichtigte Munk.

Tunk sank in sich zusammen, gedemütigt von seinem Fehler.

Wesley Crusher hatte in den Akademie-Vorlesungen vom Großen Nagus gehört und reckte nun den Hals, um einen Blick auf das berühmt-berüchtigte Oberhaupt der Ferengi zu werfen.

»Der Große Nagus erhöht das Gebot auf vierhundert Hektobarren«, sagte der Auktionator. »Mister Picard?«

Nach einer kurzen Pause erwiderte der Captain: »Und zehn.« In seiner Stimme ließ sich eine Mischung aus Ärger und Besorgnis vernehmen.

»Vierhundertzehn von Mister Picard, der für das klingonische Imperium bietet.«

Wesley glaubte, seinen Ohren nicht trauen zu können. Wenn der Captain für das klingonische Imperium bot – für wen nahm Worf dann an der Auktion teil?

Die Versteigerung erhielt neuen Auftrieb. Zuvor hatten Picard und der Cardassianer verhindern wollen, daß der Subraum-Beschleunigungsprototyp der jeweils anderen ›Supermacht‹ in die Hände fiel. Doch die Vorstellung, daß die Ferengi das Gerät bekamen, erschien ihnen noch unerträglicher. Deshalb beeilten sie sich, den Großen Nagus immer wieder zu überbieten.

Tunk lachte leise. »Der Nagus interessiert sich gar nicht für das Ding.«

»Woher wollen Sie das wissen?« fragte Wesley.

»Er bietet immer zwischen den Klingonen und Cardassianern, achtet jedesmal darauf, daß sein Gebot nicht lange bestehen bleibt.«

»Wenn er den Prototypen nicht will – warum bietet er dann überhaupt?«

Tunk musterte den Kadetten verblüfft. »Wissen Sie denn gar nichts über solche Auktionen? Dem Großen Nagus geht es nur um eins: um die photonische Impulskanone.«

»Und warum bietet er dann für den Subraum-Beschleunigungsprototypen?«

Tunk schüttelte den Kopf – Wesleys Unwissenheit schien ihn in die Verzweiflung zu treiben. »Der Große Nagus bietet, um seine Rivalen in den Bankrott zu treiben, bevor die photonische Impulskanone angeboten wird! Jeder Hektobarren, den man heute ausgibt, fehlt morgen.«

»Oh, natürlich, jetzt verstehe ich.« Trotz dieser Worte sah Wesley kaum einen Sinn in einem solchen Verhalten, das immerhin erhebliche Risiken mit sich brachte.

Plötzlich kam die Auktion wieder ins Stocken. Das letzte Gebot stammte von Gul Fubar und belief sich auf vierhundertachtzig Hektobarren – die Taktik des Großen Nagus funktionierte ganz offensichtlich.

»Zum ersten, zum zweiten ...« Der Auktionator zögerte und wartete darauf, daß jemand verrückt genug war, um noch mehr zu bieten.

»Fünfhundert!« ertönte eine laute und schrille Stimme. Munk hob seinen Knüppel und winkte damit, bis der Versteigerer ihn bemerkte.

Der alte Mensch am Podium straffte die Gestalt und blinzelte. Offenbar stellte er erst jetzt fest, daß sich außer dem Großen Nagus und seinen Begleitern noch andere Ferengi in dem Saal befanden. »Fünfhundert Hektobarren werden geboten von ... Bitte nennen Sie Ihren Namen und teilen Sie uns mit, für wen Sie bieten, Sir.«

»Ich biete für mich selbst, fürwahr: Käpt'n Munk, Präsident von Universalexport!«

*»Was?«* Der Große Nagus erhob sich mit einem Ruck und kletterte auf den Stuhl, um besser zu sehen.

Wütend winkte er mit dem eigenen Gehstock, und seine Ohren wackelten – ein deutliches Zeichen seiner Erregung. Sechs Ferengi umgaben den Nagus, und sie alle nahmen sich ein Beispiel am Verhalten ihres Anführers: Sie gestikulierten und riefen empört, verlangten immer wieder, die ›Farbe‹ von Munks Latinum zu sehen.

»Hier, Mähnsch!« Tunk drückte Wesley einen Schlüssel in die Hand. »Holen Sie fünfzig Barren aus unserem Quartier.« Fünfzig Hektobarren – zehn Prozent Bürgschaft für den Gesamtbetrag. Crusher stand auf, drängte sich an den vielen Auktionsteilnehmern vorbei und verließ den Raum.

Er eilte durch das leere Foyer – alle Hotelgäste beobachteten das Geschehen in dem Auktions-Saal –, sprach kurz mit dem Portier und lieh sich eine Antigravscheibe.

Damit suchte er die Unterkunft auf, lud fünfzig Barren auf die Scheibe und manövrierte sie anschließend die Treppe hinunter. Das Antigravitationsfeld nahm den Barren zwar das Gewicht, nicht aber die Masse – was sich bei jedem Richtungswechsel der Scheibe bemerkbar machte. In den Kurven mußte Wesley angesichts des Trägheitsmoments sehr vorsichtig sein.

Als er zur Auktion zurückkehrte, hörte er die Ferengi-Stimmen schon vom Tresen des Portiers aus: Die Begleiter des Großen Nagus stritten sich mit Tunk. Sowohl der Nagus selbst als auch Munk schienen es für unter ihrer Würde zu halten, direkte ›Verhandlungen‹ zu führen.

Als Wesley den Raum betrat, wurde es plötzlich still. Der Kadett schluckte – sechshundert Blicke richteten sich auf ihn, auch die von Worf, Geordi LaForge, Deanna Troi und Jean-Luc Picard.

»Geben Sie die Barren dem Kontrollkomitee«, sagte Tunk und deutete zu einem Angestellten von Hatheby's, der während Wesleys Abwesenheit den Saal betreten hatte. Crusher kam der Aufforderung nicht nach – sein Plan sah etwas anderes vor.

Er dirigierte die Scheibe in Richtung Tunk.

»Nein, nein, Kimbal! Geben Sie die Barren dem Mann dort drüben!«

Doch Wesley schob die Antigravscheibe auch weiterhin zum jungen Ferengi, und zwar aus folgendem Grund: Die Weitergabe von gefälschter Währung stellte ein schweres Verbrechen dar, das er nicht selbst begehen wollte. *Vielleicht bekomme ich dadurch beim Kriegsgerichtsverfahren mildernde Umstände,* dachte er.

Verärgert griff Tunk nach den Kontrollen der Scheibe, drehte sie und lenkte sie über die Köpfe einiger Auktionsteilnehmer hinweg zum niedrigen Tisch neben dem Podium.

Der Repräsentant des Kontrollkomitees deaktivierte das Antigravfeld, legte die Barren auf den Tisch, zählte sie und holte dann einen kleinen Tricorder hervor. Damit sondierte er das Metall kurz, blickte aufs Display und las die angezeigten Daten.

»Fünfzig Hektobarren in Gold gepreßtes Latinum«, sagte er.

Wesley sank auf seinen Platz, fühlte sich nicht nur erleichtert und stolz, sondern auch enttäuscht: Hatheby's, wichtigstes Auktionshaus und größte Immobilienagentur des ganzen Quadranten, war offenbar nicht in der Lage, gefälschtes Latinum von echtem zu unterscheiden.

»Der Annullierungsantrag wird abgewiesen«, entschied der Repräsentant des Kontrollkomitees.

Die Ferengi drängten sich zusammen und flüsterten miteinander. Schließlich wandte sich der Große Nagus wieder an den Auktionator. »Na schön, na schön«, grummelte er. »Wir fügen uns.«

»Der Große Nagus wird hiermit zu einer Geldbuße von fünfzig Hektobarren GGL verurteilt.«

»Buchen Sie die Summe von meinem Konto ab.«

»Sie haben den Ihnen eingeräumten Kredit bereits ausgeschöpft, Sir.«

»Tatsächlich?«

»Wir erwarten von allen Auktionsteilnehmern, daß Beträge, die über fünfzig Hektobarren hinausgehen, innerhalb von zwölf Stunden bezahlt werden.«

»Das habe ich ganz vergessen. Anscheinend werde ich langsam alt.«

Der Wortwechsel zwischen dem Großen Nagus einerseits und dem Versteigerer andererseits ging noch eine Zeitlang weiter, aber letztendlich konnte der Ferengi mit seinen Argumenten nichts bewirken. Ihm blieb keine Wahl: Er mußte bezahlen. Doch selbst diese Demütigung nutzte der Große Nagus zu seinem Vorteil.

»Ich muß Latinum von meinem Schiff holen lassen, und das kostet ein wenig Zeit. Da ich zu den Hauptteilnehmern dieser Auktion gehöre, bitte ich um eine zweistündige Pause.«

Der Auktionator beriet sich mit dem Repräsentanten des Kontrollkomitees, und kurz darauf wurde dem Antrag stattgegeben.

Der Große Nagus watschelte zu seinen Rivalen und trug dabei verletzten Stolz zur Schau. Tunk und Munk bildeten ein gefährliches Paar, vor allem wegen ihrer Unberechenbarkeit. Der Nagus wollte nicht den Fehler begehen, sie zu unterschätzen, doch er mußte unbedingt herausfinden, woher ihr wundervolles Latinum stammte.

Vor Munk blieb er stehen, und die beiden Ferengi starrten sich wie zwei Zombies an.

»Munk, du alter Bettelmönch«, sagte der Nagus mit weinerlicher, näselnder Stimme, der es irgendwie gelang, drohend zu klingen. »Ich dachte, du wärst bei der Plünderung der Rubilator-Kolonie ums Leben gekommen.« Er grinste und zeigte spitze Ferengi-Zähne. *Die Zähne sind Fenster der Seele,* lehrte der große weise Ligwas.

Die Plünderung der Rubilator-Kolonie ging natürlich auf das Einwirken des Nagus zurück, was Munk sehr wohl wußte. Er verstand die Drohung.

»Da mußt du geträumt haben, Nagus. Beim Klabautermann, ich bin gesund und munter.«

*Übersetzung*, dachte der Nagus. *Ich habe dir bei Rubilator ein Schnippchen geschlagen, und auch diesmal erwartet dich eine Enttäuschung.* »Ah, du sprichst noch immer wie ein Holo-Pirat. Nun, wir sollten miteinander reden, Käpt'n Munk von Universalexport. In meinem Quartier, in zehn Minuten?«

»Von wegen, Teuerster! Die Aussicht auf ein Gespräch in deiner Kajüte behagt mir ganz und gar nicht. Man hört Geschichten ...«

»Lügen«, erwiderte der Große Nagus. »Verbreitet von Leuten, die mir Geld schulden – und das sind praktisch *alle!*« Er lachte laut.

»Wie wär's mit *unserer* Unterkunft, in zehn Minuten?« schlug Tunk vor.

Der Große Nagus zuckte mit den Schultern. »Wie ihr wollt«, sagte er enttäuscht, aber nicht überrascht. Wer schlau genug war, die Plünderung von Rubilator zu überleben, ging dem Nagus nicht so einfach ins Netz.

Fünfzehn Minuten später öffnete Munks menschlicher ›Schiffsjunge‹ die Tür. Der Große Nagus und sein Gefolge betraten das Quartier.

In der Föderation galt der Große Nagus als Oberhaupt aller Ferengi, gewissermaßen als Regierungschef, aber in Wirklichkeit war er nicht mehr und nicht weniger als der Topmanager eines ›Unternehmens‹, dem das ganze Volk der Ferengi angehörte.

*Munk versucht, genug Macht zu kaufen – zum Beispiel die photonische Impulskanone –, um mich abzusetzen,* dachte der Nagus. Er fragte sich, ob er mit einem solchen Vorwurf bei einer Schlichtungskommission durchkam – dann hätte es sich um Verrat oder gar Vertragsbruch gehandelt.

Aber leider war Munk zu vorsichtig und zu klug, um sich eine derartige Blöße zu geben. »Wie schön, dich wiederzusehen, nach all den Jahren«, sagte der Nagus. »Wie viele sind vergangen? Zehn? Zwanzig?«

»Du unehelicher Sohn eines Hökers, es ist mir ebenfalls ein Vergnügen. Ja, du alter Angeber, es freut mich wirklich, mal wieder zu deinem Schiff längsseits zu gehen.«

»Nun ...« Der Nagus beschloß, sofort zur Sache zu kommen, um Munk zu überraschen. »Du versuchst also, mir dazwischenzufunken, wie? Hast vor, Macht zu kaufen, stimmt's?« Der Große Nagus legte eine kurze Pause ein, um die Worte wirken zu lassen. »Ich glaube, wir haben da einiges zu diskutieren.«

Munk schürzte verächtlich die Lippen und dachte nicht im Traum daran, jene unterwürfige Haltung einzunehmen, wie sie dem Großen Nagus gebührte. »Sei gewarnt, du elender Schuft. Du solltest genau überlegen, bevor du weitere Harpunen der Anklage nach mir schleuderst. Das Ferengi-Recht bestraft Rufschädigung.«

Der Nagus erkannte die Riposte und wich ein wenig zurück. »Mir liegen zuverlässige Berichte vor, in denen es heißt, daß du nicht die mir zustehenden Prozentsätze an deinen Geschäften zahlst. Hast du denn überhaupt keinen Patriotismus? Ich bin ein schwacher alter Mann und brauche meinen fairen Anteil!«

»Oh, Sie irren sich, verehrter Nagus«, sagte Tunk glatt. »Wir haben Ihnen keinen einzigen Barren in Gold gepreßtes Latinum vorenthalten, den Sie wirklich verdienten.«

Welche Dreistigkeit! Der Nagus hätte sich fast dazu hinreißen lassen, mit seinem Gehstock zuzuschlagen. Erst im letzten Augenblick sah er, daß Munk ebenfalls einen Knüppel besaß, mit dem er seinen Argumenten ›Nachdruck‹ verleihen konnte.

»Ah«, sagte der Nagus, »vermutlich seid ihr der Ansicht, daß ich von euch nicht den gleichen Prozentsatz verdiene wie von allen anderen Ferengi, wie?«

»Natürlich«, erwiderte Tunk pampig. »Wir halten es nicht für notwendig, daß Sie jedes unserer Geschäfte kontrollieren. Unser Unternehmen ist vollkommen unabhängig von Ihnen. Wir bitten Sie nicht um Ihren Segen, und wir zahlen auch kein verdammtes Schutzgeld!«

»Na so was!« erwiderte der Nagus mit großen Augen. »Ich nehme an, es kümmert euch überhaupt nicht, wenn man eure Bankkonten einfriert, die gesamten Aktivposten beschlagnahmt und *durch einen dummen Fehler alle eure Kreditdaten löscht!*«

*Eine Drohung, die den Finanzen eines geschäftlichen Rivalen galt. Sehr wirkungsvoll ...*

»Natürlich nicht, fürwahr!«

*Sehr wirkungsvoll, ja – es sei denn, der geschäftliche Rivale verfügt über eine eigene Latinummine.*

»Natürlich nicht!« Tunk zuckte zusammen und starrte seinen Vater an. »Äh ... natürlich nicht?«

»Nein, du elender Halunke, so was hat keinen Einfluß auf unserer Kurs. Wir setzen unsere Fahrt fort, mit den Segeln im Wind. Alle unsere Schulden werden mit kaltem, hartem Latinum bezahlt.«

»Latinum, wie?« schnaufte der Große Nagus. »Liegen hier in deinem Hotelzimmer zufälligerweise zweihundertfünfzigtausend Barren herum?« Der Nagus ließ seinen Blick durchs Zimmer schweifen. Es ging ihm nicht nur darum, Munk zu verspotten – er wollte tatsächlich herausfinden, ob eine Latinummine existierte.

Munk deutete auf den neuen ›Tisch‹.

»Nehmt Platz. Genehmigen wir uns ein wenig Seeraum. Wie wär's mit Tee? Oder möchtest du etwas, das ein wenig mehr Biß hat?«

»Ah«, sagte der Nagus und leckte sich die Lippen. »Wenn du eine Flasche mit ordentlichem Ferengi-Feuerwasser replizieren könntest ... Dann fällt es uns sicher leichter, eine Vereinbarung zu treffen.«

Der Große Nagus und sein oberster Finanzbeamter setzten sich an den Tisch. Munk und Tunk nahmen auf der anderen Seite Platz. Erstaunlicherweise wirkte Tunk recht nervös und vermied es, den Nagus anzusehen, ließ den Blick statt dessen immer wieder durchs Zimmer schweifen.

Auch der Mensch – Fred Soundso – schien plötzlich sehr unruhig zu werden.

»Seien wir doch vernünftig«, sagte der Nagus. »Ich schlage vor, wir lösen unser Problem so, wie es das Gesetz vorsieht. Wie hoch muß das Bestechungsgeld sein, damit du nicht mehr an der Auktion teilnimmst?«

Munk lächelte. »Beim Klabautermann, wie kommst du darauf, ich sei bereit, Novus Alamogordus für ein paar Dublonen zu verlassen? Wir sind mit einer prächtigen Galeone hier, und ihr Name lautet *Feuerkraft*.«

»Hast du vor, für die photonische Impulskanone zu bieten? Ha-ha! Bei *der* Versteigerung wird's besonders komisch zugehen.«

Munk beschränkte sich darauf, stumm zu lächeln. Tunk versuchte, dem Beispiel seines Vaters zu folgen, aber bei ihm wurde das Lächeln zu einer Grimasse. Der Große Nagus musterte die beiden Ferengi und versuchte, drohend zu schmunzeln. *Sie sollen wissen, mit wem sie es zu tun haben,* dachte er.

»Jetzt hör mal, du alter Philanthrop. Wenn du glaubst, der Beschleuniger sei teuer gewesen, so warte ab, bis die wirklich wichtigen Dinge an die Reihe kommen. Dabei wird sich schnell herausstellen, wer über mehr finanzielle Munition verfügt.

Du bist keine Gefahr für mich, Munk. Du bist es nie gewesen. Ich war bereits Nagus, noch bevor du deinen ersten Vertrag gebrochen hast. Und ich werde auch dann noch Nagus sein, wenn dein Leichnam verfault!

Aber derzeit bist du ein Ärgernis für mich. Schwierige Verhandlungen finden an diesem Ort statt, und ich möchte nicht, daß mir irgendwelche Dilettanten in die Quere kommen. Ich bin bereit, dich auszubezahlen. Wieviel verlangst du?«

Munks nervöser Sohn schwitzte, rutschte hin und her. *Er wäre sicher bereit, mein Angebot anzunehmen,* überlegte der Nagus. Als Munk auch weiterhin schwieg, brachte sein Sohn hervor: »W-was bieten Sie uns an, Großer Nagus?«

»So spricht ein wahrer Ferengi!« lobte der Nagus. »Wie wär's mit ...«

»Das ist nicht annähernd genug«, warf Munk ein.

»Du hast mein Angebot doch noch gar nicht gehört!«

»Aye, aber ich kenne dich, du alter Halunke, und deshalb denke ich mir dies: Was auch immer du mir anzubieten hast – es ist weniger wert als dein korruptes Reich. Und genau darum geht es mir: um alles, das dir gehört.«

Der Nagus sprang auf und schlug mit beiden Fäusten auf den Tisch. Das unter der Decke verborgene Gemälde erzitterte.

»Jetzt reicht's! Damit ist das Maß voll! Von jetzt ab bist du mein eingeschworener Latinum-Feind!« Der Nagus kniff die Augen zusammen und fuhr leiser fort: »Wenn du Geld von deinen achtunddreißig Konten bei Banken im stellaren Territorium der Ferengi, Cardassianer oder der Föderation abheben willst, so wirst du feststellen, daß sie aufgrund eines noch nicht entschiedenen Rechtsstreits eingefroren sind. Und wenn du versuchst, Geld zu leihen ... In dem Fall solltest du wissen, daß deine *neue* Kreditgeschichte zum größten Teil aus Offenbarungseiden und Konkursen besteht.

Wenn du versuchst, Handelsgeschäfte abzuschließen, so wirst du feststellen, daß deine Lizenz nicht mehr gültig ist. Alle dir gewährten Darlehen müssen *unverzüglich* zurückgezahlt werden! Und was den Empfehlungsbrief betrifft, den ich für deinen Sohn geschrieben habe, damit er einen Studienplatz an der Erwerbsuniversität bekommt ... Du kannst ihn zerreißen, denn ich werde leugnen, daß er von mir stammt!«

Der Große Nagus beugte sich abrupt vor und zeigte die Fenster seiner Seele. Tunk war bei den ersten Worten vor Entsetzen erstarrt, und jetzt gab er einen erschrockenen Schrei von sich, stand auf und taumelte zurück.

Munk blieb unbeeindruckt sitzen und blinzelte nicht einmal. Er trug das gleiche ruhige Lächeln zur Schau wie vorher, während er das Tischtuch zurechtrückte.

Der Große Nagus hob den Gehstock und sprach noch leiser, was jeder einzelnen Silbe besondere Bedeutung verlieh. *»Das Zeichen meines Stockes liegt auf dir,* Munk. Von jetzt an wirst du es ewig spüren!«

Ohne ein weiteres Wort erhob er sich und verließ den Raum, gefolgt von seinen Untergebenen. Er gab sich auch weiterhin überlegen, aber tief in seinem Innern wurde ihm klar, daß er diese Verhandlungen verloren hatte.

*Und wenn schon,* dachte er. *Ich gewinne sechs und verliere zwei ... Das ist ein guter Prozentsatz!*

Kadett Wesley Crusher sank nach hinten und ließ den Atem zischend entweichen. Als der Nagus mit den Fäusten auf den Tisch geschlagen hatte, war eine Ecke der Tischdecke zur Seite gerutscht, und darunter das falsches Latinum zum Vorschein gekommen. Glücklicherweise war Munk so geistesgegenwärtig gewesen, die Decke wieder zurechtzurücken, ohne sich etwas anmerken zu lassen.

Munk lachte herzhaft und verächtlich. Er griff nach

dem Rahmen, riß Gemälde, Tuch und Teeservice einfach beiseite. Darunter glänzten Hektobarren.

»Wir sind nicht gekommen, um den Nagus zu preisen«, gackerte er. »Nein, wir sind hier, um ihn zu begraben! An die Brassen, Bursche!«

»Ja, Käpt'n?« fragten Wesley und Tunk gleichzeitig.

»Ich meine nicht dich, du hohlköpfige Landratte!« Munk griff nach seinem Stock, doch diesmal stieß er Tunk damit an. »He, du, Frätt Kibbel, Schiffsjunge – auf, auf, an die Arbeit, geschwind! Morgen früh, bevor die Sonne den neuen Tag begrüßt, will ich einen zweiten Latinum-Haufen sehen, so groß wie der erste.«

# 14

Mit einem strengen Hinweis darauf, die ›Takelage‹ im Auge zu behalten, brach Munk zu einer neuerlichen Tour durch die Pseudowelten der Holo-Kammer auf. Wesley zählte stumm und war bei dreizehn, als Tunk »Sie bleiben hier« sagte und ebenfalls ging. Munk hatte sich für die linke Seite und die nach Norden hin gelegene Projektionskammer entschieden, was Tunk veranlaßte, nach rechts zu eilen.

Wesley nutzte die gute Gelegenheit, um seine Fälscher-Tätigkeit zu unterbrechen und nachzudenken.

Während der Auseinandersetzung mit dem Großen Nagus hatte Munk unabsichtlich seinen Plan enthüllt. Mit dem falschen Latinum wollte er alle wichtigen Auktionsposten ersteigern – vor allem die photonische Impulskanone –, um die Macht des Großen Nagus und vielleicht auch seinen Titel für sich zu beanspruchen.

Wenn auch nur die Hälfte von Zorkas Erfindungen tatsächlich leistete, was sie versprach ... In dem Fall konnte Munk das Gleichgewicht der Kräfte – von den Zahlungsbilanzen ganz zu schweigen – in den beiden erforschten Quadranten der Galaxis verändern. Entweder brachte er sich an die Spitze der Ferengi-Macht, oder er wurde zu einem weiteren Protagonisten auf der galaktischen Bühne, neben der Föderation, den Klingonen, Cardassianern, Romulanern und so weiter. Vielleicht kam es gar zu einem Bürgerkrieg bei den Ferengi.

Wesley durfte nicht zulassen, daß es Munk gelang, seine Pläne tatsächlich zu verwirklichen. Wenn er daran teilnahm, beging er ein schlimmeres Verbrechen als Währungsfälschung – dann machte er sich des Verrats schuldig. Doch er war nicht bereit, seine berufliche Laufbahn auf dem Altar einer Diktatur zu opfern. Eher ließ er sich vor ein Ferengi-Gericht stellen.

*Ob die Ferengi-Gerichte nach der Auseinandersetzung mit dem Großen Nagus auch weiterhin bereit sind, für Munk zu entscheiden?* fragte sich Wesley. Er schüttelte den Kopf. Vermutlich würde man ihn zusammen mit Munk in irgendeinen Kerker stecken. *Entweder gelte ich als aktiver Kollaborateur oder als Vertragsbrecher.* Anlaß genug für die Ferengi-Richter, ein hartes Urteil zu fällen.

Wesley griff in die Tasche, holte das Datenmodul mit dem von ihm unterzeichneten Vertrag hervor und schob es in ein Lesegerät.

Erstaunliches erwartete ihn. Er hatte geglaubt, das Maximum an bürokratischer Komplexität erlebt zu haben, als er sich den Inhalt der technischen Handbücher des ›Föderationsprogramms für Raumfahrt-Ausbildung, Standardisierung und allgemeine Funktionalität‹ für insgesamt acht immer komplizierter strukturierte Raumschifftypen einprägen mußte. Doch der von ihm unterschriebene Vertrag, der eigentlich recht einfach sein sollte, war doppelt so lang wie das dickste FRASAF-Buch!

Ein Satz weckte Wesleys ganz besondere Aufmerksamkeit.

»Der UNABHÄNGIGE VERTRAGSPARTNER erklärt hiermit ausdrücklich, daß er/sie/es dritten Parteien gegenüber, darunter auch dem UNABHÄNGIGEN VERTRAGSPARTNER selbst, weder zum eigenen Nutzen noch zum Vorteil anderer, wo auch immer in der Raumzeit sich jene Personen befinden (ganz gleich, ob im normalen Raum, Subraum oder anderen Dimensionen), Informationen in verbaler, graphischer oder bilddiagrammartiger Form preisgibt beziehungsweise Informationen in elektronischer, positronischer oder einer beliebigen mechanischen Form speichert, die folgende Dinge betreffen: den Kundenkreis des KÄPT'NS, spezielles und allgemeines Know-how. Entdeckungen, Produktionsmethoden, Hardware-Design, Software-Quellcode, Software-Design, technische Ziele und Realisierungstabellen, ökonomische Umstände oder Pläne, militärische Programme und Ausrüstung, philosophische Einstellungen, religiöse Überzeugungen, Geschäftskontakte, vertrauliche Gespräche, ganz gleich, ob sie vom KÄPT'N beziehungsweise von Repräsentanten des KÄPT'NS als solche ausgewiesen wurden, frei zugängliche, nicht von Urheberrechten anderer belastete Materialien (die erst mit Genehmigung des KÄPT'NS freigegeben werden dürfen) sowie andere Daten, die dem UNABHÄNGIGEN VERTRAGSPARTNER zugänglich werden oder die der UNABHÄNGIGE VERTRAGSPARTNER während seiner Tätigkeit auf der Grundlage dieser Vereinbarung erhält, wozu auch diese Vereinbarung selbst sowie die Geheimhaltungsklausel zählt; darüber hinaus erklärt der UNABHÄNGIGE VERTRAGSPARTNER, daß alle Erfindungen, Entdeckungen, Entwicklungen, Verbesserungen, Beschreibungen und Modifikationen, die durch die Tätigkeit des UNABHÄNGIGEN VERTRAGSPARTNERS auf der Grundlage dieser Vereinbarung entstehen, sofort und unmittelbar für unbegrenzte Zeit in Besitz und Eigentum des KÄPT'NS übergehen; außerdem überträgt der UNABHÄNGIGE VERTRAGSPARTNER dem KÄPT'N alle Rechte, Patente, Copyrights, Stimm- und Schürfrechte, Entscheidungsoptionen und Privilegien, die sich auf Erfindungen, Entdeckungen, Entwicklungen, Verbesserungen, Beschreibungen, Modifikationen, Erschaffung, Zerstörung und Veränderung von existierenden oder noch nicht existierenden Materialien, Kräfte, Raum-Zeit-Koordinaten (ob sie den normalen Raum, Subraum oder andere Dimensionen sowie Materie oder Protomaterie betreffen) und Energie in allen bekannten und unbekannten Erscheinungsformen beziehen.«

Am Ende dieses Satzmonstrums zeigte sich ein Sternchen. Wesley sah am Ende des Vertrages nach und stellte fest, daß die Klausel eine Zusatzklausel hatte. Sie lautete:

> Diese Klausel gilt für alle Fälle, in denen keine andere Klausel vereinbart wurde, durch die alle Änderungen, Erweiterungen, Abwandlungen oder sonstigen Modifikationen an dieser und alternativ vereinbarten Klauseln null und nichtig werden.

Wesley las den Text nicht mehr, sondern überflog ihn nur noch, um einen allgemeinen Eindruck zu gewinnen. Nach einer Stunde begann er die Struktur des Vertrages zu verstehen, den er gezwungenermaßen unterschrieben hatte.

Erstens: Der Vertrag galt als vertraulich. Nach den Vertragsbestimmungen kam es Vertragsbruch gleich, den Vertrag zu lesen! Ihn einem Anwalt vorzulegen ... Damit verdiente sich Wesley vermutlich die Hinrichtung.

Zweitens: Er wurde ausdrücklich davor gewarnt, Informationen über Munk, Tunk, ihre Pläne und die eigenen Spekulationen preiszugeben. Als ›Repräsentant‹ von Munk fielen alle Aktivitäten Wesley Crushers unter die Geheimhaltungsklausel.

Dumpfer Schmerz pochte zwischen Wesleys Schläfen. Er mußte mit jemandem reden. Doch alle, die er kannte, waren so sehr mit der Auktion beschäftigt, daß sie für einen verwirrten Starfleet-Kadetten keine Zeit erübrigen konnten.

*Was ist mit Riker?* Für Commander Riker gab es derzeit sogar noch mehr zu tun als für die anderen. Er mußte die Sicherheit der *Enterprise* gewährleisten, was angesichts der Präsenz von Romulanern, Cardassianern, Tholianern und Repräsentanten von vielen anderen Völkern die ganze Aufmerksamkeit des Ersten Offiziers erforderte.

*Und Data?* Der Androide gehörte zu den wenigen Personen, in deren Nähe sich Wesley völlig ungezwungen fühlte. Über technische Dinge wußte Data ebenso gut Bescheid wie Wesley, doch im Gegensatz zu Geordi LaForge verzichtete er darauf, den jungen Mann immer wieder vor das eine oder andere ›technische‹ Rätsel zu stellen. Data kannte keine emotionalen Reaktionen, und er behandelte Wesley nicht wie ein Kind (an Bord der *Enterprise* erinnerten sich alle an den Jungen namens Wesley, nicht an den jungen *Mann* namens Wesley Crusher). Außerdem urteilte Data nicht über den Kadetten – dazu war er gar nicht fähig.

Wesley klopfte an seinen Pulli. Dann erinnerte er sich und lächelte: Er hatte versucht, einen imaginären Insignienkommunikator zu aktivieren. Er nahm am Schreibtisch Platz und benutzte den Hotelkommunikator.

»Wesley Crusher an *Enterprise,* Commander Data.«

Nach einigen Sekunden meldete sich der Androide.

»Können Sie meine Koordinaten feststellen, Sir?«

»Sie sind bereits ermittelt. Soll ich Sie an Bord beamen?«

»Wäre das gegen die Vorschriften?«

»Wenn in diesem Fall die Starfleet-Vorschriften in Hinsicht auf Besucher gelten, so fehlt mir die Befugnis, Ihren Transfer zu veranlassen. Ich werde Commander Riker um Erlaubnis bitten.« Und kurze Zeit später: »Commander Riker hat die Genehmigung erteilt. Der Transfer wird gleich eingeleitet. Willkommen daheim.«

»Danke.« Die letzten Worte des Androiden weckten Unbehagen in Wesley. Seit dem Beginn seiner Starfleet-Ausbildung hielt er die *Enterprise* nicht mehr für seine Heimat. Nein, das stimmte nicht ganz. Das Gefühl war sogar noch älter, reichte bis zur ersten Begegnung mit dem Reisenden zurück.

Er spürte, wie die Entmaterialisierung begann. Die Konturen der Umgebung verschwammen, und seltsame Vibrationen zitterten in seinem geistigen Kosmos. Der Stuhl unter Wesley verlor an Substanz, und er erhob sich rasch, um nach dem Retransfer an Bord der *Enterprise* nicht auf dem Hosenboden zu landen.

Der Kadett wartete im Transporterraum und wußte nicht genau, wie er sich verhalten sollte. Offiziell stand er im Rang eines Fähnrichs der Starfleet-Akademie, was bedeutete, daß er derzeit unerlaubt dem Dienst fernblieb. Er hatte keinen Urlaub zwischen den Semestern beantragt und genoß daher nur die beschränkte Freiheit aller Kadetten: Ohne Genehmigung durfte er den Planeten – die Erde – nicht verlassen.

Andererseits war er auch der Sohn des Ersten Medo-Offiziers der *Enterprise.* Als Zivilist blieb ihm der Zugang zu bestimmten Bereichen des Schiffes – zum Beispiel zur Brücke – verwehrt.

Eine verwirrende Angelegenheit. In letzter Zeit empfand Wesley praktisch alles bei Starfleet als verwirrend. Er beschloß, im Transporterraum zu bleiben, und nach einer Weile traf Data ein.

Sie gingen zum Gesellschaftsraum im zehnten Vorderdeck und plauderten unterwegs. Data hatte seine Konversationsroutinen neu geschrieben.

»Wie kommt es, daß Sie nicht auf Novus Alamogordus sind und dort für das Androidenimperium bieten?« fragte Wesley.

Data lachte übergangslos, und zwar zwei Sekunden

lang. Dann folgte abrupte Stille. *Er probiert ein neues Lachprogramm aus,* dachte Wesley.

»Ich arbeite noch immer an den Details. Gefällt Ihnen das Programm?«

»Das Lachen würde vielleicht etwas besser wirken, wenn Sie dabei auch den Gesichtsausdruck verändern. Wenn Sie hysterisch lachen und dabei die gleiche Miene zur Schau tragen wie bei der Berechnung eines Kursvektors, so könnte man Sie für einen irren Mörder halten.«

»Seltsam«, erwiderte Data. »Ähnliche Worte hat auch Commander Riker benutzt. Das Programm funktioniert nicht annähernd so gut, wie ich hoffte. Es entspannt Menschen nicht, sondern scheint die gegenteilige Wirkung zu haben.«

»Mal im Ernst, Data: Wieso sind Sie nicht auf dem Planetoiden und nehmen dort an der Auktion teil? Das Verhalten der Menschen bei der Versteigerung wäre sicher sehr aufschlußreich für Sie.«

»Ich sollte eigentlich für die Föderation bieten, aber Hatheby's Kontrollkomitee klassifizierte mich nicht als Person, sondern als eine elektronische Vorrichtung. Deshalb verbot man mir die Teilnahme an der Auktion.«

»Das ist ja schrecklich, Data!«

»Meiner Ansicht nach kann man tatsächlich erhebliche Einwände gegen eine solche Entscheidung erheben. Ich habe bereits offiziell bei der Handelskammer der Föderation protestiert. Es gibt einige juristische Präzedenzfälle, die zeigen, daß Hatheby's falsch entschieden hat.«

Zwei Worte des Androiden hallten hinter Wesleys Stirn wider: *elektronische Vorrichtung, elektronische Vorrichtung.* Keine Person. Der Gedanke berührte etwas in dem Kadetten.

Von einem Augenblick zum anderen blieb er stehen, mitten im Korridor. Die Erkenntnis traf ihn wie ein

Schlag. Die Geheimhaltungsklausel des Ferengi-Vertrages hinderte ihn daran, sein Wissen anderen Personen mitzuteilen, auf welche Weise auch immer. Er durfte keine vertraulichen Informationen weitergeben. Zumindest nicht an *Personen.*

In Hinsicht auf elektronische Vorrichtungen verbot ihm der Vertrag die Speicherung beziehungsweise Ablage von Daten.

Wesley konnte es kaum fassen. Datas Hinweis auf eine erlittene Demütigung zeigte ihm die schwache Stelle *in einem Ferengi-Vertrag!*

Wesley durfte keine verbalen oder graphischen Mittel verwenden, um Data die Informationen zu *übermitteln.* Aber es war ihm nicht untersagt, Umstände zu schaffen, die es dem Androiden ermöglichten, von ganz allein die Wahrheit zu erkennen.

Noch ein wichtiger Punkt kam hinzu: Der Vertrag verbot ihm nicht, die Kimbal-Uhr zu benutzen. Immerhin war er ihr Erfinder, ›Fred Kimbal‹.

»Data!« stieß er hervor. »Könnten Sie mir zeigen, wie man Poker spielt?«

Der Androide neigte verwirrt den Kopf zur Seite. »Ich soll Ihnen zeigen, wie man Poker spielt?«

»Ja. Sind Sie einverstanden?«

»Natürlich. Allerdings finde ich es seltsam, daß Sie plötzlich den Wunsch verspüren, Karten zu spielen. Vielleicht wäre ein anderer Zeitpunkt angemessener.«

Kadett Crusher griff nach Datas Arm – in seiner Aufregung vergaß er den Rangunterschied. »Nein, Sie *müssen* mir zeigen, wie man pokert, und zwar heute abend!« Er schätzte, daß die Versteigerung des nächsten wichtigen Auktionspostens um halb neun abends begann – und bis dahin hatte er noch eine Menge zu erledigen.

»Wenn es so wichtig für Sie ist, bin ich selbstverständlich bereit, heute abend Zeit für Sie zu erübrigen. Sollen wir uns um zwanzig Uhr dreißig treffen?«

»Um neunzehn Uhr wäre besser.«

»Na schön. In meinem Quartier.«

»Danke, Data. Sie werden es nicht bereuen.«

Wesley eilte fort, und der Androide rief ihm nach: »Wollten wir nicht zum Gesellschaftsraum?«

»Keine Zeit mehr, muß zurück!« Er lief zum Transporterraum und ließ einen verwunderten Data zurück – falls der Androide überhaupt so etwas wie Verwunderung spüren konnte.

»Können Sie mich zu den Koordinaten zurückbeamen, von denen mein Transfer stattfand?« fragte Wesley den Transporterchef.

Der Mann sah auf. »Haben Sie etwas vergessen, Sir?«

»Ja. Mir ist gerade ein wichtiger Termin eingefallen. Wären Sie so nett, mich um, äh, achtzehn Uhr fünfundfünfzig wieder an Bord zu beamen?«

»Kein Problem. Setzen Sie sich einfach mit mir in Verbindung, sobald Sie soweit sind.«

Wesley überlegte kurz. Bis um sieben waren die Ferengi bestimmt zurück und trieben ihn wieder dazu an, mehr ›Latinum‹ zu produzieren. Sollte er Munk fragen: *Entschuldigung, Sie haben doch sicher nichts dagegen, wenn ich mich kurz zur Enterprise beame, oder? Ich bleibe nicht lange fort, und ich verspreche Ihnen, niemandem von unserem kleinen Falschmünzerring zu erzählen …*

Diese Vorstellung entlockte ihm ein Lächeln. »Leider habe ich keinen Zugang zu einem Kommunikator.«

»Soll ich einen für Sie replizieren?«

»Oh, ja. Danke. Es wäre schön, wenn Sie mir ein Gerät zur Verfügung stellen könnten.«

»Sicher. Warum denn?«

»Oh … Nun, eigentlich sollte ich nicht allein hierher kommen, aber ich mußte Commander Riker etwas zeigen. Ich gehöre zu der Ferengi-Gruppe, die aus dem havarierten und dann explodierten Schiff gerettet wurde.«

»Davon habe ich gehört. Wenige Sekunden nach eurem Transfer platzte der Raumer auseinander, nicht wahr?«

»Ja. Eine üble Sache. He, ist das der Kommunikator? Herzlichen Dank dafür.« Wesley streckte die Hand aus und nahm das kleine Gerät aus dem Replikator. »Muß mich jetzt beeilen. Freut mich, Sie kennengelernt zu haben, Chief ...?«

»Otto.«

Wesley betrachtete den Kommunikator neugierig. »Sie wissen nicht zufällig, woraus dieses Ding besteht, oder? Scheint etwas silbriger zu sein als die Normalausführung.«

»Darf ich mal sehen?« Otto sah auf das bajoranische Kom-Gerät hinab. »Hm. Könnte Titan oder Chaseum sein.«

»Danke.« Wesley nahm den Kommunikator entgegen und trat zur Transferplattform. Er befestigte das kleine Gerät so an seiner weiten Kleidung, das es in einer Falte verborgen blieb. »Energie.«

Wenige Sekunden später befand er sich wieder im Hotelzimmer auf Novus Alamogordus. Er schritt zum Replikator, und fast im gleichen Augenblick hörte er, wie es im Schloß der Eingangstür klickte.

Plötzlich wurde ihm klar, daß man bestimmt eine Erklärung von ihm erwartete. Wo war das Latinum, das er hatte produzieren sollen, während sich Munk und Tunk in den Holo-Kammern vergnügten?

Schuldbewußt sah er zur Tür. Als sie sich öffnete, erklangen zwei schrille, sich fast überschlagende Stimmen – Vater und Sohn Ferengi stritten sich. Verwirrt hörte Wesley zu und gelangte zu dem Schluß, daß sie beide versucht hatten, das gleiche holographische Programm in verschiedenen Holo-Kammern zu starten. Es handelte sich um das größte, teuerste und *abscheu-*

*lichste* Ferengi-Programm in der Bibliothek, und der doppelte Start hatte das System so sehr überlastet, daß es zu einem Crash kam.

Das Ergebnis: Sowohl Munk als auch Tunk fanden sich nackt in einer leeren Holo-Kammer wieder. Natürlich stellten die zuständigen Wartungstechniker sofort eine Kom-Verbindung her, um sich für den Absturz des Systems zu entschuldigen und zu fragen, ob Hilfe erforderlich war.

Was Munks Holo-Kammer betraf, stellte sich der Techniker als Techniker*in* heraus. Aus irgendeinem unerfindlichen Grund glaubte der alte Ferengi, daß es sich um einen niederträchtigen Streich seines Sohns handelte.

Tunk rieb sich immer wieder den Kopf und wirkte besonders unterwürfig – ein Zeichen dafür, daß er mehr als nur einmal Munks Knüppel zu spüren bekommen hatte.

»Zurück an die Arbeit, du Faulpelz! Die Rahen ins Kreuz brassen und die Segel anholen!« heulte Munk, ohne zu merken, daß er damit zwei widersprüchliche Befehle erteilte.

»Aye, Sir!« rief Tunk und stieß Wesley in seiner Hast, den Replikator zu erreichen, beiseite. Er reaktivierte das Chaseum-Replikationsprogramm und reichte die Barren sofort an Crusher weiter, sobald sie im Ausgabefach erschienen waren. Weder er noch sein Vater kamen auf die Idee, den Kadetten zu fragen, womit er die letzten dreißig Minuten verbracht und warum er kein neues ›Latinum‹ produziert hatte.

Wesley kehrte zu einer Routine zurück, die ihm bereits viel zu vertraut erschien. Er öffnete die Kimbal-Uhr, legte Chaseum-Hektobarren hinein, betätigte den Schalter und legte falsches Latinum beiseite. Innerhalb weniger Minuten spürte er jene Art von Benommenheit, die sich immer dann auf ihn herabsenkte, wenn er eine langweilige, geistlose Aufgabe wahrnahm. An der Starfleet-Akademie war so etwas in der letzten Zeit immer häufiger geschehen.

*Vielleicht sind die dortigen Aufgaben gar nicht in dem Sinne langweilig und geistlos. Vielleicht habe ich sie nur schon so oft wahrgenommen, daß sie ihren Reiz für mich verloren haben,* dachte Wesley. Während des letzten Semesters hatte er festgestellt, daß er sich immer öfter und leichter langweilte. Routinewachen, die früher Aufregung in ihm geweckt oder ihn zumindest interessiert hatten, ödeten ihn inzwischen so sehr an, daß es ihm sehr schwer fiel, nicht einzuschlafen. Mehr als einmal hatte Wesley wichtige Ausrüstungsteile demontiert und wieder zusammengesetzt oder Computer neu programmiert, nur um sich die Zeit zu vertreiben. Wenn man ihn dabei erwischt hätte, wäre er zweifellos bestraft worden, aber glücklicherweise blieb ihm ein solches Erlebnis erspart.

Immer wieder schlich sich ein *verbotener Gedanke* durch sein Bewußtsein: *Vielleicht habe ich die falsche Entscheidung getroffen. Vielleicht ist Starfleet nichts für mich. Vielleicht sollte ich das Studium abbrechen ...*

Fähnrich Wesley Crusher biß die Zähne zusammen und zwang sich, an etwas anderes zu denken. Einige Dinge mußten Starfleet-Kadetten einfach hinnehmen.

»Stellen Sie die Politik der Föderation in Frage?«

Wesley blinzelte. Er hatte die Worte so deutlich vernommen, als seien sie tatsächlich laut ausgesprochen worden.

Er hatte sie wirklich gehört, nicht hier, sondern während der Ausbildung, in der einen oder anderen Form. Abteilungsleiter und Instruktoren stellten sie an Bord von Trainingsschiffen. Sogar Starfleet-Admiräle ließen sich manchmal dazu hinreißen, *die Frage* von Captain Picard zu stellen!

Dabei schien es sich um ein weiteres Starfleet-Prinzip zu handeln, in der Art der Ersten Allgemeinen Order, auch ›Erste Direktive‹ beziehungsweise Nichteinmischungsprinzip genannt: *Du sollst die Politik der Föderation nicht in Frage stellen.*

Doch seit einiger Zeit stellte Wesley sie immer häufiger in Frage. Wie konnte er weiterhin bestrebt sein, ein Starfleet-Offizier zu werden, wenn er nicht sicher war, ob Starfleet und die Föderation über die richtigen Antworten verfügten?

Aus dem Geschichtsunterricht wußte er, daß es über siebzig Intersystem-Verträge gab, mehr als siebzigtausend *Intra*system-Vereinbarungen, siebenhunderttausend kulturelle, wissenschaftliche und ökonomische Abkommen, Programme, Kontrakte und allgemeine Übereinkünfte sowie mindestens siebzig Millionen private Verträge in den beiden erforschten Quadranten. Man konnte nur Mutmaßungen darüber anstellen, wie die diesbezügliche Situation in den Gamma- und Delta-Quadranten beschaffen war.

Eine kleine Kette der Vereinbarungen und Programme bildete die ›Föderation‹; mehr als ein Drittel aller bekannten Völker waren daran beteiligt, auf die eine oder andere Weise.

Und bei jedem einzelnen Volk – auch bei den Menschen – existierten Millionen von weiteren Verträgen und Abkommen, die keinen integralen Bestandteil der ›Föderation‹ bildeten.

Hunderte von bekannten intelligenten Spezies, Millionen von Planeten ... Gab es unter solchen Voraussetzungen jemanden, der guten Gewissens behaupten konnte, daß kein *besseres System* für die Koexistenz intelligenter Geschöpfe in der Galaxis denkbar war?

Während Wesley Crusher die einzelnen Etappen der Kadetten-Ausbildung hinter sich brachte, keimte manchmal der Gedanke in ihm, daß die Föderation und Starfleet vielleicht ein Hindernis für die allgemeine Entwicklung darstellten. Möglicherweise verstieß die Föderation gegen die Erste Direktive – weil sie existierte und immer wieder die Bedeutung der Ersten Direktive betonte.

Und jenseits der Politik, der Drohungen mit militärischer Gewalt, der ökonomischen Verbindungen, jenseits von Täuschungsmanövern, Angeberei und angeblicher Wohltätigkeit, jenseits der jeweils aktuellen Krisen ... warteten der Reisende und die fast mystische *direkte* Verbindung zwischen Geist und Universum.

Für einen Augenblick hatte Wesley diese Verbindung selbst kennengelernt. Als er dabei von sich selbst erfuhr, von seinem Schicksal ... Dadurch wurde das Himmelsschloß des strahlenden Starfleet-Ideals und der glorreichen Föderation zu einer schlichten, unscheinbaren Sandburg an einem überfüllten Strand. Diesen Eindruck hatte Wesley gewonnen, obwohl er gar nicht genau wußte, woraus sein Schicksal bestand. Es gab keine Worte, um jene Konzepte auszudrücken. Darauf lief es hinaus: *Letztendlich gab es keine Worte.*

*Vielleicht habe ich einen Fehler gemacht,* fuhr es ihm durch den Sinn. *Vielleicht sollte ich mich von Starfleet abwenden und ...*

Kadett Wesley Crusher unterdrückte diesen Gedanken mit solcher Entschlossenheit, daß er einen kurzen Schwindelanfall erlitt. Er blinzelte, kehrte in die Gegenwart zurück.

Geduldig wartete er darauf, daß Tunks Aufmerksamkeit nachließ. Es geschah schon nach kurzer Zeit, und Wesley zögerte nicht: Er zog den aus Chaseum bestehenden Akademiering vom Finger, legte ihn zusammen mit den nächsten Hektobarren in die Kimbal-Uhr. Ein Chaseum-Stift folgte. Schließlich verwandelte er auch seine Gürtelschnalle in vermeintliches Latinum.

Es war nicht schwer, Gegenstände aus Chaseum zu finden. Inzwischen zählte es zu den am häufigsten verwendeten Metallen in der Föderation. Die Substanz wies alle metallischen Eigenschaften von Latinum auf, abgesehen von Farbe und Dichte. Der wichtigste Unterschied bestand darin, daß man Latinum nicht replizieren konnte.

Bei der ›Umwandlung‹ des Kommunikators mußte Wesley besondere Vorsicht walten lassen, denn die Ferengi durften nicht erfahren, daß er über ein solches Gerät verfügte. Es dauerte jedoch nicht lange, bis Tunk aufstand und fortging, um etwas zu trinken – woraufhin Crusher den kleinen Insignienkommunikator abnahm und in scheinbares Latinum verwandelte.

Schließlich gab Wesley einer seltsamen Laune nach und beschloß, Tunk darauf hinzuweisen, daß er zu einem Verbrecher wurde. Er rechnete natürlich nicht damit, daß der Ferengi Gewissensbisse bekam; sein Interesse galt der Frage, wie sich Tunk herausreden wollte.

»Sie wissen doch, daß wir uns hier der Fälschung schuldig machen, oder?« fragte der Kadett.

»Mich trifft überhaupt keine Schuld«, behauptete Tunk. »Ich repliziere nur Chaseumbarren – die von *Ihnen* in Latinum verwandelt werden.«

Wesley rollte mit den Augen. »Glauben Sie wirklich, daß Sie vor Gericht damit durchkämen?«

»Das brauchen wir gar nicht herauszufinden«, erwiderte der Ferengi. »Weil Sie bis zum Hals in dieser Sache stecken. Wenn Sie so dumm wären, sich an die Behörden zu wenden, so kämen Sie ins Gefängnis. Und nach Ihrer Entlassung – falls Sie jemals aus der Haft entlassen werden – müßten Sie sich vor einem Ferengi-Gericht wegen Vertragsbruch verantworten. Und *dann* würden Sie sich wünschen, auch weiterhin in einem Föderationsgefängnis zu sitzen.«

»Halten Sie es nicht für verkehrt, Dinge mit gefälschtem Latinum zu bezahlen? Steht in den Erwerbsregeln nichts darüber geschrieben?«

»Sie bieten auch in diesem Zusammenhang weisen

Rat«, entgegnete Tunk. »Die neunundsechzigste Regel des Erwerbs lautet: Ferengi sind nicht für die Dummheit anderer verantwortlich. Wir legen die Hektobarren nur auf den Tisch. Es ist nicht unsere Schuld, daß Hatheby's sie mit Latinum verwechselt! Keinem Ferengi würde jemals ein solcher Fehler unterlaufen!«

»Sie sind durch und durch verschlagen«, sagte Wesley und schüttelte den Kopf.

»Vielen Dank, Mähnsch. Ich nehme Ihre Entschuldigung an.«

*Feengold,* dachte Wesley. *Genau das ist es.* In Märchen ließen sich die Leute immer aufgrund ihrer Habgier vom falschen Gold täuschen, ohne sich zu fragen, wie ein Bettler oder Hausierer im Besitz eines solchen Vermögens sein konnte.

Doch wenn die ersten Sonnenstrahlen auf das Gold fielen ... Dann verwandelte es sich wieder in wertloses Zeug, was für die Habgierigen den Ruin bedeutete.

Wie lange hielt der Kimbal-Effekt an? Wie lange dauerte es, bis aus dem Feen-Latinum wieder gewöhnliches Chaseum wurde?

Wesley staunte über das Ausmaß der menschlichen Habsucht, das selbst den cleversten Geschäftsmann veranlaßte, sich vom Glanz des Goldes blenden zu lassen. Er setzte seine Tätigkeit fort, legte Hektobarren aus Chaseum (und gelegentlich einen Schraubenzieher oder ein Taschenmesser) in die Kimbal-Uhr und betätigte den Schalter.

Tunk half dem Kadetten, und hinzu kam der Umstand, daß Wesley nach der vergangenen Nacht mehr Erfahrung hatte. Beides führte dazu, daß der zweite Stapel aus falschem Latinum schneller wuchs als der erste. Nach einer Weile glaubte selbst Munk, daß der Vorrat an Pseudo-GGL für die Versteigerung am Abend genügte. Zum Glück: Mit einem Blick auf sein Chronometer – das nun den Anschein erweckte, aus Latinum zu bestehen – stellte Wesley fest, daß ihm nur noch fünf Minuten bis zur Verabredung mit Data blieben.

Während Munk und Tunk so um den Barrenhaufen tanzten wie böse Großwesire um eine Zauberlampe, stand der Kadett auf, ging ins Bad und schloß die Tür hinter sich ab.

Dann aktivierte er seinen Insignienkommunikator aus falschem Latinum. »Crusher«, flüsterte er. »Bitte beamen Sie mich an Bord.«

Munk und Tunk waren so sehr damit beschäftigt, dumme Lieder über grenzenlosen Reichtum zu singen – die sie vermutlich in einem Ferengi-Kindergarten gelernt hatten –, daß sie das Summen des Transporterstrahls überhörten.

Kadett Crusher rematerialisierte auf der Transferplattform und sah, daß nicht Otto die Kontrollen bediente, sondern jemand anders. Er winkte ihm dankend zu, verließ den Transporterraum und eilte zum nächsten Turbolift.

Er hatte kaum den Türmelder betätigt, als Data auch schon öffnete. »Sie sind sehr pünktlich«, sagte der Androide. »Meine internen Speichermodule enthalten Informationen über zweihundertsieben verschiedene Poker-Versionen. Für welche interessieren Sie sich?«

»Mein Interesse gilt Poker im allgemeinen. Bitte wählen Sie eine Version, Sir.«

Datas Quartier war auf eine Weise makellos, wie man es von einem Menschen nicht erwarten konnte – obwohl eine Katze bei dem Androiden wohnte. Spot kam vorsichtig näher und schien sich nicht mehr an Wesley zu erinnern. Er schnüffelte argwöhnisch, zögerte noch einige Sekunden lang und gelangte dann offenbar zu dem Schluß, daß von dem Kadetten keine Gefahr drohte – woraufhin er ihm um die Beine strich und leise miaute.

»Streicheln Sie ihn nie, Data?«

»Ich schenke Spot viel Aufmerksamkeit, Wesley. Trotzdem erweckt er Besuchern gegenüber den Eindruck, daß es ihm an Zärtlichkeit mangelt. Spot kann sehr hinterlistig sein.«

Data holte Karten hervor und mischte sie so schnell, daß die Bewegungen für Wesley schemenhaft blieben. »Die einfachste Art von Poker heißt Draw, wird mit fünf Karten gespielt und weist die vier Basiselemente aller Poker-Arten auf: Karten geben und nehmen, setzen und zum Schluß die verschiedenen Blätter vergleichen, um festzustellen, wer gewonnen hat. Ich schlage vor, wir beginnen mit dieser Version. Gehen wir zum Kartentisch.«

Data führte Wesley zu einem kleinen, sechseckigen und mit grünem Filz bedeckten Tisch. Wenige Sekunden später saßen sie sich gegenüber.

»Zuerst kauft man Chips, mit denen man während des Spiels setzt. Ich gebe Ihnen einfach welche; Sie brauchen nicht dafür zu bezahlen.«

Der Androide schob kleine Stapel aus blauen, roten und weißen Chips über den Tisch.

»Danke«, sagte Wesley.

»Bevor das Spiel beginnt, ist ein Einsatz erforderlich. Das bedeutet, Sie setzen einen oder mehrere Chips, bevor Sie irgendwelche Karten bekommen.«

Data legte zwei weiße Chips in die Tischmitte, doch Wesley verzichtete darauf, ebenfalls Chips zu setzen. Statt dessen legte er seinen Stift aus ›Latinum‹ auf den grünen Filz.

Data betrachtete ihn. »Das ist sehr ungewöhnlich, Wesley. Normalerweise setzen Pokerspieler Chips. Darf ich mir den Gegenstand ansehen?«

»Möchten Sie meinen Einsatz prüfen?« fragte Wesley und ließ Hoffnung in seiner Stimme erklingen. *Ich darf das falsche Latinum nicht direkt aushändigen,* dachte der Kadett und ärgerte sich einmal mehr über die absurden Vereinbarungen, die zwischen der Föderation und den Ferengi getroffen worden waren und dem Ferengi-Unrecht legalen Charakter verliehen. *Aber ich kann doch nicht ablehnen, wenn Data meinen Einsatz überprüfen will, oder?*

»Nur zu«, sagte Wesley und deutete auf den Stift.

Der Androide nahm das Objekt, drehte es hin und her. »Wesley ... Dieser Stift scheint aus reinem goldgepreßtem Latinum zu bestehen.«

»So sieht es aus.«

»Sein Wert geht weit über den erforderlichen Einsatz hinaus.«

»Soll das heißen, Sie sind nicht bereit, ihn zu akzeptieren?«

Data wölbte die Brauen. »Ein so hoher Ersteinsatz ist unvernünftig, weil Sie zwar das gleiche Risiko eingehen wie ich, aber weitaus mehr zu verlieren haben. Nun, ich werde Ihnen eine Lektion erteilen, indem ich den Einsatz akzeptiere.«

Wesley seufzte enttäuscht. Data war so sehr auf die Absurdität eines derartigen Einsatzes konzentriert, daß er ganz vergaß, *dem Stift selbst* Beachtung zu schenken. Wer besaß schon einen Computerstift, der aus goldgepreßtem Latinum bestand?

»Jeder Spieler bekommt fünf Karten, und zwar verdeckt«, fuhr der Androide fort und teilte zehn Karten in weniger als einer Sekunde aus. »Sie können jetzt die Karten nehmen und betrachten. Die möglichen Kombinationen sind: ein Paar, zwei Karten der gleichen Seite; zwei Paare ...«

»Die Kombinationen sind mir bekannt, Data. Ich setze das hier.« Wesley holte einen Latinum-Schlüssel hervor und legte ihn auf den Tisch.

»Es ist noch zu früh, um neu zu setzen«, sagte Data und schob den Schlüssel zurück. »Zuerst müssen wir ablegen und neue Karten nehmen. Von Ihren fünf Karten können Sie maximal vier ablegen, um sie durch neue zu ersetzen. Wie viele Karten möchten Sie?«

Wesley starrte auf sein Blatt. Er hatte zwei Buben – und dreimal die Sieben.

»Äh, ich nehme drei«, erwiderte er, behielt nur einen Buben und eine Sieben. In seiner ›langen‹ Poker-Karriere war es nur sehr selten geschehen, daß er auf Anhieb ein gutes Blatt bekam – und diesmal mußte er es wegwerfen!

Wieder bewegte sich Datas Hand blitzschnell und legte drei Karten auf den Tisch. Wesley griff langsam nach ihnen: Herzdrei, Herzsechs, Herzzwei.

Verärgert warf er die Karten auf den Tisch. Data konnte die Gegenstände aus falschem Latinum nur dann untersuchen, wenn er sie an ihn verlor. Und wie konnte er verlieren, wenn er sich von einem Full House trennte, nur um dann einen Flush zu bekommen?

Data blickte auf die Karten hinab. »Ich fürchte, Sie verstehen nicht ganz, worum es bei diesem Spiel geht. Das ist ein sehr gutes Blatt.«

»Tatsächlich?«

»Ja. Die Wahrscheinlichkeit dafür, mit drei neuen Karten einen Flush zu bekommen, beträgt ...«

»Äh, jetzt bin ich dran, nicht wahr?«

Data nickte.

Wes nahm sein Chronometer, das aus massivem Latinum zu bestehen schien, und legte es auf den Tisch.

»Ihr Grundeinsatz ist erneut viel größer als nötig, Wesley. Warum benutzen Sie nicht Ihre Chips? Sie haben genug.«

»Gibt es eine Regel, die verbietet, mehr zu setzen als erforderlich?«

Der Androide überlegte kurz. »Keine der mir bekannten Spielregeln verbietet, einen zu hohen Einsatz auf den Tisch zu legen. Aber ein solches Verhalten ist sinnlos und schmälert den möglichen Gewinn.«

Wesley beugte sich vor und zeigte auf das Latinum-Chronometer. »Ist das hier mehr wert als der Grundeinsatz?« fragte er unschuldig.

Data sah auf den Tisch und schien erst jetzt zu merken, daß bei der Uhr irgend etwas nicht mit rechten Dingen zuging. »Erlauben Sie mir, das Objekt zu untersuchen?«

»Möchten Sie seinen Wert feststellen?«

Der Androide griff nach dem Chronometer und betrachtete es von allen Seiten. »Woher haben Sie diesen Gegenstand? Wenn er tatsächlich aus goldgepreßtem Latinum besteht, so ist er viel mehr wert als der Grundeinsatz. Vermutlich übersteigt sein Wert sogar den aller hier vorhandenen Chips.«

»Ich kann Ihnen nicht sagen, woher die Uhr stammt«, erwiderte Wesley Crusher und versuchte dabei, möglichst geheimnisvoll zu klingen.

»Wissen Sie nichts über den Ursprung des Chronometers? Oder ist es Ihnen nicht gestattet, mir darüber Auskunft zu geben?«

Wesley schüttelte den Kopf. »Ich kann Ihnen nicht sagen, woher ich die Uhr habe. Starfleet-Kadetten sind ehrlich, vertrauenswürdig, tapfer und loyal.«

Erneut hob Data verwirrt die Brauen – diese mimische Reaktion beherrschte er perfekt. Er schob zwei weiße Chips zur Tischmitte.

Wesley teilte das Kartenspiel, legte die zwei Hälften nebeneinander und mischte sie wie ein Profi – diese Technik hatte er vor der großen Partie mit Carl LaFong, Tunk und den anderen geübt. Anschließend gab er zwei Karten, die erste verdeckt, die zweite offen. »Stud mit sieben Karten«, verkündete er.

»Bei mir liegt ein Bube offen«, stellte Data fest. »Und bei Ihnen nur eine Sechs. Deshalb setze ich als erster.« Er sah sich die verdeckte Karte an und schob einen roten Chip zur Tischmitte.

Wesley wahrte eine Pokermiene – er hatte zwei Sechsen. Wenn er außerordentliches Pech hatte, gewann er auch diese Runde. *Ich hätte mich für Draw-Poker entscheiden sollen,* dachte er. *Dabei kann man si-*

cher *sein zu verlieren.* Dann fiel ihm das letzte Spiel ein. Nein, Gewißheit gab es nicht.

»Ich gehe mit«, sagte Wesley und legte ebenfalls einen roten Chip in die Tischmitte. »Außerdem erhöhe ich um ... um den Wert dieses Gegenstands.« Er nahm den Insignienkommunikator ab, der nun scheinbar aus Latinum bestand, und ließ ihn mit einem dumpfen Pochen auf den Tisch fallen.

Diesmal bat Data nicht um Erlaubnis. Er nahm das Kom-Gerät einfach und sah es sich aus der Nähe an. »Wesley, ich muß Sie fragen, woher Sie all dies in Gold gepreßte Latinum haben.«

»Ja, das müssen Sie vermutlich.«

»Sie beantworten die Frage nicht.«

»In der Tat. Ich kann Ihnen nicht sagen, woher der Insignienkommunikator aus Latinum stammt.«

»Ich habe den Eindruck, daß Sie mir etwas mitteilen wollen, ohne es direkt zu sagen, Wesley.«

»Oh, ich pokere nur.«

»Ich besitze nicht genug Chips, um mitzugehen. Außerdem geht Ihr Einsatz mit ziemlicher Sicherheit über das Tischlimit bei den meisten legalen Pokerspielen hinaus.«

»Ich gebe mich mit fünf blauen Chips durchaus zufrieden.«

Data schob einen kleinen Stapel aus blauen Chips über den grünen Filz, und Wesley gab die nächsten beiden Karten.

»Sie haben eine Dame bekommen und ich einen König.« Data setzte auch diesmal einen roten Chip, und Wesley ging mit einer Gedenkmünze aus ›Latinum‹ mit (›Zefram Cochrane – dreihundert Jahre Warpantrieb, 2361‹).

Als die siebte Karte verdeckt auf dem Tisch lag, hatte Wesley seinen ganzen ›Reichtum‹ gesetzt: von einer Kombizange aus falschem Latinum bis hin zu goldgelb glänzenden Schnürsenkelspitzen. Inzwischen verfügte er über eine Dritte Sechs, und bei Data zeigte sich ein Zehner-Pärchen.

Beim letzten Setzen geriet Wesley ins Schwitzen. Er hatte seinen Vorrat an Feen-Latinum erschöpft und schob zwei große Chipstapel zur Tischmitte. Data ging mit.

»Was haben Sie?« fragte der Kadett besorgt.

Data drehte die letzte Karte um – ein König. Er hatte also zwei Zehnen und zwei Könige.

Wesley schluckte und sah auf sein eigenes Blatt. »Nun, zwei Paare sind besser als ein Sechser-Pärchen.« Er legte seine Karten verdeckt auf den Tisch und hoffte inständig, daß Data nicht darauf bestand, sich das Blatt des ›Verlierers‹ anzusehen.

Aber der Androide griff nach dem recht beeindruckenden Pot.

»Meine Güte!« stieß Wesley hervor. »Es ist schon spät! Muß mich beeilen. Danke für die Lektion, Sir. Ich habe eine Menge gelernt.«

Data runzelte die Stirn. »Ich glaube, es sind noch einige weitere Lektionen notwendig.« Er schob das vermeintliche Latinum wieder in Richtung des Kadetten.

»Für was halten Sie mich, Sir?« Wesley stand empört auf und verschränkte die Arme. »Ein Starfleet-Kadett lehnt es nie ab, eine Ehrenschuld zu begleichen. Und er erwartet kein Entgegenkommen dieser Art.«

»Es war doch nur eine Lektion, Wesley, kein echtes Pokerspiel. Sie können Ihre Einsätze zurücknehmen, ohne dadurch irgendeine Art von Schande auf sich zu laden.«

»Unsinn! Bei einem echten Pokerspiel hätte ich alles verloren, nicht wahr?«

»Ja. Sie haben sehr … unklug gespielt.«

»Die Lektion hat nur dann einen Sinn, wenn Sie die Spielregeln beachten und den Gewinn behalten.«

Data dachte einige Sekunden lang nach. »Na schön,

wenn Sie darauf bestehen … Doch gestatten Sie mir bitte den Hinweis, daß Sie einen sonderbaren Standpunkt vertreten.« Er zögerte kurz. »Haben Sie etwas dagegen, wenn ich jene Gegenstände genau untersuche?«

Der Kadett zuckte mit den Schultern. »Es käme mir nie in den Sinn, einem vorgesetzten Offizier zu sagen, wie er mit seinem *persönlichen Eigentum* verfahren soll. Lieber Himmel, ich bin wirklich spät dran. Es war eine sehr … lehrreiche Erfahrung, Data. Wir sollten sie irgendwann wiederholen.«

Wesley gab dem Androiden keine Gelegenheit, es sich anders zu überlegen und den Gewinn zurückzugeben. Hastig verließ er Datas Unterkunft und eilte zum nächsten Turbolift, um den Transporterraum aufzusuchen.

# 15

Als Kadett Crusher die *Enterprise* verlassen hatte, nahm Commander Data alle Objekte, die den Eindruck erweckten, aus massivem Latinum zu bestehen, und begab sich damit zur Brücke.

»Ich hatte gerade eine sehr seltsame Begegnung mit Wesley«, wandte er sich dort an Commander Riker.

»Ach, der gute alte Fred Kimbal! Wie geht es ihm denn so?«

Data nahm an, daß es sich um einen Scherz handelte, allerdings um einen kleinen. Deshalb beschränkte er sein Lachen auf zwei Sekunden und erhöhte die Lautstärke dabei nur um zwanzig Dezibel.

»Sie machen echte Fortschritte, Data. Allmählich klingt es natürlich.«

»Danke, Sir. Ich gebe mir auch weiterhin Mühe.«

»Nun? Sie wollten mir gerade von Ihrer sonderbaren Begegnung mit Kadett Kimbal berichten ...«

»Ich habe ihm die Grundlagen des Pokerns erläutert, Sir.«

Die Reaktion bestand aus einem ziemlich frostigen Schweigen, das einige Sekunden dauerte. Dann erwiderte Riker: »Warum ist er nicht zu mir gekommen?«

»Sie wären zweifellos geeigneter gewesen, Sir. Aber Kadett Crusher weiß, daß Sie derzeit das Kommando über die *Enterprise* haben; bestimmt wollte er Sie nicht stören. Nun, er spielte sehr unklug, als sei es seine Absicht zu verlieren. Und er verlor tatsächlich: diese sechs Gegenstände hier. Ich bot an, sie ihm zurückzugeben, doch er bestand darauf, daß ich sie behalte.«

Data legte die Objekte auf einen großen elektronischen Datenblock, den er dann Riker gab.

Der Erste Offizier betrachtete die Gegenstände.

»Data, diese Dinge...« Argwöhnische Falten entstanden in Rikers Stirn. »Seit siebzehn Jahren gehöre ich zu Starfleet, Data, und in dieser Zeit habe ich nie einen Insignienkommunikator aus goldgepreßtem Latinum gesehen. Etwas stimmt nicht, und aus irgendeinem Grund kann uns Wesley nur auf diese Weise einen Tip geben.«

Data nickte. »Ich gehe von der gleichen Annahme aus, Sir. Es lag ganz offensichtlich in Wesleys Absicht, mich diese Objekte gewinnen zu lassen. Ich fragte ihn, ob er etwas dagegen hätte, wenn ich sie genau untersuche, und in seiner Antwort betonte er, sie seien mein ›Eigentum‹.«

»Ich schlage vor, wir suchen das wissenschaftliche Laboratorium auf und beginnen sofort mit der Untersuchung.«

»Aye, Sir.«

Riker und Data schwiegen, während die Transportkapsel des Turbolifts sie durchs Schiff trug. Das positronische Gehirn des Androiden entwickelte Tausende von möglichen Szenarios, die eine Antwort auf die Frage geben sollten, warum sich Wesley Crusher im Besitz von gewöhnlichen Objekten aus massivem Latinum befunden hatte. Alle möglichen Erklärungen zeichneten sich durch eine sehr geringe Wahrscheinlichkeit aus.

»Wir haben angenommen, daß die Gegenstände tatsächlich aus goldgepreßtem Latinum bestehen«, sagte Riker, als sie das Laboratorium betraten.

»Ja, Sir. Als Wesley sie setzte, nahm ich eine Sondierung vor, die dem sichtbaren Bereich der Balmer-Spektrallinien galt. Dabei deutete alles darauf hin, daß es sich tatsächlich um in Gold gepreßtes Latinum handelt.«

»Der Schein kann trügen«, entgegnete Will Riker. Er griff nach der Gedenkmedaille und gab vor, sie in die linke Hand zu nehmen. Data beobachtete jedoch, daß der Erste Offizier sie in der rechten Hand behielt. »Pusten Sie auf diese Hand, Data.«

Der Androide beugte sich vor und blies seinen ›Atem‹ auf Rikers linke Hand, während sein Blick der anderen galt.

»Voilà«, sagte der Commander und öffnete die linke Hand.

»Sie sollten noch mehr üben, was diesen Trick betrifft, Sir. Ich habe gesehen, daß Sie die Münze in der anderen Hand behielten.«

»In dieser, meinen Sie?« Riker öffnete die rechte Hand – sie war ebenso leer wie die linke.

Data starrte überrascht. In Sekundenschnelle analysierte er die Daten der visuellen Aufzeichnung, ohne einen Hinweis darauf zu bekommen, was mit der Münze geschehen war.

»Suchen Sie das hier, Data?« Commander Riker deutete zu dem als Tablett dienenden Datenblock mit den Latinum-Gegenständen – die Medaille lag bei den übrigen Objekten.

»Ich verstehe, was Sie meinen, Sir«, sagte der Androide. »Wir verwenden den positronischen Scanner, um die Gegenstände gründlich zu sondieren.«

Die positronischen Scanner im wissenschaftlichen Laboratorium der *Enterprise* waren sogar noch leistungsfähiger als die Ortungssensoren des Schiffes. Data legte die Gedenkmünze in die Gravohalterung und programmierte das Gerät. »Die Untersuchung wird ungefähr vier Minuten dauern«, teilte er dem Ersten Offizier mit.

Noch vor dem Ende des Scans wußte Data, daß die

Münze nicht aus echtem Latinum bestand. »Sehen Sie sich diese Sequenz hier an, Sir.«

»Latinum«, sagte Riker.

»Das sind jene Absorptionslinien, die man für gewöhnlich mit goldgepreßtem Latinum in Verbindung bringt. Aber sehen Sie das Muster dahinter?«

Im positronischen Spektrum erschienen schwache ›Geisterlinien‹. Data bearbeitete das Bild und erhöhte den Kontrast.

»Was ist das?« fragte Riker. »Eine solche Sequenz kenne ich nicht.«

»Sie erschiene Ihnen bestimmt vertrauter, wenn ich sie in den blauen Bereich des Spektrums verschiebe – dort gehört sie nämlich hin.« Data berührte einige Schaltflächen, woraufhin die Absorptionslinien nach links glitten.

»Chaseum?« fragte der Erste Offizier.

»Ja, Sir. Diese Gegenstände bestehen in Wirklichkeit aus Chaseum. Irgendwie wurde ihnen das Aussehen von goldgepreßtem Latinum verliehen.«

»Feengold«, hauchte Riker.

»Eine angemessene Beschreibung, Sir. Die Fälschung ist hervorragend. Es gibt nur drei positronische Spektralscanner in diesem Raumsektor, und zwei davon befinden sich an Bord der *Enterprise.* Mit anderen Geräten läßt sich kein Unterschied zwischen diesem Metall und echtem Latinum feststellen.«

Riker betrachtete die Anzeige des Scanners und rieb sich den Bart. »Ist Ihnen die Bedeutung dieser Entdeckung klar, Data? Sie wissen doch, warum Latinum zur Standardwährung in den erforschten Quadranten wurde, oder?«

Der Androide nickte. »Ja, Sir. Weil es zu den wenigen Substanzen gehört, die nicht repliziert werden können. Die Moleküle von goldgepreßtem Latinum sind in einem fast kristallinen Muster angeordnet. Die genaue Ausrichtung von insgesamt achtundachtzig atomaren ›Fraktalbeinen‹ bestimmt die Art der Struktur. Wenn der Replikator versucht, sie zu duplizieren, bewirkt das zweite Fraktalbein eine spontane Reorientierung des ersten. Mit anderen Worten: Jedes Fraktalbein verändert die Ausrichtung seines Vorgängers ...«

»Was dazu führt, daß der Replikator kein Latinum produziert, sondern Chaseum«, meinte Riker. »Es ist wie mit dem Quadrieren von positiven und negativen Zahlen – das Ergebnis ist immer positiv. Aber wenn man gewöhnlichem Chaseum die scheinbare Beschaffenheit von Latinum geben kann, so droht der galaktischen Wirtschaft enorme Gefahr. Ohne Latinum gibt es keinen Handel. Und ohne Handel existiert kaum mehr etwas, das die verschiedenen Bündnisse zusammenhält. Dutzende von interplanetaren Kriegen könnten die Folge sein.«

Data deaktivierte den Scanner. Die übrigen spektralen Absorptionslinien zeigten das gleiche Muster: eine klar ausgeprägte Latinum-Sequenz im Vordergrund und eine schattenhafte Chaseum-Sequenz im Hintergrund.

»Sir, wenn wir es hier tatsächlich mit einer fast perfekten Fälschung von Latinum zu haben, so müssen wir unbedingt den Verantwortlichen identifizieren.«

»Und zwar bevor er die photonische Impulskanone ersteigert«, erwiderte Riker. »Wer auch immer dahintersteckt: Er braucht ständigen Nachschub an Chaseum. Wenn wir Zugang zum Computersystem des Chateaus hätten, könnten wir feststellen, wer tonnenweise Chaseum repliziert.«

Data klopfte auf seinen Insignienkommunikator. »Computer, öffne einen Kom-Kanal zum Hotel auf Novus Alamogordus.«

Schon nach wenigen Sekunden erklang eine Stimme. »Guten Abend, wir freuen uns, daß Sie sich mit dem Chateau Hôtel Casino auf dem malerischen Planetoiden Novus Alamogordus in Verbindung gesetzt haben, Reservierungen nehmen wir gern entgegen, mein Name lautet Alison Swain, womit kann ich dienen, Sir?«

»Hier spricht Commander William Riker, Erster Offizier der U.S.S. *Enterprise.* Könnte ich bitte mit dem Geschäftsführer sprechen?«

»Selbstverständlich, Sir, ich verbinde Sie sofort, genießen Sie Ihren Aufenthalt auf dem malerischen Planetoiden Novus Alamogordus, vielen Dank.«

»Büro Commander Reichert«, ertönte kurz darauf eine laute Stimme mit einem deutlichen neuanglikanischen Akzent. »Hugh Akston, Hauptverwalter des Kasinos. Ich stehe zu Ihren Diensten.«

Riker zögerte kurz und überraschte den Androiden dann, indem er eine erfundene Geschichte erzählte. »Wir haben Grund zu der Annahme, daß sich ein berüchtigter Verbrecher unter Ihren Gästen befindet. Um ihn zu identifizieren, ist es notwendig, die aufgezeichneten Replikator-Aktivitäten während der vergangenen drei Tage zu überprüfen.«

Der Verwalter ließ sich viel Zeit mit der Antwort. »Tut mir leid, Sir«, sagte er, und es klang ziemlich zugeknöpft. »Derartige Informationen sind privater Natur. Unsere Gäste erwarten von uns, daß wir ihre Privatsphäre schützen.«

»Sie verstehen nicht. Die Föderation benötigt Zugang zu Ihren Computeraufzeichnungen. Dies ist eine offizielle Anfrage.«

»Nein, so etwas kommt nicht in Frage. Wir befinden uns hier außerhalb des stellaren Territoriums der Föderation – die Gesetze des interstellaren Völkerbunds haben hier keine Gültigkeit. Niemand kann uns zwingen, irgendwelche aufgezeichneten Daten preiszugeben.«

»Das stimmt«, erwiderte Riker. »Es steht mir nicht

zu, Ihnen entsprechende Anweisungen zu erteilen. Aber wenn Sie eine Zusammenarbeit mit uns ablehnen, so unterstützen Sie damit die Bestrebungen eines gefährlichen Kriminellen und schädigen letztendlich die Interessen genau jener Gäste, die Sie schützen wollen.«

»Dieses Gespräch führt zu nichts, Commander Riker. Sie können sich gern hierher beamen und unser breites Unterhaltungsangebot genießen. Es reicht von Doppeldabo über verschiedene Lotterien bis hin zu allen bekannten Versionen von Würfelspielen. Darüber hinaus gibt es bei uns die schönsten Dabomädchen im ganzen Quadranten. Doch eine Datenverbindung zwischen dem Chateau-Computer und Ihrem Schiff können wir nicht erlauben. Ich muß Sie warnen: Falls Sie trotzdem versuchen, auf unsere Datenbestände zuzugreifen, so aktivieren Sie ein spezielles Computervirus, das den Inhalt Ihrer Speichermodule überschreibt.

Ich bedauere sehr, Ihr Anliegen zurückweisen zu müssen, Sir. Ich lade Sie jedoch herzlich dazu ein, uns einen Besuch abzustatten. Wir bieten Ihnen Gratischips im Wert von sechs Gramm Latinum, die Sie in einem beliebigen Restaurant oder Kasino verwenden können.«

»Danke.« Commander Riker seufzte. »*Enterprise* Ende.«

Als der Kom-Kanal geschlossen war, wandte sich Data an den Ersten Offizier. »Wenn Sie mir die Frage gestatten, Sir: Warum haben Sie dem Verwalter nichts vom gefälschten Latinum gesagt?«

»Ich möchte auf keinen Fall eine Währungspanik verursachen, noch dazu ohne eindeutige Beweise für unsere Behauptungen. Hm. Ich frage mich, ob die Fälscher dumm genug waren ...«

Data verstand sofort. »Computer, hat während der vergangenen hundertachtundsechzig Stunden ein Besatzungsmitglied oder Passagier an Bord der *Enterprise* Chaseumbarren repliziert?«

»Bestätigung«, erklang die Sprachprozessorstimme. »Zwei Ferengi und Kadett Wesley Crusher haben während des genannten Zeitraums wiederholt Chaseum repliziert, und zwar in Form von Barren.«

»Wiesen sie die gleiche Form auf, wie man sie von Latinumbarren erwartet?«

»Unbekannt. Die Strukturdaten von Latinumbarren sind nicht in meinem Speicher enthalten.«

»Natürlich nicht«, murmelte Riker. Er wandte sich an Data. »Etwas in der Art habe ich befürchtet. Unser alter Freund, Kadett Fred Kimbal, scheint mit seinen beiden Ferengi-Kumpeln Munk und Tunk bis zu den Ohren in Schwierigkeiten zu stecken.«

»Er weist die erstaunliche Tendenz auf, immer wieder in problematische Situationen zu geraten, Sir.«

Riker ging langsam zum positronischen Spektralscanner. »Munk stellt also falsches in Gold gepreßtes Latinum her. Warum, von der üblichen Ferengi-Habgier einmal abgesehen? Warum ausgerechnet hier und jetzt?«

»Die logischste Erklärung wäre die von Ihnen bereits erwähnte, Sir: Er will Auktionsposten ersteigern.«

»Die photonische Impulskanone? Aber weshalb? Das müssen wir herausfinden, Data. Und es muß uns irgendwie gelingen, ihm einen Strich durch die Rechnung zu machen.«

»Sollen wir die Repräsentanten von Hatheby's auf die Fälschung hinweisen?«

Riker schüttelte den Kopf. »Sie haben Ihr ganzes Leben bei Starfleet verbracht, Data. Seien Sie froh, daß es Ihnen erspart geblieben ist, an einem Gerichtsverfahren teilzunehmen, bei dem ein Ferengi zu den prozeßführenden Parteien gehört.«

Er hob die Hand und zählte an den Fingern ab. »Erstens: Wir sind nicht unbeteiligt, sondern bieten bei der Auktion mit, nicht nur für uns selbst, sondern auch für Betazed, die medizinische Gesellschaft und das klingonische Imperium.

Zweitens: Wesley – ich meine Fred – gehörte einst zur Crew dieses Schiffes. Er könnte behaupten, wir hätten seine Privatsphäre als Besatzungsmitglied mit dem Hinweis verletzt, daß er Chaseum replizierte.«

»Wäre Kadett Crusher bereit, einen solchen Vorwurf zu erheben?«

»Nein, natürlich nicht. Aber Munk oder Tunk würden sicher nicht zögern, solche Einwände laut werden zu lassen. Drittens: Wir haben keine Beweise dafür, daß zwischen Wesley und den beiden Ferengi einerseits sowie dem falschen Latinum andererseits eine Verbindung besteht.«

»Ich habe die Gegenstände aus vermeintlichem Latinum von Mister Crusher bekommen, Sir.«

»Sie haben sie beim Poker gewonnen. Was nicht bedeutet, daß Wesley das Latinum gefälscht hat oder weiß, wer dahintersteckt. Während seines Aufenthalts an Bord der *Enterprise* replizierte er Chaseum. Na und? Das ist kein Verbrechen.«

»Vielleicht genügen die Indizien, um einen Durchsuchungsbefehl für die Hotelzimmer der Ferengi zu erwirken.«

Riker zuckte mit den Schultern. »Viertens: Bei wem beantragen wir einen Durchsuchungsbefehl? Akston hat ganz recht: Die Gesetze der Föderation haben hier keine Gültigkeit. Was sollen wir machen? Die Ferengi an Bord beamen und sie hier verhaften?«

»Ich verstehe, was Sie meinen«, sagte Data und wölbte die Brauen. »Wir können die anderen Auktionsteilnehmer nicht warnen, ohne zu riskieren, daß Anklage gegen Starfleet erhoben wird. Darüber hinaus sind wir nicht imstande, die Verdächtigen zu verhaften, ohne einen interstellaren Zwischenfall heraufzubeschwören. Die Frage lautet: Welche Alternativen bleiben uns?«

Riker lächelte grimmig. »Wir müssen die Latinum-Fälscher entlarven.«

Data nickte und startete sofort ein komplexes Analyseprogramm. »Ich werde nach einer Möglichkeit suchen, die scheinbare Veränderung des Chaseums in Latinum zu neutralisieren, Commander.«

»Halten Sie mich auf dem laufenden. Nun, ich glaube, ich sollte Captain Picard, Counselor Troi und Lieutenant Worf Bescheid gehen. Es kann nicht schaden, ab und zu miteinander zu plaudern, oder?« Rikers Lächeln wies darauf hin, daß er die letzten Worte scherzhaft meinte. Doch Datas Analysen beanspruchten einen großen Teil seines positronischen Elaborationspotentials, und deshalb verzichtete er darauf, sein Lachprogramm zu aktivieren.

Er merkte nicht einmal, daß Commander Riker den Raum verließ. Während einer kurzen Verarbeitungspause stellte der Androide fest, daß er allein war und neben der Displaykonsole stand. Die intensive geistige Aktivität hatte ihn regelrecht erstarren lassen.

Datas Problem sah folgendermaßen aus: Er wußte, daß man gewöhnlichem Chaseum das Erscheinungsbild von Latinum verliehen hatte, doch das Wie blieb ihm ein Rätsel. Die deutlich sichtbaren Absorptionslinien wiesen darauf hin, daß es sich – zumindest in chemischer Hinsicht – um goldgepreßtes Latinum handelte. Doch die geisterhaften Chaseum-Linien vermittelten eine andere Botschaft.

Verwirrt begann er damit, die chemischen Eigenschaften aller Metalle der Chaseum-Klasse zu untersuchen.

Commander Riker kehrte zur Brücke zurück und setzte sich von dort aus mit Captain Picard in Verbindung.

Aufgrund langer Erfahrung wußte Riker sofort, daß Picard verärgert war – obwohl andere Personen der Ansicht gewesen wären, daß die Stimme des Captains ganz normal klang.

»Es findet gerade eine wichtige Versteigerung statt, Commander Riker. Um was geht es?«

Riker atmete tief durch. Der Captain nannte ihn nur dann ›Commander Riker‹, wenn er sich wirklich gestört fühlte. Mit knappen Worten wies er Picard auf das gefälschte Latinum hin.

Sofort änderte sich die Stimmung des Captains. »Das sind sehr ernste Nachrichten, Will. Munk bietet schweigend – indem er Hektobarren Latinum auf den Tisch legt. Glauben Sie, daß alles gefälscht ist?«

»Ich bin mir nicht ganz sicher, Sir. Was sagt er, wenn er die Barren hervorholt?«

»Nichts, Nummer Eins. Er legt sie einfach nur auf den Tisch. Vermutlich glaubt er in seiner kriminellen Verblendung, daß er sich auf diese Weise überhaupt nicht schuldig macht – indem er auf die Behauptung verzichtet, Latinum zu bieten.«

»Käme er damit vor Gericht durch?«

Picard schnaufte abfällig. »Das bezweifle ich. Es sei denn, es handelt sich um ein Ferengi-Gericht. In diesem besonderen Fall braucht Munk gar keinen Prozeß zu fürchten. Novus Alamogordus befindet sich außerhalb der Föderation und auch jenseits der Grenzen des cardassianischen Reiches. Zwischen der Föderation und den Cardassianern finden derzeit Friedensverhandlungen statt, die auch in diesem Sektor alle territorialen Fragen klären sollen, aber bisher ist noch nichts vereinbart.«

»Data versucht, einen Weg zu finden, um die Veränderung des Chaseums rückgängig zu machen. Sie hören von mir, sobald sich etwas Neues ergibt. Ich muß jetzt auch noch Deanna, Beverly und Worf benachrichtigen.«

»In Ordnung, Nummer Eins. Gul Fubar liefert sich gerade eine Hektobarren-Duell mit dem Großen Nagus. Es geht dabei um stereographische Sensormodule, und ich muß jetzt ebenfalls bieten, für Kahless den Unvergeßlichen – bevor man ihn vergißt. Picard Ende.«

Es dauerte nur eine Minute, um Dr. Beverly Crusher zu warnen. Sie befand sich in ihrem Quartier und befaßte sich mit medizinischen Unterlagen.

»Für mich spielt es kaum eine Rolle«, sagte sie. »An Medo-Geräten scheint Munk nicht interessiert zu sein.«

Deanna nahm die Informationen mit der für sie typischen Ruhe entgegen.

Typisch war auch Lieutenant Worfs Reaktion: Er verlor die Beherrschung.

»Ich bringe den verdammten Ferengi um!« knurrte Worf. »Er beleidigt und verspottet das ...« Der Klingone unterbrach sich.

Worf und Geordi befanden sich nicht im Auktions-Saal, sondern in einem Korridor, als Riker den Kom-Kontakt herstellte. Worf schaltete auf einen öffentlichen Kommunikator mit Bildschirm um.

»Sie repräsentieren nicht das klingonische Imperium«, sagte Riker scharf. »Sie bieten für die Föderation, und wir bringen keine Fälscher um.«

Ein oder zwei Sekunden lang brannte Worfs Zorn so heiß, daß Riker befürchtete, der große Klingone könnte den Bildschirm zertrümmern. Dann gelang es Worf, sich wieder zu fassen. »Da haben Sie natürlich recht. Bitte entschuldigen Sie, Sir.« Doch er fletschte wie ein imperialer Krieger die Zähne.

»Bieten Sie auch weiterhin so, als wüßten Sie von nichts, Worf. Die Ferengi sollen nicht auf den Gedanken kommen, daß wir sie verdächtigen.«

»Aber wir können doch nicht zulassen, daß uns Munk bei jedem Posten überbietet! Wie wär's, wenn ich ihm einen solchen Schrecken einjage, daß er Novus Alamogordus verläßt?«

Riker schüttelte den Kopf. »Daran kann uns nichts gelegen sein. Worf, so wichtig diese Auktion auch ist: Noch weitaus mehr Bedeutung hat der Umstand, daß ein Ferengi goldgepreßtes Latinum fälschen kann.«

»Ich verstehe, Sir. Ich werde also versuchen, Munk nicht zu verängstigen, so schwer es mir auch fällt.«

»Haben Sie schon etwas ersteigert, Worf?«

Ein Schatten fiel auf die Miene des Klingonen, und er wirkte plötzlich sehr betroffen. »In dem für uns interessanten Bereich der Auktion wurde bisher nur ein Posten angeboten, und den bekam Munk – er hat ihn mit fünfundsiebzig Hektobarren aus falschem Latinum bezahlt.«

Der Erste Offizier lachte leise. »Halten Sie die Augen offen, Lieutenant. Riker Ende.«

Commander William Riker lehnte sich im Kommandosessel zurück und hob die Hand zum Bart. *Muß gestutzt werden,* dachte. *Fängt an zu jucken.* Er klopfte auf seinen Insignienkommunikator. »Riker an Data.«

Der Androide stand völlig reglos, seit er sich mit dem Problem befaßte – sah man einmal von ›unwillkürlichen‹ Bewegungen wie Blinzeln und Atmen ab. Jetzt schien er zu erwachen.

»Hier Data, Sir.«

»Ich weiß, daß erst eine halbe Stunden verstrichen ist, aber haben Sie irgendeine Idee?«

»Ja, Sir.«

»*Tatsächlich?*«

»Ich habe noch nicht herausgefunden, wie die Ferengi gewöhnlichem Chaseum das Erscheinungsbild von Latinum verleihen. Aber ich kenne jetzt eine Methode, mit der es rein theoretisch möglich sein müßte, die scheinbare Verwandlung rückgängig zu machen.

Ich könnte die Phaser der *Enterprise* so modifizieren, daß sie ein Disphasenfeld erzeugen. Es ließe sich so modulieren, daß es in bezug auf das illusorische Latinum-Spektrum um hundertachtzig Grad phasenverschoben ist.«

»Und dadurch wird aus dem scheinbaren Latinum wieder Chaseum?«

»Ich kann Ihnen keine Garantie dafür geben, aber es wäre logisch. Durch das Disphasenfeld müßte ein Interferenzmuster entstehen. Jedem Wellenberg wird ein Wellental zugeordnet, und umgekehrt. Auf diese Weise sollte es möglich sein, die Wellenfunktion zu neutralisieren – wodurch sich das falsche Latinum als Chaseum herausstellt.«

»Wie lange dauerte die Modifikation der Phaser?«

»Ich weiß es nicht genau. Schätzungsweise sechzehn Stunden. Und während dieser Zeit könnten die Phaserbänke nicht für andere Zwecke benutzt werden.«

»Geben Sie mir ein wenig Bedenkzeit. Riker Ende.«

Der Erste Offizier dachte an die Gefahr, die Munk und sein Feengold darstellten. Anschließend dachte er daran, daß sich romulanische, cardassianische und sogar tholianische Schiff im Orbit von Novus Alamogordus befanden. Wenn sich Riker streng an die Starfleet-Vorschriften hielt, blieb ihm überhaupt keine Wahl: Die *Enterprise* durfte auf keinen Fall einen erheblichen Teil ihres Waffenpotentials aufgeben, solange Repräsentanten der drei aggressivsten Sternenreiche dieses Quadranten in der Nähe weilten.

Er lächelte schief. *Aber in Hinsicht auf die Vorschriften habe ich mir immer einen gewissen Ermessensspielraum gestattet.* »Riker an Data.«

»Hier Data, Sir.«

»Beginnen Sie sofort damit, die Phaser zu modifizieren. Und halten Sie mich auf dem laufenden. Riker Ende.«

Der Erste Offizier beugte sich vor, stützte die Hände auf die Knie und gab vor, daß seine volle Aufmerksamkeit dem großen Wandschirm galt. Doch in Wirklichkeit reichte sein Blick ins Leere. Er fragte sich, ob er die *Enterprise* gerade in tödliche Gefahr gebracht hatte.

## 16

Wesley kehrte einige Minuten nach einundzwanzig Uhr ins Hotelquartier zurück. Er verließ das Bad und entschied, sich so zu verhalten, als sei überhaupt nichts geschehen.

Ebensogut hätte er sich von Fanfaren ankündigen lassen können.

Die beiden Ferengi starrten ihn groß an, bleckten mißtrauisch die Zähne und rümpften die Nase. »Wo sind Sie gewesen, Mähnsch?« fragte Tunk. »Antworten Sie!«

»Aye, und laß keine Lügen auf deine Zungen kommen, wenn du vermeiden willst, daß wir sie dir aus dem Mund schneiden!«

»Was soll das heißen? Ich …«

»Sie haben sich fortbeamen lassen, für mindesten eine Stunde! Niemand hielt sich in der Hygienezelle auf!«

»G-genau das wollte ich gerade sagen«, behauptete Wesley und spürte, wie er errötete. Bemerkten Munk und Tunk das Schuldbewußtsein in seiner Miene? Oder hatten sie die Wahrheit gesagt, als sie behaupteten, für sie sähen alle Menschen gleich aus? »Ich, äh, wurde an Bord der *Enterprise* gebeamt, und zwar gegen meinen Willen, jawohl.« *Die besten Lügen bleiben so nahe wie möglich bei der Wahrheit,* dachte er und erinnerte sich daran, diese Weisheit irgendwo gelesen zu haben. »Die Anweisung dafür gab Commander Riker, der stellvertretende Kommandant. Wie sich herausstellte, äh …«

Wesley spürte, wie sein Gaumen trocken wurde und das Herz immer schneller klopfte. Dann kam ihm plötzlich eine Idee. »Offenbar haben wir es versäumt, eine … Transportsteuer zu bezahlen.«

Die beiden Ferengi waren drohend näher gekommen, und jetzt blieben sie abrupt stehen. »Eine … Steuer?« wiederholte Tunk.

»Ja! Es handelt sich um die Föderationssteuer für intersektoriale Rettungseinsätze in Notfällen. Sie beträgt zweihundert Barren Latinum, und Riker verlangte sie von mir.«

»Einen Augenblick.« Munk kniff wieder die Augen zusammen. »Wahrlich, beim Klabautermann, warum sollte jemand die Steuer von einem Matrosen verlangen und nicht vom Skipper?«

»Weil … weil … weil Riker wußte, daß er kein einziges Gramm von einem Ferengi bekommen würde! Er wußte, daß Sie irgendeine Möglichkeit finden würden, sich herauszureden und die Steuer nicht zu bezahlen. Deshalb nahm er den armen Fred Kimbal aufs Korn, weil ich nur ein Mensch und nicht imstande bin, solcher Piraterie angemessenen Widerstand zu leisten.«

»Ahhh!« erwiderten beide Ferengi gleichzeitig und nickten. »Speigatt, das klingt nach der Wahrheit«, kommentierte Munk.

»Was ist passiert, Mähnsch?«

»Glaube und Profit!« heulte Munk. »Du hast der Landratte doch nichts von unserem Latinum überlassen, oder?«

Wesley blinzelte. »Dazu hatte ich gar keine Möglichkeit.« Das stimmte: Die Ferengi wachten wie paranoide Kobolde über ihren Schatz.

»Bei den durchgescheuerten Webeleinen!« entfuhr es Munk. »Wir dürfen nicht riskieren, daß unsere Barren an Bord der *Enterprise* gelangen. Überall wimmelt's von Spionen, die das Geheimnis unseres Reichtums stehlen wollen!«

»Wie haben Sie die Steuer bezahlt, obwohl Ihnen keine Latinumbarren zur Verfügung standen?« fragte Tunk.

»Ich, äh ...« Wesley musterte nacheinander zwei unfreundliche Ferengi-Gesichter. Nach einigen Sekunden stellte er fest, daß er sich das Handgelenk rieb – ohne die Uhr fühlte es sich seltsam an.

*Das Chronometer ...* »Da ich Riker kein Latinum anbieten konnte, nahm er meine Uhr, den Ring und den Anhänger. Für den Rest des Betrages mußte ich einen Schuldschein unterschreiben.«

Tunk wich zurück, und Verblüffung zeigte sich in seinen Zügen. »Tatsächlich? Beim Profit, ich wußte gar nicht, daß Mähnschen so findig sein können!«

»Potzblitz, ein solches Verhalten wäre eines Ferengi würdig! Von den Landratten der Föderation hätte ich so etwas nicht erwartet.« Munk schnaufte abfällig. »Normalerweise klebt *Anstand* ebenso an ihnen wie Entenmuscheln am Leib eines Wals.«

Munk streckte die Hand aus, griff nach Wesleys Arm und zog ihn mit einem Ruck näher. Staunend betrachtete er die helle Stelle, dort wo sich das Chronometer befunden hatte. Auf der Erde nutzte Wesley die Vorlesungspausen an der Akademie oft, um nach draußen zu gehen und frische Luft zu schnappen. Dadurch war er ein wenig braun geworden – was seine Geschichte jetzt viel glaubwürdiger machte.

»Kimbal, du hast deinen Kameraden einen guten Dienst erwiesen«, verkündete Munk.

»O ja«, fügte sein Sohn hinzu. »Eine gute Sache. Wir sind sehr stolz auf Sie.« Er klopfte Wesley so fest auf die Schulter, daß der Kadett dort eine wunde Stelle bekam. »Ihre Großzügigkeit ehrt die ganze Menschheit.«

»Fürwahr, und natürlich werden wir uns dafür erkenntlich zeigen ...«

»Mit Latinum und all den guten Dingen, die man

mit Geld kaufen kann: Dabomädchen, Holo-Kammern ...«

»Sobald wir einen sicheren Hafen angelaufen haben.«

»Aye! Ich meine, ja. Sobald dieses kleine Abenteuer vorbei ist! Ich gebe Ihnen meine *persönliche Garantie.*«

»Jetzt Schluß damit, bei den Wanten! Hurtig und geschwind, bring diese gelbe Pracht zum Auktions-Saal.«

Die beiden Ferengi gluckten und sahen fröhlich zu, als Wesley den Rest des Feen-Latinums auf eine Antigravscheibe lud. Während er sich abmühte, beobachtete er aus den Augenwinkeln, wie Munk zu seinem Sohn trat.

»Hör gut zu, Bursche«, sagte er leise. »Ich habe eine Aufgabe für deine Klinge.«

»Für meine ... Klinge?« Tunk duckte sich unwillkürlich. Offenbar widerstrebte es ihm, irgendwelche Aufgaben zu erledigen, die eine Klinge erforderten.

»Aye. Normalerweise werden zwei ordentliche Matrosen gebraucht, aber einer hat zu tun, und deshalb wende ich mich an dich. Wir müssen uns etwas einfallen lassen, um die Uhr zu schützen – für den Fall, daß die Kanonen ausfallen und jeder auf sich allein gestellt ist.«

»Einen Plan? Um die Uhr zu schützen?«

»Aye ...« Munk richtete einen argwöhnischen Blick auf Wesley, der auch weiterhin schwere Barren zur Antigravscheibe schleppte. Der alte Ferengi beugte sich vor und flüsterte einige Minuten lang mit seinem Sohn. Der Kadett verstand kein einziges Wort.

Als die Scheibe schließlich beladen war, folgte er den Ferengi die breite weiße Marmortreppe hinunter in den Speisesaal.

Die Tische, an denen normalerweise mehr als zweihundert Personen Platz fanden, waren so angeordnet worden, daß sie einen Konferenztisch für achtzig Auktionsteilnehmer bildeten, die genügend Latinum hinterlegt hatten, um an der Versteigerung der wichtigsten Posten teilzunehmen. Munk setzte sich an seinen üblichen Platz, Tunk ließ sich hinter ihm als Berater nieder. Zwei Stühle entfernt hatte Lieutenant Worf Platz genommen, der sich von Geordi LaForge beraten ließ. Wesley sah auch Deanna Troi, Captain Picard und, am anderen Ende des Tisches, den Großen Nagus mit einer Beratergruppe, die aus zwanzig Ferengi bestand.

Der Auktionator erklärte noch einmal die Regeln der Versteigerung, obgleich bereits alle Anwesenden damit vertraut waren, und Wesley spürte, wie sich Benommenheit auf ihn herabsenkte. Kein Wunder: Während der letzten achtundvierzig Stunden hatte er praktisch nicht geschlafen, im Gegensatz zu Munk und Tunk. Er war nicht einmal in der Lage gewesen, sich in einer Holo-Kammer oder beim Lesen eines interessanten Buchs zu entspannen. Den größten Teil der beiden vergangenen Tage hatte Wesley Crusher damit verbracht, mit der heißen Kimbal-Uhr zu arbeiten und immer wieder neues falsches Latinum herzustellen. Anschließend hatte er Munk bei den Versteigerungen Gesellschaft geleistet und ihm die Hektobarren für seine großen Auftritte gereicht.

Nach einer Weile prickelte es im Nacken des jungen Kadetten, und er drehte den Kopf. Deanna Troi beobachtete ihn. *Wenn sie eine empathische Sondierung vornimmt, so erkennt sie Erschöpfung, Ärger und den derzeit ziemlich starken Wunsch, möglichst schnell zur Akademie zurückzukehren. Ach, noch besser wär's, alles weit zurückzulassen: die Akademie, die* Enterprise, *Starfleet, sogar die Föderation.*

Darin bestand sein größter Wunsch. Tief in seinem Innern wollte er alles hinter sich zurücklassen und das Universum durchstreifen, nicht als Repräsentant der Föderation oder von Starfleet, nicht in einem Raumschiff, das an irgendwelche Vorschriften und vor allem an die Erste Direktive gebunden blieb, nicht als ›Kadett Crusher‹ oder ›Fähnrich Crusher‹, sondern einfach als Wesley.

Einmal hatte er jene Freiheit gespürt und sich befreit gefühlt von der Last der Tradition und des Formalismus. Die wenigen mit dem Reisenden verbrachten Momente hatten ihm die Möglichkeit gegeben, das Universum zu berühren, das innere Wesen des Kosmos – sie waren die hellsten Punkte in seinem Leben. Die Erinnerungen daran kamen einer strahlenden heißen Flamme gleich, die am Ende einer langen grauen Kerze brannte.

*Ich möchte jene Momente noch einmal erleben, und zwar für länger,* dachte Wesley. Er wußte: Irgendwann würde er sich von allem abwenden und zum Reisenden zurückkehren. Als er den Subraum gespürt und die *Enterprise* durch den halben Quadranten geflogen hatte ... Er war sicher, dabei den wahren Ruf des Reisenden vernommen zu haben. *Irgendwann folge ich ihm.*

*Aber nicht heute,* fuhr es ihm traurig durch den Sinn. Die Versteigerung begann.

Counselor Deanna Troi versuchte, ruhig und zuversichtlich zu wirken. Doch es gelang ihr nur, die Unruhe zu verdrängen und sich in Gelassenheit zu hüllen. Nun, wenigstens blieben ihre anderen Empfindungen verborgen.

Die Versteigerung begann ziemlich langsam. Dem Auktionator namens Dmitri Smythe fiel es nicht leicht, die zögernden Auktionsteilnehmer zu Angeboten zu veranlassen.

Beim ersten Posten handelte es sich um ein Kraftfeld, das Phaserenergie angeblich fast perfekt reflektierte. Dr. Zorka präsentierte seine Erfindung nur in einer kurzen Zusammenfassung (angeblich war er zu beschäftigt gewesen, um alle Einzelheiten zu beschreiben), und nach seinen Worten lief es auf folgendes hinaus: Wenn jemand auf ein Raumschiff feuerte, das mit diesem Kraftfeld geschützt war, so kehrten die Phasersalven zu ihm zurück; der Feind nahm sich also gewissermaßen selbst unter Beschuß.

Der Wert einer solchen Vorrichtung war natürlich sofort allen klar. Sie bot absoluten Schutz vor Phaserstrahlen.

Trotzdem kam die Versteigerung nicht recht voran, was unter anderem daran lag, daß Mr. Smythe von seinen Privilegien als Auktionator Gebrauch machte und eine neue Regel bestimmte. Beim ›Senior-Niveau‹ der Versteigerung wurden die eigentlich wichtigen Dinge vorgestellt, und nicht nur der letztendliche Ersteigerer mußte bezahlen, sondern auch der vorletzte Bieter!

Wenn ein Bajoraner zehn Hektobarren bot und ein Cardassianer für elf Hektobarren den Zuschlag bekam, so bezahlte der Cardassianer eintausendeinhundert Barren für den ersteigerten Posten. Der Bajoraner mußte tausend Barren bezahlen und bekam nichts!

Zuerst verstand Deanna nicht, welchen Sinn eine so seltsame Auktionsregel hatte. Sie kannte nur Auktionen, bei denen Kunstgegenstände versteigert wurden, und dabei gab es keine besonderen Vorschriften.

Nach einer Weile wurden der Counselor die Hintergründe der neuen Regel klar. Wenn sie so viel bot, wie sich Betazed leisten konnte, und wenn dann jemand noch mehr Latinum bot, zum Beispiel der Große Nagus, ohne daß jemand anders bereit war, ein noch höheres Angebot zu unterbreiten … Dann konnte Deanna den Nagus überbieten, um etwas für ihr Geld zu bekommen. Oder sie schwieg – und vergeudete Betazeds Latinum für nichts!

Die Versteigerung begann langsam, aber schon bald wurden immer höhere Beträge geboten. Alle hielten es für besser, zuviel für etwas zu bezahlen, als eine Menge Geld zu verlieren und mit leeren Händen dazustehen.

Als Captain Picard mehr bot als Deanna und anschließend Gul Fubar ein noch größeres Angebot machte, sank die Counselor erleichtert auf ihren Stuhl zurück. Betazed (und Deanna Troi) war noch einmal davongekommen.

*Verzichte darauf, deine Empathie zu verwenden,* dachte sie. *So etwas wäre nicht fair.* Aber Deanna benutzte ihre empathischen Talente immer wieder; sie konnte einfach nicht anders. Nur mit speziellen Drogen ließ sich jener Teil ihres Selbst betäuben. *Ich bin nur eine halbe Betazoidin, und es ist richtig, daß Hatheby's die Teilnahme von vollen Betazoiden untersagt hat.* Eine Sekunde später schämte sich Deanna ihrer eigenen Gedanken. Das von Hatheby's beschlossene Verbot hinderte ihre an Telepathen reiche, doch an Latinum arme Heimat daran, mit großen Erfolgsaussichten an der Auktion teilzunehmen.

Die Counselor warf einen neuerlichen Blick aufs Display des kleinen Datenmoduls in ihrer Hand. Der von Lwaxana Troi übermittelte Katalog enthielt keine Hinweise auf ein Kraftfeld, das Phaserstrahlen reflektierte. Deshalb fehlten auch Anweisungen dafür, wieviel Betazed dafür ausgeben konnte. Deanna mußte allein entscheiden.

Lieutenant Worf sah auf sein eigenes Datenmodul, wandte sich dann an LaForge und sprach mit einer Lautstärke, die bei Klingonen als ›Flüstern‹ galt. »Ich finde diese ganze Angelegenheit sehr frustrierend, Sir. Jene Dinge, für die sich Starfleet interessiert, sind noch nicht vorgestellt worden. Und kein einziger bisher versteigerter Posten steht auf meiner Liste.«

»Natürlich nicht, Worf. Starfleets Liste basiert vermutlich auf Zeitungsartikeln und von Zorka veröffentlichten ›Zusammenfassungen‹. Angeblich hat er mehr erfunden als Zefram Cochrane.«

Worf rollte mit den Augen. »Sie haben erwähnt, daß er einige nützliche Dinge erfand, zum Beispiel einen Kupplungsschild für die Warpgondeln.«

»Ja, vor fünfundzwanzig Jahren.«

»Und er entwickelte das erste funktionierende Modell einer Phaser-Filterungslinse.«

»Vor ziemlich langer Zeit.«

»Doktor Zorka baute das Modell, als Sie Ihre Ausbildung an der Akademie beendeten.«

»Na schön. Selbst eine defekte Uhr zeigt zweimal am Tag die exakte Zeit.«

Worfs Aufmerksamkeit kehrte zur Auktion zurück. Der Ferengi, den man als ›Großen Nagus‹ bezeichnete, sowie der Cardassianer Gul Fubar überboten sich gegenseitig. Beide wollten das Kraftfeld, das Phaserstrahlen reflektierte, offenbar um jeden Preis.

Nach einer Weile runzelte der Klingone die Stirn und wandte sich an LaForge. »Wie kann eine defekte Uhr zweimal am Tag die richtige Zeit anzeigen?«

»Nun, äh, wenn die Zahlen ... Ich weiß nicht genau, Worf. Ich hab's immer wieder gehört. Und außerdem wissen Sie, was ich meine.«

»Ich habe nicht die geringste Ahnung, was Sie meinen, Commander. Und ich fürchte, Sie wissen es selbst nicht.« Es bereitete Worf eine gewisse Genugtuung, endlich einmal einen verbalen Sieg über Geordi LaForge errungen zu haben. Er bot mit lauter Stimme, und zwar gleich zwei Hektobarren mehr als der Große Nagus. Liste oder nicht: Der Klingone vertrat die Auffassung, daß eine so wichtige Vorrichtung nicht in cardassianische Hände fallen durfte.

Es kam zu einer Pause bei der Versteigerung. Der Nagus und Gul Fubar schienen es bereits gewohnt zu sein, sich immer wieder gegenseitig zu überbieten, und jetzt kam der Ferengi an die Reihe. Doch er bot nicht, sondern beugte sich vor und starrte Worf so an, als sei er betrunken.

Diesen Eindruck gewann der Klingone jedenfalls. Er erwiderte den Blick und fühlte sich dabei von dem Ferengi angewidert. In diesem besonderen Fall hielt er es für besser, nicht zu reagieren.

»Ach, offenbar möchte sich ein Neuling an unserem Spiel beteiligen. Eine Jungfrau!«

Worf straffte die Schultern. Die letzten beiden Worte trafen einen wunden Punkt. Er hatte tatsächlich zum erstenmal für einen der wichtigen Auktionsposten geboten.

Der Klingone räusperte sich und verkündete so würdevoll wie möglich: »Ich biete für die Vereinte Föderation der Planeten.«

Der Nagus drehte sich zu den anderen Ferengi um. »Ich biete für die Vereinte Föderation der Planeten!« wiederholte er und ahmte dabei Worfs Stimme nach.

»Wollen Sie mich verspotten?« grollte der Lieutenant.

»Oh, es käme mir nie in den Sinn, einen Klingonen zu verspotten«, erwiderte der Nagus und gab sich erschrocken. Seine Berater lachten gackernd.

»Mister, äh ...« Der Auktionator richtete einen erwartungsvollen Blick auf Worf.

»Lieutenant Worf.«

»Lieutenant Worf bietet viertausendachthundert Barren in Gold gepreßtes Latinum für die Föderation.«

Einige Sekunden lang herrschte peinliche Stille, und dann setzte sich das Duell zwischen dem Nagus und Gul Fubar fort. Worf bot nicht noch einmal.

Schließlich kamen die Gebote des Cardassianers immer langsamer. Bei dreiundsechzig Hektobarren zögerte er lange. Bei fünfundsechzig öffnete und schloß er den Mund wie ein Fisch auf dem Trocknen. In seinen Augen irrlichterte es.

Worf lächelte. Ganz offensichtlich hatte Gul Fubar mehr geboten, als das cardassianische Reich für ein derartiges Kraftfeld auszugeben bereit war. Jetzt deutete alles darauf hin, daß er ein Vermögen bezahlen mußte, ohne irgend etwas dafür zu bekommen.

Der Klingone verstand plötzlich die heimtückische Schönheit der Regel, die auch den vorletzten Bieter zur Zahlung verpflichtete.

Dmitri Smythe nickte. »Wenn es keine weiteren Angebote gibt, geht dieser Posten an den Großen Nagus vom Ferengi-Oberkommando, und zwar für fünfundsechzig Hektobarren in Gold gepreßtes Latinum. Zum ersten, zum zweiten ...«

Ein lautes Pochen ließ alle am Tisch sitzenden Personen zusammenzucken. Worf drehte sich halb um und griff aus einem Reflex heraus nach dem Phaser, den er gar nicht bei sich trug.

Der andere Ferengi namens Munk hatte gerade einen großen Stapel Latinum auf den Tisch gelegt: sieben Kilobarren und fünf Hektobarren, *siebentausendfünfhundert Barren.* Noch nie zuvor hatte Lieutenant Worf so viel Latinum an einem Ort gesehen.

Verblüfftes Murmeln erklang; hier und dort schnappte jemand nach Luft. Gul Fubar wirkte betroffen, und dem Großen Nagus klappte die Kinnlade nach unten.

Munk blieb stumm, lächelte nur.

Der Auktionator runzelte die Stirn und nickte dann. »Munk, Präsident von Universalexport, bietet siebentausendfünfhundert.«

»Siebentausendsiebenhundert«, keifte der Nagus. Er hatte nur einen Teil seiner Fassung wiedergewonnen.

»Achttausend«, sagte Smythe.

Worf stand halb auf und reckte den Hals, um festzustellen, woher die Kilobarren des kleinen, verhutzelten Ferengi stammten. Er sah eine schwarze, ranzenartige Tasche, die jedoch keinen Hinweis darauf bot, wieviel sie enthielt. Sie ruhte auf einer Antigravscheibe, die hinter Munk schwebte, neben einem zweiten Ferengi und Wesley Crusher, der sich jetzt aus irgendeinem Grund Fred Kimbal nannte.

»Woher hast du das?« fragte der Große Nagus ein wenig zu nervös. Munks Reaktion bestand darin, daß er die Hand zu seinem Ohrläppchen hob und dem Nagus damit zuwinkte – die Ferengi-Version einer universalen Geste, mit der man zu einer Tätigkeit aufrief, die in anatomischer Hinsicht nur für sechs intelligente Spezies im Quadranten möglich war (die Ferengi gehörten nicht dazu).

Der Auktionator wartete geduldig, doch niemand schien bereit zu sein, Munk zu überbieten. Selbst der Große Nagus saß nun stumm und lächelte grimmig, als Smythe mit dem Hammer klopfte, dadurch den Zuschlag erteilte. Der Nagus bezahlte siebentausendsiebenhundert Barren, um zu beobachten, wie Munk für achttausend den Kraftfeldgenerator bekam.

Ein jähes Knacken weckte die Aufmerksamkeit aller Anwesenden. Der Große Nagus hatte seinen Gehstock zerbrochen und lächelte noch immer.

Commander LaForge beugte sich vor und flüsterte Worf zu: »Ein hübsches Paar, nicht wahr?«

»Wenigstens ist das Kraftfeld nicht von den Cardassianern oder Romulanern ersteigert worden«, knurrte der Klingone.

»Ja, schade«, erwiderte Geordi. »Ich hätte es ihnen gegönnt, wertvolle Energie für ein nutzloses Gerät zu vergeuden.«

Smythe stellte den nächsten Posten vor: stereographische Sensoren, die in der Lage sein sollten, ein getarntes Schiff aufgrund des im Subraum-Kontinuum verursachten Dopplereffekts zu orten.

Erneut ging Lieutenant Worf seine Liste durch, Zeile für Zeile. »Auch diese Vorrichtung wird hier nicht genannt, Sir.«

»Sie machen sich wirklich Sorgen, nicht wahr?«

»Vielleicht sind wir Opfer eines Täuschungsmanövers. Vielleicht findet die echte Auktion an einem ganz anderen Ort statt.«

»Die ›echte Auktion‹? Wie meinen Sie das? Hier ist gerade ein Kraftfeld versteigert worden, das angeblich Phaserstrahlen reflektiert.«

Worf sah nach rechts und links, um sich zu vergewissern, daß niemand lauschte. Alle anderen schienen ganz auf Gul Fubar und den Repräsentanten des romulanischen Reiches, Legat Chirok, konzentriert zu sein, die sich gegenseitig überboten.

»Möglicherweise dient diese Veranstaltung hier nur zur Tarnung. Vielleicht versteigert man die wirklich wichtigen Dinge – jene Dinge, die auf meiner Liste stehen – ganz woanders, bei einer Auktion, zu der man uns nicht eingeladen hat.«

»Sie werden allmählich paranoid, Worf.«

»Vielleicht. Vielleicht auch nicht. Eins steht fest: Starfleet hat mir eine Liste von interessanten Objekten übermittelt, und bisher ist kein einziges davon vom Auktionator vorgestellt worden.«

»Nun, wenn Ihr Argwohn solche Ausmaße gewonnen hat … Warum stellen Sie keine Nachforschungen an?«

»Ein ausgezeichneter Vorschlag, Sir. Ich setze ihn sofort in die Tat um.«

Worf stand auf und bahnte sich mühelos einen Weg zur Tür, gefolgt von LaForge. Der Klingone merkte, daß ihm Captain Picard einen verwirrten und auch besorgten Blick zuwarf; er bedauerte, sein Verhalten nicht erklären zu können.

Als sie die Auktionskammer verlassen hatten, piepte Worfs Insignienkommunikator. »Hier Worf«, meldete er sich.

»Riker«, tönte es aus dem kleinen Kom-Lautsprecher.

LaForge trat näher. »Wir befinden uns in unmittelbarer Nähe eines öffentlichen Kommunikators, Sir. Sollen wir eine visuelle Verbindung herstellen?«

»Na schön, ich warte.«

Kurz darauf konnten sie sich nicht nur hören, sondern auch sehen. Commander Riker gab LaForge und Worf die neuesten Informationen in Hinsicht auf das gefälschte Latinum, unterbrach die Verbindung dann wieder.

Worf atmete mehrmals tief durch, um nicht erneut die Beherrschung zu verlieren. »Ich hätte gleich zu Anfang Verdacht schöpfen sollen«, brummte er.

»Ach, kommen Sie. Gehen Sie mit sich selbst nicht so hart ins Gericht. Woher sollten Sie wissen, daß es sich um gefälschtes Latinum handelt?«

Worf wandte sich langsam zu LaForge um. Kalter Zorn flackerte in seinen Augen. »Weil Ferengi damit bieten!«

»Noch können wir gar nicht sicher sein, daß es wirklich falsches Latinum ist. Unsere Annahmen gründen sich auf Datas Schlußfolgerungen.«

»Es sind Ferengi!«

»Aber ich weiß, wie wir es beweisen könnten.«

Worf blinzelte zweimal, bevor es ihm gelang, den ganzen Bedeutungsinhalt der letzten Worte zu erfassen. »Wie, Sir?«

»Chaseum fällt nicht einfach vom Himmel«, sagte Geordi. »Man muß es replizieren. Was bedeutet, daß der Replikationsvorgang irgendwo aufgezeichnet wurde, zum Beispiel im Computersystem des Kasinos.«

Der Klingone dachte einige Sekunden lang nach, richtete den Blick dann wieder auf LaForge. »Könnten Sie auf den Speicher des hiesigen Computers zugreifen, Commander?«

»Wenn ich dazu nicht imstande wäre, würde ich mich selbst zum Fähnrich degradieren.«

Geordi LaForge schlenderte durch den Korridor, legte die Hände auf den Rücken und pfiff munter vor sich hin. Worf runzelte die Stirn. »Sir …«, sagte er so leise wie möglich. »Sie mögen der beste Techniker und Ingenieur bei Starfleet sein, aber ich fürchte, als Einbrecher lassen Sie sehr zu wünschen übrig.«

»Was mache ich denn falsch?«

»Sie pfeifen.«

»Ich habe versucht, unauffällig zu sein, Worf.«

»Sie sind genauso unauffällig wie eine mit Dornen ausgestattete *Brazif*-Eidechse in einer Sporthalle.«

»Ich verhalte mich nicht wie ein erfolgreicher interstellarer Spion?«

»Nein, Sir.«

»Dann wird man mich auch nicht mit einem verwechseln, oder?«

Worf rollte mit den Augen. *Menschliche Logik,* dachte er, als sie durch den Flur zum nächsten Turbolift schritten.

Captain Jean-Luc Picard bot für den größeren Ruhm des klingonischen Imperators Kahless und begriff plötzlich, daß er mit seinem letzten Gebot die Gefahrenzone erreicht hatte. Von jetzt an mußte er sehr auf der Hut sein, wenn er nicht als vorletzter Bieter enden und die klingonischen Finanzen schwächen wollte, ohne etwas zu bekommen.

Counselor Deanna Troi bot plötzlich für einen Warpspulen-Reduktionsdämpfer – bisher hatte sie stumm zugehört, während sich Picard und der Cardassianer immer wieder überboten.

Es geschah nun schon zum drittenmal, daß Deanna genau in dem Augenblick bot, als sich Besorgnis in dem Captain regte.

*Man könnte meinen, daß sie meine Gefühle sondiert,* dachte Picard.

Er hielt das für unfair. Wie sollte er gegen jemanden

bieten, der immer wußte, wann er sein Limit erreichte? Eine Sekunde später schmunzelte Picard, als ihm die Ironie der Situation bewußt wurde. Genau aus diesem Grund gab es Betazoiden an Bord von Starfleet-Schiffen – weil ihre empathischen und telepathischen Talente bei Verhandlungen Vorteile boten.

*Wenn Deanna ihre besonderen Fähigkeiten nicht benutzen würde, könnte sie ihren Pflichten Betazed gegenüber kaum gerecht werden. Aber daß es ausgerechnet mich trifft ...*

Wie gut Picard auch die Motive der Counselor verstand – er durfte nicht zulassen, daß dadurch die Interessen seines Auftraggebers in Gefahr gerieten. *Zeit für einen Showdown,* dachte er.

Der Captain schloß die Augen, lockerte Schulter- und Nackenmuskeln. Er entspannte sich, indem er an die kühlen Weinberge seiner Heimat Labarre dachte.

Picard spürte, wie das Herz langsamer schlug und er ruhiger atmete. Eine memoriale Brise wehte ihm über die Wangen, tilgte die letzten Rest von Aufregung.

Er öffnete die Augen, hielt das Gefühl der Ruhe fest, sah zu Deanna und fing ihren Blick ein. Sie blinzelte, überrascht von der plötzlichen Veränderung im Empfinden des Captains.

Er lächelte, was die Counselor noch mehr verwirrte. Sie wurde nervös und stotterte ihr nächstes Gebot: »Acht ... achtundsiebzig!« rief sie.

Der Captain seufzte erleichtert. Deanna hatte sich von dem plötzlichen Stimmungswechsel so sehr ablenken lassen, daß sie Gul Fubar um zwanzig Hektobarren überbot. Der Unterschied zwischen den beiden Geboten war so groß, daß Picard nicht in Versuchung geriet, erneut zu bieten. *Ich wollte das verdammte Ding ohnehin nicht,* dachte er.

Deannas Gesicht gewann die Farbe eines Roten Riesen, als sie ihren Fehler begriff. Sie hatte viel zuviel

Geld für eine Erfindung geboten, die lediglich eine geringfügige Verbesserung der Warpfeld-Technik bedeutete! Es konnte nur noch schlimmer werden, wenn ...

Es pochte mehrmals. »Achttausenddreihundert, geboten von Präsident Munk«, verkündete der Auktionator. Lautes, meckerndes Ferengi-Gelächter erklang.

Deanna erbleichte und preßte die Lippen so fest zusammen, daß sie einen weißen Strich bildeten. Picard beobachtete sie voller Anteilnahme. Die Counselor war nun vorletzte Bieterin und lief Gefahr, eine enorme Summe für etwas zu bezahlen, das jemand anders bekam.

Smythe rief Munks Gebot dreimal auf. Zweimal öffnete Deanna Troi den Mund, um den Ferengi zu überbieten, aber mit den achtundsiebzig Hektobarren war sie bereits weit über ihr Limit hinaus. Selbst wenn sie jetzt noch mehr bot: Es gab keine Garantie, daß sie dann den Warpspulen-Reduktionsdämpfer bekam. Vermutlich griff Munk einfach nur in die allgegenwärtige Tasche und holte noch mehr Barren hervor.

Schließlich gestand die Counselor ihre Niederlage ein. Munk kicherte und genoß die Bestürzung der übrigen Auktionsteilnehmer. Der von Deanna gebotene Betrag wurde Betazed in Rechnung gestellt.

Picard freute sich nicht darüber, die Betazoidin ausgetrickst zu haben. Von welcher Seite auch immer er die Sache betrachtete: Es lief darauf hinaus, einem guten Freund Schwierigkeiten zu bescheren.

Nun, das eigentliche Problem hieß Worf, der die alles andere als finanzschwache Föderation repräsentierte und es bisher fertiggebracht hatte, keinen einzigen Posten zu ersteigern – nicht zuletzt deshalb, weil er nur sehr selten bot.

Zwar galt Picards Loyalität derzeit dem klingonischen Imperium, aber er dachte immer wieder daran, daß die Föderation nicht auf angemessene Weise bei der Auktion vertreten war.

Der Captain seufzte. Eigentlich machte es kaum einen Unterschied. Der Ferengi Munk und sein Gefolge – zu dem aus irgendeinem unerfindlichen Grund auch der junge Wesley Crusher gehörte – ersteigerten praktisch alles. Munk legte einfach immer mehr ›Latinum‹ auf den Tisch, bis die anderen Bieter nicht mehr mithalten konnten und ausstiegen. Eigentlich ging es gar nicht mehr darum, wer eine bestimmte Erfindung von Dr. Zorka ersteigerte, sondern darum, wer als vorletzter Bieter endete.

Während der Auktionator den nächsten Posten vorstellte – es ging dabei um einen Subraum-Signalverstärker für Transporter; angeblich sollte es damit möglich werden, Gegenstände und Personen tausend Parsec weit zu transferieren, doch ein funktionsfähiges Modell war leider nicht vorhanden –, lehnte sich Picard zur Seite und klopfte auf seinen Insignienkommunikator.

»Picard an Riker«, sagte er so leise, daß die in der Nähe sitzenden Personen nicht mithören konnten.

»Hier Riker.«

»Die Situation ist ernst, Nummer Eins. Bisher hat Munk alle wichtigen Dinge ersteigert. Er legt einfach einen Hektobarren nach dem anderen auf den Tisch, bis niemand mehr bietet. Hat Commander Data inzwischen seine Vorbereitungen abgeschlossen, die es uns ermöglichen sollen, das gefälschte Latinum in Chaseum zurückzuverwandeln?«

»Er ist leider noch nicht soweit.«

»Haben wir sonst etwas in der Hand, mit dem wir uns an Hatheby's wenden können? Wenn es eindeutige Hinweise darauf gibt, daß Munk mit gefälschtem Latinum bezahlt ... In dem Fall würde das Kontrollkomitee vermutlich beschließen, ihn nicht mehr an der Auktion teilnehmen zu lassen und seine Barren zu überprüfen.«

Picard glaubte fast zu sehen, wie Riker mit den

Schultern zuckte. »Wir könnten darauf hinweisen, daß Munk jede Menge Chaseum repliziert hat.«

»Das sind nichts weiter als Indizienbeweise. Damit ließe sich nur dann etwas anfangen, wenn wir außerdem darauf hinweisen könnten, daß Munk bei keiner Bank über ein derartiges Vermögen verfügt. Dann wäre er wenigstens gezwungen, über die Herkunft seines ›Latinums‹ Auskunft zu geben.«

»Ich beginne sofort mit entsprechenden Nachforschungen, Sir – obwohl ich keine Ahnung habe, wie wir uns Finanzdaten von Ferengi-Banken besorgen sollen. Solche Informationen werden nicht gerade offen angeboten.«

»Hm. Halten Sie mich auf dem laufenden, Will. Wir müssen schnell handeln. In zwei Stunden wird die photonische Impulskanone versteigert, und ich nehme an, Munk will verschwinden, sobald er sie ersteigert hat. Picard Ende.«

Der Captain unterbrach die Kom-Verbindung und konzentrierte sich wieder auf den Verlauf der Auktion.

Geordi LaForge strich mit den Fingerkuppen über die Computerkonsole und versuchte sich daran zu erinnern, wie man sich Zugang zu einem VingeSys-666 verschaffte. »So ein Ding habe ich vor zehn Jahren zum letztenmal gesehen«, sagte er leise. »Geben Sie mir Rückendeckung, Worf.«

Der Klingone brummte leise – es gefiel ihm nicht, auf eine passive Rolle beschränkt zu sein. Doch er kam der Aufforderung nach, drehte sich um und ließ den Blick durch die weite Empfangshalle schweifen. Hinter seiner großen Gestalt blieb Geordi im Portierskiosk verborgen.

»Oh-oh«, sagte LaForge einige Sekunden später. »Hier treibt sich ein Wachhund herum.«

»Wo ist er? Ich neutralisiere ihn.«

»Nein, Worf, ich meine ein Programm, daß den Systemadministrator alarmieren soll, wenn ein unbefugter Zugriff auf das Instruktionssegment stattfindet.«

»Können Sie das Problem irgendwie lösen?«

»Nun, es gibt da einen Trick. Hab ihn von einer jungen Dame gelernt, die … Ach, Sie kennen sie bestimmt nicht.«

Geordi schrieb ein kleines Programm, das folgenden Zweck erfüllte: Es legte eine ganz bestimmte Zahl im Hauptspeicher ab und schob sie dann um zweihundertsiebenundfünfzig Stellen nach links.

Dadurch kam es zu einem Register-Overflow. Bei den 680er VingeSys wurde der nach links gerichtete ›Überlauf‹ einfach abgeschnitten; die Daten verschwanden. Doch bei der älteren 660-Serie war die Möglichkeit eines derartigen Overflows nicht berücksichtigt worden. Die Zahlen glitten immer weiter nach links, bis sie ein Register für Systemanweisungen erreichten, das normalerweise für Dateninput gesperrt blieb.

Alle dort gespeicherten Werte hatten Bedeutung für den allgemeinen Systemzugriff. Die von Geordi gewählte Zahl identifizierte ihn als Administrator der Stufe drei – damit öffneten sich alle Computertüren für ihn.

Er meldete sich an und erhielt wie erwartet Zugang zu allen geschützten Aufzeichnungen des Kasinos. Dazu gehörten auch Daten über die Benutzung der Replikatoren.

»Zwei Ferengi nähern sich dem Kiosk, Commander«, sagte Worf.

»Mist. Munk und Tunk?«

Worf hielt Ausschau. Die beiden Gestalten waren noch etwa hundert Meter entfernt, und außerdem sahen Ferengi für ihn alle gleich aus. »Ich glaube nicht. Nein, es sind andere Ferengi. Aber sie kommen hierher.«

»Ich brauche nur noch eine Minute ...« Geordi befeuchtete sich die Lippen und schrieb so schnell er konnte. Immer wieder mußte er die Korrekturtasten betätigen. Zuerst suchte er in den Replikatordaten und stellte fest, daß während der letzten vierundzwanzig Stunden der Replikator eines ganz bestimmten Hotelzimmers hundertmal häufiger benutzt worden war als alle anderen.

Unglücklicherweise enthielten die Aufzeichnungen keine Angaben darüber, *was* man repliziert hatte. Das konnte man nur in Erfahrung bringen, wenn man den Datenspeicher der betreffenden Maschine untersuchte. Wenigstens ließ sich die Zimmernummer in Erfahrung bringen.

Rasch öffnete Geordi eine andere Datenbank und fand heraus, wer das betreffende Zimmer gemietet hatte: Brubrak & Begleiter, 3 Personen, 2 Betten. Ein interessanter Punkt kam hinzu: Die beiden Holo-Kammern im gleichen Stock waren recht häufig benutzt worden, wofür das Kasino Brubrak & Begleitern recht hohe Beträge in Rechnung stellte.

»Ihre Minute neigt sich dem Ende entgegen«, warnte Worf. »Ich schlage vor, daß wir diesen Ort unverzüglich verlassen. Sonst sind wir vielleicht gezwungen, sehr demütigende Fragen zu beantworten.«

»Verdammt! Vermutlich haben sie einen falschen Namen benutzt. Ich kann mir jedenfalls kaum vorstellen, daß ein Ferengi Brubrak heißt.«

»Wir müssen jetzt *fort!*«

»Warten Sie. Vielleicht läßt sich mit Hilfe der Holo-Aufzeichnungen feststellen, welche Programme verwendet worden sind.« Geordi LaForge blickte über die Schulter und mußte zur Kenntnis nehmen, daß es für Worfs Besorgnis einen guten Grund gab. Die beiden Ferengi hatten die Empfangshalle fast durchquert und näherten sich noch immer dem Portierskiosk.

Sie stritten miteinander.

»Ducken Sie sich, Worf!« Geordi sank hinter dem Tresen auf Hände und Knie.

»Ich verberge mich nicht vor zwei lächerlichen Ferengi!«

»Sie sollen sich ducken! Vielleicht erhalten wir wichtige Hinweise, wenn wir hören, worüber sie sich streiten.«

»Es ist unter der Würde eines klingonischen Kriegers ... *Arf!*« ächzte Worf, als Geordi ihn mit einem jähen Ruck nach unten zog. Der Klingone knirschte mit den Zähnen und knurrte, doch LaForge hob den Zeigefinger vor die Lippen, forderte Worf auf, still zu sein.

Der Klingone kochte stumm vor sich hin, während die Ferengi näher kamen. Auf der anderen Seite des Tresens blieben sie stehen.

»Wo treibt der verdammte Mistkerl so viel Latinum auf?« ertönte eine fast schrille, näselnde Stimme.

»Nun, Ihnen bleiben noch ... achtzehn Minuten, um es herauszufinden. Anschließend schneidet er Ihnen die Ohrläppchen ab.« Die zweite Stimme war recht tief für einen Ferengi. Sie klang drohend und spöttisch – der bei den Ferengi gebräuchliche Kommando-Tonfall. Alles deutete darauf hin, daß Ferengi Nummer zwei einen höheren Rang bekleidete.

»Es ist nicht meine Schuld!«

»Sie bekamen den Auftrag, alle Konten und Guthaben zu blockieren.«

»Das habe ich auch!« jammerte Schrill.

»Ach, tatsächlich? Fünfzig Kilobarren Latinum sind vermutlich einfach so vom Himmel gefallen, direkt in Munks Tasche, wie? Denken Sie einmal logisch darüber nach, falls Sie dazu fähig sind«, höhnte Spöttisch. »Was sind seine Ressourcen?«

»Er hatte zweitausend.«

»Wo?«

»Fort Nagus.«

Spöttisch lachte verächtlich. »Ich bin ziemlich sicher, daß er *die* Summe während des letzten halben Jahrs nicht abgehoben hat! Was käme sonst in Frage?«

»Vielleicht hat er sein Schiff verkauft, die *Ein Ferengi, der allen möglichen Lastern gleichzeitig frönt, und zwar mit enormer Genugtuung!* Er kam mit dem Föderationsschiff *Unternehmungsgeist.*«

»Hm. Daran habe ich nicht gedacht. Ich richte eine Anfrage an die Quellen des Nagus. Wie dem auch sei: Ich kann mir kaum vorstellen, daß Munk so viel Latinum für den Schrotthaufen bekam.«

»Es sei denn, er hat sein Schiff an einen Menschen verkauft. Vielleicht an jenen Captain Picard.« Schrills Stimme wurde zu einem Flüstern, und Geordi mußte genau hinhören. »Es heißt von ihm, er sei ein… *Philanthrop.*«

»Pscht! Selbst andere Völker haben Ohren! Wir wollen doch keinen Krieg mit der Föderation, oder?«

»Darf ich jetzt zur Auktion zurückkehren, Dai-Mon?« winselte Schrill. »Bitte?«

»Bringen Sie Ihre Ohrläppchen außer Hörweite. Sagen Sie dem Großen Nagus, daß ich festzustellen versuche, ob Munk sein Schiff verkauft hat. Aber wenn die ganze Sache ohne Profit bleibt, sollten Sie schleunigst zurückkehren, um mir die Stiefel zu lecken! Und noch etwas: Vielleicht sollten Sie die Möglichkeit in Erwägung ziehen, daß Munks Latinum aus einer anderen Quelle stammt.«

Schritte entfernten sich schnell. Nach einigen Sekunden fluchte Spöttisch leise, murmelte etwas von einer Kom-Verbindung und ging fort.

Geordi sah zu Worf. Der Klingone starrte ihn aus blutunterlaufenen Augen an. »Sind wir jetzt damit fertig, uns wie Wühlfische vor Ferengi zu verstecken, Commander LaForge?« Seine Stimme klang fast ebenso sarkastisch wie die von Spöttisch.

»Beruhigen Sie sich, *Lieutenant.* Manchmal ist ... Zurückhaltung besser als furchtlose Tollkühnheit.«

Worf stand auf, strich seine Uniform glatt und rückte die metallische Schärpe zurecht. »Im klingonischen Imperium klingen solche Weisheiten etwas anders.«

»Das überrascht mich kaum.«

»Wir Klingonen sagen zum Beispiel: Besser zwölf Tage der Tollkühnheit als zwölf Jahre des Verbeugens.«

LaForge klopfte auf seinen Insignienkommunikator und teilte Riker mit, was sie gerade gehört hatten.

»Geordi«, sagte der Erste Offizier, »vielleicht können wir den Großen Nagus dazu bewegen, uns gegenüber zu bestätigen, daß Munk seines Wissens nicht über so viel Latinum verfügt. Zusammen mit Ihren Informationen über die hohe Replikatoraktivität sowie ›Freds‹ Gegenständen aus falschem Latinum reicht das möglicherweise aus, um Hatheby's zu veranlassen, Munk einige Fragen zu stellen.«

»Sollen wir dem Nagus einen Tip geben?«

»Das halte ich für angebracht. Ich informiere den Captain. Riker Ende.«

Geordi lächelte und breitete die Arme zu einer Ich-hab's-ja-gesagt-Geste aus. Worf seufzte nur und rollte einmal mehr mit den Augen. »Auf der klingonischen Zentralwelt hätten wir dieses Problem schon vor Stunden gelöst.«

»Aber denken Sie nur daran, wieviel Spaß wir versäumt hätten.«

# 17

Wesley Crusher saß zusammen mit Tunk hinter Munk und nestelte an seinem Kragen. In dem Auktions-Saal schien es viel zu heiß zu sein, so als seien die Systeme der Ambientenkontrolle ausgefallen.

*Vielleicht erlebe ich bereits einen Vorgeschmack auf die Strafminen von Abednego,* dachte er.

Bisher hatte Munks Feengold ausgereicht, um ihn die wichtigen Dinge ersteigern zu lassen. Dem verschlagenen Ferengi gehörten inzwischen alle Rechte an Dr. Zorkas bedeutendsten Erfindungen – damit konnte er im stellaren Territorium der Ferengi genug Einfluß gewinnen, um den Großen Nagus abzulösen.

Wesley begann die Entscheidung zu bereuen, sich streng an die Ferengi-Gesetze zu halten. Eine Konsequenz bestand darin, daß er sich niemandem anvertrauen durfte. Er wußte nicht, ob Data herausgefunden hatte, daß Munks Latinum nicht echt war. *Und selbst wenn er die Fälschung als solche erkannt hat – was kann er schon unternehmen?*

Der Kadett traf folgende Vereinbarung mit sich selbst: Wenn die Auktion endete, ohne daß jemand Munk durchschaute, so wollte sich Wesley stellen und alles gestehen, ungeachtet der für ihn persönlich sicher sehr schwerwiegenden Folgen. Ferengi-Gerichte sahen keinen Unterschied darin, ob man einen Vertrag aus Habgier brach oder deshalb, weil er illegal war. In beiden Fällen mußte der Angeklagte mit einer harten Strafe rechnen, die sich nicht auf Minuspunkte an der Akademie oder gestrichene Urlaubstage beschränkte.

Trotzdem: Kadett Crusher konnte nicht ruhig zusehen, wie Munk Novus Alamogordus mit einem wissenschaftlich-technologischen Schatz aus exotischen Antriebssystemen, Phaserstrahlen reflektierenden Kraftfeldern und einer photonischen Impulskanone verließ.

Der Auktionator kündigte den nächsten Posten an, und Wesley zuckte unwillkürlich zusammen: Es ging jetzt um die photonische Impulskanone.

Der einzige Trost bestand darin, daß Munks Tasche nur noch tausenddreihundert Hektobarren enthielt, und das war vielleicht nicht genug. Wesley *hoffte* zumindest, daß hundertdreißigtausend Barren nicht ausreichten.

Konnte er denn überhaupt nichts tun? Er beobachtete die Ferengi, wartete auf eine Gelegenheit, Munks Pläne zu vereiteln, ohne gegen die Klauseln des ungeheuer komplexen Vertrages zu verstoßen, den er – als Fred Kimbal – unterschrieben hatte.

*Käme ich mit dem Hinweis durch, daß ich einen falschen Namen benutzt habe?* Wesley schüttelte den Kopf. Vor einem Ferengi-Gericht sicher nicht. *Wahrscheinlich gibt es in dem Vertrag irgendwo eine Klausel, die mich zwingt, meinen Namen ändern zu lassen, wenn ich mit einem Pseudonym unterschrieben habe.*

Worf wirkte zuversichtlicher als in früheren Phasen der Auktion. Er begann, indem er zehn Hektobarren bot.

Einige der anderen Auktionsteilnehmer lachten. Der Große Nagus schnaufte abfällig. »Zwanzig Kilobarren!« rief er mit dünner, sich fast überschlagender Stimme.

»*Zwei*undzwanzig«, sagte Gul Fubar mit so großem Nachdruck, als erwartete er, daß die Versteigerung aus Respekt vor seinem Gebot nun beendet wurde.

»Dreiundzwanzig«, erklang Captain Picards ruhige Stimme.

Der Cardassianer warf ihm einen finsteren Blick zu. »Vierundzwanzig.«

Picard nickte dem Auktionator zu, der das Zeichen verstand. »Fünfundzwanzigtausend von Captain Picard, der für das klingonische Imperium bietet.«

»Sechsundzwanzig!«

Picard nickte erneut, doch bevor Dmitri Smythe etwas sagen konnte, erhöhte Gul Fubar auf achtundzwanzigtausend.

Worf schlug mit der Hand auf den Tisch. »Zehn!«

Alle sahen auf. Smythe räusperte sich. »Das letzte Gebot betrug achtundzwanzigtausend. Möchte der klingonische Herr aus der Föderation dreißigtausend bieten oder um zehntausend auf achtundreißigtausend erhöhen?«

Verlegenheit verfärbte Worfs Wangen. »Ich biete achtunddreißig.«

Deanna Troi folgte dem Geschehen mit großer Aufmerksamkeit und seufzte erleichtert. *Der Betrag geht inzwischen über das Limit von Betazed hinaus,* dachte Wesley. Die Counselor lächelte zaghaft, lehnte sich zurück und verschränkte die Arme.

»Vierzig!« knurrte Gul Fubar.

Der Große Nagus beugte sich vor und stützte beide Hände auf den Tisch. Er blickte zu Munk. »Fünfzig«, sagte er und bleckte die Zähne.

Wesley schluckte. Innerhalb weniger Sekunden war das Gebot auf fünfzigtausend Barren in Gold gepreßtes Latinum gestiegen.

Der Cardassianer schnappte plötzlich nach Luft, als er begriff, daß er vierzigtausend Barren für nichts bezahlen mußte, wenn der Nagus den Zuschlag bekam. Dennoch brachte es Gul Fubar nicht über sich, mehr als fünfzigtausend zu bieten.

Captain Picard schien diesmal sehr entschlossen zu

sein. Er nickte und hob einen Finger – eine Geste, die der Auktionator mit ›einundfünfzigtausend‹ übersetzte.

Lieutenant Worf und der Captain überboten sich gegenseitig, bis sich der Betrag auf achtzigtausend Barren belief. Das letzte Gebot stammte vom Klingonen. Gul Fubar schwieg und ließ laut die Fingerknöchel knacken. Picard und Worf saßen sich gegenüber, und bei jedem Gebot beugten sie sich etwas weiter vor, bis ihre Nasen fast aneinanderstießen.

Sie schwiegen nun. »Zum ersten«, sagte der Auktionator. »Zum zweiten …«

Alle sahen zu Munk. Der Ferengi verzog das Gesicht, so als sei ihm die ganze Sache zuwider, griff in die Tasche und holte mehrere Hektobarren hervor. Diesen Vorgang wiederholte er immer wieder, bis zwanzig Stapel aus jeweils fünfzig Hektobarren vor ihm lagen.

Die Zuschauer erstarrten. Offenbar hatte niemand von ihnen jemals einhunderttausend Barren in Gold gepreßtes Latinum gesehen.

Wesley sah kurz zu Tunk, um festzustellen, ob er Captain Picard ein Zeichen geben konnte.

Munks Sohn war verschwunden.

Überrascht blickte der Kadett zu Picard, bis er die Aufmerksamkeit des Captains weckte. Daraufhin schüttelte er andeutungsweise den Kopf: *Er hat noch mehr.* Picard wandte sich ab und nickte kurz.

»Und zehn«, sagte er. Selbst ohne Deanna Trois empathische Fähigkeiten wußte Wesley, daß der Captain damit viel riskierte.

Munk zuckte so heftig zusammen, als hätte ihn jemand geschlagen, wich dann mit übertriebener Bestürzung zurück.

Der Auktionator zählte wieder. Kurz bevor er ›zum dritten‹ sagte, hüstelte Munk und grinste triumphierend.

Einmal mehr griff er in die Tasche und legte weitere dreißig Kilobarren auf den Tisch. Geboten waren jetzt hundertdreißigtausend Barren.

Gul Fubars Augen trübten sich. Worf schien alle Muskeln in seinem Leib zu spannen. Picard neigte den Kopf ein wenig zur Seite, und sein Blick glitt zu Wesley.

Der Kadett nickte kaum sichtbar, und seine Botschaft lautete: *Das wär's. Munk ist pleite.*

Schweiß glänzte auf Picards kahlem Kopf. Er rieb sich das Kinn und starrte zu dem enormen Schatz aus goldgepreßtem Latinum.

Gul Fubar stand halb auf. »Ein … einhundertfünfzig«, sagte er so mühsam, als müßte er jede einzelne Silbe herauswürgen.

Wesley sah sich am Tisch um. Deannas Blick schien an dem Latinum geradezu festzukleben. Geordi starrte zu dem Cardassianer. Lieutenant Worf schloß seine Hände so fest um die Tischkante, daß der Kadett jeden Moment mit splitterndem Holz rechnete.

Picard sah mit ausdrucksloser Miene zu Munk. Als er wenige Sekunden später zu Gul Fubar blickte, huschte ein Schatten von Ärger über sein Gesicht. Ganz offensichtlich wollte er nicht, daß der Cardassianer die photonische Impulskanone bekam. Fubar biß die Zähne zusammen und bebte am ganzen Leib. Der Große Nagus hingegen freute sich immens: Alles deutete darauf hin, daß Munk ein Vermögen bezahlen mußte, ohne irgend etwas dafür zu bekommen.

Nur Munk selbst blieb ruhig und gelassen. Wesley beobachtete ihn und wußte, daß die Tasche keine weitere Barren enthielt – immerhin hatte er sie selbst gepackt.

»Zum ersten«, sagte Smythe ernst. »Zum zweiten …«

Gul Fubar schlug mit beiden Fäusten auf den Tisch, zeigte auf diese Weise *seine* Freude.

Tunk erschien wie aus dem Nichts, tänzelte mit einer weiteren Tasche näher und öffnete sie über dem Tisch. Fünfzig Kilobarren falsches Latinum rutschten heraus – damit waren hundertachtzigtausend Barren geboten.

Gul Fubar lehnte sich wie in Zeitlupe zurück und wirkte so elend, als hätte er zum erstenmal in seinem Leben klingonische Speisen versucht.

»Zum ersten.« Eine lange Pause. »Zum zweiten.« Dmitri Smythe sah sich am Tisch um und wölbte dann die Brauen. »Zum dritten. Den Zuschlag erhält Präsident Munk für hundertachtzigtausend. Gul Fubar vom cardassianischen Reich hat hundertfünfzigtausend zu zahlen.

Ich danke Ihnen sehr und erkläre die Auktion hiermit für beendet.« Smythe klopfte mit seinem Hammer – es klang wie das Donnern des Unheils.

Gul Fubar heulte verzweifelt, als ihm plötzlich klar wurde: Das cardassianische Reich schuldete Hatheby's hundertfünfzigtausend Barren GGL – für eine Handvoll Vakuum. Und es war ganz allein Fubars Schuld!

Der Große Nagus erhob sich und lächelte hintergründig. »Einen Augenblick bitte«, sagte er und errang sofort die Aufmerksamkeit aller Anwesenden. Der Ferengi richtete seinen Blick direkt auf Wesley – diesen Eindruck gewann der Kadett jedenfalls. Aber wahrscheinlich sah der Nagus zu Munk.

»Ja, Großer Nagus?« fragte der Auktionator.

»Das letzte Gebot des *Präsidenten* Munk ...« Der Nagus betonte den Titel, brachte damit zum Ausdruck, daß sich seine Präsidentschaft auf den Sohn und die Leibwächter beschränkte.

»Ja, Sir, hundertachtzigtausend Barren Latinum.«

»Hiermit werfe ich Munk in Hinsicht auf sein letztes Gebot *Betrug* vor!« Die Stimme des Ferengi wurde zu einem schrillen Quieken, und er schwang seinen Gehstock wie ein Schwert hin und her. »Er ist ebensowenig wie sein menschlicher Lakai imstande, eine solche Summe zu bezahlen!«

Bei diesen Worten sah er zu Wesley und hob den Stock. Wesley duckte sich unwillkürlich.

Smythe blinzelte verwirrt. »Aber Großer Nagus, Sir ... Es liegen Barren aus goldgepreßtem Latinum auf dem Tisch. Wir können sie alle ganz deutlich sehen.«

»Barmherzigkeit!« fluchte der alte Ferengi. »Als Nagus überwache ich die Bankkonten und finanziellen Transaktionen aller Ferengi. Präsident Munk hat nie so viel Latinum besessen!«

»Die Banken außerhalb des stellaren Territoriums der Ferengi ...«

»Philanthropische Barmherzigkeit! Ich habe allen Finanzinstituten im Alpha- und Beta-Quadranten Subraum-Nachrichten geschickt. In keinem Teil der Galaxis hat Munk ein größeres Guthaben als zehn Kilobarren!« Der Nagus kletterte auf einen Stuhl und von dort aus auf den Tisch. Dort ging er mit langen Schritten und näherte sich Munk, der mit den Armen ruderte und kreischend protestierte. »Wenn der *Präsident* jetzt hundertachtzigtausend Barren besitzt, so kann es sich nur um gestohlenes Latinum handeln. Und wenn Sie es akzeptieren, so werden Sie dadurch zum Hehler. Wenn Sie auch nur ein einziges Gramm davon nehmen, Smythe, so schwöre ich bei allem Profit, daß ich Ihre Firma in den Ruin treiben werde!«

»Einen Moment«, erklang eine andere, weichere Stimme. Wesley drehte so schnell den Kopf, daß er sich eine Muskelzerrung im Nacken holte.

Commander LaForge hatte sich erhoben.

»S-sir?« fragte der verdutzte Auktionator.

»Wir haben festgestellt, daß Munk und Tunk intensiven Gebrauch von dem Replikator in ihrem Quartier an Bord der *Enterprise* machten. Sie replizierten das hier.« Geordi griff unter den Tisch, holte ein metallenes Objekt hervor und warf es auf den Tisch. Ein vertrautes Pochen ertönte. »Gewöhnliches Chaseum. Aber so beschaffen, daß es die Form von Latinum-Hektobarren hat.«

Wesley spürte, wie sich ein flaues Gefühl in seiner Magengrube ausbreitete. Er erkannte einen jener Hektobarren aus Chaseum, die er während der vergangenen achtundvierzig Stunden zu hassen gelernt hatte.

Die Mienen vieler Auktionsteilnehmer verfinsterten sich, als sie sahen: Nur die Farbe unterschied den Chaseumbarren von dem Latinum.

Schließlich fand Munk die Sprache wieder. »Aufhören und festgehievt, ihr dummen Landratten!« schrie er. »Was soll dies alles bedeuten, beim Klabautermann? Perlen gebe ich euch, und woraus besteht euer Dank? Aus Verleumdungen!«

Tunk stieg auf seinen Stuhl und wollte ebenfalls auf den Tisch klettern, aber der Große Nagus warf ihm einen warnenden Blick zu.

»Lügen, nichts als Lügen!« ereiferte sich Munks Sohn. »Ihr seid nur schlechte Verlierer! Sieht das hier etwa nach Chaseum aus? Nur zu, untersucht das Latinum mit euren besten tragbaren Scannern. Die Sondierungen werden euch bestätigen, daß es sich um *in Gold gepreßtes Latinum* handelt.«

Captain Picard stand auf und straffte die Gestalt. »Ich biete die Dienste des wissenschaftlichen Laboratoriums der *Enterprise* an. Unsere Scanner sind wesentlich leistungsfähiger als alle tragbaren Geräte, die Ihnen hier zur Verfügung stehen.«

»Ausgeschlossen!« keifte Munk. »Wenn wir Ihnen jene gelbe Pracht überlassen – wer garantiert uns dann, daß wir sie jemals zurückbekommen? Fürwahr, bestimmt behaupten Ihre Scanner, das Latinum sei nicht echt. Sie wollen sich nur die Früchte unserer Arbeit aneignen, jenen Reichtum, den wir im Schweiße unseres Angesichts erarbeitet haben!«

»Sicher hat der Captain die Scanner seines Schiffes

präpariert, damit sie bei einem Scan unseres Latinums negative Ergebnisse liefern!« fügte Tunk hinzu.

»Vielleicht kann ich zur Aufklärung dieser Angelegenheit beitragen«, erklang die ruhige, völlig emotionsfreie Stimme von Commander Data.

»Das ist ein Verstoß gegen die Regeln!« heulte Munk und bewies erneut, daß er nicht nur den Piraten-Slang beherrschte. »Hatheby's hat offiziell beschlossen, daß dieser elektronische Androide nicht an der Auktion teilnehmen darf. *Schafft ihn fort!*«

Data hob die Brauen. »Wenn ich die Regeln richtig verstehe, endet die Auktion dann, wenn der Auktionator sie für beendet erklärt. Deshalb spricht nichts gegen meinen Aufenthalt in diesem Raum.«

»Das stimmt«, bestätigte Dmitri Smythe und nickte. Er schien froh zu sein, daß sich wenigstens *etwas* mit Gewißheit feststellen ließ.

»Nun, Data?« wandte sich Picard an den Androiden.

»Bitte lassen Sie mich dieses Gerät aktivieren. Ich versichere Ihnen, daß es die physische Integrität der hier Anwesenden in keiner Weise beeinträchtigt.«

Der Cardassianer sprang auf und griff an jene Stelle seines Gürtels, wo sich normalerweise ein Waffenhalfter befand. Natürlich fand er keinen Strahler. Hatheby's hatte aus gutem Grund darauf bestanden, vor Beginn der Versteigerung alle Auktionsteilnehmer zu entwaffnen.

Bevor jemand Einwände erheben konnte, berührte Data eine Schaltfläche. Wesley spürte, wie sich ihm die Nackenhaare aufrichteten; überall an seinem Leib kribbelte es.

Ein blauer Glanz erfaßte das Latinum und den einzelnen Chaseumbarren. Als Data den Finger von der Schaltfläche nahm, verschwand das Glühen.

Hundertfünfzig Personen beugten sich wie ein einziges großes Wesen vor und schnappten nach Luft:

Das vermeintliche Latinum schimmerte nicht mehr goldgelb, sondern zeigte das typische Grau von gewöhnlichem Chaseum. Eintausendachthundert Hektobarren Chaseum lagen vor zwei Ferengi, deren Gesichter sich rot verfärbten – und vor einem Wesley, dem plötzlich speiübel wurde.

Schockierte Stille herrschte in dem großen Raum. Der Auktionator erwachte als erster aus der Starre, hob die Hand und winkte. Aus den Schatten lösten sich die Gestalten von zwei großen, reptilienartigen Simaks. Einer packte Munk am Nacken; der andere griff nach den Armen von Tunk und Wesley.

Eine riesige Hand schloß sich um Wesleys Bizeps und drückte wie ein Schraubstock zu. Der Kadett biß die Zähne zusammen, um keinen schmerzerfüllten Schrei auszustoßen. Hastig erhob er sich und folgte dem Geschöpf. Die Alternative bestand darin, sich ziehen zu lassen und dadurch einen ausgekugelten Arm zu riskieren.

Die Echsenwesen waren etwa zweieinhalb Meter groß und mußten jeweils mindestens eine Tonne wiegen. Sie trugen bunte Federgewänder, und ihre Bewaffnung bestand aus großen Entermessern – vermutlich hätte ein Hieb damit genügt, um Wesley in zwei Hälften zu schneiden.

Verzweifelt sah der Kadett zum Captain, in der Hoffnung, daß sich Picard zu ihm umdrehte, von seinem Schicksal Kenntnis nahm. Doch der kahlköpfige Mann betrachtete noch immer den Chaseumhaufen auf dem Tisch.

»Hatheby's gibt hiermit dem Antrag des Großen Nagus statt und erklärt die letzte Versteigerung für ungültig«, verkündete der Auktionator. »Das sich auf hundertachtzigtausend Barren in Gold gepreßtes Latinum belaufende Gebot von Präsident Munk ist null und nichtig. Wir kehren zum Angebot des vorletzten Bieters zurück.« Er blickte auf seinen Datenblock. »Es beträgt hundertfünfzigtausend und stammt von Gul Fubar, der für das cardassianische Reich bietet.«

Wesley sah noch immer zu Picard, doch der Captain sprach mit Lieutenant Worf. Der Klingone schüttelte mehrmals den Kopf, und dann nahm auch Geordi an dem Gespräch teil. Es schien eine recht hitzige Diskussion zu sein, aber Wesley hörte kein Wort davon.

»Na los«, murmelte er. »Dreh dich um und *sieh* dir das Monstrum an, das mich festhält. Leg bei Smythe ein gutes Wort für mich ein …« Allem Anschein nach hatte der Captain seinen telepathischen Empfänger ausgeschaltet, denn er reagierte nicht.

»Zum ersten …« Dmitri Smythe sah sich um. Das Interesse der Anwesenden galt vor allem dem verwandelten Schatz sowie den drei Verhafteten, weniger der Versteigerung. Wesley war nicht überrascht. Nur Munk hatte genug – falsches – Geld besessen, um den Cardassianer zu überbieten.

Das Herz pochte dem Kadetten bis zum Hals empor, und der feste Griff des Simaks verursachte immer mehr Schmerzen. Er ahnte, wohin man ihn nach dem Ende der Auktion bringen würde.

»Zum zweiten …«

Gul Fubar stand so plötzlich auf, daß sein Stuhl umkippte. Das laute Klappern weckte die Aufmerksamkeit der anderen Personen. Der Cardassianer riß die Augen weit auf und konnte offenbar kaum fassen, was geschah.

»Zum dri …«

»Hundertachtzig!« rief Captain Picard und stand ebenfalls auf. Er sah Gul Fubar an und lächelte.

Der Cardassianer schien überhaupt nicht zu verstehen, was um ihn herum passierte. Er nickte immer wieder, schlug mehrmals mit der flachen Hand auf den Tisch.

Der Auktionator runzelte die Stirn und sah erneut

auf seinen Datenblock. »Hat das klingonische Imperium so viel Latinum hinterlegt, Captain Picard?«

»Nein. Aber dem klingonischen Imperium *und* der Föderation stehen zweihunderttausend Barren zur Verfügung.«

Worf trat neben den Captain. »Wir bieten gemeinsam«, erklärte er.

Gul Fubar nickte noch immer, als sei es eine Art Krampf, von dem er sich nicht befreien konnte. Er trug den Gesichtsausdruck eines Mannes, der gerade seinen eigenen Fuß verschluckt hatte, bis hin zum Knie.

Und dann begann er zu lachen. Zuerst war es nur ein leises Kichern, doch es schwoll rasch zu hysterischem schallenden Gelächter an. Gul Fubar sank auf seinen Stuhl zurück, neigte den Kopf nach hinten und heulte wie ein Irrer.

Der Auktionator gab Picard und Worf den Zuschlag, aber seine Worte verloren sich fast im allgemeinen Stimmengewirr. Die Auktionsteilnehmer packten ihre Sachen zusammen und strebten dem Ausgang entgegen. Smythe rief ihnen nach, daß die übrigen Posten zu einem späteren Zeitpunkt versteigert wurden, beginnend mit dem jeweils vorletzten Gebot.

Als der Raum nahezu leer war, sah Captain Picard endlich zu Wesley.

»Mister Smythe«, sagte er und wandte sich an den Auktionator. »Ich weiß Ihren Eifer sehr zu schätzen, aber es ist nicht nötig, den jungen Mann auf diese Weise zu behandeln. Er hat bestimmt aus seinen Fehlern gelernt.«

»Zweifellos, Captain«, erwiderte Smythe und nickte fast mit dem gleichen Nachdruck wie zuvor Gul Fubar. Dann winkte er den Simaks zu. »Abführen, meine Damen.«

»*Lassen Sie mich los!*« kreischte Tunk entsetzt. »Picard, Sie Lump, *ich werde Sie ruinieren, und wenn es das letzte ist, was ich tue!*«

Wesley blickte zu dem Ferengi. »Wo bleibt Ihr Sinn für Humor, Tunk? Es ist doch nur ein harmloser ›Streik‹!«

Tunk schwieg. Wenn seine Augen Phaser gewesen wären, hätte Wesley Crusher jetzt damit rechnen müssen, von mehreren tödlichen Strahlen getroffen zu werden.

Die Simaks stapften zur Tür, wankten dabei wie Dinosaurier von einer Seite zur anderen.

»Mister Smythe!« rief der Captain. Wesley reckte den Hals, um über die Schulter zu blicken, erinnerte sich dabei an die Muskelzerrung. Die Echsenwesen verharrten nicht, waren jedoch recht langsam. Deshalb dauerte es eine Weile, bis sie die Tür erreichten.

»Ja, Captain Picard?«

»Bitte überlassen Sie Mister ... äh ... Kadett Kimbal meiner Obhut. Ich übernehme die volle Verantwortung und versichere Ihnen, daß er bei ... bei der Anhörung oder dem Gerichtsverfahren erscheinen wird. Es ist nicht nötig, ihn in einer Gefängniszelle einzusperren.«

»Ein ausgezeichneter Vorschlag, Sir. Ich werde ihn in Erwägung ziehen.« Die Simaks stapften weiter.

Wesley verdrehte fast die Augen bei dem Bemühen, auch weiterhin zum Captain zu sehen. Er hoffte inständig, daß er sich etwas einfallen ließ – doch dann passierten die Echsenwesen die Tür, und eines von ihnen schlug sie mit dem Schwanz zu.

*Ich bin tatsächlich verhaftet worden!* fuhr es Wesley durch den Sinn. Er hatte oft daran gedacht und sich immer wieder gesagt, dies sei das wahrscheinliche Resultat seines Abenteuers mit den Ferengi. Aber ein Teil von ihm war nie bereit gewesen, eine solche Konsequenz wirklich für möglich zu halten.

*Einsperren.* Es klang ... schrecklich. Wesley stellte sich einen finsteren Kerker vor, kleine, vergitterte Kammern und furchtbare Folterinstrumente.

Die Realität unterschied sich nicht sehr von diesen Bildern. Die Simaks zerrten die beiden zappelnden Ferengi und Wesley durch den Flur, die breite Marmortreppe hinunter und durch die weite Empfangshalle. Hunderte von Hotelgästen beobachteten sie. Eine Prozession folgte ihnen, angeführt vom Großen Nagus.

Tunk schien wie Wesley viel zu schockiert zu sein, um zu sprechen. Doch Munk keifte die ganze Zeit über, und seine Arme blieben in ständiger Bewegung – mit Federn hätte man sie für wild schlagende Gänseflügel halten können. Er stieß die einzelnen Worte so schnell hervor, daß sie ineinander übergingen und zu einem verbalen Wasserfall wurden. Die Simaks schenkten ihm nicht die geringste Beachtung.

Der Große Nagus schloß zu ihnen auf, lachte meckernd und freute sich ganz offensichtlich über Munks mißliche Lage. »Auf diesen Tag warte ich seit Jahrzehnten!« gluckste er. »Wie ich hörte, verwendet man auf Novus Alamogordus noch Daumenschrauben und Pressen ...«

Der Simak mit Munk – nur er (beziehungsweise sie) hatte eine Hand frei – öffnete eine Tür in der gegenüberliegenden Wand. Dahinter wand sich eine Wendeltreppe so weit in die Tiefe, daß Wesley schon nach wenigen Minuten die Orientierung verlor und nicht mehr wußte, wie tief sie sich unter dem Niveau der Empfangshalle befanden. Sie passierten mindestens vier Treppenabsätze, aber es konnten auch mehr sein – der Kadett zählte sie nicht mit.

Schließlich führte der Weg durch einen Korridor mit nackten Metallwänden – Chaseum, stellte Kadett Crusher fest. Kurze Zeit später gelangten sie zu einem Zellentrakt, der aus einzelnen Nischen bestand. Nur Rückwand, Decke und Boden waren massiv. Die restlichen drei Wände wurden von Gittern gebildet.

Jeder Gefangene wurde in einer separaten Zelle untergebracht. Andere Häftlinge gab es nicht.

Wesley stand in der Mitte des kleinen Raums und blickte kummervoll den davonstapfenden Simaks nach. Mit einer Mischung aus Trauer und Verzweiflung sank er auf das schmale Bett und ließ den Kopf hängen. Er beschloß, sich wenigstens zwei Stunden Selbstmitleid zu gönnen, bevor er sich konstruktiveren Dingen zuwandte. *Das habe ich verdient,* dachte Wesley.

Doch einige Sekunden später mußte er feststellen, daß er einen Lachanfall bekam, so wie Gul Fubar, als er zum zweitenmal vorletzter Bieter bei der Versteigerung wurde und ein Vermögen für nichts verlor. Er saß auf dem Bett und lachte schallend, als er beobachtete, wie Munk und Tunk an die Gitterstäbe hämmerten, mit schrillen Stimmen einen Anwalt verlangten. Nie zuvor in seinem Leben hatte er etwas Komischeres gesehen – obwohl er nicht in der Lage gewesen wäre, die Frage zu beantworten, was er denn so komisch fand.

# 18

»He, Mähnsch!« – Wesley Crusher reagierte nicht im geringsten.

»He, Mä-ähnsch … Ein Ferengi-Gericht würde Sie sofort wegen Vertragsbruch verurteilen! Kommen Sie bloß nicht auf den Gedanken, sich gegen uns zu wenden.«

»Aye, Schiffsjunge, halt die Klappe, wenn du nicht an eine Leine gebunden und gekielholt werden willst.«

*Ferengi verfügen über einen geradezu unheimlichen sechsten Sinn,* dachte Wesley. *Sie ahnen, wenn sich jemand anschickt, ihnen einen Strick zu drehen.*

Der Kadett hatte tatsächlich mit dem Gedanken gespielt, sich gegen die Ferengi zu wenden. Besser gesagt: Er hatte versucht, sich zu einer entsprechenden Entscheidung durchzuringen.

Erstaunlicherweise war er noch nicht übergeschnappt. Er hatte sich immer vorgestellt, in einer Gefängniszelle den Verstand zu verlieren, es nicht ertragen zu können, eingesperrt zu sein. Doch jetzt bekam er zum erstenmal seit Tagen die Möglichkeit, sich ruhig hinzusetzen, über Richtig und Falsch nachzudenken, über Verhaltensweisen und ihre Konsequenzen.

Nach dem Föderationsrecht war er nicht an irgendeinen Vertrag mit Käpt'n Munk gebunden. Der Umstand, daß er mit dem falschen Namen ›Fred Kimbal‹ unterschrieben hatte, deutete ganz klar darauf hin, daß keine ›gemeinsame Absicht‹ existierte und somit das wichtigste Element eines durchsetzbaren Vertrages fehlte.

Für das Ferengi-Recht existierten keine so feinen Unterschiede. Wesley hatte mit seinem derzeitigen Namen unterschrieben, und das genügte nach den Gesetzen der Ferengi, um den Vertrag rechtskräftig werden zu lassen. Daß er ein Pseudonym gewählt hatte, spielte in diesem Zusammenhang überhaupt keine Rolle und war seine ganz persönliche Entscheidung.

Ebensowenig juristische Bedeutung kam für die Ferengi der Frage zu, ob er den Vertrag aus freiem Willen unterschrieben hatte oder dazu gezwungen worden war. In jedem Fall existierte eine schriftlich fixierte Vereinbarung. Wenn eine Partei bei Verhandlungen die Oberhand gewann, indem sie zum Beispiel der anderen damit drohte, sie ohne Schutzanzug aus der nächsten Luftschleuse zu werfen, so kam darin schlicht und einfach das Wesen der Ferengi zum Ausdruck.

Ein sorgfältig ausgearbeiteter Vertrag verpflichtete die Föderation, überall dort das Ferengi-Recht anzuerkennen, wo Dinge in den Zuständigkeitsbereich der Ferengi fielen. Und das traf automatisch dann zu, wenn die Angelegenheit einen Ferengi betraf.

In diesem Fall konnte nicht der geringste Zweifel an der juristischen Zuständigkeit der Ferengi bestehen, denn der Vertrag war an Bord eines Ferengi-Schiffes unterschrieben worden. Von welcher Seite Wesley seine Situation auch betrachtete: Er hing im Gesetzesnetz der Ferengi fest.

Hatheby's war die geschädigte Partei, und die Tätigkeit der Agentur basierte auf Föderationsrecht. Deshalb mußte Munk und Tunk gestattet werden, sich von Ferengi-Anwälten vertreten zu lassen, was bedeutete: Es konnte nicht verhindert werden, daß Wesleys Vertragsbruch beim Hohen Rat der Ferengi bekannt wurde, der dann sicher die Auslieferung verlangte. Kadett Crusher gab sich keinen Illusionen hin: Es würde Captain Picard gewiß nicht gefallen, ihn den Ferengi zu überlassen, aber es blieb ihm gar keine andere Wahl. Er mußte das geltende Recht beachten. Woraus folgte: Wesley war praktisch schon auf dem Weg zu einem Ferengi-Gericht. Es sei denn, Munk und Tunk konnten dazu veranlaßt werden, über diese Angelegenheit zu schweigen.

Der junge Mann saß stumm auf dem schmalen Bett, starrte zur Tür und wartete darauf, daß die Vernehmungsbeamten kamen – die er insgeheim ›Inquisitoren‹ nannte. Bestimmt trafen sie bald ein, obwohl es Wesley durchaus begrüßt hätte, wenn sie erst in einer Woche gekommen wären. *Dann könnte ich mir mehr Zeit nehmen, um noch gründlicher über alles nachzudenken.*

Mit diesen Überlegungen schien er eine Art Stichwort gegeben zu haben. Das Geräusch von Schritten erklang im Korridor und hallte so dumpf von den Wänden wider wie Trommelschläge in einer französischen Kathedrale.

»Wir haben Sie gewarnt, Kimbal – denken Sie daran!« zischte Tunk und strich sich mit dem Zeigefinger über die Kehle.

Die Tür öffnete sich lautlos. Zwei Inquisitoren kamen herein, gefolgt von einer Simak und Commander Data.

»Ich hoffe, Sie erheben keine Einwände«, sagte der Androide. »Ich habe mir die Freiheit genommen, den Ermittlern von Hatheby's mitzuteilen, daß ich Ihre Verteidigung übernehme.«

Wesley nickte wortlos. Das Echsenwesen bedeutete ihm, die Zelle zu verlassen und vor ihm zu gehen.

»Wenn Ihnen belastende Fragen gestellt werden, Wesley ...«, sagte Data. »Bitte weisen Sie mich darauf hin, damit ich Einspruch erheben kann.«

»Hm.« Der Kadett gab sich ganz bewußt unverbindlich.

Sie folgten dem Verlauf des gleichen langen Korridors, durch den sie vor sechs Stunden geschritten waren. Kurze Zeit später betraten sie ein kleines weißes Zimmer mit einem Tisch und vier Stühlen. Wesley und Data nahmen auf der einen Seite Platz, die beiden Inquisitoren – private Polizisten in den Diensten von Hatheby's – auf der anderen. Die Simak blieb als lebendes Bollwerk an der Tür stehen; allein ihre Präsenz ließ jeden Fluchtversuch absurd erscheinen.

Wesley Crusher wandte sich den beiden Vernehmern zu. In seiner Magengrube krampfte sich etwas zusammen, und sein Herz schlug schneller. Er wußte noch immer nicht genau, was er sagen sollte.

Doch bevor man ihm die erste Frage stellte, senkte sich eine sonderbare Ruhe auf den Kadetten herab.

*Es geht nur darum, was richtig oder falsch ist – vergiß den Rest! Vergiß den Vertrag und die Drohungen.* Wesley sah Data an, der ihn mit allen Möglichkeiten seines positronischen Gehirns verteidigen wollte.

*Eigentlich gibt es nur eine Frage. Sie lautet: Wo hören all die Lügen auf?*

Plötzlich wußte Wesley, worauf es ankam. »Ich möchte aussagen.«

»Ach?« erwiderte einer der beiden Inquisitoren, ein kleiner Mann, der streitlustig wirkte und mit einem Akzent sprach, der Wesley ein wenig an Captain Picard erinnerte. »Und was erwarten Sie dafür von uns?«

Wesley lachte kurz und schüttelte den Kopf. »Sie verstehen nicht. Es geht mir nicht um eine außergerichtliche Vereinbarung oder dergleichen. Ich möchte einfach nur erzählen, was geschehen ist.«

»Halten Sie das für klug?« fragte Data. »Ich schlage natürlich nicht vor, daß Sie lügen. Aber vielleicht brauchen Sie etwas mehr Zeit, um alles gründlich zu überdenken und Ihre Verteidigung vorzubereiten ...«

»Entschuldigen Sie bitte, Sir. Ich weiß, daß Sie mir helfen wollen. Aber es wird Zeit, daß jemand aufsteht und sagt, was geschehen ist.«

Data überlegte kurz und nickte dann. »Sie möchten sich etwas ›von der Seele reden‹, wie es so schön heißt – auch wenn Sie sich dadurch selbst belasten?«

»Ja, Commander.«

»Na schön. Ich kann Sie nicht daran hindern.«

Wesley Crusher befeuchtete sich die trockenen Lippen, schluckte und erzählte die ganze Geschichte, von der Pokerrunde bei Carl LaFong bis hin zu seiner Verhaftung vor wenigen Stunden.

Die Inquisitoren schrieben jedes Wort mit und stellten gelegentlich Zwischenfragen, um einen bestimmten Punkt zu klären.

»Das wär's«, sagte Wesley. »Das ist die ganze Geschichte.«

Die Inquisitoren musterten ihn argwöhnisch, wichen dann in eine Ecke des Zimmers zurück und berieten sich dort leise.

»Was wird jetzt mit mir passieren?« wandte sich Wesley an Data.

»Das weiß ich nicht. Sie können von Glück sagen, daß Sie den größten Teil des falschen Latinums hier auf Novus Alamogordus hergestellt haben – der Planetoid befindet sich außerhalb des stellaren Territoriums der Föderation. Nach dem Föderationsrecht kann Ihnen also nur die Fälschung der relativ kleinen Menge an Bord der *Enterprise* zur Last gelegt werden.«

»Ist die Produktion von falschem Latinum nicht in jedem Fall strafbar, ganz gleich, wo sie stattfindet?«

Data blickte einige Sekunden lang ins Leere, als er auf seine internen Speichermodule zugriff. »Nein, erstaunlicherweise nicht.«

»*Tatsächlich* nicht? Aber weshalb?«

Data hob die Brauen, und Falten bildeten sich in seiner Stirn, als er auf perfekte Weise menschliche Verwunderung nachahmte. »Ganz einfach aus dem Grund, weil die Fälschung von goldgepreßtem Latinum unmöglich war. Bis jetzt.

Die Währung der Föderation ist an den Standard des goldgepreßten Latinums gebunden. Ein Gramm reines Latinum, das in neunhundertneunundneunzig Gramm Gold gepreßt wird, gilt als ein Barren GGL, ganz gleich, welche Prägung er aufweist. Hundert Gramm Latinum, in eintausendneunhundert Gramm Gold gepreßt, ergeben einen Hektobarren. Und ein Kilogramm Latinum, in ein Kilogramm Gold gepreßt, ist ein Kilobarren.

Die externe Struktur spielt für den Wert keine Rolle. Ein Gramm Latinum in einer Silbermünze gilt ebenfalls als ein Barren GGL, genauso wie ein Gramm pures Latinum. Der Wert wird allein vom Latinum bestimmt.

Nach den Föderationsgesetzen kann nur dann von einem Verbrechen die Rede sein, wenn falsches Latinum im stellaren Territorium des Völkerbunds *weitergegeben* beziehungsweise Föderationsbürgern zugänglich gemacht wird. In diesem Zusammenhang genießt Hatheby's Bürgerstatus.«

»Ich habe Munk und Tunk bei der Weitergabe des Pseudo-Latinums geholfen«, sagte Wesley.

»Ein Föderationsgericht würde bestimmt Ihre Motive berücksichtigen. Aber eine Rechtfertigung kann so etwas natürlich nicht sein. Niemand darf kriminelle Aktivitäten bei dem Versuch entfalten, die Fehler eines Kadetten oder Mitbürgers zu korrigieren.«

»Großartig. Für mich bedeutet das: Sobald ich meinen verlängerten Urlaub in einer Strafkolonie der Föderation beendet habe, verhandelt ein Ferengi-Gericht wegen Vertragsbruch gegen mich.«

»Ich fürchte, darauf läuft alles hinaus. Es sei denn,

Hatheby's läßt die Anklage gegen Sie fallen und die beiden Ferengi entscheiden, den Vertragsbruch nicht zu melden.«

Die beiden Inquisitoren kehrten zurück, und ihre Gesichter wirkten wie steinerne Masken, hinter denen Wesley Verachtung erkannte. Sie winkten Data zu sich und führten ein leises Gespräch mit ihm. Wesley spitzte die Ohren, verstand jedoch nichts.

Kurz darauf wandte sich Data an ihn. »Wir haben uns geeinigt. Wenn Sie die sogenannte Kimbal-Uhr aushändigen, erhebt Hatheby's keine Anklage.«

*Toll,* dachte der Kadett. *Und jetzt? Offenbar ist es den Ermittlern von Hatheby's nicht gelungen, das verdammte Ding zu finden. Wie soll ich feststellen, wo Tunk den Apparat versteckt hat?*

Er wollte erneut schlucken, doch sein Mund war völlig trocken. Seine einzige Hoffnung bestand darin, daß er Tunk inzwischen gut genug kannte, um zu *erraten,* wo er die Kimbal-Uhr verstaut haben könnte.

Bevor sie den ausgedehnten Kellerbereich des Kasinos verließen, kehrten sie noch einmal in den Zellentrakt zurück, um Tunk nach dem Verbleib der Kimbal-Uhr zu fragen. Eigentlich erwartete niemand von ihnen, daß der Ferengi Auskunft gab. Daher stellte Tunks Reaktion keine Überraschung für sie dar: Er behauptete, noch nie etwas von einem solchen Apparat gehört zu haben.

»Bitte überlassen Sie Kadett Crusher meiner Obhut«, sagte Data. »Ich übernehme die volle Verantwortung für ihn.«

Die Vernehmer sahen den Androiden so an, als hätte er den Verstand verloren. Sie gingen nicht auf die Bitte ein, führten Data und Wesley die lange Wendeltreppe hoch. Anschließend brachte sie ein Turbolift zur Suite von Tunk und Munk.

Eine einstündige Suche überzeugte Wesley davon, daß es keine Kimbal-Uhr zu finden gab. Sonderbarerweise waren auch alle persönlichen Dinge der beiden Ferengi verschwunden. Die ansonsten leeren Zimmer enthielten nur noch Wesleys Sachen.

Es fehlten auch die Handtücher der Hygienezelle.

»Gehen Sie einmal davon aus, daß ich die Wahrheit gesagt habe, Data.«

»Davon bin ich überzeugt«, erwiderte der Androide.

»Was könnte Tunk damit angestellt haben? Er hat sie bestimmt nicht zerstört. Wer tötet schon die Gans, die goldene Eier legt?«

»Hat Kadett Kimbal auch noch ein anderes Gerät entwickelt, in Form einer Gans, die ...«

»Nein, Data. Es handelt sich um eine Redewendung, die ...«

»Oh, ja, ich habe in meinen Bibliotheksdateien gerade Informationen über das entsprechende Märchen gefunden. Eine durchaus angemessene Analogie.«

»Danke. Nun, Tunk würde die Uhr also nicht zerstören. Andererseits wollten die beiden Ferengi unmittelbar nach der Auktion aufbrechen, woraus folgt: Der Apparat muß an einem leicht zugänglichen Ort verstaut sein.«

»Munk und Tunk haben kein eigenes Raumschiff. Sie müßten also eines kaufen oder mieten, um Novus Alamogordus zu verlassen.«

Einer der beiden Inquisitoren brummte, griff nach seiner Armbanduhr, berührte einen bestimmten Schalter und öffnete damit einen Kom-Kanal. »Cooper von Hatheby's an Portier.«

»Zu Ihren Diensten«, erklang eine überfreundliche Stimme.

»Fragen Sie bei Fanny, Faule Acht und Bourbaki nach, ob während der letzten beiden Tage Ferengi ein raumtüchtiges Schiff gekauft oder gemietet haben. Wurde von Munk oder Tunk ein Flugplan zu Protokoll gegeben?«

»Nein, Sir. Nur der Pilot des Großen Nagus übermittelte uns heute morgen einen Flugplan, kein anderer Ferengi.«

»Sonst niemand?«

»Nein, Sir.«

»Bitte besorgen Sie mir die anderen Informationen so schnell wie möglich.«

»Ja, Sir.«

»Cooper Ende.«

»Vielleicht hat er das Ding irgendwo in der Empfangshalle versteckt«, überlegte Wesley laut. »Es ist der einzige Raum zwischen der Auktionskammer und dem Ausgang.«

Cooper schnitt eine finstere Miene. »Sollen wir in die Empfangshalle zurückkehren?«

Der Kadett verschränkte die Arme und bedachte Hatheby's Inquisitor mit einem durchdringenden Blick. »Wir können das Gerät nicht einfach herumliegen lassen. Jemand könnte es entdecken und herausfinden, wozu es dient.«

»Vielleicht bleibt es verschwunden.«

»Und wenn nicht? Dann wiederholt sich möglicherweise, was wir hier erlebt haben, nur in einem wesentlich größeren Maßstab. Stellen Sie sich vor, was passiert, wenn die Cardassianer oder Romulaner in den Besitz einer solchen Vorrichtung gelangen.«

»Hrm.«

»Ja, sagen Sie ruhig ›hrm‹. Sie wissen, daß wir die Kimbal-Uhr finden müssen.«

»Schon gut, schon gut. Sie haben recht.«

In der Empfangshalle herrschte rege Aktivität. Viele Auktionsteilnehmer drängten sich am Portierskiosk und wollten alle gleichzeitig ihre Rechnung bezahlen. Die wichtigsten Bieter hatten entschieden, noch einen Tag zu bleiben, um dem Durcheinander zu entgegen. Doch die kleineren Delegationen, Gesandten, Repräsentanten und Beauftragten wollten Novus Alamogordus unverzüglich verlassen, um keine weitere teure Nacht im Chateau Hôtel Casino bezahlen zu müssen.

Coopers Hand schloß sich fast ebenso fest um Wesleys Oberarm wie zuvor die Simak-Klaue. Der Inquisitor kniff die Augen zusammen und zog sich den Hut à la Detektiv tiefer in die nicht sehr hohe Stirn.

»Tschuldigung«, erklang eine lallende Stimme hinter ihnen. »Können Schie mir vielleicht den Weg zum ... zum nächschten Turbolift zeigen?«

Wesley, Cooper und Data drehten sich um. »D'Artagnan!« entfuhr es dem Kadetten. »Ich meine, äh, Simon ... Was machen *Sie* denn hier?«

D'Artagnan blinzelte mehrmals, bevor er den jungen Mann erkannte. »Fred, mein Kumpel, mein beschter Freund! He, ich habe Ihren Rat befolgt. Hier, schehen Schie nur!« Der Betrunkene taumelte und hob den Zeigefinger, um ihn auf seinen klingonischen Begleiter zu richten – fast hätte er dessen Auge getroffen. Der Klingone drückte sich eine mit Latinumbarren vollgestopfte Reisetasche an die Brust.

»V-vierhundert Barren!« brachte d'Artagnan hervor und blies dem Kadetten Alkoholwolken ins Gesicht.

Wesley schnappte unwillkürlich nach Luft. »Sie haben beim Dabo *gewonnen?*«

»Mit Ihrem Schystem!«

»Aber *niemand* gewinnt beim Dabo – das Spiel wurde von den Ferengi erfunden!«

»Vierhundert Barren!« Der Mann beugte sich vor und zwinkerte dem Kadetten zu. »Und wissen Sie wasch? Hier ... Für Schie. Alsch eine Art Anteil.« D'Artagnan griff in die Tasche und holte zwei Dezibarren hervor. »Das schind fün ... fün ...«

»Fünf«, sagte Wesley.

»... Prozent. Zu Ihrer perschönlichen Verwendung.« Der Mann unterbrach sich, um laut zu hicksen. »Und jetzt ... jetzt müssen wir los.«

»Wohin wollen Sie?«

D'Artagnan zwinkerte erneut. »Wir schatteln um. Schind jetzt keine Leibwächter mehr, schondern Farmer, auf einem hübschen Planeten an der Grenze zwischen … zwischen dem cardassianischem Reich und der Föderation. Allesch Gute!« Mit einem letzten Hicksen drehte sich d'Artagnan um und torkelte zusammen mit seinem klingonischen Partner zum nächsten Turbolift.

»Wer war das?« knurrte Cooper.

»Jemand, der die Großzügigkeit der Ferengi kennengelernt hat«, antwortete Wesley.

»Kommen Sie. Lassen Sie uns nicht noch mehr Zeit verlieren.«

Wesley blickte sich in der Empfangshalle um. Von der Kimbal-Uhr fehlte jede Spur, aber dafür sah er einen Tisch mit Zeitungen und Broschüren, mehrere Aschenbecher, Replikatoren, fünfzig oder sechzig Couchen, Sessel, Stühle, einige Kommunikationsgeräte in der Form alter ›Telefone‹, einen Kasten für Verbesserungsvorschläge und natürlich jede Menge Gepäckstücke.

»Funktionieren die Nachbildungen?« fragte Data und deutet auf eins der Telefone.

»Keine Ahnung«, erwiderte Cooper. »Ich weiß überhaupt nicht, wie man damit umgeht.«

»Sie ähneln den Telefonen, die Dixon Hill in Captain Picards Holodeck-Programm benutzt«, sagte der Androide. »Ich bin mit ihrer Funktionsweise vertraut.«

Er nahm einen schwarzen Zylinder von der Gabel und hob ihn zum Ohr. Einige Sekunden später hielt er das konische Mundstück vor die Lippen. »Hallo?« fragte er. »Hört mich jemand?«

Kurz darauf legte er den Zylinder auf die Gabel zurück. »Ich habe gehört, wie sich ein Kom-Kanal öffnete, und der Computer fragte mich, wen ich zu sprechen wünschte. Vermutlich erfüllen die Telefone den Zweck ganz normaler Kom-Geräte.«

»Warum sieht das dort anders aus?« Wesley deutete zu einem blauen Apparat, der anderthalbmal so groß war wie die schwarzen.

»Ich weiß es nicht. Vielleicht steht jenes Telefon speziellen Kunden zur Verfügung.«

Wesley nahm den Hörer ab und hielt ihn ans Ohr. »Nichts. Es bleibt alles still.«

»Drücken Sie mehrmals auf die Gabel«, schlug Data vor.

»Das ist ja alles sehr interessant«, brummte Cooper. »Aber Ihnen bleiben nur noch fünfzehn Minuten, um die Uhr zu finden. Anschließend geht's zur Zelle zurück.«

Wesley drückte die Gabel. »Noch immer nichts.« Irgendwo tief in seinem Innern rührte sich etwas. Ein Verdacht keimte.

»Vielleicht ist das Gerät defekt«, spekulierte Data.

Wesley starrte auf das Telefon hinab. »Commander … Dieser Apparat läßt sich leicht lokalisieren, nicht wahr? Selbst von der anderen Seite der Halle aus.«

»In der Tat«, bestätigte Data. »Aufgrund seiner besonderen Beschaffenheit kann man ihn sofort erkennen.«

»Und niemand dürfte auf den Gedanken kommen, ihn zu stehlen. Was sollte man damit anfangen?«

»Ich verstehe nicht, worauf Sie hinauswollen, Wesley.«

Der Kadett richtete einen nachdenklichen Blick auf Commander Data. »Vielleicht haben wir nach der falschen Uhr Ausschau gehalten, Sir.«

»Wie meinen Sie das?«

»Die wichtigen Bestandteile der Kimbal-Uhr sind ihre elektronischen Komponenten. Die Uhr selbst spielt keine Rolle, und das weiß Tunk!«

»Na und?« Cooper blickte erneut auf sein Armbandchronometer

»Dort drüben steht ein Replikator.«

»Allmählich wird mir klar, was Sie meinen, Kadett Crusher. Sie könnten tatsächlich recht haben.«

»Versuchen wir's.«

Wesley löste den Stecker vom Telefon und schob es in den Replikator. Er mußte den Apparat mehrmals hin und her drehen, damit er ins Fach paßte. »Entferne das Gehäuse«, wies er die Maschine an. »Aber laß alle internen Komponenten intakt.«

Die externen Teile des Telefons schimmerten und verschwanden. Wesley blickte auf ein wildes Durcheinander aus handgefertigten Schaltkreisen und dünnen Glasfasersträngen, das überhaupt keinen vertrauten Eindruck erweckte. Dann glitt ein Stück beiseite, da es vom Gehäuse nicht länger festgehalten wurde, und plötzlich erkannte der Kadett sein eigenes Werk.

»Cooper«, sagte er leise, »haben Sie einen Gegenstand aus Chaseum dabei? Ich möchte Ihnen etwas zeigen.«

Fünfzehn Minuten später brachte Cooper Wesley zur Zelle zurück. Als der Inquisitor ging, flüsterte der Kadett mit seinem ›Anwalt‹.

»Wird die Föderation Anklage gegen mich erheben, Commander?«

Data überlegte kurz. »Das glaube ich nicht, Kadett Crusher.« Er sprach in seinem üblichen Tonfall, jedoch mit geringerer Lautstärke. Dadurch wirkte er ebenso seltsam wie jemand, der sich aus einer Entfernung von zehn Metern mitzuteilen versuchte, ohne die Stimme zu heben. »Nach der Entführung durch Munk handelten sie unter Zwang. Ganz gleich, auf welche Weise Sie aktiv geworden sind – Sie warteten auf eine günstige Gelegenheit, um die Behörden zu verständigen.«

»Ich bin nicht sicher, ob das der vollen Wahrheit entspricht, Data.«

»Vielleicht nicht. Aber zu diesem Schluß wird Starfleet gelangen.«

»Ich habe einen Eid abgelegt, Sir, ebenso wie Sie. Er

verpflichtet mich, nicht zu lügen, betrügen oder zu stehlen. Und ich muß alle Personen melden, die gegen dieses Prinzip verstoßen.«

Data nickte und hob die Brauen. »Auf der Grundlage des Eids müssen Sie alle Fragen wahrheitsgemäß beantworten. Aber niemand zwingt Sie, auf Fragen Auskunft zu geben, die gar nicht gestellt werden.

Ich rate Ihnen, nur dann etwas auszusagen, wenn man Sie unmittelbar dazu auffordert. Das *geschriebene* Gesetz wird nicht einmal in Starfleet allen Umständen gerecht.«

»Hm. Na schön. Was ist mit dem Ferengi-Vertragsgericht?«

»Dieses Problem schafft noch keine hohen Temperaturen am Ende unserer Finger. Wenden wir uns ihm zu, wenn es akut wird.«

Wesley runzelte verwirrt die Stirn. »Sie meinen ... es brennt uns noch nicht unter den Nägeln?«

»Ich habe eine Idee in Hinsicht auf jene Anklage, aber noch fehlt es an der notwendigen Fermentation, und deshalb möchte ich nicht darüber reden.«

»Soll das heißen, es ist noch ... unausgegoren? Machen Sie das mit Absicht, Sir?«

»Ja. Ich erwecke den Eindruck unschuldiger Naivität, wenn ich allgemeine Redewendungen auf eine neue und überraschende Weise formuliere.«

»Sie meinen, in all den Jahren ...« Wesley sprach den Satz nicht zu Ende.

Data nickte und ging zur Tür.

»Commander!« rief Wesley ihm nach. »Wollen Sie mich nicht dazu auffordern, an den gegenwärtigen Koordinaten zu verweilen, da Ihre Rückkehr imminent ist?«

»Gehen Sie nicht fort. Ich bin bald wieder da.«

Tunk hatte still auf seinem Bett gesessen. Als Data den Zellentrakt verließ, sprang der Ferengi mit einem Satz auf und griff nach den Gitterstäben. In der dritten

Zelle schlief Käpt'n Munk und schnarchte hingebungsvoll.

»Sie haben keine Uhren gefunden, oder? He-he!« Tunk zupfte nervös an seinen Ohren und versuchte, zuversichtlich zu wirken.

Wesley sah ihn an und lächelte wissend.

Eine Erinnerung schob sich in den Fokus seiner Aufmerksamkeit. Er dachte an eine neue Erwerbsregel, die lautete: *Die Schafe möchten geschoren werden.*

Plötzlich wurde alles klar. Um Tunk einen ›Streik‹ zu spielen, es ihm mit gleicher Münze heimzuzahlen, brauchte er die volle Kooperationsbereitschaft des Opfers.

Tunk versuchte, spitzfindiger zu sein. »Ich habe Ihnen ja gesagt, daß Sie nichts finden würden ...« Er sah sich um, drehte den Kopf von einer Seite zur anderen und vermutete, daß es irgendwo verborgene Kameras und Abhörgeräte gab. »Immerhin *gibt es ja gar nichts zu finden! Und genau darauf habe ich hingewiesen! Ich weiß gar nicht, wie Sie auf die lächerliche Geschichte von dem falschen Latinum gekommen sind, Kimbal!*«

Bei dem Wort *Latinum* schnaufte Munk und setzte sich auf. »In den Wind drehen, Jungs«, brummte er. »Fliegende Schoten.« Er sank zurück, und eine Sekunde später schnarchte er ebenso laut wie vorher.

»Da wir gerade von Latinum sprechen ...«, sagte Wesley. »Ich habe hier eine Zahlung für Sie.«

»Ach?« Der plötzliche Themawechsel erstaunte Tunk. Doch er schien sich sehr für die Richtung zu interessieren, in die das Gespräch nun führte.

Der Kadett holte die beiden Dezibarren hervor, die er von d'Artagnan erhalten hatte, schob sie durch die Lücke zwischen zwei Gitterstäben. »Von meinem menschlichen Freund, dem echten Fred Kimbal«, sagte Wesley. »Damit bezahlt er seine Spielschulden bei Ihnen.«

Ein Barren fiel auf Tunks Bett, doch der andere landete auf dem Boden. Der unverkennbare Klang von Latinum weckte Munk. »Her damit, beim Klabautermann!« befahl er.

Tunk bedachte Wesley mit einem vorwurfsvollen Blick und reichte seinem Vater den Barren, der auf den Boden gefallen war.

»Wie gut, daß der andere aufs Bett fiel«, sagte Wesley so laut, daß Munk ihn selbst oben im Kasino gehört hätte.

Tunk zischte zornig und trennte sich auch vom zweiten Barren.

Wenige Sekunden später sank Munk wieder auf die Koje und preßte sich das Latinum an die Brust. Er wirkte wie ein glücklicher Seemann, der die Karte der Schatzinsel gefunden hatte.

*Wie kann ich Tunk gegen sich selbst ausspielen?* überlegte Wesley.

Sofort fiel ihm ein typisches Merkmal aller Ferengi ein: das Schwindler-Syndrom, die gräßliche Vermutung, *daß die anderen gleich alles herausfinden.*

Wesley beugte sich vor und zwinkerte dem Ferengi zu. »Keine Sorge«, sagte er. »Ein guter Anwalt kann selbst mit klaren Beweisen fertig werden.«

Tunk riß die Augen auf, schnaubte dann verächtlich und zeigte spitze, fleckige Zähne. Er wollte sein wahres Empfinden mit Hochmut tarnen, doch das gelang ihm nicht ganz, weil er nervös auf der Unterlippe kaute. »K-klare Beweise? Wie meinen Sie das? He-he.« Mit dem Ärmel wischte er sich Schweiß von der Stirn.

Wesley lächelte wortlos und ließ für Tunk ganz bewußt die Frage offen, ob sie die Kimbal-Uhr gefunden hatten oder nicht. Die Ungewißheit setzte dem Ferengi immer mehr zu; außerdem wuchs in ihm Entsetzen angesichts der Vorstellung, daß ihn ein Gerichtsverfahren erwartete.

Fast zwölf Stunden lang blieb Data fort – Zeit genug

für Tunk, um an den Rand der Verzweiflung zu geraten. Wesley machte immer mehr Andeutungen in Hinsicht auf das Gerät und achtete darauf, daß seine Bemerkungen doppeldeutig blieben.

»Es ist ein Streik!« kreischte Tunk und schob einen drohenden Zeigefinger durch die Lücke zwischen zwei Gitterstäben. »Sie wollen sich einen Streik mit mir erlauben, aber das wird Ihnen nicht gelingen! O nein. Ich bin der König aller Streike. Niemand legt Tunk das Monsterohr herein!«

»Tunk dem Monsterohr einen Streich gespielt zu haben … Das wäre es wert, zu Hause anzurufen und davon zu berichten«, sagte Wesley.

»Zu Hause *anzurufen?* Wie meinen Sie das?«

»Wenn jemandem so etwas gelänge … Es ließe sich bestimmt nicht replizieren.«

»Es ließe sich *was* nicht?«

»Man könnte es nicht duplizieren. Nein, ausgeschlossen.«

»Sie haben beim erstenmal nicht duplizieren gesagt, sondern *replizieren!*«

»Da muß es bei mir irgendwie falsch geklingelt haben.«

Tunk stöhnte, sank aufs Bett und stützte den großen Kopf auf beide Hände. Wesley schmunzelte. Seit einigen Stunden war der Ferengi das perfekte Opfer und bot ihm immer wieder volle Kooperation an.

Schließlich kam Commander Data herein.

»Eine angenehme Überraschung erwartet Sie, Kadett Crusher«, sagte er.

Data wich zur Seite, und der Große Nagus watschelte in den Zellentrakt, stützte sich auf einen neuen Gehstock. Ein verärgerter Cooper und der Auktionator Smythe folgten ihm.

»Die Sache ist lächerlich!« stieß Smythe hervor. »Ich will nichts davon hören.«

»Fort von mir, Mähnsch!« Der Große Nagus hob seinen Stock wie einen Knüppel. Wesley vermutete inzwischen, daß ein derartiges Verhalten zu den bei alten Ferengi gebräuchlichen Debattiertaktiken gehörte.

»Es ist eine elegante Lösung für alle Ihre Probleme«, beharrte Data.

Wesley hörte aufmerksam zu und versuchte zu verstehen, worum es ging.

»Aber was könnte *er* denn mit ihnen anfangen?« fragte Cooper und deutete auf den Nagus.

»Was *ich* mit zwei verräterischen, hinterlistigen und durch und durch verlogenen Ferengi-Halunken anfangen könnte?« Der Große Nagus kratzte sich an den Ohren und gab vor, über das Problem nachzudenken. »Mal sehen ... Sollte ich sie zu DaiMons befördern? Nun, die Versuchung ist natürlich groß, aber ich fürchte, so etwas kommt nicht in Frage. Wie wär's, wenn ich ihnen meine lukrativsten Handelsrouten überschreibe? Oh, Barmherzigkeit! Leider habe ich meinen Siegelring vergessen.

Ich schätze, die Alternative besteht darin, sie gründlich zu verdreschen und anschließend ihre Organe als Ersatzteile zu verwenden. Aber vorher könnten Munk und Tunk einige Jahre lang als Sklaven in meinem Harem dienen – nachdem wir sie in Eunuchen verwandelt haben. Immerhin möchte ich vermeiden, daß mein Eigentum zu Schaden kommt!«

»Und was ist für Hatheby's drin?« fragte der Auktionator.

Wesley stellte fest, daß Smythe kein Interesse an dem Schicksal von Munk und Tunk zeigte. Ihm ging es nur um die Vor- oder Nachteile für seine Auftraggeber.

»Wenn ich einen Vorschlag unterbreiten darf ...«, warf Data ein. Er beugte sich vor und sprach leise ins große Ohr des Nagus. Wesley verstand kein Wort.

Nach einer Weile schnitt der Nagus eine Grimasse. »Sind Sie *sicher,* daß so etwas notwendig ist?«

»Alle wertvollen Dinge sind es wert, daß man einen angemessenen Preis für sie bezahlt«, sagte der Androide.

Der Nagus wich verdutzt zurück und sah mit neuem Respekt zu Data auf. »Ich wußte gar nicht, daß man bei Starfleet die Erwerbsregeln lehrt!« Er hob und senkte die Schultern. »Na schön ... Smythe, ich zahle Ihnen ein Gramm für jedes von Munk gebotene Hektogramm.«

Der Auktionator zog einen elektronischen Datenblock so hinter dem Gürtel hervor, als handelte es sich dabei um einen klingonischen Disruptor. Kleine Tasten klickten unter seinen Fingern. »Insgesamt wären das dreitausendfünfhundertundfünfzig Gramm Latinum«, sagte er.

»Genau! Runden wir die Summe auf dreitausendfünfhundert ab.«

»Dreitausend*sechs*hundert.«

»Meinetwegen. Abgemacht?« Der Große Nagus grinste wie ein Hai.

Smythe runzelte die Stirn. Sein Blick wanderte zwischen Munk und Tunk hin und her, glitt dann wieder zum Display des Datenblocks. »Was ist mit jungen Mann namens Kimbal?«

Der Große Nagus zuckte erneut mit den Schultern. »Mit Mähnschen kann ich nichts anfangen. Meine Frauen hätten bestimmt etwas dagegen.« Er lachte so herzhaft, als hätte er gerade einen köstlichen Witz gerissen. Mehrmals klopfte er Smythe auf den Rücken.

Der Auktionator versteifte sich angesichts von so viel Vertraulichkeit ihm gegenüber. Der Nagus schien davon überhaupt nichts zu bemerken und fuhr fort: »Aber ich habe ihn gekauft, und deshalb gehört er mir.«

»Na schön. Hatheby's erwartet die Zahlung bis morgen früh – in Latinum.« Smythes Lippen verzogen sich zu einem humorlosen Lächeln. »In *echtem* Latinum.«

»Natürlich. Für wen halten Sie mich?«

»Für einen Ferengi«, murmelte der Auktionator und warf dem Nagus einen Schlüssel zu. Dann drehte er sich um und ging fort, gefolgt von Cooper.

Der Große Nagus nahm die Antwort überhaupt nicht zur Kenntnis. Er wandte sich wieder Munk und Tunk zu, musterte sie stumm.

Tunk testete mehrere Versionen des Katzbuckelns und konnte sich nicht entscheiden, welche unterwürfiger war. »Ich flehe Sie an, Euer Nagusheit, schenken Sie uns Ihre Gnade! Bitte verschonen Sie mein Leben, Euer Habsucht! Es ist nicht meine Schuld ... *Es ist nicht meine Schuld, sondern seine!* Er steckt dahinter!« Tunk deutete auf seinen Vater.

Munk schnitt nur eine finstere Miene. *Eines muß man ihm lassen,* dachte Wesley. *Er kriecht nicht vor dem Nagus, so wie sein Sohn.*

»Wenn du auf Schätze aus bist ...«, flüsterte Munk und zwinkerte verschlagen. »Beim Klabautermann, ich kenne einen Ort, an dem es so viel Latinum gibt wie Sand am Meer. Millionen von Barren. Ein Altruist will ich sein, wenn das nicht der Wahrheit entspricht!«

»Ich schätze, ich lasse euch beide in eurem eigenen Saft schmoren, während ich mir etwas Interessantes für euch einfallen lasse«, sagte der Großer Nagus mit näselnder Stimme.

Er neigte den Kopf zurück, lachte gackernd und schüttelte seinen Gehstock wie einen unheilvollen Zauberstab.

Dann drehte er sich um und machte Anstalten, den Raum zu verlassen.

»Sir!« rief Data ihm nach. »Haben Sie nichts vergessen?«

»Oh, ja, natürlich. Was ist nur mit meinen Manieren! Auf Wiedersehen, Commander.«

»Wenn ich mich nicht sehr irre, haben Sie sich bereit erklärt, Wesley Crusher meiner Obhut zu überlassen.«

»Habe ich das? Und wo ist er?«

»In der Zelle dort drüben, Großer Nagus.«

»Ich sehe dort nur einen gewissen Fred Kimbal. Dieser Name steht auch in der Anklageschrift.« Der Nagus holte ein Datenmodul aus einer seiner vielen Taschen. »Ich habe nicht versprochen, Fred Kimbal freizulassen!« Er beugte sich vor und flüsterte hinter der zum Mund gehobenen Hand: »Aber wenn Sie einen Wesley Crusher finden, so kann er sofort aus der Haft entlassen werden und ist frei wie ein Fluch!«

»Sir? Commander? Kann ich diese Sache übernehmen?«

»Wie Sie wünschen, Wesley – obgleich ich Ihr Anwalt bin.«

»Nur dieses eine Mal, in Ordnung?« Wesley sah zum Großen Nagus, der seinen Blick erwiderte. »Sie erheben keine Einwände dagegen, Fred Kimbal freizulassen?«

»Nein, nicht die geringsten. Vorausgesetzt natürlich, der Preis stimmt.«

»Wären sechsunddreißig Hektobarren in Gold gepreßtes Latinum ein fairer Preis?«

Der Große Nagus lächelte. »Oh, *das* klingt nach einem guten Grund für Ihre Freilassung, junger Mann.«

»Haben Sie etwas dagegen, wenn es sich dabei um ›Feengold‹ handelt? Damit meine ich Chaseum, das den Anschein erweckt, Latinum zu sein?«

»Wesley ...«, sagte Data. »Ich rate Ihnen dringend, sich das noch einmal zu überlegen. Sie sitzen auch so schon in schwarzer Flüssigkeit, ohne eine weitere Anklage.«

Der Kadett bedeutete seinem ›Anwalt‹ mit einer knappen Geste, still zu sein. »Haben Sie etwas dagegen?« fragte er den Großen Nagus noch einmal.

»Äh ... nein. Nein, ganz und gar nicht. Wenn Sie mir erlauben, Ihnen bei der Produktion des falschen Latinums zu helfen. Sie haben viel hinter sich, und ich möchte Ihnen weitere Anstrengungen ersparen.«

»Einverstanden. Sechsunddreißig Hektobarren falsches Latinum. Bitte lassen Sie mich jetzt frei.«

»Nun, wenn Sie es so ausdrücken ... Wie kann ich da ablehnen?« Der Große Nagus grinste fast von einem Ohr bis zum anderen, hob den Schlüssel und betätigte die Taste darauf.

»Falls Sie mit dem Gedanken spielen, mir mein neues Spielzeug wegzunehmen ...« Der Ferengi hielt plötzlich einen ziemlich gefährlich aussehenden Phaser in der Hand. »Ich ziehe dieses Ding schneller, als Sie *Dophu wox almuqti woxas* sagen können!«

Der Nagus führte sie alle ins Vernehmungszimmer, wo Smythe, Cooper und Dobbs die elektronischen Eingeweide der früheren Kimbal-Uhr untersuchten. Als sie hereinkamen, stieß Smythe eine Komponente mit dem Zeigefinger an.

»Zur Seite, Mähnschen!« keifte der Nagus.

Die drei Repräsentanten von Hatheby's sahen verärgert auf. »Bitte nehmen Sie den Gefangenen und verlassen Sie diesen Ort, Sir!«

»Die Hände weg von meinem Gerät!«

»*Ihrem* Gerät?«

»Kadett Kimbal hat den Apparat vorübergehend meiner Obhut überlassen. Und da Sie kein Recht haben, ihn zu beschlagnahmen ... Pfoten weg!«

»Wir, äh, brauchen ihn als Beweismaterial«, sagte Inquisitor Cooper.

»Für die Ermittlungen«, fügte sein Kollege Dobbs hinzu.

»Welche Ermittlungen? Ich habe volle Jurisdiktion gekauft! Ich brauche das Gerät für meine ... für *unser* Gerichtsverfahren!«

Data wagte es, seine eigene Meinung zu äußern.

»Da Sie die vollständige Jurisdiktion für diesen Fall an den Großen Nagus verkauft haben, der den Hohen Rat der Ferengi vertritt, rate ich Ihnen davon ab, irgendwelche Beweisstücke zu behalten.«

Smythe und die beiden Inquisitoren starrten den Nagus, Data und auch Wesley an. Dann berieten sie sich eine Zeitlang und trafen schließlich eine Entscheidung.

Stumm verließen sie das Zimmer und ließen den Kimbal-Apparat auf dem Tisch zurück.

»Ja«, hauchte der Nagus. »Ja, ja, ja, ja. Beeilen Sie sich, Mähnsch. Zeigen Sie mir, wie das Gerät funktioniert.«

Wesley schob sich an Data vorbei und flüsterte ihm dabei zu: »Bitte spielen Sie mit, Sir.«

Der Kadett trat an den Tisch heran. »Nun, zunächst einmal brauchen wir etwas Chaseum – um es in Latinum zu verwandeln.«

»Chaseum, ja … natürlich! Völlig klar, Chaseum … ja!« Der Nagus suchte in seinen zahlreichen Taschen und holte schließlich einen Ferengi-Dietrich hervor. Er bestand fast völlig aus Chaseum.

»Legen Sie den Gegenstand auf die Platte dort. Und passen Sie auf! Sie dürfen die Umwandlungsfläche auf keinen Fall berühren!«

Der Ferengi riß die Hand zurück und warf den Dietrich aus sicherer Entfernung auf die Platte.

»Dieser Schalter hier dient dazu, das Gerät zu aktivieren«, fuhr Wesley fort. »Nun, wie ich sehe, ist das energetische Niveau sehr gering. Wir brauchen eine Energiequelle, eine Batterie oder so. Äh, Data?«

»Ich glaube, ich kann die notwendige Energie zur Verfügung stellen, ohne die Ladung meiner elektrischen Zellen zu erschöpfen«, erwiderte der Androide. Er griff nach zwei Elektroden, worauf die Kontroll-LEDs des Apparats kirschrot leuchteten.

»Sind Sie bereit, Großer Nagus? Betätigen Sie den

Schalter. Aber seien Sie sehr vorsichtig! Wir möchten vermeiden, daß Sie eine Dosis abbekommen ...«

»Eine Dosis von *was,* Mähnsch?« krächzte der Große Nagus.

»Oh, schon gut. Wenn Sie aufpassen, wird diesmal nichts passieren.«

*»Diesmal?«*

Wes winkte ab und deutete auf den Schalter. Nervöser Schweiß glänzte auf der Stirn des Nagus, als er die Zähne fletschte, einen ledrigen Finger nach dem Schalter ausstreckte und ihn drückte.

Der Ferengi-Dietrich erschimmerte und schien zu zerfließen – dieser Geschmolzene-Butter-Effekt kennzeichnete den Umwandlungsvorgang. Die Platte wurde so heiß, daß sie zu glühen begann. Und auf ihr lag ein Dietrich, der plötzlich aus purem Latinum zu bestehen schien.

Der Große Nagus riß die Augen auf. »Bei allen Profiten!« hauchte er. Voller Ehrfurcht griff er nach dem immer noch heißen Objekt, nahm es von einer Hand in die andere und wartete darauf, daß es sich abkühlte.

Wesley starrte ihn entsetzt an und taumelte, als hätte er gerade einen Geist gesehen. Er hielt sich an Data fest, um nicht das Gleichgewicht zu verlieren. »Er hat den umgewandelten Gegenstand *berührt!«* entfuhr es ihm.

Der Nagus sah verwirrt auf. »Stimmt was nicht?«

»Er hat ihn berührt – *mit den bloßen Händen, so wahr ich Fähnrich bin!«* Wesley richtete einen schockierten Blick auf den Androiden.

Data räusperte sich. »Sie haben es versäumt, den Großen Nagus darauf hinzuweisen, daß er so kurz nach der Transformation Gummihandschuhe benutzen sollte.«

Der Kadett wich zurück und zitterte am ganzen Leib. Er stieß gegen einen Stuhl, sank darauf hinab.

»Ich ... ich hätte nie gedacht, daß jemand so dumm sein kann, *gerade erst produziertes falsches Latinum mit bloßen Händen anzufassen!*«

»Wie bitte? *Was ist denn los?*« Der Nagus warf den Latinum-Dietrich fort und wischte sich erschrocken die Hände ab: an seiner Kleidung, an der Wand, am Tisch.

»Gibt es einen Elektro-Dekristallisierer an Bord der *Enterprise,* Data?«

»Ich glaube nicht, Kadett.«

»O nein!« Wesley stand wieder auf, wankte durchs Zimmer und preßte sich beide Hände an den Kopf. »Was sollen wir jetzt nur machen?«

»Mähnsch! Was ist passiert? *Was ist passiert?*« Der Große Nagus sprang auf, ruderte mit den Armen und schien fliegen zu wollen.

»Haben Sie denn überhaupt keine Ahnung, wie der Apparat funktioniert, Großer Nagus? Es handelt sich um einen distribumorphischen isolinearen Rekristallisierer! Meine Güte ... Als Sie das Latinum nahmen, haben Sie Ihren ganzen Arm rekristallisiert! Und Sie wissen doch, was das bedeutet, oder?«

»Weiß ich das?« erwiderte der Ferengi. Inzwischen waren seine Augen so groß wie Wagenräder.

»Verdammt, Nagus, Sie könnten den ganzen Arm verlieren! Data ... Haben Sie irgendeine Idee? Wir müssen sofort etwas unternehmen! Sonst ...«

Er strich sich mit dem Zeigefinger über die Kehle.

»Wir müssen den Großen Nagus zum nächsten Dekristallisierer bringen«, schlug der Androide vor.

»Ein ausgezeichneter Vorschlag, Sir!«

»Tatsächlich?«

»Ja! Es ist seine einzige Chance – wir müssen auf der Stelle einen Not-Dekristallisierer konstruieren!«

»Ich bitte Sie, beeilen Sie sich!« Der Nagus griff nach dem Arm und starrte auf die Hand. »Ich spüre bereits, wie die Kristallisierung beginnt!« Er richtete einen flehentlichen Blick auf Data. »Könnten Sie mir eine Armbinde anlegen?«

»Selbstverständlich«, erwiderte der Androide.

»Würde es etwas helfen?«

»Nein. Aber wenn Sie sich dadurch besser fühlen, lege ich Ihnen trotzdem eine Binde an.«

Der Große Nagus stöhnte und sank auf einen anderen Stuhl. »Ich bin erledigt! Ach, warum mußte ich nur so habgierig sein?«

*Andernfalls wärst du bestimmt nicht zum Großen Nagus geworden,* dachte Wesley. Laut sagte er: »Schnell, Sir ... Der Not-Dekristallisierer!«

»Ja, schnell, schnell!« drängte der Große Nagus.

»Wir brauchen einen Kristallisierungsprozessor ... Wo können wir einen auftreiben?« Wesley gab vor nachzudenken, sah mehrmals zum Kimbal-Apparat auf dem Tisch.

Unbewußt folgte der Nagus dem Blick des Kadetten. »Enthält das Ding nicht einen Prozessor fürs Kristallisieren oder Dekristallisieren?« Er deutete so auf die Vorrichtung, als befürchtete er, sie könnte ihn beißen.

Wesley schlug sich mit der flachen Hand auf die Stirn. »Bei allen Profiten und den Erwerbsregeln – *natürlich!* Wieso habe ich nicht gleich daran gedacht? Wir können den Kristallisierungsprozessor des Apparats verwenden!« Er maß den Ferengi mit einem fast ehrfürchtigen Blick. »Woher wußten Sie das, Sir? Haben Sie vielleicht subkristalline tomographische Diskrepanztheorie studiert?«

»Nun, ich denke, ich, äh, hab mich ein wenig damit befaßt, ja ... Nach menschlichen Maßstäben ist die Ferengi-Wissenschaft sehr fortgeschritten.« Der Große Nagus lächelte und fühlte sich geschmeichelt. Er nickte mehrmals, kniff zufrieden die Augen zu – und erstarrte plötzlich, als er sich an seine Situation erinnerte.

»Schnell! Die Zeit drängt. Äh ... Fühlen Sie bereits ein sonderbares Prickeln, Großer Nagus?«

Der Ferengi stöhnte und starrte wieder auf den Arm. »Ja, es prickelt, von den Fingern bis zum Ellenbogen! Ist das ein schlechtes Zeichen?«

Wesley schauderte und wandte seine Aufmerksamkeit dem Gerät zu. »Nehmen ... nehmen Sie den Deckel ab, Sir.«

Der Nagus griff geistesabwesend nach dem Dietrich. Eine halbe Sekunde später zuckte die Hand zurück, und er gab einen erschrockenen Schrei von sich.

»Nein, schon gut«, sagte der Kadett. »Inzwischen haben sich die Kristalle stabilisiert.«

Der Ferengi nahm das kleine Werkzeug, hielt es am einen Ende und löste damit die Frequenzklammern an den Ecken der Umwandlungsplatte.

Wesleys Stimme klang immer drängender, als der Ferengi unter seiner Anleitung den vom echten Fred Kimbal entwickelten Hauptprozessor entfernte. Nur ein Exemplar existierte davon, und Wesley hatte noch immer keine Ahnung, wie das Ding funktionierte.

Aber er wußte, wie er dafür sorgen konnte, daß der Prozessor seine Funktion endgültig einstellte.

»Schnell, legen Sie sich das Ding auf den Arm! Himmel, es bleibt keine Zeit mehr! Halten Sie den Prozessor mit einem Finger fest!«

Der Nagus kam dieser Aufforderung sofort nach. Wesley trat rasch vor und griff nach zwei Kupferdrähten. Mit Glasfasersträngen konnte er seine Absicht nicht verwirklichen – bei einer Überladung strahlten sie die überschüssige Energie einfach als Licht ab.

»Nehmen Sie diese beiden Enden, Data.« Der Androide streckte die Hand nach ihnen aus, und Wesley hatte eine letzte Anweisung für ihn. »Kehren Sie jetzt die Polarität um, Commander, und geben Sie dann vollen Saft auf beide Leitungen! Haben Sie verstanden?«

Data nickte. »Ich glaube schon, Kadett.«

Die Kupferdrähte glühten erst rot, dann gelb und schließlich so weiß, daß Wesley die Augen schließen mußte, um nicht geblendet zu werden. Es knackte laut – für den Kadetten klang es fast wie ein Donnern.

Der Nagus heulte, als ihm der heiße Prozessor die Haut verbrannte. Mit der anderen Hand griff er nach dem Arm, lief durchs Zimmer und fluchte wie ein betrunkener Seemann.

Als der Große Nagus zum drittenmal vorbeilief, hielt Wesley ihn fest. »Lassen Sie mich Ihren Arm sehen!«

Der Nagus hob ihn, und Wesley blickte einige Sekunden lang darauf hinab. »Donnerwetter, Sie haben das Glück eines Ferengi!«

»Sie ... Sie ...! Habe ich das?«

»Ja. Die Behandlung erfolgte gerade noch rechtzeitig genug. Sehen Sie hier?« Der Kadett deutete stolz auf das vom Prozessor stammende Brandmal im Arm des Nagus. »Sie haben jetzt mindestens neun Quadratzentimeter rekristallisierte Haut. Und das bedeutet: Es gibt nichts mehr zu befürchten.«

Dieser Hinweis beruhigte den Ferengi, und er setzte sich. Kummervoll blickte er auf den kleinen Schlackehaufen, der einmal ein Hauptprozessor gewesen war. »Vielen Dank«, sagte er, aber es schien nicht unbedingt von Herzen zu kommen.

Wesley sank auf einen anderen Stuhl und wischte sich den Schweiß von der Stirn. »Meine Güte! Ich dachte schon, daß es nicht mehr klappt.« Er sah zum zerstörten Prozessor. »Wirklich schade, daß eine so wertvolle Erfindung – an der ich alle Rechte besitze – geopfert werden mußte, um dem Großen Nagus das Leben zu retten.«

»Äh ... Sie denken doch nicht etwa daran, mich zu verklagen, oder?«

»Ich weiß nicht. In meinem gegenwärtigen Status

als Ihr Sklave kann ich überhaupt nicht denken. Wahrscheinlich bin ich mit dem ersten Vorschlag einverstanden, den ich von Ihnen höre.«

»Hmmm … Nun, was soll's? Vermutlich bekäme ich ohnehin nichts für Sie. Wir sind quitt, wenn ich Sie freigebe, einverstanden?«

Wesley streckte die Hand auf. »Data, Sie sind Zeuge dieser Vereinbarung.«

»In Ordnung, Kadett.«

»Also abgemacht, Großer Nagus. Sie lassen mich gehen …«

»Zunächst einmal«, warf der Nagus ein.

»Sie lassen mich gehen, zunächst einmal, und ich erhebe keine Schadenersatzansprüche für die Kimbal-Uhr.«

Der Nagus grummelte ein wenig, aber schließlich gab er sein Einverständnis. Wesley verließ den Zellentrakt von Novus Alamogordus als freier Kadett – zunächst einmal.

»Endlich ist es überstanden«, seufzte Kadett Crusher.

»Ich glaube, es gibt ein Sprichwort, das die gegenwärtige Situation angemessen beschreibt«, sagte Data. »Es heißt: ›Ende gut, alles gut.‹«

Wesley lächelte schief. »Ich weiß nicht, ob ›alles gut‹ ist. Mir genügt das mit dem Ende.«

# 19

Commander Will Riker wartete mehr oder weniger ungeduldig darauf, daß sich Wesley Crusher wieder an Bord der *Enterprise* beamte. Data hatte bereits einen ausführlichen Bericht übermittelt. Munk und Tunk befanden sich noch immer in Haft, was für den Kadetten bedeutete: Er konnte nur dann erneut in Gefahr geraten, wenn ihn der Große Nagus wegen Vertragsbruch anzeigte. Immerhin gehörte der Vertrag jetzt ihm – so wollte es das Ferengi-Recht.

*Aus dem Regen in die Traufe,* dachte der Erste Offizier. Nun, Wesley hatte eine wichtige Lektion hinter sich, und es konnte sicher nicht schaden, wenn Riker den jungen Mann wissen ließ, daß er noch immer auf der *Enterprise* willkommen war.

Der Kadett stellte eine Kom-Verbindung zum Transporterraum her und bat darum, an Bord gebeamt zu werden – zuvor war er ins Hotelzimmer zurückgekehrt und hatte seine Sachen geholt. Riker erhob keine Einwände; der Transfer fand statt.

Als Wesley materialisierte, begrüßte der Erste Offizier ihn mit einem Lächeln. »O, Fred Kimbal, lange nicht gesehen! Wie ging's bei der Auktion zu?«

Wesley verzog das Gesicht, als er den Namen hörte. »Es war alles sehr aufschlußreich, wie Data sagen würde.«

»Er sprach in diesem Zusammenhang von ›stimulierenden‹ Erfahrungen.«

»Wie auch immer. Ich freue mich, wieder hier zu

sein, Sir. Bisher habe ich keine Gelegenheit gefunden, meine Mut ... Doktor Crusher zu besuchen.«

»Da wir gerade von Beverly sprechen ... Ich habe ein Angebot für Sie. Allerdings müssen Sie bei Ihrer Ehre als Akademie-Kadett schwören, daß Sie ihr nichts verraten ... Wes.«

Wesley entspannte sich. Es erschien ihm noch immer seltsam, von den Offizieren der *Enterprise* gesiezt zu werden, nachdem sie ihn so lange geduzt hatten. *Aber inzwischen sind einige Jahre vergangen, und viele Dinge haben sich inzwischen verändert.*

Er nickte und griff nach dem Bündel mit der Kleidung, die er bei seiner Entführung getragen hatte.

»Sie wollten sich von Data in die Kunst des Pokerns einweihen lassen, nicht wahr? Nun, ich schlage vor, Sie lernen vom Besten.«

»Sir?«

»Besuchen Sie mich, sobald Sie sich in Ihrem Quartier eingerichtet haben. Ich bin gern bereit, Ihnen ein oder zwei Pokertricks zu zeigen, die selbst einen Androiden überraschen würden.« Riker zwinkerte und stieß dem dünnen, ausgezehrt wirkenden Kadetten den Ellenbogen in die Rippen.

Crusher blieb so abrupt stehen, daß Riker fast gegen ihn geprallt wäre. Der junge Mann wirbelte um die eigene Achse und sah den Ersten Offizier so entsetzt an, als hätte er vorgeschlagen, Bomben auf Betazed abzuwerfen. »Nein!« rief er, riß die Augen auf und fügte ein verspätetes ›Sir‹ hinzu. »Das ist sehr freundlich von Ihnen, Sir, aber ich muß ablehnen.« Im Anschluß an diese Worte eilte Wesley fort und ließ einen verwirrten Riker zurück.

Der Commander sah ihm nach, zuckte schließlich mit den Schultern und ging zur Brücke.

Lieutenant Worf steuerte das Shuttle *Nämeme*. An Bord befanden sich Professor Raymond Redheffer, der die

Föderation vertrat, Commander Kurak vom klingonischen Imperium und Lieutenant Commander Geordi LaForge als Repräsentant der eigenen Reputation. Sie drängten sich in einer Passagiersektion zusammen, die hastig zu einer zusätzlichen Frachtkammer umgebaut worden war.

Hinter der *Nämeme* – weit hinter ihr – folgte die von einem Traktorstrahl gezogene photonische Impulskanone. Data und Kurak hatten vier Tage damit verbracht, aus den bei der Auktion ersteigerten Entwürfen ein erstes Modell zu bauen. Im Schlepptau befanden sich auch zwei kleine Asteroiden, die Professor Redheffer mit speziellen Meßinstrumenten ausgestattet hatte. Sie sollten als Ziele dienen.

Raymond Redheffer war groß, muskulös, grauhaarig und alt. Er behauptete, hundertzwanzig zu sein, sah jedoch keinen Tag älter als hundert aus. Mit einem kleinen Scoutschiff war er von Starbase 6 gekommen. Im Auftrag der Föderationsgesellschaft für die Weiterentwicklung der Wissenschaft (die damit einen Sieg über den exoökologischen Forschungsrat der Föderation errungen hatte) sollte er am Test der Impulskanone teilnehmen.

Raymond Redheffer hatte sie begrüßt, indem er Geordi und Kurak so heftig auf den Rücken klopfte, daß sie fast zu Boden gingen. Als er diverse Geräte vom Scoutschiff zur *Nämeme* transferieren ließ, zitierte er immer wieder aus irgendwelchen Gedichten und bot jedem einen Drink an, der ihm eine Zeile eines Gedichts nennen konnte, das er nicht innerhalb von fünf Minuten zu identifizieren vermochte. Geordi versuchte es und stellte schon nach kurzer Zeit fest, daß er dem Professor drei Drinks schuldete.

Commander Kurak richtete einen durchdringenden Blick auf Redheffer, fletschte die Zähne und fauchte einige Worte auf Klingonisch.

»Unbesiegbar ist der Feind, aber du bist nur unverwundbar.«

Der Professor blinzelte mehrmals und starrte die klingonische Walküre stumm an.

»Offenbar habe ich den Föderationsprofessor vor eine Aufgabe gestellt, die er nicht lösen kann«, sagte Kurak und lächelte.

»Weil Sie Tyrdak das Kampfbanner falsch zitiert haben«, erwiderte Redheffer.

»Das Zitat ist richtig!«

»Ist es nicht.«

»Ist es doch!«

»Kommt dies nicht dem Original näher?« Redheffer räusperte sich und sagte auf klangvollem Klingonisch: »›Unbesiegbarkeit kommt von deinem Feind, doch Unverwundbarkeit kommt aus dem Innern. Um die Unbesiegbarkeit anzugreifen, muß der Feind seinen Platz verlassen. In dem Augenblick wird er verwundbar.‹«

Worf brummte, und der Schatten eines Lächelns huschte über seine Lippen. »Nach meinen Erinnerungen ist Professor Redheffers Zitat richtig«, sagte er.

Commander Kurak schnappte nach Luft und hob die Faust. Eine halbe Sekunde später faßte sie sich und deutete eine Verbeugung an. »Ich respektiere das größere Wissen des Menschen«, sagte sie und lächelte. Doch in ihren Augen funkelte kalter Zorn. Geordi schauderte unwillkürlich. *Dem Himmel sei Dank, daß ich nicht Ray Redheffer bin,* dachte er.

Der Professor trug eine Art Visor, und deshalb fühlte sich LaForge auf seltsame Weise mit ihm verbunden. Mit Hilfe seines speziellen Visors konnte Redheffer die Augen direkt mit einem Breitbandscanner verbinden. Dadurch war ihm eine noch umfassendere visuelle Wahrnehmung möglich als Geordi.

»Sie sollten an der Vorbereitung der Tests teilnehmen, Commander«, sagte Worf zu LaForge. »Sie wissen mehr über Doktor Zorka als wir.«

»Der Klingone hat recht«, meinte Redheffer. »Ich habe mich nie zuvor mit Zorkas Erfindungen befaßt und bin nur deshalb zu Ihnen geschickt worden, weil ich der einzige Techniker in Reichweite war.«

Geordi LaForge schüttelte den Kopf. »Meine Probleme sind auch so schon groß genug. Es ist allgemein bekannt, daß ich Zorka für einen Spinner halte. Wenn ich bei der Vorbereitung der Experimente mithelfe, und wenn dann etwas schiefgeht ... Dann heißt es bestimmt, ich hätte absichtlich für einen Fehlschlag der Tests gesorgt.«

»Wie Sie meinen.« Redheffer zuckte mit den Schultern und begann damit, Kurak und Worf Anweisungen zu erteilen. Die Klingonen kamen diesen eher widerstrebend nach – sie hatten keine Erfahrung mit dem Testen von Waffensystemen.

Vom Frachtbereich bis zur Passagiersektion – praktisch die ganze *Nämeme* steckte voller Geräte. Niemand von ihnen wußte, wie oft sie die photonische Impulskanone abfeuern konnten, und deshalb mußten gleich beim erstenmal möglichst viele Meßdaten gewonnen werden. Für die Crew blieb kaum Platz genug zum Atmen. Es war Geordi nicht leicht gefallen, Riker die Erlaubnis abzuringen, ebenfalls an Bord des Shuttles zu gehen – immerhin wurde mit seiner Anwesenheit wertvoller Platz ›vergeudet‹.

Schließlich betrug die Entfernung zu Novus Alamogordus und den beiden Raumschiffen im Orbit des kleinen Planeten – der *Enterprise* und der *Verborgener Fisch* – ein Lichtjahr. Redheffer und Kurak glaubten, damit eine sichere Distanz erreicht zu haben.

Worf bediente die Kontrollen des Traktorstrahls und brachte den ersten Asteroiden in eine ungefähr dreihunderttausend Kilometer entfernte Position. Anschließend drehte er die photonische Impulskanone und nahm eine Zielanpeilung vor.

Geordi beobachtete hilflos und nervös, wie Energie

in das neue Waffensystem geleitet wurde. Zweimal hätte er fast eingegriffen, um kleine Ungenauigkeiten bei der Kalibrierung zu korrigieren. Beide Male hielt er sich im letzten Augenblick zurück, um dem späteren Vorwurf zu entgehen, das Experiment in irgendeiner Weise gestört zu haben.

*Ich bin nur ein Beobachter, sonst nichts.*

Während der letzten fünf Minuten mußte sich Geordi praktisch auf die Hände setzen, um zu vermeiden, irgendwelche Schalter zu betätigen.

*Na komm schon,* dachte er und betrachtete die Impulskanone auf dem Bildschirm. *Ein kleiner Fehlschlag, und alles ist in Butter.*

Geordi kam sich wie ein Verräter an allem Technischen vor, doch gleichzeitig wurde ihm klar: Wenn die photonische Impulskanone tatsächlich funktionierte, konnte er sich von seinem guten Ruf verabschieden.

Der Countdown begann. Auf Klingonisch zählte Kurak langsam von acht bis null, berührte dann eine Schaltfläche.

Ein schrilles Pfeifen sorgte für ein jähes Ende der Stille an Bord der *Nämeme.* Alle vier Besatzungsmitglieder preßten sich die Hände an die Ohren. Nach einigen Sekunden war Commander Kurak geistesgegenwärtig genug, eine Hand auszustrecken und den Zündimpuls zu deaktivieren. Das schier unerträgliche Heulen verklang.

Fünf oder sechs Minuten hörte Geordi nichts anderes als ein beharrliches Klingeln. Offenbar erging es den anderen ebenso, denn sie saßen einfach nur da und rieben sich immer wieder die Ohren. Redheffer begann mit einer Untersuchung der Schaltkreise, entdeckte einen Kurzschluß und eliminierte ihn.

Bevor sie den Zündimpuls zum zweiten Mal auslösten, überprüfte Kurak noch einmal das Schaltsystem, um ganz sicher zu sein. Sie wandte sich an Geordi. »Haben wir eben etwas gehört, das Menschen als

›Wolfsheulen‹ bezeichnen? Ich wußte gar nicht, wie attraktiv so etwas klingen kann.«

LaForge brauchte einige Sekunden, um zu begreifen, daß sich Kurak einen Scherz erlaubt hatte – so etwas kam bei Klingonen nur sehr selten vor!

»Zweiter Countdown«, verkündete Kurak und zählte noch einmal von acht bis null. Kurz bevor sie die Schaltfläche berührte, hielten sich Worf, Redheffer und Geordi die Ohren zu.

Zwei. Eins. Null. Commander Kurak betätigte den Auslöser, und plötzlich schien das ganze Shuttle nach Luft zu schnappen. Die Anzeigen der energetischen Belastung zeigten maximale Werte, als die Energiezellen der *Nämeme* einen großen Teil ihrer Ladung verloren.

Ein lautes *Plopp* in der Frachtkammer klang nach dem Knallen des größten Sektkorkens in der Galaxis. Geordi duckte sich unwillkürlich.

Ein dünner grüner Energiestrahl löste sich vom Ende der photonischen Impulskanone und sauste zum Zielasteroiden. LaForge veränderte die Scanfrequenz seines Visors und stellte fest, daß der Strahl pulsierte.

Er erreichte den Asteroiden, prallte ab und zeichnete sich durch eine so geringe Energiestärke aus, daß die Sensoren ihn kaum registrierten.

Geordi holte tief Luft.

»Die Energie …«, brachte Kurak hervor. »Sie muß irgendwo sein.«

»Sie ist nicht im Strahl«, sagte Redheffer, der sein Visor mit den Sensoren verbunden hatte. »Nun, wenn sie sich weder im Strahl noch in den Ergzellen des Shuttles befindet, so kommt nur ein Ort in Frage.«

»Schilde hoch!« rief Geordi.

Worf hatte den Schutzschirm des Shuttles gerade aktiviert, als sich die photonische Impulskanone, für die das klingonische Imperium und die Föderation zusammen hundertachtzigtausend Barren in Gold gepreßtes Latinum bezahlt hatten, in einen gewaltigen Feuerball verwandelte.

Die energetische Druckwelle der Explosion erfaßte das Shuttle und schleuderte es durch den Raum. Die Besatzungsmitglieder wurden im Innern der *Nämeme* hin und her geworfen. Als es Worf schließlich gelang, die Fluglage zu stabilisieren, war ein großer Teil der vom Professor mitgebrachten Meßinstrumente in dem Durcheinander zerstört worden.

Kurak untersuchte die beiden Menschen rasch, stellte bei Redheffer einen gebrochenen Finger und bei Geordi zahlreiche blaue Flecken fest.

Die Klingonin schnaubte. »Grmpf. Typisch für Menschen, eine Waffe zu konzipieren, die sich selbst angreift.«

Geordi grinste – er konnte nicht anders. Es hatte ihn große Mühe gekostet, nicht ›Hurra!‹ zu rufen und die Faust einem imaginären Himmel entgegenzustrecken.

Dann sah er, daß die drei anderen Besatzungsmitglieder des Shuttles ihn mit verwirrten Blicken musterten. Sie fragten sich ganz offensichtlich, wie man sich unter solchen Umständen freuen konnte.

»Äh, ich bin froh, daß wir noch am Leben sind«, improvisierte Geordi.

Kurak schnaubte einmal mehr und sah den Chefingenieur der *Enterprise* mit neuem Respekt an. »Erstaunlich«, murmelte sie. Geordi wußte nicht, worauf sich dieser Kommentar bezog: auf seine wiederholten Prophezeiungen, daß die photonische Impulskanone nicht funktionieren würde, oder auf seine Freude darüber, recht zu haben.

Worf sprach leiser als sonst. »Vielleicht sollten wir jetzt besser zu unseren Schiffen zurückkehren, um Bericht zu erstatten.«

»Na schön.« Redheffer hob und senkte die Schultern, schien sich bereits mit dem negativen Ausgang des Experiments abgefunden zu haben. »Wie gewonnen, so zerronnen«, sagte er schlicht.

Captain Jean-Luc Picard hatte vier ruhige Tage genossen, während Data und der klingonische Wissenschaftsoffizier die photonische Impulskanone bauten.

Er verbrachte diese Zeit, indem er zwei neue Bücher las, die im letzten kulturellen Subraum-Datenpaket enthalten gewesen waren. Im einen ging es um die Analyse einer Sprache, die dem Kommunikationscode der Maya ähnelte und in einem dreihunderttausend Jahre alten vulkanischen Bild entdeckt worden war. Beim zweiten Buch handelte es sich um einen amüsanten Zeitreise-Roman, der den legendären König Artus betraf. Als er den Roman zur Hälfte gelesen hatte, fand Picard den schwerfälligen Stil sowie die Blutrünstigkeit des Autors unerträglich. Er traf eine rasche Entscheidung und löschte das Buch aus dem Datenspeicher.

Schließlich summte der Türmelder. Picard vermutete, daß ihm Geordi LaForge einen Besuch abstatten wollte, denn die *Nämeme* war gerade zurückgekehrt – in einem ziemlich lädierten Zustand, wie Commander Data gemeldet hatte.

»Herein«, sagte der Captain. Ein Teil von ihm kroch noch immer auf Händen und Knien durch dreihunderttausend Jahre alte vulkanische Ruinen.

Die Tür öffnete sich, und Geordi trat mit einem Datenblock an. Seine Lippen formten ein triumphierendes Lächeln. »Ich bringe die Resultate des Tests in Hinsicht auf die photonische Impulskanone, Sir.«

Picard setzte ein elektronisches Lesezeichen in das archäologische Buch und schaltete den Leseapparat aus. »Können Sie mir eine kurze Zusammenfassung geben?«

»Ja, Sir.« Diesmal versuchte Geordi gar nicht erst, seine Genugtuung zu verbergen. »Das Ding taugt nichts. Es saugt Energie auf wie ein Schwamm Wasser. Wenn man die Kanone abfeuert, kommt es zu so starken Vibrationen, daß die innere Stabilität verlorengeht. Und wenn wir drei davon hätten, könnten wir vielleicht eine Entladung mit der gleichen energetischen Stärke eines gewöhnlichen Phaserstrahls erzeugen. Vorausgesetzt natürlich, wir finden eine Möglichkeit, den Energiekollaps zu vermeiden, der zu einer verheerenden Explosion führt.«

Captain Picard schwieg fast eine Minute lang. Nach dem Test hatte Geordi keine Daten übermittelt und darauf bestanden, persönlich Bericht zu erstatten. Jetzt kannte Picard den Grund dafür.

Nach einer Weile räusperte er sich. »Ähem. Ich schätze, ich sollte mir auch die Einzelheiten Ihres Berichts ansehen und ihn dann an Starfleet Command weiterleiten.«

»Ja, Sir, das sollten Sie.« LaForge legte das Datenmodul auf den Schreibtisch des Captains.

Picard starrte auf das Objekt hinab, als fühlte er sich davon verraten. »Ich befasse mich heute abend damit. Morgen früh um acht erwarte ich die Führungsoffiziere und Wesley in meinem Bereitschaftsraum.«

»Aye, Sir. Ich gebe dem Ersten Offizier Bescheid.«

»Wegtreten.«

Geordi lächelte noch immer, als er das Quartier des Captains verließ. Zurück blieb ein Picard, der sich fragte, wie er Starfleet Command und Imperator Kahless die Vergeudung von hundertachtzigtausend Barren Latinum erklären sollte.

Am nächsten Morgen traf Commander Riker fünfzehn Minuten vor acht im Bereitschaftsraum ein – er kam immer sehr pünktlich. Überrascht stellte er fest, daß Wesley bereits anwesend war.

»Sie sind ziemlich früh dran.«

»Daran bin ich von der Akademie her gewöhnt, Sir. Man weckt uns um halb sechs. Fünf Minuten später müssen wir im Trainingsanzug antreten, für einen Morgenlauf oder Leibesübungen.«

Riker lächelte. »Ach, tatsächlich? Das ist mir völlig neu.«

»Oh, Entschuldigung. Ich brauche Ihnen sicher nicht zu erzählen, wie's an der Akademie zugeht.« Wesleys Wangen röteten sich, aber er lächelte.

»Nun, während meiner Zeit trieben wir Sport, indem wir Dinosaurier über den Exerzierplatz jagten.«

»Meine Güte!« ertönte Picards Stimme. »Dann hat *meine* Ausbildung etwa zu der Zeit stattgefunden, als blaugrüne Algen mit der Produktion von Sauerstoff begannen.«

Riker und Wesley standen respektvoll auf, als der Captain hereinkam. Ihm folgten Data, Geordi, Worf, Beverly und Deanna Troi. Picard setzte sich, und die anderen folgten seinem Beispiel.

»Es ist noch nicht acht, aber da wir bereits alle versammelt sind ... Sie haben das Wort, Geordi.«

LaForge räusperte sich. »Ich schätze, inzwischen kennen Sie alle den Bericht. Nun, es läuft auf folgendes hinaus: Man testete bereits existierende Modelle oder konstruierte sie auf der Grundlage vorhandener Pläne. Im großen und ganzen läßt sich feststellen, daß Doktor Zorkas Erfindungen nicht mehr sind als ein Haufen Unsinn.«

»Und wir besitzen den teuersten Unsinn«, ließ sich Riker vernehmen.

Der Captain preßte die Fingerspitzen aneinander. »Strategische Analyse unserer Situation, Mister Data?«

»Um ganz offen zu sein, Sir: Ich fürchte, uns steht die übelriechende Masse bis zum Hals.«

»Data!« sagte Beverly und lächelte.

»Äh«, murmelte Geordi, »ich glaube, dieser Ausdruck ist ursprünglich skatologischer Natur, Data.«

Der Androide wölbte die Brauen. »Tatsächlich? Ich wollte nur darauf hinweisen, daß die Sicherheit des klingonischen Imperiums und der Föderation durch die Zahlung einer hohen Summe ohne jeden Gegenwert erheblich beeinträchtigt wurde. Unser einziger Trost besteht darin, daß auch die Cardassianer viel Geld bezahlen müssen, ohne etwas zu bekommen. Vorausgesetzt natürlich, sie sind bereit, ihre Schulden zu begleichen.«

»Und wenn sie nicht dazu bereit sind?«

»In dem Fall haben wir kaum die Möglichkeit, sie zur Zahlung zu zwingen. Wir treiben praktisch keinen Handel mit dem cardassianischen Reich, und es gibt keine diplomatischen Vertretungen. Bei mehreren Gelegenheiten haben die Cardassianer gezeigt, daß sie jeden Vorwand nutzen, um Zahlungsverpflichtungen der Föderation gegenüber zu bestreiten.

Was unsere eigene diesbezügliche Situation betrifft: Wir sind an Gesetze gebunden, und daher bleibt uns keine andere Wahl, als den bei der Auktion vereinbarten Preis an Doktor Zorkas Sohn, Bradford Zorka, zu bezahlen.«

»Ich dachte, Doktor Zorkas Vorname lautete Jaymi«, meinte Beverly Crusher.

»Diesen Punkt haben wir bereits erledigt«, kommentierte Geordi in einem geheimnisvollen Tonfall.

Wesley beschloß, an der Diskussion teilzunehmen. »Darf ich etwas sagen, Sir?« Als Picard nickte, fuhr der Kadett fort: »Commander, warum können wir nicht die Zahlung mit dem Hinweis verweigern, daß der Ware die zugesicherten Eigenschaften fehlten?«

»So einfach ist das nicht. Um an der Versteigerung teilzunehmen, mußte sich Lieutenant Worf als Repräsentant der Föderation vertraglich verpflichten, alle ersteigerten Gegenstände zu bezahlen, auch wenn sie nach der Auktion aus irgendeinem Grund veraltet sind.«

»Es läuft auf folgendes hinaus«, erklärte Riker. »Wenn wir morgen unsere photonische Impulskanone entwickeln, und zwar ein besseres Modell als das von Zorka erfundene, so sind wir trotzdem verpflichtet, den Auktionspreis zu bezahlen.«

»Unglücklicherweise hat Hatheby's die Klausel so vage formuliert, daß wir die Testresultate nicht benutzen können, um unser Gebot zurückzuziehen«, sagte Data.

»Klingt nach einem Ferengi-Vertrag«, warf Wesley ein. *Ich habe einen Ferengi-Vertrag überlistet,* fuhr es ihm durch den Sinn. *Vielleicht finde ich auch hier einen Ausweg.*

»Wenn es ein Ferengi-Vertrag wäre, könnten wir wenigstens sicher sein, daß die Cardassianer ihre Schulden bezahlen«, sagte Data. »Das Handelsvolumen zwischen dem cardassianischen Reich und den Ferengi beträgt mehrere Millionen Barren Latinum. Die Cardassianer würden einen so wichtigen Wirtschaftsfaktor bestimmt nicht wegen hundertfünfzigtausend Barren in Gefahr bringen.«

Wesley runzelte die Stirn, und Riker ahnte, was das bedeutete: Im Kopf des Kadetten entstand ein weiterer komplizierter Plan. »Data ...«, sagte der junge Mann langsam. »Wenn die Cardassianer den Betrag den Ferengi schulden würden und nicht Hatheby's – müßten sie dann bezahlen?«

»Das halte ich für sehr wahrscheinlich. Die Ferengi sind ihre wichtigsten Handelspartner. Es wäre ein großer Fehler der Cardassianer, ihre Kreditwürdigkeit wegen nicht bezahlter Schulden zu riskieren.«

»Wes ...« Riker beugte sich vor. »Haben Sie eine Idee?«

»Ich glaube schon, Sir. Aber lassen Sie mich bitte noch einige Minuten lang darüber nachdenken.«

Picard nickte. »Was den Test betrifft ... Weist er nicht den geringsten positiven Aspekt auf?«

»Jean-Luc ...« Beverly wandte sich an den Captain. »Ich sollte auf folgendes hinweisen: Die medizinische

Ausrüstung, die ich für Admiral Dyreal vom Forschungszentrum *Luqtan* gekauft habe, funktioniert einwandfrei. Ich habe die Geräte selbst überprüft.«

»Das überrascht mich kaum«, erwiderte Geordi. »Zu Anfang leistete Doktor Zorka tatsächlich hervorragende Arbeit. Für seinen guten Ruf existierte eine solide Basis. Und um ganz offen zu sein: Im Konzept der photonischen Impulskanone gibt es einige interessante Punkte, die sehr lehrreich für uns sein können.«

»Aber sie sind es sicher nicht wert, hundertfünfzigtausend Barren Latinum dafür zu bezahlen«, sagte Picard reumütig.

»Das stimmt.«

»Es gibt einen Trost«, sagte Riker.

»Und der wäre, Will?«

»Wenigstens denken die Cardassianer jetzt, daß wir eine photonische Impulskanone haben. Worf, könnten wir irgendwie einen ›Test‹ vorbereiten, der die Guls von der Existenz eines funktionsfähigen Prototyps überzeugt?«

Der Klingone überlegte kurz. »Wenn Kurn mit uns zusammenarbeitet … Dann sollte es eigentlich möglich sein, einen manipulierten Testeinsatz der Waffe stattfinden zu lassen, der die Funktionstüchtigkeit der photonischen Impulskanone vortäuscht. Aber eine solche Vorstellung gefällt mir nicht, Sir.«

»Was haben Sie dagegen?«

Worf zögerte. Es widerstrebte ihm ganz offensichtlich, den Vorschlag eines vorgesetzten Offiziers zu kritisieren, doch der Krieger in ihm lehnte es ab, einen falschen, auf Täuschung basierenden Sieg zu erringen.

»Im Ernst, Worf: Wenn es in diesem Zusammenhang ein Problem gibt, so muß ich davon erfahren.«

»Sir, wenn wir so tief sinken und zu solchen Tricks greifen … Dann sind wir nicht besser als *Romulaner.*« Der Klingone spuckte das letzte Wort, als sei es etwas, das ihn mit Ekel erfüllte.

»Ich sehe eine konkrete Grundlage für Worfs Unbehagen, Nummer Eins«, sagte Picard. »Angenommen, wir überzeugen die Cardassianer wirklich davon, daß uns eine Superwaffe zur Verfügung steht. Was dann?

Erstens: Sie würden sich gezwungen sehen, selbst eine photonische Impulskanone zu entwickeln – vielleicht sogar eine, die funktioniert.

Zweitens: Angenommen, die Cardassianer behaupten, selbst eine solche Waffe zu haben. Weiter angenommen, sie präsentieren uns die Resultate eines Tests. Sollen wir die Sache für bare Münze nehmen? Oder müßten wir vermuten, daß sie zu den gleichen Tricks gegriffen haben wie wir? Wenn man den Weg der Desinformation beschreitet, so beginnt man schon recht bald damit, an der Authentizität aller Informationen zu zweifeln, und dadurch fürchtet man, Entscheidungen zu treffen. Dann dauert es nicht mehr lange, bis man vor Unschlüssigkeit wie gelähmt ist.

Drittens: Wenn zu den Cardassianern durchsickert, daß unsere Teste manipuliert waren – und früher oder später wird das der Fall sein, Will –, so werden sie allen unseren zukünftigen Ankündigungen neuer Waffensystem mit großer Skepsis gegenüberstehen. Wer einmal lügt …«

Riker nickte und lächelte schief. »Ganz abgesehen davon geht es mir ähnlich wie Worf: Ich verabscheue einen Sieg durch Täuschung. Es gibt nur eins, was noch schlimmer ist: die Niederlage.«

»Die Cardassianer kämen innerhalb weniger Monate dahinter, Will. Tricks sind ausgeschlossen.«

»Zumindest solche«, sagte Wesley langsam.

»Was ist mit Ihrer Idee, Mister Crusher?« fragte der Erste Offizier.

»Ich möchte einen Vorschlag unterbreiten, Commander. Aber vielleicht gefällt er Ihnen nicht, denn das Element der Täuschung spielt eine wichtige Rolle dabei. Es handelt sich um etwas, das Tunk als einen ›Streik‹ bezeichnen würde.«

»Abstrakte Theorien dürfen einem guten Plan nicht im Weg stehen. Kadett. Heraus damit!«

»In Ordnung, Sir. Sie haben ein Problem, und ich habe ein Problem. Ihr Problem besteht darin, daß Sie hundertachtzigtausend Latinumbarren für wertlosen Schrott bezahlt haben. Die eine Hälfte des Geldes muß die Föderation aufbringen, die andere das klingonische Imperium.«

»Wenn du eine Idee hast, Wesley ...«, sagte Beverly. »Komm zum Kern der Sache.«

Der Kadett hielt sich bei seinen Ausführungen streng an die Logik, unter anderem auch deshalb, weil er die Einzelheiten erst während des Vortrags ausarbeitete. »Mein Problem ist, daß mich der Große Nagus jederzeit unter Druck setzen und sogar erpressen kann. Er braucht nur damit zu drohen, mich für Munk und Tunk vor ein Ferengi-Gericht zu bringen. Die Föderation müßte mich ausliefern, und mir bliebe nichts anderes übrig, als den Rest meines Lebens in einem Bergwerk zu schuften oder bei Ferengi-Orgien Alkohol zu servieren.«

»Wesley!« entfuhr es Beverly schockiert.

»Entschuldigung, Mutter. Nun, auch der Große Nagus hat ein Problem: Er hat sechsunddreißig Hektobarren für Munk und Tunk bezahlt, die kein einziges Gramm besitzen. Besser gesagt: Ihr Vermögen besteht nur aus zwanzig Gramm.« Wesley lächelte bei der Erinnerung an die Barren-Übergabe im Zellentrakt.

»Die Cardassianer haben ebenfalls ein Problem: Sie gingen bei der Versteigerung leer aus und besitzen keine photonische Impulskanone.«

»Großartig«, sagte Riker. »Alle haben Probleme.«

»Nein, Sir. Alle haben *unterschiedliche* Probleme. Ich stellte mir folgende Frage: Was würde ein Ferengi-Geschäftsmann unternehmen? Wie würde sich zum Beispiel Tunk verhalten?« Der Kadett lächelte und lehnte sich zurück. »Es liegt auf der Hand. Tunk wäre bestimmt bereit, diese Gelegenheit für den größten ›Streik‹ seines Lebens zu nutzen.«

»Mir ist zwar die Bedeutung des Begriffs ›Streik‹ bekannt«, sagte Data. »Aber in diesem besonderen Kontext bin ich nicht imstande, einen Sinn zu erkennen.«

»Tunk spricht das Wort mit Absicht falsch aus. Er meint nicht *Streik,* sondern *Streich,* und zwar eine ganz spezielle Version, die Kooperationsbereitschaft vom Opfer erfordert. In diesem Fall heißt das: Wir geben den Cardassianern die Chance, sich selbst hereinzulegen.«

Picard schwieg und sah zu Riker. Der Erste Offizier schüttelte den Kopf. »Ich verstehe nicht ganz, Kadett.«

»Die Sache gefällt mir nicht«, knurrte Lieutenant Worf. Counselor Troi und Wesleys Mutter wechselten einen verwirrten Blick.

Nur Geordi lächelte – vielleicht ahnte er, worauf Wesley hinauswollte.

»Eigentlich ist alles ganz einfach«, fuhr Wesley fort. »Wir sorgen dafür, daß der Große Nagus die photonische Impulskanone stiehlt und an die Cardassianer verkauft.«

Der Captain räusperte sich. »Kadett Crusher … Ich weiß beim besten Willen nicht, wie uns so etwas helfen könnte.«

»Er verkauft sie den Cardassianern für zweihunderttausend und gibt uns hundertachtzigtausend.«

Geordi beugte sich vor. »Und der Große Nagus behält die zwanzigtausend als Gewinn!«

»Womit *sein* Problem gelöst wäre«, betonte Wesley. »Als Gegenleistung überläßt er uns die Jurisdiktion über Munk, Tunk und ihren Vertrag – was *mein* Problem löst.«

»Aber die Cardassianer verzichten bestimmt nicht darauf, die Impulskanone zu testen«, wandte Data verwundert ein. »Und dann stellen sie fest, daß die Waffe nicht funktioniert.«

Wesley zuckte mit den Schultern. »Nun, das ist *ihr* Problem. Deshalb handelt es sich ja um einen Streik beziehungsweise Streich. Früher oder später finden sie heraus, daß die Impulskanone nicht wie vorgesehen funktioniert. Und gleichzeitig wissen sie, daß sie angeblich gestohlene Ware gekauft haben. Das meinte ich vorhin mit Kooperationsbereitschaft. Die Cardassianer können keine Vorwürfe gegen uns erheben, ohne gleichzeitig einzugestehen, daß sie ganz bewußt Diebesgut erworben haben.«

Eine Zeitlang herrschte Stille, bis Commander Riker zu lachen begann. Geordi und Deanna stimmten mit ein, während Beverly nur schmunzelte. Data aktivierte sein Lachprogramm und wählte eine geringe Lautstärke – es klang nach einem kurzen Hustenanfall.

Nur Picard blieb ruhig. »Wenn es Ihnen gelingt, diesen Plan erfolgreich durchzuführen, Mister Crusher ... Dann schreibe ich einen Brief, in dem ich Admiral Boxx und Captain Wolfe alles erkläre.«

Als die Namen der kommandierenden Akademie-Offiziere fielen, wurde Wesley übergangslos ernst. Er blickte auf sein neues Armbandchronometer. Der Unterricht des nächsten Semesters begann in drei Tagen. Wenn er bis dahin nicht zurück war, galt er ›nur‹ als vermißt. Doch nach einigen weiteren Tagen verwandelte sich sein Status in ›abwesend ohne Urlaub‹. Ersteres mochte einen offiziellen Verweis sowie zwei Wochen doppelte Schichten nach sich ziehen. Letzteres hingegen konnte dreißig Tage Haft und danach die unehrenhafte Entlassung bedeuten. Was auch immer es jetzt zu unternehmen galt: Er durfte keine Zeit verlieren. Und anschließend mußte er den Captain dazu überreden, mit Warp fünf zur Erde zu fliegen.

Riker hörte auf zu lachen und beugte sich vor. »Soll ich mich mit dem Großen Nagus in Verbindung setzen und feststellen, ob er bereit ist, bei diesem Spiel mitzuwirken?«

Picard nickte. »Ja.«

Die Verhandlungen dauerten acht Stunden, vor allem deshalb, weil der Nagus ziemlich harte Forderungen stellte. Picard und Worf mußten schließlich eine Erklärung unterschreiben, mit der sie dem Nagus die uneingeschränkte Vollmacht erteilten, in ihrem Namen mit den Cardassianern zu verhandeln, wobei die Wahl der Repräsentanten und Berater beim Nagus lag.

Auf Wesleys Drängen hin setzte Picard einen wichtigen Punkt durch. Wenn es aus irgendeinem Grund zu einer Kontroverse kam, sollte der Fall von einem Föderationsgericht beurteilt werden, und zwar nach den Richtlinien des Föderationsrechts – die Zuständigkeit eines Ferengi-Gerichts wurde ausdrücklich ausgeschlossen. Der Große Nagus erklärte sich nur deshalb damit einverstanden, weil er folgendes erfuhr: Gul Fubars Dispositionssumme war, wenn auch spät, verdoppelt worden.

Unmittelbar nach Unterzeichnung des Vertrags feuerte Wesley einen Photonentorpedo ganz besonderer Art ab. »Commander ...«, wandte er sich an Riker. »Ich möchte die einzige Person sein, die den Großen Nagus begleitet.«

Riker wölbte die Brauen. »Es war nicht meine Absicht, jemanden in diesen Einsatz zu schicken. Ich dachte, daß sich der Nagus ganz allein darum kümmert.«

»Ich habe darüber nachgedacht. Es gibt einen schwachen Punkt: Wie soll der Nagus in den Besitz der Pläne für die Impulskanone gelangt sein?«

Riker zuckte mit den Schultern. »Er hat sie gestohlen.«

»Wie konnte er die Computersperren überwinden? Und warum sind wir ihm nicht auf den Fersen?«

»Hm. Nun, vielleicht ist Gul Fubar so habgierig, daß er sich gar nicht mit solchen Fragen aufhält.«

»Aber vielleicht stellt er sie doch. Und dann sollten wir in der Lage sein, ihm plausible Antworten anzubieten. Wie wär's hiermit? Ich bin ein Spion, ein Abtrünniger. Ich habe eine Kopie der Konstruktionspläne angefertigt, um sie für viel Geld den Cardassianern zu verkaufen. Der Große Nagus fungiert dabei als eine Art Vermittler.«

Riker strich sich über den Bart. »Nun, Gul Fubar weiß, daß Sie mit den Ferengi Munk und Tunk zusammengearbeitet haben.«

»Inzwischen dürfte ihm auch bekannt sein, daß Data von Hatheby's verlangt hat, die Jurisdiktion in diesem Fall an die Föderation zu übertragen. Aber der Große Nagus hat mich gekauft, zusammen mit Munk und Tunk.«

»Na schön. Und die Sache mit dem Computer?«

Wesley lächelte. »Ich bin ein guter Hacker.«

»Können Sie Gul Fubar davon überzeugen?«

»Ich denke schon – wenn ich die Sicherheitssperren *seines* Computers überwinde.«

»Sind Sie dazu in der Lage?«

Der Kadett hob und senkte die Schultern. »Keine Ahnung. Ich habe es nie zuvor versucht. Aber wie schwer kann es sein?«

Will Riker schloß die Augen. Es war eine gefährliche Mission. Und wenn Wesley dabei etwas zustieß ... Der Erste Offizier schauderte, als er an die mögliche Reaktion von Beverly Crusher dachte.

*Und ganz gleich, was der Junge anstellt: Er gehört noch immer zur Familie,* dachte Riker. Wenn Gul Fubar dem jungen Wesley ein Leid zufügte, so würde Beverly gar keine Gelegenheit bekommen, Will zur Rechenschaft zu ziehen. Weil er sich dann mit dem Phaser in der Hand an Bord des cardassianischen Schiffes beamte und Fubar erschoß, bevor ihn die Soldaten daran hindern konnten.

»Na schön, Crusher. Sie begleiten den Nagus. Aber besorgen Sie sich einen Insignienkommunikator, bevor Sie aufbrechen.« Riker lächelte. »Er sollte aus Chaseum bestehen, nicht aus Latinum.«

Weitere Stunden vergingen. Der Große Nagus führte private Verhandlungen mit Gul Fubar und versuchte, ihn davon zu überzeugen, daß ein menschlicher Überläufer die Konstruktionspläne der photonischen Impulskanone gestohlen hatte.

Es fiel dem Gul schwer, so etwas zu glauben. Der Gehorsam dem Staat gegenüber gehörte so sehr zum cardassianischen Wesen, daß ihn das Konzept des Verrats völlig aus der Fassung brachte. Und sich vorzustellen, daß jemand für *Geld,* für *persönlichen Profit,* Verrat übte, erfüllte Fubar mit solchem Zorn, daß es ihm sehr schwer fiel, mit dem ›Verräter‹ – beziehungsweise mit dem Ferengi, der ihn vertrat – rational zu verhandeln.

Bei einem anderen Ferengi wäre der Nagus nicht auf solche Schwierigkeiten gestoßen. Den Ferengi bereitete es überhaupt keine Schwierigkeiten, sich vorzustellen, daß jemand wegen Geld zum Spion wurde. Sie hätten allerdings an der Echtheit der Pläne gezweifelt …

Einem Punkt kam große Bedeutung zu: Der Gul war nicht dumm. Er wußte natürlich, daß jemand Pläne fälschen und behaupten konnte, daß sie eine ›photonische Impulskanone‹ darstellten. Woraus folgte: Für ihn kamen nur die ursprünglichen Konstruktionspläne in Frage, das bei der Auktion versteigerte Original.

Es war in einem Sicherheitschip gespeichert, in einem Datenmodul, das fälschungssichere Latinumsiegel aufwies.

Der Große Nagus wurde seiner Rolle gerecht und erhöhte aufgeregt den Preis, weit über die veranschlagten zweihunderttausend hinaus. Doch diesmal war Gul Fubar vorbereitet – er verfügte über die notwendigen finanziellen Mittel.

Schließlich einigten sich Ferengi und Cardassianer. Der Große Nagus forderte Gul Fubar auf, nach dem Transfer des Geldes und der Pläne mit Höchstgeschwindigkeit ins stellare Territorium des cardassianischen Reiches zurückzukehren – woraus sich der Vorteil ergab, daß Fubar die photonische Impulskanone erst testen konnte, wenn er weit, weit entfernt war.

Das Innere des cardassianischen Raumschiffs war kalt, grau und trostlos. Selbst an Bord von klingonischen Schiffen gab es mehr Farbe.

Wesleys Rolle war einfach: Er brauchte nur den nervösen, furchtsamen und mißtrauischen Verräter zu spielen, der den Inhalt seines Datenmoduls loswerden, das Latinum nehmen und dann so schnell wie möglich verschwinden wollte. Abgesehen von der Sache mit dem Verräter traf die Beschreibung durchaus zu – eine solche ›Rolle‹ ließ sich leicht spielen.

Gul Fubar gehörte zu den Cardassianern, die von Mutter Natur mit einem besonders langen Hals ausgestattet worden waren. Der Kopf befand sich einen halben Meter über den Schultern, und von dort aus reichten Muskelstränge bis hin zu den Armen. Wesley fragte sich, was solche Geschöpfe empfanden, wenn sie den Kopf drehten – und ob sie überhaupt dazu imstande waren.

Der Ferengi und der Cardassianer brachten das Geschäft flüsternd zum Abschluß, obwohl ihnen nur Wesley in dem geradezu steril eingerichteten Quartier von Gul Fubar Gesellschaft leistete.

»Haben Sie das, äh, Ding?« fragte der Cardassianer.

»Haben Sie das Geld?« lautete die Gegenfrage des Großen Nagus.

»Vielleicht. Vielleicht auch nicht. Was ist mit dem ... Sie wissen schon?«

»Nun ...« Der Nagus lachte meckernd. »Vielleicht habe ich es. Oder vielleicht auch nicht.«

»Das Ding!«

»Vielleicht ist es ein Ding. Und vielleicht auch nicht.«

Auf diese Weise ging es noch eine Zeitlang weiter, bis Gul Fubar schließlich einräumte, daß sich das Geld tatsächlich an Bord befand.

Er ließ es von einem Besatzungsmitglied auf einer Antigravscheibe herbeischaffen: 225 Hektobarren Latinum, zu einem kleinen, symmetrischen Berg angeordnet. Dem Großen Nagus gelang es, seine Habsucht zu verbergen – eine erstaunliche Leistung für einen Ferengi, zumal für den Nagus ein Nettogewinn von fünfundvierzigtausend Barren Latinum heraussprang.

Wesley holte das Speichermodul hervor und reichte Gul Fubar den von Hatheby's stammenden Original-Datenchip.

Der Cardassianer lächelte triumphierend und blickte so ehrfürchtig auf den Chip hinab, als enthielte er den Stein der Weisen, das Lebenselixier und das Große Wort der Macht. »Es hat die Hälfte des jährlichen Budgets für die Waffenentwicklung gekostet«, hauchte er, und eigentlich galten die Worte ihm selbst. »Doch es ist jedes einzelne Gramm Latinum wert – darauf wette ich meine Zukunft!« In seinen Augen glühte es, und einige Sekunden lang wirkte er wie ein Missionar, der das Gelobte Land entdeckt hatte.

Dann kehrte der Argwohn zurück. Gul Fubar kniff die Augen zusammen und richtete einen mißtrauischen Blick auf Wesley Crusher. »Kann ich mir die Konstruktionspläne sofort ansehen?«

»Sie sind mit einem Kennwort geschützt«, improvisierte der Kadett.

»Ach?«

»Ich nenne es Ihnen, sobald wir Ihr Schiff verlassen haben.«

Gul Fubar brummte verärgert, gab jedoch nach. Fast auf die Minute genau einen Standardtag nach der Entwicklung des Plans steuerten sie die Antigravscheibe mit dem Latinum an Bord des Shuttles, mit dem sie gekommen waren. Kurze Zeit später verließen sie den Hangar des cardassianischen Schiffes.

Unmittelbar nach dem Start setzte sich Wesley mit Gul Fubar in Verbindung und übermittelte ein einzelnes Wort: *Schwertfisch.* Es war das erste ›Kennwort‹, das ihm in den Sinn kam. Anschließend aktivierte der Große Nagus das Impulstriebwerk, und sie rasten fort.

Auf halbem Wege zur *Enterprise* teilten ihnen die Sensoren mit, daß Gul Fubar beschleunigte – und mit Warp neun Komma fünf in Richtung cardassianisches Reich flog.

»So viel zum interstellaren Abkommen über die Geschwindigkeitsbeschränkung beim Warptransfer«, sagte Wesley und lachte leise.

Der Große Nagus kicherte. »Sie sind sehr schlau gewesen, Mähnsch – so schlau wie ein Ferengi!«

»Tatsächlich?«

»Ja! Wie haben Sie es genannt? Es war einer der besten *Streike,* die ich jemals erlebt habe. Und er erwies sich als sehr profitabel, für alle Beteiligten.«

»Mit Ausnahme der Cardassianer.«

Der Nagus wandte sich dem Kadetten zu, zwinkerte und grinste anzüglich. »Unsinn! Sie haben eine ebenso teure wie nützliche Lektion gekauft!«

Wesley neigte den Kopf. »Nun, wenn ich so schlau wie ein Ferengi gewesen bin, so liegt es vermutlich daran, daß ich vom schlauesten Ferengi im ganzen Quadranten lernen konnte.«

»Oh, danke, Mähnsch. Das ist ein sehr nettes Kompliment – und es entspricht auch der Wahrheit.« Doch einige Sekunden später verfinsterte sich die Miene des

Nagus, und Verwirrungsfalten bildeten sich in seiner Stirn. »Moment mal ... Meinen Sie mich oder den Altruisten Tunk?«

Genau in diesem Augenblick sah Wesley etwas auf der Instrumententafel, das seine volle Aufmerksamkeit erforderte. Nach einer Weile ließ sich der Große Nagus von dem großen Latinumstapel auf der Antigravscheibe ablenken und vergaß seine Frage.

# 20

*Zeig mir den Weg nach Hause, ich bin müde und möchte zu Bett gehen …*

Wesley summte die Melodie dieses alten Lieds, als er vor dem Quartier des Captains stand und Mut sammelte, um den Türmelder zu betätigen und den Captain um einen Gefallen zu bitten.

Sein Herz klopfte schneller, und er spürte, wie ihm die Hände feucht wurden. *Meine Güte,* dachte er. *Ich fühle mich fast so wie bei der ersten Verabredung!*

Schließlich glaubte Wesley genug Kraft geschöpft zu haben. Er berührte die kleine Sensorfläche und wurde dafür fast sofort mit einem ›Herein‹ belohnt.

Captain Jean-Luc Picard saß an seinem Schreibtisch und war damit beschäftigt, die Scherben einer Vase zusammenzusetzen.

»Oh, haben Sie etwas fallen lassen, Sir?« fragte der Kadett.

Picard lächelte, ohne aufzusehen. »Nicht unbedingt, Wesley.«

»Können Sie nicht den Replikator verwenden, um das Objekt zu reparieren?«

»Diese Kürbisflasche ist über siebentausend Jahre alt … Unvorstellbar, was?«

Wesley betrachtete den Gegenstand neugierig. »Sie ist zerbrochen.«

Daraufhin hob der Captain den Kopf. Ruhe zeigte sich in seinen Zügen – ein gutes Zeichen. »Ich frage mich, wie Sie in siebentausend Jahren aussehen werden«, erwiderte er.

Der Kadett runzelte die Stirn, und sein Blick glitt über die Scherben. *Ist es nicht viel interessanter, das gegenwärtige Universum zu untersuchen, anstatt sich mit den zerbrochenen Resten längst vergangener Kulturen zu befassen?* Aber er sprach diese Worte nicht laut aus. Er wollte Picard um einen ziemlich großen Gefallen bitten, und in diesem Zusammenhang war es sicher keine gute Taktik, die große Liebe des Captains zu beleidigen: die Archäologie.

»Morgen beginnt der Unterricht, Sir. Meine erste Vorlesung fängt um dreizehn Uhr an.«

Picard legte eine Tonscherbe beiseite und musterte den jungen Mann. »Ich weiß. In Hinsicht auf die Dienstpläne meiner Crew bleibe ich immer auf dem laufenden.«

Wesley hob einen elektronischen Datenblock. »Ich habe einige Berechnungen durchgeführt, Sir. Wir könnten es rechtzeitig zurück schaffen, ohne gegen die Geschwindigkeitsbeschränkung zu verstoßen. Vorausgesetzt, wir brechen bald auf.«

»Wie bald?«

Wesley lächelte entwaffnend. »Innerhalb von maximal fünfundvierzig Minuten.«

Captain Picard lächelte ebenfalls. »Nein«, sagte er.

»Wie bitte?«

»Nein.«

»Äh ... Wann *können* wir aufbrechen?«

»Jetzt sofort. Aber wir fliegen nicht zur Erde.« Wesley schwieg, und der Captain fuhr fort: »Haben Sie wirklich geglaubt, ich würde die Mission eines Raumschiffs der Galaxy-Klasse unterbrechen, um einen fortgelaufenen Schüler zum Unterricht zurückzubringen?«

Wesley starrte nur, öffnete und schloß lautlos den Mund.

Captain Picard beobachtete ihn und wartete. Wesley blieb sprachlos, nicht etwa deswegen, weil er glaubte, daß der Captain ihn zur Erde zurückbringen sollte. Es verblüffte ihn vielmehr, daß er nicht ein einziges Mal an die Möglichkeit einer Weigerung gedacht hatte.

Picard lächelte. »Sie können darin einen ›Streik‹ sehen, den ich *Ihnen* spiele. Dies ist die reale Welt, Fähnrich. Wenn Sie eine Entscheidung treffen, müssen Sie bereit sein, alle sich daraus ergebenden Konsequenzen zu akzeptieren, ob Sie zum betreffenden Zeitpunkt daran gedacht haben oder nicht.«

Ein gewaltiger Druck staute sich in Wesley an, wie der von Plasma in einem defekten Reaktor.

*Natürlich ist er nicht dazu bereit, dich zurückzubringen! Der Captain hat dich nicht an diesen Ort geholt. Du hast dich von jugendlichem Übermut zu einem Abenteuer hinreißen lassen, das dich viele Lichtjahre weit ins All führte. Wieso kommst du nur darauf, daß die Enterprise alles stehen und liegen läßt, nur um dich zur Erde zurückzubringen?*

Picards Hinweis traf ins Schwarze: Wesley hatte unbewußt angenommen, daß jemand anders die Verantwortung für seine pünktliche Rückkehr übernahm. *Ich habe mir Tunks Perspektive zu eigen gemacht, ohne etwas davon zu merken. Aus irgendeinem Grund bin ich sicher gewesen, daß die ›Kooperationsbereitschaft des Opfers‹ alle Unannehmlichkeiten ausräumt, die mir mein heiliger Kreuzzug zur Rettung von Fred Kimbals Starfleet-Karriere beschert.*

»Sie haben recht, Sir. Ich hätte nicht mit einer solchen Bitte an Sie herantreten sollen – dazu habe ich kein Recht.« Wesley holte tief Luft. Zum erstenmal begriff er, daß er in großen Schwierigkeiten war. Als vermißt zu gelten … Das war schon schlimm genug. Aber wenn er nicht innerhalb einer bestimmten Zeit zur Akademie zurückkehrte, galt er als Deserteur.

»Ich brauche Rat, Sir. Ich habe meine gegenwärtige Situation selbst zu verantworten, und es liegt mir fern zu versuchen, mich irgendwie herauszureden. Wie kann ich zur Erde zurückkehren, bevor man mich als ›abwesend ohne Urlaub‹ erklärt?«

»Ein Shuttle würde Ihnen nichts nützen, und ich kann ohnehin keins entbehren.«

»Shuttles sind zu langsam. Ich könnte die Akademie nicht vor der zweiten Unterrichtswoche erreichen.«

»Computer«, sagte Picard und hob dabei die Stimme, »erbitte Angaben über Flugpläne von Schiffen, die Novus Alamogordus verlassen. Wird in irgendeinem Fall die Erde als Flugziel angegeben?«

»Captain Kurns Schiff passiert Sektor null null eins auf dem Weg zurück zum klingonischen Imperium«, erwiderte die sanfte Sprachprozessorstimme.

»Ich schlage vor, Sie sprechen mit Kurn, Kadett. Sobald Sie im ersten Sektor sind, finden Sie sicher ein Handelsschiff, das zur Erde fliegt. Vielleicht ist Kurn bereit, Sie bei einer nahen Starbase abzusetzen.«

»Ich müßte mit Captain Kurn verhandeln, Sir. Aber was könnte ich ihm anbieten?«

Picard überlegte. »Sie haben dem klingonischen Imperium einen großen Dienst erwiesen. In bin bereit, Kurn in meiner Eigenschaft als Repräsentant von Imperator Kahless um den Gefallen zu bieten, Sie als Passagier aufzunehmen.«

»Das ist sehr großzügig von Ihnen, Captain. Sie haben mir nur in Aussicht gestellt, einen persönlichen Brief an Admiral Boxx und Captain Wolfe zu schreiben, ihnen alles zu erklären. Zu mehr sind Sie nicht verpflichtet.«

Picard lächelte. »Den Brief habe ich Ihnen als Captain der *Enterprise* und somit als Repräsentant der Föderation versprochen. Ich bitte Kurn nur, Sie an Bord zu nehmen und an einem geeigneten Ort abzusetzen. Es liegt bei Ihnen, vorn dort aus die Akademie zu erreichen.«

»Danke, Sir. Das weiß ich sehr zu schätzen.«

»Es macht mir keine Umstände, Wesley. Andernfalls

wäre ich auch nicht dazu bereit gewesen. Sie hätten gar nicht erst hierher kommen sollen. Außerdem mißachteten Sie Ihre Starfleet-Befehle, indem Sie nicht die erste Gelegenheit nutzten, das Gerät zu zerstören, an Bord eines anderen Schiffes zu gehen und zur Erde zurückzufliegen. Seien Sie froh, daß Ihnen eine Möglichkeit einfiel, ein ernstes Problem für die Föderation und das Imperium zu lösen. Andernfalls hätte ich nicht gezögert, Sie auf Novus Alamogordus zurückzulassen.«

»Aye, Sir.«

»Packen Sie jetzt Ihre Sachen. In zehn Minuten erwarte ich Sie im Transporterraum. Wegtreten.«

»Aye, Sir. Nochmals vielen Dank, Captain. Ich hoffe, wir sehen uns bald wieder – wenn ich offiziellen Urlaub habe.«

Wesley verließ Picards Quartier. Sieben Minute später stand er im Transporterraum.

Er mußte zwei weitere Stunden dort verbringen, bis Kurn bereit war, sein Schiff aus dem Orbit zu steuern. Riker, Data und Geordi kamen, um sich von Wesley zu verabschieden und ihm alles Gute beim ›großen bösen Wolfe‹ zu wünschen.

»Wolfe und ich gehörten zur Besatzung der *Hood,* als wir beide im Rang eines Lieutenant Commander standen«, erinnerte sich der Erste Offizier. »Auch damals war er ein ziemlich unsympathischer Bursche. Er galt als guter Offizier, aber wir konnten ihn auf den Tod nicht ausstehen.«

»Ich rate Ihnen dringend, Captain Wolfe zu meiden und Ihren Fall bei Admiral Boxx zur Sprache zu bringen«, meinte Data.

»Er hat recht«, pflichtete Riker dem Androiden bei. »Es ist immer besser, sich an den Captain zu wenden und nicht an den Ersten Offizier. Man bezahlt uns dafür, stur und streng zu sein!«

»Dazu sage ich kein Wort«, warf Geordi ein und lächelte.

»Nach draußen mit Ihnen! Besorgen Sie sich Mop und Eimer und schrubben Sie die Außenhülle. Rufen Sie, wenn Sie fertig sind!«

Ein oder zwei Sekunden lang wirkte Data verwirrt. Dann aktivierte er sein Lachprogramm und gluckste.

»Das war perfekt, Data«, lobte Geordi.

»Herzlichen Dank. Ich habe hart an dem Programm gearbeitet, aber vielleicht benutze ich es in Zukunft nicht mehr. Es scheint andere Personen zu beunruhigen.«

Riker zupfte an seinem Bart. »Vermutlich deshalb, weil man von Ihnen keine Reaktionen erwartet, die bei einem Menschen als ›emotional‹ gelten. Die Leute sind selbst dann überrascht, wenn sie wissen, daß es sich um ein Lachprogramm handelt.«

»Ich wünsche Ihnen viel Glück«, sagte LaForge.

»Geben Sie Wolfe in meinem Namen einen Tritt.«

»Ich werde ihm sagen, daß Sie mich dazu aufgefordert haben, Commander.«

»Alles Gute, Wesley. Ich hoffe, unsere nächste Begegnung findet unter günstigeren Umständen statt.«

Kadett Crusher saß im Transporterraum, abwechselnd von Langeweile und von Besorgnis geplagt. Nach einer weiteren halben Stunde kamen Lieutenant Worf und Deanna Troi herein.

Deanna hätte den Kadetten fast umarmt, hielt sich im letzten Augenblick zurück und schüttelte ihm die Hand. Worfs Miene wirkte wie immer finster, als er Wesley zu dem Mut gratulierte, sich freiwillig für die Mission an Bord von Gul Fubars Schiff zu melden. Er riet ihm, ganz offen zu sein, ohne irgendwelche Einschränkungen zu seinen Entscheidungen und Handlungen zu stehen, alle Konsequenzen zu akzeptieren.

Als der Klingone und die Counselor den Transporterraum verließen, spürte Wesley eine seltsame Verbindung zwischen ihnen, so als ginge ihre Beziehung über die von zwei Kollegen hinaus. Ihr gemeinsames Eintreffen schien plötzlich mehr zu bedeuten. Der Eindruck blieb zu vage, um in Worte gefaßt zu werden, und deshalb schwieg der Kadett. Außerdem ging ihn die Sache auch gar nichts an. Wie dem auch sei: Ihm fiel die Vorstellung schwer, daß sich Deanna mehr zu Worf als zu Riker hingezogen fühlte.

Seine Mutter traf als letzte ein. Auf ihre Bitte hin verließ der Transporterchef den Raum und ließ sie einige Minuten lang allein.

Beverly Crusher zögerte nicht, ihren Sohn zu umarmen. Er schlang ebenfalls die Arme um sie, ein wenig verlegen und dankbar dafür, daß die anderen bereits fort waren.

»Was passiert jetzt, Wes? Besteht die Möglichkeit, daß du die Akademie verlassen mußt?«

Er schüttelte den Kopf. »Mein einziges Vergehen besteht darin, daß ich mich verspätet habe, beziehungsweise verspäten *werde*. Dafür fliegt niemand raus. Schlimmstenfalls bekomme ich einen Verweis ...« Wesley lächelte schief. »Gibt es eine bessere Ausrede als die, von kriminellen Ferengi entführt worden zu sein?«

»Wird man dir glauben?«

»Captain Picard hat alles in einem Brief erläutert. Er hat mir eine Kopie zukommen lassen.«

»Dann brauchst du dir also keine Sorgen zu machen? Du gerätst nicht in Schwierigkeiten?«

Wesley schwieg einige Sekunden lang. Vor Jahren hatte er alle Gedanken und Empfindungen mit seiner Mutter geteilt. Aber später, als er Fähnrich an Bord der *Enterprise* wurde und die Verantwortung von Erwachsenen kennenlernte, widerstrebte es ihm immer mehr, jemand anders an seinem privaten Schmerz teilhaben zu lassen. Das galt in besonderem Maße für seine Mutter.

»Nein, ich gerate nicht in Schwierigkeiten«, sagte er.

Beverly merkte nicht, daß er damit nur eine der beiden Fragen beantwortete.

»Soll ich bei Admiral Boxx ein gutes Wort für dich einlegen? Ich kenne ihn schon seit ...« Beverly Crusher unterbrach sich, und das Blut schoß ihr ins Gesicht. »Oh, tut mir leid, Wes. Ich wollte nicht, daß es so klingt.«

»Natürlich wolltest du das. Es ist typisch mütterliches Verhalten.«

»Ich bin zweiundzwanzig Jahre lang deine Mutter gewesen. Das wird man nur schwer wieder los.«

»Versuch es gar nicht erst, Mom. Ich möchte dich lieber als Mutter, nicht unbedingt als Ärztin.«

Beverly drehte den Kopf von einer Seite zur anderen, um sich zu vergewissern, daß sie wirklich allein waren. Dann zauste sie ihrem Sohn das Haar und ahmte die Stimme von Lwaxana Troi nach. »Du rufst nie an und schreibst überhaupt keine Briefe. Die meiste Zeit über weiß ich nicht einmal, wo du bist.« Sie lachten beide. »Besuch mich mal, wenn du Gelegenheit findest. Unter weniger dramatischen Umständen, wenn's geht.«

»Ich verspreche es dir.«

Beverly Crusher ging. Der Abschied fiel ihr schwer genug, und sie sah keinen Sinn darin, ihn durch sinnloses Zögern noch schmerzhafter zu machen.

Schließlich schwenkte Kurns Schiff, die *Verborgener Fisch,* aus der Umlaufbahn von Novus Alamogordus und senkte die Schilde lange genug, damit Wesley Crusher an Bord gebeamt werden konnte.

Er wurde nicht etwa von Captain Kurn begrüßt, sondern von einer muskulösen und wunderschönen Klingonin namens Kurak. Wesley fand sie hinreißend, trotz der stark ausgeprägten Stirnwülste und eines betont kriegerischen Erscheinungsbildes.

Sie war außerordentlich intelligent, und ihr intuitives, abstraktes Verständnis für den Subraum kam an das des Reisenden heran – obgleich sie im Gegensatz zu ihm ihre theoretischen Kenntnisse nicht verwenden konnte, um physische Kontrolle auszuüben.

Wesley glaubte, daß sie seine Gefühle erwiderte. Weshalb sollte sie sich sonst so sehr darüber freuen, ihn herumzuführen, auf ihre überlegenen Kampfkünste hinzuweisen und vorzuschlagen, mit ihm zu ringen, von ›Mann zu Mann‹? Sie bot an, ihm ihr ›holomorphisches‹ Modell zu zeigen, doch Wesley lehnte höflich ab. Er fürchtete, noch nicht für das bereit zu sein, was Kurak vermutlich mit ihrer Einladung meinte.

Auch die *Verborgener Fisch* kroch mit Warp fünf durchs All; selbst die Klingonen hatten – zumindest vorübergehend – beschlossen, die Geschwindigkeitsbeschränkung zum Schutz der Raumzeit-Stabilität zu beachten. Wesley hielt die Vorschrift für absurd, sah darin nur den Versuch, der Notwendigkeit auszuweichen, eine echte Lösung für das Problem zu finden. Die Nacht verbrachte der Kadett auf der Koje von Kuraks Quartier und wünschte sich, sie wäre bei ihm gewesen. Gleichzeitig dankte er den Sternen dafür, daß sie ihm *nicht* Gesellschaft leistete.

Zwei Stunden zuvor hatte Wesley festgestellt, daß alle Kabinen an Bord der *Verborgener Fisch* belegt waren. Kurns Schiff beförderte auch noch andere Passagiere: die klingonischen Beobachter, die in Begleitung des Föderationstechnikers mit der *Heisenberg* gekommen waren. Der erschöpfte Kadett hatte sich eine einigermaßen ruhige Ecke gesucht, um dort zu schlafen.

Kurak weckte ihn und sagte einfach: »Teilen Sie mein Bett mit mir, Mensch.«

Der verblüffte Wesley stotterte und wollte ablehnen, doch Kurak ergriff ihn am Arm, zog den Kadetten einfach mit sich, drückte ihn in ihrer Kabine aufs Bett und ging wieder.

Verdrossen begriff er, daß sie die ›Teilung des Bettes‹ wörtlich meinte: Er konnte in Kuraks Kabine schlafen, während Kurak ihren Dienstpflichten nachging. Und wenn sie zurückkehrte, würde sie ihn so höflich rauswerfen, wie es für eine klingonische Kriegerin möglich war.

Die reizvolle und auch furchteinflößende Klingonin beeindruckte Wesley zutiefst. Sie war älter als er, mindestens achtundzwanzig, strahlte ein Selbstbewußtsein aus, an dem es Wes noch mangelte. Kurak wußte, *wer sie war* und *was sie sein wollte:* sowohl Kriegerin als auch Wissenschaftlerin.

Im Gegensatz zu ihr hatte Wesley erst teilweise Antworten auf diese beiden Fragen gefunden – und negative noch dazu. So wußte er, was er *nicht* sein wollte: ein Wissenschaftler, der irgendwo in einer Forschungsbasis festsaß. Außerdem zweifelte er mit jedem verstreichenden Monat mehr daran, ob er ein Starfleet-Offizier werden wollte, so wie sein Vater Jack Crusher oder Will Riker. Die wachsende Unsicherheit in diesem Punkt erwies sich immer mehr als Belastung.

*Warum will ich überhaupt zurück?* Ihm fiel nur eine Antwort ein. *Weil ich allen mein Wort gegeben habe.* Er war kein ›Sklave der Pflicht‹, wie Frederick in *Die Piraten von Penzance* – mit diesem Werk hatte er sich vor zwei Jahren auseinandergesetzt. Für ihn gab es *noch* keinen Grund zu der Annahme, daß man ihn zu irgend etwas zwang.

Die ganze Nacht lag er im Dunkeln, wartete voller Ungeduld auf die Klingonin und fürchtete gleichzeitig, daß sie tatsächlich kam. Schließlich *traf* sie ein, aber nur, um ihn ziemlich unsanft wachzurütteln und darauf hinzuweisen, daß er in fünfzehn Minuten für den Transfer zur Starbase 2 bereit sein sollte.

*Wenn ich sie an den Schultern packe und sie direkt auf den Mund küsse …*

Wesley rieb sich die Augen und verscheuchte dieses

Vorstellungsbild, das aus einer pubertären Phantasie zu stammen schien. Er würde Kurak nie wiedersehen, und sie brauchte bestimmt nicht länger als zehn Minuten, um ihn zu vergessen.

»Kurak, ich finde Sie … großartig. Es ist wirklich schade, daß wir … Ich meine, hätten Sie es vielleicht für möglich gehalten, daß wir … Haben Sie, äh, darüber nachgedacht?«

Die Klingonin lächelte. »Hier, Mensch.« Sie hob die Hand und ließ ihre langen, spitzen Fingernägel blitzschnell über die Wangen des jungen Mannes kratzen.

Verblüfft betastete Wesley die schmerzenden Stellen, und als er seine Finger betrachtete, klebte Blut an ihnen.

»Jetzt können Sie mich nicht wieder vergessen«, sagte Kurak.

*Tut verdammt weh,* dachte der Kadett verwirrt. Er zwang sich, keine Grimasse zu schneiden – die Klingonin durfte ihm den Schmerz nicht ansehen. »Commander Kurak, Sie sind … wunderschön. Ich werde Sie nicht vergessen.«

Und dann war die Klingonin fort. Wesley griff nach seinem Matchbeutel, den er nie ausgepackt hatte, und ging zum Transporterraum. Als Kurak dort eintraf, um ihn offiziell zu verabschieden, erwähnte sie die blutigen Striemen auf seiner Wange mit keinem Wort. Der Soldat an den Transporterkontrollen bemerkte die Kratzspuren, sagte jedoch nichts.

Zwei Tage lang wanderte Wesley in seinem kleinen Quartier an Bord der Starbase 2 auf und ab, bis sich schließlich der Captain eines Handelsschiffes bereit erklärte, ihn zur Erde mitzunehmen. Er weigerte sich hartnäckig, die Kratzer behandeln zu lassen, hoffte insgeheim, daß Narben von ihnen zurückblieben. Doch die Striemen schwanden immer mehr, und schließlich wurde klar, daß sie keine Spuren hinterlassen würden.

Die große Sorge, die Wesley seiner Mutter gegenüber verschwiegen hatte, galt nicht ihm, sondern Fred, dem *echten* Fred Kimbal.

Trotz der zuversichtlichen Worte und des Wissens um den von Captain Picard geschriebenen Erklärungsbrief glaubte ein Teil von Wesley, daß Starfleet und Captain Wolfe einen Weg finden würden, ihn von der Akademie zu verbannen. In gewisser Weise wäre es eine Erleichterung gewesen. Er fühlte sich fast wie das Opfer einer mittelalterlichen Folterungsmethode, glaubte zu spüren, wie Pferde seine Arme und Beine in unterschiedliche Richtungen zogen. Einerseits konnte er nicht guten Gewissens bleiben und seine Zukunft Starfleet widmen; andererseits konnte er die Uniform nur dann in allen Ehren aufgeben, wenn sich Starfleet eindeutig als der falsche Weg erwies.

Wie auch immer: Er wußte, daß er überleben würde. Sein Selbstwertgefühl war nicht mit dem Umstand verknüpft, Starfleet-Offizier zu sein. In Wesleys Fall hing das Gefühl der eigenen Identität nicht mit einer roten, gelben oder blauen Uniform zusammen. Wenn er feststellte, wer er wirklich war ... Dann spielte es keine Rolle, ob er den Rang eines Offiziers bekleiden oder ob man ihn von der Akademie verstoßen würde.

Doch jenes Ereignis, das Wesley Crusher als Befreiung empfinden mochte, bedeutete für Fred Kimbal einen Schicksalsschlag, an dem er vielleicht zerbrach.

Ihre Leben verliefen alles andere als parallel. Fred war der intelligenteste junge Mann, den Wesley je kennengelernt hatte. Auf manchen Gebieten war er so begabt, daß er am Feuer des eigenen Genies zu verbrennen drohte.

Unglücklicherweise lagen seine Talente in den Bereichen, die Starfleet und die Vereinte Föderation der Planeten für sich beanspruchten.

Wesleys Schicksal lag *irgendwo dort draußen*, jenseits der Außenhülle. Kimbal hingegen lebte im Innern eines Raumschiffs oder einer Starbase; ihn interessierte nicht, was sich außerhalb davon befand.

Wesley hielt Sterne in der einen Hand und eine persönliche Verbindung zur Menschheit in der anderen. Er formte die Brücke zwischen den Hoffnungen seiner Spezies und dem, was sie erreichen und verstehen konnte.

Fred lebte so weit jenseits des fernsten Sterns, daß der Versuch, außerhalb von Starfleet zu existieren, bei ihm dem Atmen von Vakuum gleichkam. Er brauchte Struktur, Ziele und Hierarchie. Kimbal brauchte jemanden, der ihn führte, denn er besaß keinen eigenen moralischen Kompaß. Er benötigte jemanden, der ihn festhielt, während er mit beiden Händen nach den Quasaren griff.

Es gab nur ein *Etwas,* das stark genug war: Starfleet. Wenn die Flotte ihn entließ, ging sein Genie verloren.

»Das muß ich Boxx und Wolfe irgendwie klarmachen«, murmelte Wesley, während er in der Aussichtskammer stand und zu der Sonne sah, deren Leben spendendes Licht sein Volk hervorgebracht hatte. Sie präsentierte sich bereits als kleine Scheibe und wirkte so nah, als könnte er sie mit der ausgestreckten Hand berühren. Jetzt war es nicht mehr weit bis zur Erde.

*Ich muß dafür sorgen, daß sie verstehen. Und zwar auf eine Weise, die keinen Zweifel läßt: Wenn Fred geht, gehe ich ebenfalls!*

# 21

Kadett Wesley Crusher trat mit dem linken Fuß vor und achtete darauf, daß er genau vor der Türmitte stand. Dann drehte er sich abrupt nach links, hob die rechte Hand und klopfte dreimal an.

Keine Reaktion. Durchs Fenster sah er ganz deutlich, daß der Erste Offizier der Akademie, Captain Lyle Wolfe, an seinem Schreibtisch saß. Es konnte kein Zweifel daran bestehen, daß Wolfe von der Präsenz des Kadetten vor der Tür wußte, aber er schenkte ihm keine Beachtung.

Nach einer Minute hob Kadett Crusher erneut die Hand und klopfte noch einmal.

»Hämmert da ein Specht an die Tür?« fragte Wolfe rhetorisch. Er hob den Kopf und gab vor, Wesley nicht zu sehen.

Der Kadett klopfte zum dritten Mal, und zwar mit solchem Nachdruck, daß die Fingerknöchel schmerzten.

Schließlich richtete Captain Wolfe den Blick auf ihn. »Herein.«

»Kadett Crusher meldet sich wie befohlen zur Stelle, Sir.«

»Sie sind ein wenig spät dran, nicht wahr?«

»Sir?«

»Sie sind ein wenig spät dran, Kadett.«

»Sir, Kadett Crusher erhielt die Nachricht, sich unmittelbar nach der Landung des Ionatianischen Frachters *Könige der hohen Grenze* zu melden. Der Kadett kam sofort vom Raumhafen hierher.«

»Ja, aber ich glaube, Sie hätten schon *vor zwei Tagen* hier sein sollen!«

»Ja, Sir.«

»Nun, gibt es einen besonderen Grund dafür, daß Sie sich um zwei Tage verspätet haben? Kamen Sie nicht aus den Federn? Die ganze Nacht mit den anderen Jungs unterwegs gewesen? Mangelte es Ihnen vielleicht an der notwendigen Motivation?«

»Ich habe keine Entschuldigung, Sir!«

»›Ich habe keine Entschuldigung, Sir! Ich habe keine Entschuldigung, Sir!‹ Halten Sie mich für so blöd, daß ich nicht weiß, was ›Ich habe keine Entschuldigung, Sir‹ wirklich bedeutet? Nun? Wollen Sie einfach nur dastehen und keine Antwort auf eine direkte Frage geben?«

»Nein, Sir! Der Kadett Crusher hält den Ersten Offizier der Akademie keineswegs für blöd, Sir!«

»Sie gehen also davon aus, daß ich weiß, was ›Ich habe keine Entschuldigung, Sir‹ wirklich bedeutet?«

»Ja, Sir!«

»Was?«

»Sir?«

»*Sir? Sir? Selbst der dümmste Rekrut hat genug Grips, um wenigstens zu versuchen, eine Frage zu beantworten!* Er starrt nicht nur und bringt ein dämliches ›Sir?‹ mit jener ausdruckslosen Miene hervor, die ihr Kadetten immer dann aufsetzt, wenn ihr zu verstehen geben wollt, daß euch selbst die einfachsten Dinge ein Rätsel sind! Mal sehen, ob Sie's diesmal hinkriegen. Also los!«

»Aye, Sir. ›Ich habe keine Entschuldigung, Sir‹ bedeutet, daß der Kadett um den Ernst seines Vergehens weiß und …«

»*Rühren Sie sich nicht von der Stelle!* Stehen Sie stramm, wie es sich gehört! Bringen Sie die verdammten Daumen zu den Hosennähten und hören Sie auf, mich immer wieder anzusehen!«

»Aye, Sir. ›Ich habe keine Entschuldigung, Sir‹ bedeutet, daß der Kadett um den Ernst seines Vergehens weiß und keine ... und nicht versucht, sein Verhalten irgendwie zu rechtfertigen, Sir.«

»Oh, das ist schon *viel* klarer, Kadett. Nun, offenbar versteht der Kadett nicht besonders viel, und deshalb möchte ich ihn aufklären. ›Ich habe keine Entschuldigung, Sir‹ bedeutet, daß der Kadett von einem älteren Kadetten hörte, daß man solche Antworten geben soll, wenn Vorgesetzte nach dem Grund für irgendeine *Dummheit* fragen – auch wenn der Kadett bis dahin gar nicht wußte, daß es sich um eine *Dummheit* handelt. Letztendlich läuft es auf folgendes hinaus: Sie möchten mich mit Ihrer Bereitschaft beeindrucken, sofort die Verantwortung zu übernehmen! Ach, Kadett, Ihr Verantwortungsbewußtsein und Ihre Ehrlichkeit verblüffen mich sehr! Wenn wir noch ein paar mehr Kadetten von Ihrer Sorte hätten, könnten wir das Starfleet-Gericht abschaffen, weil alle so ehrlich, loyal, tapfer, zuverlässig und vertrauenswürdig sind, daß es nie zu irgendwelchen Konflikten kommt!«

»Aye, Sir.«

»*Aye, Sir?* Antworten Sie auf einen Befehl, Kadett?«

»Nein, Sir! Der Kadett meinte ›ja, Sir‹, Sir!«

»Oh! Glauben Sie, daß ich Ihre *Meinung* über meine Ausführungen hören wollte?«

»Nein, Sir!«

»Muß ich daraus schließen, daß Sie meinen Hinweisen widersprechen?«

»Nein, Sir! Der Kadett war verwirrt, Sir.«

»Meine Güte! Sie *sind* ein kleiner ehrlicher Kadett, nicht wahr?«

»Ja, Sir!«

»*Ich habe keine Entschuldigung, Sir!* Nun, beginnen wir noch einmal von vorn. Warum kommen Sie zwei Tage zu spät zum Unterricht?«

»Sir, der Kadett wurde von den beiden kriminellen

Ferengi Munk und Tunk entführt. Sie nahmen ihn zu einer Auktion auf Novus Alamogordus mit, Sir.«

»Eine Entführung! Wie aufregend für Sie. Aber … Ich dachte, Sie wurde von *einem* Ferengi namens Tunk entführt.«

»Ja, Sir. Tunk entführte den Kadetten vom Landefeld. Später setzte Tunks Vater Munk die Entführung bis nach Novus Alamogordus fort.«

»Oh, sehr interessant. Sagen Sie, Kadett … Auf welche Weise hat Tunk Sie entführt? Indem er einen schußbereiten Phaser in der Hand hielt und Sie aus Ihrem Akademiequartier holte?«

»Nein, Sir.«

»Hat er Sie mit Chloroform in einem unserer Flure betäubt?«

»Nein, Sir.«

»Wie verübte er seine niederträchtige Tat?«

»Sir, der Ferengi befahl seinen Leibwächtern, den Kadetten daran zu hindern, sein Schiff vor dem Start zu verlassen.«

»Aber bevor Tunk Sie daran *hindern* konnte, sein Schiff zu verlassen, mußten Sie erst einmal an Bord gehen. Oder ist da irgend etwas meiner Aufmerksamkeit entgangen?«

»Der Kadett befand sich an Bord des Ferengi-Schiffes, Sir.«

»Und wie gelangte der Kadett an Bord?«

»Sir, der Kadett … schlich sich an Bord des Ferengi-Schiffes, um einen bestimmten Apparat zu holen.«

»Na so was! Sie gingen also mit der Absicht an Bord, etwas zu stehlen. Anders ausgedrückt: Sie kamen als Dieb, und Tunk überraschte Sie, nahm Sie mit nach Novus Alamogordus.«

»Ja, Sir.«

»Also haben Sie mich angelogen. Es war gar keine Entführung!«

»Nein, Sir.«

»Bezieht sich Ihr ›Nein, Sir‹ auf die Entführung oder den Umstand, daß Sie mich belogen haben?«

»Sir, die beiden Ferengi entführten den Kadetten, und der Kadett hat Sie nicht belogen.«

»Wissen Sie was? Ich glaube, so kommen wir nicht weiter, Kadett. Sie sind einfach zu schlau für mich. Donnerwetter, ich kann mich nicht daran erinnern, jemals so viele gute Ausreden gehört zu haben. Ich sollte mir einige davon notieren, für den Fall, daß ich unabsichtlich einen Fluggeschwader-Kameraden abschieße. Wie dem auch sei: Ich habe mir erlaubt, Ihrer Personalakte einen offiziellen Verweis hinzuzufügen. Er bedeutet, daß Sie nach dem Ende Ihrer Ausbildung große Mühe haben werden, einen ordentlichen Posten zu finden. Das ist alles, Kadett Crusher. Setzen Sie jetzt Ihren Allerwertesten in Bewegung und gehen Sie zum Admiral. Wegtreten.«

»Aye, Sir!« Kadett Crusher trat einen Schritt zurück, machte eine Kehrtwendung und verließ das Büro. Draußen wandte er sich ruckartig nach links, schritt zum nächsten Büro, verharrte dort vor der Türmitte, vollführte erneut eine halbe Drehung nach links und klopfte an.

»Herein.« Die Tür öffnete sich.

»Sir, Kadett Wesley Crusher meldet sich, wie vom Ersten Offizier befohlen, zur Stelle.«

»Rühren. Nehmen Sie Platz, Kadett.«

»Aye, Sir.«

»Dies ist ein inoffizielles Gespräch, Kadett. Die offizielle Anhörung findet nächste Woche statt, und dabei wird auch Captain Wolfe zugegen sein. Aber ich möchte Ihnen schon jetzt sagen, was dabei entschieden wird. Vorausgesetzt natürlich, Sie bestehen nicht auf einem Kriegsgerichtsverfahren.«

»Nein, Sir.«

»Eine kluge Entscheidung, Kadett. Aus Captain Picards Brief geht hervor, daß Sie zugeben, das Akademiegelände ohne Erlaubnis verlassen zu haben. Im Anschluß daran ließen Sie sich auf Glücksspiele mit Zivilisten und anderen Kadetten ein, schlichen sich außerdem an Bord eines Raumschiffes, das einem Zivilisten gehörte, mit der Absicht, dort etwas zu stehlen. Bestreiten Sie das?«

»Nein, Sir.«

»Gut. Verzichten wir auf langes Gerede, Kadett. Ich weiß, warum Sie heimlich an Bord des Ferengi-Schiffes gingen, und angesichts der besonderen Umstände bin ich bereit, die Anklage gegen Sie fallenzulassen. Sie haben nicht kriminell gehandelt, sondern Initiative bewiesen.«

»Danke, Sir.«

»Es gefällt mir, daß Sie nicht einfach die Hände in den Schoß gelegt und den Ferengi einen Apparat überlassen haben, mit dem man Latinum fälschen kann. Sie beschlossen, die Ärmel hochzukrempeln und das Problem zu lösen, wobei Sie eine Menge Einfallsreichtum bewiesen. Was mir nicht gefällt, ist dies: Sie hätten das Gerät zur Umwandlung von Chaseum in Latinum gar nicht erst konstruieren sollen. Was haben Sie sich dabei gedacht?«

»Sir, der Kadett …«

»Sie brauchen nicht in der dritten Person von sich zu sprechen, Kadett – weder hier noch während der Anhörung nächste Woche.«

»Aye, Sir. Sir, ich wußte erst nach der Fertigstellung des Apparats, wozu er diente. Daraufhin erwog ich die Möglichkeit, ihn sofort zu zerstören. Inzwischen ist mir klar, daß dies besser gewesen wäre.«

»Ja, in der Tat. An Innovationen gibt es im großen und ganzen nichts einzuwenden – ich bin für den Fortschritt. Aber über einige Dinge sollten wir besser nicht Bescheid wissen, und dazu gehört die Fälschung von Latinum.«

»Ja, Sir. Ich habe diesen Punkt dem wissenschaftlichen Nutzen gegenübergestellt, der durch eine gründliche Untersuchung des Geräts ...«

»Sind Sie für eine derartige Entscheidung qualifiziert?«

»Äh ... nein, Sir. Nein, das bin ich nicht, Sir.«

»Na bitte. Wir sollten nicht die Perspektive verlieren. Nun, eigentlich mache ich mir keine Sorgen um Sie. Um ganz offen zu sein: Ich weiß von der großen Pokerrunde am Ende des Semesters. Ich weiß auch, wer daran teilgenommen hat; Sie brauchen es mir gar nicht zu sagen.«

»Danke, Sir.«

»Ich könnte Ihnen alle Namen nennen: LaFong, Axel, Lees, DuBois, Jantzen, Ackermann und so weiter. Ich erfahre es immer, wenn eine solche Pokerrunde veranstaltet wird, und ich weiß auch, wie es dabei zugeht. Haben Sie eine Ahnung, wie alt diese Tradition bereits ist?«

»Nein, Sir.«

»Ich auch nicht. Vor langer Zeit, als ich Kadett im vierten Studienjahr war, habe ich zweimal mitgepokert. Und die Tradition reicht noch viel weiter zurück. Hat Captain Wolfe einen Verweis erwähnt?«

»Ja, Sir.«

»Nun, nehmen Sie diese Sache nicht zu ernst. Wir sprechen in diesem Zusammenhang vom verborgenen Trumpf. Niemand schenkt ihm Beachtung – bis Sie in Schwierigkeiten geraten und man beschließt, Sie rauszuwerfen. Dann läßt sich mit dem ›verborgenen Trumpf‹ – dem Verweis – zeigen, daß es schon einmal zu Verhaltensweisen kam, die nicht denen eines guten Offiziers entsprechen.

Eigentlich möchte ich mit Ihnen gar nicht über *Sie* reden, Kadett. Ich sehe kein Problem in Ihnen. Sie sind ein guter Mann, und bestimmt wird ein guter Offizier aus Ihnen.«

»Danke, Sir. Ich weiß es sehr zu schätzen, daß Sie mir vertrauen.«

»Ich muß zugeben, daß ich Zweifel hatte, als ich das Kommando über die Akademie übernahm. Ich habe von dem Zwischenfall während Ihres ersten Jahrs gelesen und mich gefragt, ob Sie sich für eine Ausbildung an dieser Akademie eignen. Während des nächsten Jahrs habe ich Sie aufmerksam beobachtet, Kadett – und schließlich meine Meinung geändert. Ich glaube, es war unglaublich dumm von Ihnen, sich einen solchen Fehler zu leisten, aber später bewiesen Sie Mut, als Sie gegen den Kodex des Schweigens verstießen. Ich wünschte, wir hätten hier mehr Kadetten wie Sie.«

»Danke, Sir.«

»Dies ist eine sehr wichtige Lektion. Ich möchte, daß Sie genau zuhören und sich während Ihrer gesamten beruflichen Laufbahn daran erinnern. Bei Starfleet geht es nicht darum, nie einen Fehler zu machen. Jeder macht früher oder später einen dummen Fehler. Starfleet verlangt vielmehr, die Verantwortung für seine Fehler zu übernehmen. Man soll nicht einfach ›Es ist meine Schuld‹ oder ›Dafür habe ich keine Entschuldigung‹ sagen, sondern das Problem lösen. Selbst wenn es nicht von Ihnen geschaffen wurde, sondern von einem Kameraden.«

»Ich verstehe, Sir.«

»Nein, Sie verstehen nicht. Aber Sie *werden* es verstehen, nach einigen Jahren in der Flotte. Meine Sorge gilt nicht Ihnen, sondern einem anderen Kadetten. Und ich glaube, Sie wissen genau, wen ich meine.

Crusher, ich mache mir große Sorgen um Kadett Fred Kimbal. Ich weiß nicht, ob er zum Offizier taugt. Und ich weiß nicht, ob es sich die Akademie leisten kann, ihn zu behalten. Hiermit gebe ich Ihnen Gelegenheit, mich davon zu überzeugen, daß die weitere Ausbildung von Fred Kimbal Sinn hat.«

»Danke, Sir. Ich .... Sir, darf ich ganz offen sprechen?«

»Es bleibt alles unter uns, Crusher.«

»Sir, ich glaube, Sie irren sich in Hinsicht auf Kimbal. Ich bin sicher, daß er zu einem ausgezeichneten Offizier wird, und es wäre mir eine Ehre, mit ihm zusammen an einer Mission im All teilzunehmen.«

»Fahren Sie fort.«

»Sir, Kimbal ist der intelligenteste Kadett der Akademie. Warptheorie, postgravitationelle Fluktuation, die Gleichungen der Gravitationswellen, Subraum … All das versteht er besser als sonst jemand. Er hat ein unglaublich gutes Gefühl für die Natur des Subraums; in dieser Hinsicht übertrifft er sogar Commander Sur.«

»Großartig. Dann kann er zu Keynes wechseln und Wissenschaftler werden. Ich möchte von Ihnen hören, wieso er ein guter Starfleet-Offizier wäre.«

»Er lernt, Sir. Er kommt voran. Er macht eindeutig Fortschritte.«

»Schon Kimbals Zulassung war eine fragwürdige Angelegenheit, Kadett Crusher.«

»Inzwischen hat er sich sehr verbessert, Sir. Bei der Kommandoführung und allen anderen Fähigkeiten, die ein guter Starfleet-Offizier haben muß.«

»Also wird er jetzt dem Zulassungsstandard gerecht? Am Ende seines zweiten Studienjahrs?«

»Er ist besser, Sir.«

»Lassen Sie mich Ihnen *meinen* Standard erklären, Crusher. Ich erwarte von den Kadetten nicht, daß sie während ihrer Ausbildung lernen, wie ein Offizier zu sein. Sie sollen bereits entsprechende Eigenschaften aufweisen, wenn sie bei uns eintreffen. Wenn ich beschlösse, morgen alle Kadetten in den Einsatz zu schicken, so würde ich von ihnen erwarten, daß sie gute Offiziere abgeben. Hier gibt es keine Zeit dafür, ein Offizier zu *werden.* Wer von mir den Punkt an seinem Kragen bekommt, muß bereits ein Starfleet-Offizier *sein.*

Ehrlich gesagt, ich würde nicht zögern, Sie, LaFong

oder Lees sofort zu befördern. Sie haben nicht genug Erfahrung, um ein Schiff der Galaxy-Klasse zu steuern – das gilt auch für Sie, Crusher; Ihre Tätigkeit an Bord der *Enterprise* genügt nicht, und sie stellt weitaus mehr dar, als die meisten anderen Kadetten für sich in Anspruch nehmen können –, aber Sie hatten bereits das Zeug zum Offizier, als Sie zu uns kamen. Besser gesagt: Tief in Ihrem Innern *waren* Sie schon ein Offizier, wie viele andere Kadetten.

Wir produzieren hier keine Starfleet-Offiziere, Mister Crusher. Wir *verbessern* sie. Die Akademie ist keine Fabrik, in der Zahnräder für die große Maschine namens Starfleet hergestellt werden. Man könnte sie eher mit einer Latinummine vergleichen, in der nutzlose Masse entfernt wird, um das verborgene kostbare Latinum freizulegen.

Bei Ihrer Verteidigung von Kadett Kimbal haben Sie es versäumt, auf eine ganz bestimmte Frage einzugehen – Sie sind ihr geschickt ausgewichen. Würden Sie auf der Grundlage Ihres Wissens über Kadett Frederick Kimbal sagen, daß es im Interesse von Starfleet liegt, ihn auch weiterhin auszubilden?«

»Sir, ich ...«

»Nehmen Sie sich Zeit. Warten Sie ein wenig und denken Sie darüber nach. – Na schön, was meinen Sie?«

»Ich glaube tatsächlich, daß es im Interesse von Starfleet läge.«

»Wirklich?«

»Ja, Sir. Fred ist sicher nicht vom gleichen Schlag wie die anderen Kadetten – das bestreite ich keineswegs. Er neigt dazu, schrullig zu sein, und er verhält sich nicht immer so, wie man es von ihm erwartet.

Aber es wäre falsch, daraus den Schluß zu ziehen, daß er nicht das Zeug zum Offizier hat. Wir dürfen das ›Standardmodell‹ des Starfleet-Offiziers nicht zum Anlaß nehmen, nur bestimmte Arten von Personen zu akzeptieren und alle anderen auszuklammern, die uns eine neue Perspektive geben könnten.

Ich pflichte Ihnen bei, wenn Sie sagen, daß Fred Kimbal kein Jean-Luc Picard und kein Will Riker ist. Er läßt sich nicht einmal mit Carl LaFong oder Locarno vergleichen.

Aber im Grunde genommen trifft das auch auf mich zu. Wir alle sind anders. Jeder von uns bringt seine eigenen Vorstellungen von einem Starfleet-Offizier mit. Und wenn das nicht der Fall wäre ... Dann könnten Sie uns alle rauswerfen und durch dreiundsiebzig Millionen Kopien von Commander Data ersetzen, wie es Starfleet schon einmal plante.

Das wäre damals ebenso falsch gewesen wie heute. Sie haben recht, Sir: Starfleet ist keine große Maschine, und wir sind keine Zahnräder. Wir sehen nicht alle gleich aus. Wir unterscheiden uns auch in unserem Gebaren und in unserem Denken. Bei Fred Kimbal sind die Unterschiede nur ein wenig größer, *doch er weiß, worauf es ankommt.* Er verfügt über die wichtigste Eigenschaft eines Starfleet-Offiziers: Er ist von dem Wunsch beseelt, seine Crew anzuführen und sich der Verantwortung zu stellen. Es gibt nicht mehr viele Leute in diesem Quadranten, die mit derartigen Wesenszügen ausgestattet sind.

Sir, Kimbal ist Starfleet treu ergeben und bereit, die Konsequenzen für sein eigenes Verhalten ebenso zu tragen wie für das seiner Crew. Er ist genial und durchaus zuverlässig – man kann sich darauf verlassen, daß er Probleme löst, die für viele andere Leute völlig unverständlich bleiben. Außerdem gehören Ehrlichkeit und Anstand zu seinen Charaktereigenschaften. Um es noch einmal zu betonen: Es wäre mir eine Ehre, mit ihm zusammen an einer Mission im All teilzunehmen.«

»Würden Sie ihn als Ihren vorgesetzten Offizier akzeptieren?«

»Falls es notwendig wäre, ja.«

»Fall es notwendig wäre? Warum diese Einschränkung?«

»Nun, ich meine ...«

»Mister Crusher, Sie haben Kadett Kimbal auf recht eindrucksvolle und für mich überraschende Weise verteidigt. Dadurch gelang es Ihnen, meine Meinung über Kimbal in einigen Punkten zu ändern.«

»Aber im wichtigsten Punkt konnte ich Sie nicht überzeugen«, vermutete Wesley.

»Nein, das konnten Sie nicht.«

»Sir, bitte überlegen Sie es sich noch einmal. Ich kann bestimmt dafür sorgen, daß er mehr wie ein Offizier wird. Seit LaFong uns zusammen unterbrachte, hat er große Fortschritte gemacht. Bestimmt wird ein erstklassiger Offizier aus ihm.«

»Nein. Wenn er bisher nicht zu einem guten Offizier geworden ist, so gibt es in dieser Hinsicht keine Hoffnung mehr für ihn. Ich möchte es so ausdrücken: Fragen Sie nicht, was die Akademie für Sie tun kann; fragen Sie statt dessen, was Sie für die Akademie tun können. Ich fürchte, Ihre Meinung läßt sich nicht mit dem Standpunkt der Akademie vereinbaren. Meiner Ansicht nach eignet sich Fred Kimbal nicht zum Starfleet-Offizier.«

»Sir, soll das heißen, Sie wollen ihn entlassen, weil er nicht in die *übliche Schablone des Starfleet-Offiziers* paßt?«

»Nein, und ich muß sagen, daß mir Ihr Ton nicht gefällt. Ich entlasse Kimbal, weil ich Unbehagen bei der Vorstellung empfinde, zu seinem Kommando zu gehören. Ihnen geht es ebenso, ob Sie es zugeben oder nicht. Ich habe Sie vorhin gefragt, ob Sie Kimbal als Ihren vorgesetzten Offizier akzeptieren würden, und Sie antworteten mit der Einschränkung ›falls es notwendig wäre‹. Darin sehe ich einen deutlichen Hinweis.«

»Muß jeder, der von der ›Starfleet-Norm‹ abweicht, damit rechnen, rausgeworfen zu werden?«

»Ich habe die Norm nicht erfunden, Mister Crusher. Und ich wende sie nicht strenger an, als es vor einem Jahr, vor zehn Jahren oder zur Zeit meiner Ausbildung der Fall war. Ich bin nicht bereit, sie für einen besonders intelligenten Außenseiter über Bord zu werfen.«

»Sir, ich bin fast versucht zu sagen: Wenn Kimbal gehen muß, gehe ich ebenfalls.«

»Ich hoffe, Sie verzichten auf eine solche Bemerkung, Mister Crusher. Ich würde es sehr bedauern, wenn Sie uns verlassen. Aber letztendlich ist das eine Entscheidung, die nur Sie treffen können.

Noch ein letzter Rat, Kadett: Bevor Sie Ihre Ernennung zum Offizier akzeptieren, sollten Sie verdammt sicher sein, daß Sie die damit einhergehende Verantwortung tragen wollen. Wenn Sie nicht völlig sicher sind, werden Sie die Punkte am Kragen als immer belastender empfinden und schließlich von ihnen zu Boden gezerrt.

Haben Sie noch etwas zu sagen, bevor ich Sie wegtreten lasse?«

»Ja, Sir.«

»Ich höre.«

»Sir ... Wenn Ihre Entscheidung endgültig ist, so bitte ich um die Erlaubnis, Kadett Kimbal benachrichtigen zu dürfen.«

»Erlaubnis erteilt. Sagen Sie ihm, daß er am besten gleich mit Vorbereitungen beginnen soll. Bitten Sie ihn, bei mir vorbeizukommen, bevor er aufbricht. Außerdem soll er einen Abstecher zur Verwaltung machen, um sich den restlichen Sold auszahlen zu lassen, einige Dokumente zu unterschreiben und die Heimreise zu buchen. Dort teilt man ihm auch mit, welche Teile der Ausrüstung er behalten kann und welche zurückgegeben werden müssen.«

»Aye, Sir.«

»Ich ernenne Sie hiermit zum Verbindungsmann für Kimbals Ausmusterung. Wenn sich irgendwelche Probleme ergeben, so kann er sich durch Sie direkt an mich wenden. Verstanden?«

»Ja, Sir.«

»Die Kette reicht von Kimbal über Sie zu mir. Wegtreten.«

»Aye, Sir. Danke, Sir.«

Wesley ging über den Hof, mit langsamen und doch viel zu schnellen, zielstrebigen Schritten. *Sie haben mich in einen von ihnen verwandelt,* dachte er mißmutig. *Mit etwas Mumm hätte ich sie darauf hingewiesen, daß ich ihre moralische Autorität in Frage stelle, auf diese Weise über Fred Kimbal zu urteilen. Ich hätte gesagt: Wenn ihr ihn rauswerfen wollt, so lehne ich es ab, euch dabei zu helfen. Aber ich habe keinen Mumm. Was auch immer sie Fred antun: Ich bin daran beteiligt. Mich trifft ebensoviel Schuld wie Bernard Boxx.*

Er benutzte nicht den Turbolift, sondern ging zu Fuß die Treppe hoch, wurde noch langsamer, als er den Flur erreichte.

Wenige Sekunden später berührte Wesley ein Sensorfeld, und daraufhin öffnete sich die Tür. Er trat vor – und blieb erstaunt stehen. Fred saß auf dem Bett, hatte seine Sachen bereits gepackt und trug zivile Kleidung.

»Hab von deiner Landung gehört«, sagte Kimbal. »Und davon, daß du beim Alten gewesen bist.«

»Tut mir leid, Fred. Ich hab's versucht.«

»Ich weiß. Und ich wußte sofort, daß es dir nicht gelingen würde, sie umzustimmen. Sie haben recht.«

»Nein.«

»Doch. Mir fehlt das Zeug zum Offizier.«

»Das kannst du ebensowenig wissen wie Boxx und Wolfe. *Sie* sind ganz sicher, aber das wahre Wesen einer Person stellt sich erst in einer kritischen Situation heraus. Vielleicht erstarre ich bei meinem ersten Kommando. Vielleicht treffe ich völlig falsche Entscheidungen. Vielleicht bekomme ich gleich für meinen ersten Einsatz die Ehrenmedaille der Föderation – *niemand weiß es.* Es ist verrückt anzunehmen, daß man aus Äußerlichkeiten schließen kann, ob ein Kadett zu einem guten Offizier wird.«

»Wes, ich bin wegen dieser Sache keineswegs am Boden zerstört. Ich habe geglaubt, es zu schaffen, ja, aber ich denke jetzt nicht daran, mir den Lauf eines Phasers an die Schläfe zu halten.«

»Hast du irgendwelche Ideen?«

Fred zuckte mit den Schultern. »Harvard, Stanford. Ich kann vermutlich überall ein Stipendium bekommen.«

»Aber du mußt Starfleet verlassen.«

»Ich weiß nicht, ob ich ›schade‹ oder ›dem Himmel sei Dank‹ sagen soll.«

»Man erwartet dich in der Verwaltung.«

»Ich habe schon angerufen und einen Termin vereinbart. Muß ich mich an LaFong wenden, oder hilfst du mir, alles zu erledigen?«

»Ich bin der offizielle Verbindungsmann.«

»Gut. Ich verabscheue den arroganten, hochmütigen Carl LaFong, großes *L,* kleines *a,* großes *F,* kleines *o,* kleines *n,* kleines *g,* Carl LaFong.«

»Ich weiß nicht, was ich sagen soll, Fred. Ich werde dich vermissen.«

»*Ich* werde mir große Mühe geben, dich, alle anderen und die ganze verdammte Akademie zu vergessen.«

»Tut mir leid.«

»Es ist nicht deine Schuld, Wes. Ich möchte mich aufs Morgen konzentrieren, nicht aufs Gestern. Alles klar?«

»Ja, ich verstehe. Mach's gut. Ich hoffe, du findest irgendwann Zeit genug, um mir einen Brief zu schreiben.«

»Sag Boothby, wohin man dich versetzt.«

Dann blinzelte Wesley, und Fred Kimbal war fort.

Er streckte sich auf dem eigenen Bett aus, ohne die zivile Kleidung in den Replireiniger zu stecken und eine Uniform überzustreifen.

Wenn er sich beeilte, schaffte er es vielleicht noch rechtzeitig zur ersten Vorlesung an diesem Tag. Er blieb liegen. Wenn er sich umzog, konnte er zusammen mit den anderen Kadetten im Speisesaal essen. Er zog sich nicht um. Wenn er aufstand, konnte er dem O-Club einen Besuch abstatten, Synthehol trinken, Fred Kimbal zuprosten, sich an seine Freunde an Bord der *Enterprise* erinnern, an die Abenteuer mit Ferengi und Cardassianern denken und Lügen über die Beziehung zu Commander Kurak an Bord der *Verborgener Fisch* erzählen. Er stand nicht auf.

*Starfleet ist wie ein gewaltiger Tintenfisch, der seine Tentakel überallhin ausstreckt und Leute wie Fred bei lebendigem Leibe verschlingt. Ein kaltes, ledriges Etwas, dem es nur darauf ankommt, daß seine Tentakel noch weiter durchs Universum reichen, bis sie zu jedem Ort gelangen und die Unendlichkeit berühren, bis sein moralisches Gewebe hauchdünn wird. Starfleet ist wie das Paradies und bietet alles: Frieden, Überfluß, Macht; Replikatoren, um den Hungrigen Nahrung zu geben; Holodecks, um die Phantasielosen zu stimulieren; eine an Besessenheit grenzende Faszination in Hinsicht auf die Vergangenheit, wodurch Träume vom Gestern entstehen. Starfleet ist steril und unsympathisch. Der moralische Kompaß dreht sich nach Belieben, zeigt weder nach Norden noch nach Süden. Starfleet hat die Orientierung verloren.*

Die Sonne ging unter, und im Zimmer wurde es so dunkel, daß man keine Einzelheiten mehr erkennen konnte. Trotzdem sah Wesley alles.

*Habe ich genug Mut, um den Weg einzuschlagen, der mir bestimmt ist?*

Am nächsten Morgen zog er sich rasch um und eilte

nach unten, stand um fünf Uhr fünfunddreißig auf dem Platz, um am Morgenlauf teilzunehmen. Der erste Unterricht dieses Tages betraf das Fach ›Geschichte der moralischen Philosophie‹, und Captain DuBois hatte versprochen, ihm das Fell über die Ohren zu ziehen, wenn er eine weitere Vorlesung versäumte.

# STAR TREK™

in der Reihe
HEYNE SCIENCE FICTION & FANTASY

STAR TREK: CLASSIC SERIE

*Vonda N. McIntyre,* Star Trek II: Der Zorn des Khan · 06/3971
*Vonda N. McIntyre,* Der Entropie-Effekt · 06/3988
*Robert E. Vardeman,* Das Klingonen-Gambit · 06/4035
*Lee Correy,* Hort des Lebens · 06/4083
*Vonda N. McIntyre,* Star Trek III: Auf der Suche nach Mr. Spock · 06/4181
*S. M. Murdock,* Das Netz der Romulaner · 06/4209
*Sonni Cooper,* Schwarzes Feuer · 06/4270
*Robert E. Vardeman,* Meuterei auf der Enterprise · 06/4285
*Howard Weinstein,* Die Macht der Krone · 06/4342
*Sondra Marshak & Myrna Culbreath,* Das Prometheus-Projekt · 06/4379
*Sondra Marshak & Myrna Culbreath,* Tödliches Dreieck · 06/4411
*A. C. Crispin,* Sohn der Vergangenheit · 06/4431
*Diane Duane,* Der verwundete Himmel · 06/4458
*David Dvorkin,* Die Trellisane-Konfrontation · 06/4474
*Vonda N. McIntyre,* Star Trek IV: Zurück in die Gegenwart · 06/4486
*Greg Bear,* Corona · 06/4499
*John M. Ford,* Der letzte Schachzug · 06/4528
*Diane Duane,* Der Feind – mein Verbündeter · 06/4535
*Melinda Snodgrass,* Die Tränen der Sänger · 06/4551
*Jean Lorrah,* Mord an der Vulkan Akademie · 06/4568
*Janet Kagan,* Uhuras Lied · 06/4605
*Laurence Yep,* Herr der Schatten · 06/4627
*Barbara Hambly,* Ishmael · 06/4662
*J. M. Dillard,* Star Trek V: Am Rande des Universums · 06/4682
*Della van Hise,* Zeit zu töten · 06/4698
*Margaret Wander Bonanno,* Geiseln für den Frieden · 06/4724
*Majliss Larson,* Das Faustpfand der Klingonen · 06/4741
*J. M. Dillard,* Bewußtseinsschatten · 06/4762
*Brad Ferguson,* Krise auf Centaurus · 06/4776
*Diane Carey,* Das Schlachtschiff · 06/4804
*J. M. Dillard,* Dämonen · 06/4819
*Diane Duane,* Spocks Welt · 06/4830
*Diane Carey,* Der Verräter · 06/4848

# STAR TREK™

*Gene DeWeese,* Zwischen den Fronten · 06/4862
*J. M. Dillard,* Die verlorenen Jahre · 06/4869
*Howard Weinstein,* Akkalla · 06/4879
*Carmen Carter,* McCoys Träume · 06/4898
*Diane Duane & Peter Norwood,* Die Romulaner · 06/4907
*John M. Ford,* Was kostet dieser Planet? · 06/4922
*J. M. Dillard,* Blutdurst · 06/4929
*Gene Roddenberry,* Star Trek (I): Der Film · 06/4942
*J. M. Dillard,* Star Trek VI: Das unentdeckte Land · 06/4943
*David Dvorkin,* Die Zeitfalle · 06/4996
*Barbara Paul,* Das Drei-Minuten-Universum · 06/5005
*Judith & Garfield Reeves-Stevens,* Das Zentralgehirn · 06/5015
*Gene DeWeese,* Nexus · 06/5019
*D. C. Fontana,* Vulkans Ruhm · 06/5043
*Judith & Garfield Reeves-Stevens,* Die erste Direktive · 06/5051
*Michael Jan Friedman,* Das Doppelgänger-Komplott · 06/5067
*Judy Klass,* Der Boacozwischenfall · 06/5086
*Julia Ecklar,* Kobayashi Maru · 06/5103
*Peter Norwood,* Angriff auf Dekkanar · 06/5147
*Carolyn Clowes,* Das Pandora-Prinzip · 06/5167
*Diana Duane,* Die Befehle des Doktors · 06/5247
*V. E. Mitchell,* Der unsichtbare Gegner · 06/5248
*Dana Kramer-Rolls,* Der Prüfstein ihrer Vergangenheit · 06/5273
*Michael Jan Friedman,* Schatten auf der Sonne · 06/5179
*Barbara Hambly,* Der Kampf ums nackte Überleben · 06/5334
*Brad Ferguson,* Eine Flagge voller Sterne · 06/5349
*Gene DeWeese,* Die Kolonie der Abtrünnigen · 06/5375
*Michael Jan Friedman,* Späte Rache · 06/5412
*Peter David,* Der Riß im Kontinuum · 06/5464
*Michael Jan Friedman,* Gesichter aus Feuer · 06/5465
*Peter David/Michael Jan Friedman/Robert Greenberger,* Die Enterbten · 06/5466
*L. A. Graf,* Die Eisfalle · 06/5467
*John Vornholt,* Zuflucht · 06/5468
*L. A. Graf,* Der Saboteur · 06/5469
*Melissa Crandall,* Die Geisterstation · 06/5470
*Mel Gilden,* Die Raumschiff-Falle · 06/5471
*V. E. Mitchell,* Tore auf einer toten Welt · 06/5472
*Victor Milan,* Aus Okeanos Tiefen · 06/5473
*Diane Carey,* Das große Raumschiff-Rennen · 06/5474
*Diane Carey,* Kirks Bestimmung · 06/5476

# STAR TREK™

STAR TREK: THE NEXT GENERATION

*David Gerrold,* Mission Farpoint · 06/4589
*Gene DeWeese,* Die Friedenswächter · 06/4646
*Carmen Carter,* Die Kinder von Hamlin · 06/4685
*Jean Lorrah,* Überlebende · 06/4705
*Peter David,* Planet der Waffen · 06/4733
*Diane Carey,* Gespensterschiff · 06/4757
*Howard Weinstein,* Macht Hunger · 06/4771
*John Vornholt,* Masken · 06/4787
*David & Daniel Dvorkin,* Die Ehre des Captain · 06/4793
*Michael Jan Friedman,* Ein Ruf in die Dunkelheit · 06/4814
*Peter David,* Eine Hölle namens Paradies · 06/4837
*Jean Lorrah,* Metamorphose · 06/4856
*Keith Sharee,* Gullivers Flüchtlinge · 06/4889
*Carmen Carter u. a.,* Planet des Untergangs · 06/4899
*A. C. Crispin,* Die Augen der Betrachter · 06/4914
*Howard Weinstein,* Im Exil · 06/4937
*Michael Jan Friedman,* Das verschwundene Juwel · 06/4958
*John Vornholt,* Kontamination · 06/4986
*Mel Gilden,* Baldwins Entdeckungen · 06/5024
*Peter David,* Vendetta · 06/5057
*Peter David,* Eine Lektion in Liebe · 06/5077
*Howard Weinstein,* Die Macht der Former · 06/5096
*Michael Jan Friedman,* Wieder vereint · 06/5142
*T. L. Mancour,* Spartacus · 06/5158
*Bill McCay/Eloise Flood,* Ketten der Gewalt · 06/5242
*V. E. Mitchell,* Die Jarada · 06/5279
*John Vornholt,* Kriegstrommeln · 06/5312
*Laurell K. Hamilton,* Nacht über Oriana · 06/5342
*David Bischoff,* Die Epidemie · 06/5356
*Diane Carey,* Abstieg · 06/5416
*Michael Jan Friedman,* Relikte · 06/5419
*Michael Jan Friedman,* Die Verurteilung · 06/5444
*Simon Hawke,* Die Beute der Romulaner · 06/5413
*Rebecca Neason,* Der Kronprinz · 06/5414
*John Peel,* Drachenjäger · 06/5415
*Diane Duane,* Dunkler Spiegel · 06/5417
*Susan Wright,* Der Mörder des Sli · 06/5438
*W. R. Thomson,* Planet der Schuldner · 06/5439
*Michael Jan Friedman & Kevin Ryan,* Requiem · 06/5442
*Dafydd ab Hugh,* Gleichgewicht der Kräfte · 06/5443

STAR TREK™

STAR TREK: DIE ANFÄNGE
*Vonda N. McIntyre,* Die erste Mission · 06/4619
*Margaret Wander Bonanno,* Fremde vom Himmel · 06/4669
*Diane Carey,* Die letzte Grenze · 06/4714

STAR TREK: DEEP SPACE NINE
*J. M. Dillard,* Botschafter · 06/5115
*Peter David,* Die Belagerung · 06/5129
*K. W. Jeter,* Die Station der Cardassianer · 06/5130
*Sandy Schofield,* Das große Spiel · 06/5187
*Lois Tilton,* Verrat · 06/5323
*Diane Carey,* Die Suche · 06/5432
*Esther Friesner,* Kriegskind · 06/5430
*Melissa Scott,* Der Pirat · 06/5434
*Nathan Archer,* Walhalla · 06/5512
*Greg Cox/John Gregory Betancourt,* Der Teufel im Himmel · 06/5513
*Robert Sheckley,* Das Spiel der Laertianer · 06/5514

STAR TREK: STARFLEET KADETTEN
*John Vornholt,* Generationen · 06/6501
*Peter David,* Worfs erstes Abenteuer · 06/6502
*Peter David,* Mission auf Dantar · 06/6503
*Peter David,* Überleben · 06/6504
*Brad Strickland,* Das Sternengespenst · 06/6505
*Brad Strickland,* In den Wüsten von Bajor · 06/6506
*John Peel,* Freiheitskämpfer · 06/6507
*Mel Gilden & Ted Pedersen,* Das Schoßtierchen · 06/6508
*John Vornholt,* Erobert die Flagge! · 06/6509
*V. E. Mitchell,* Die Atlantis Station · 06/6510
*Michael Jan Friedman,* Die verschwundene Besatzung · 06/6511
*Michael Jan Friedman,* Das Echsenvolk · 06/6512
*Diane G. Gallagher,* Arcade · 06/6513
*John Peel,* Ein Trip durch das Wurmloch · 06/6514
*Brad & Barbara Strickland,* Kadett Jean-Luc Picard · 06/6515

STAR TREK: VOYAGER
*L. A. Graf,* Der Beschützer · 06/5401
*Peter David,* Die Flucht · 06/5402
*Nathan Archer,* Ragnarök · 06/5403
*Susan Wright,* Verletzungen · 06/5404
*John Betancourt,* Der Arbuk-Zwischenfall · 06/5405

## STAR TREK™

*Christie Golden,* Die ermordete Sonne · 06/5406
*Mark A. Garland & Charles G. McGraw,* Geisterhafte Visionen · 06/5407
*S. N. Lewitt,* Cybersong · 06/5408

DAS STAR TREK-UNIVERSUM, 2 Bde.,
**überarbeitete und aktualisierte Neuausgabe!**
von *Ralph Sander* · 06/5150

DAS STAR TREK-UNIVERSUM, Ergänzungsband
von *Ralph Sander* · 06/5151

*William Shatner/Chris Kreski,* Star Trek Erinnerungen · 06/5188
*William Shatner/Chris Kreski,* Star Trek Erinnerungen: Die Filme · 06/5450

*Phil Farrand,* Cap'n Beckmessers Führer durch STAR TREK – DIE NÄCHSTE GENERATION · 06/5199
*Phil Farrand,* Cap'n Beckmessers Führer durch STAR TREK – DIE CLASSIC SERIE · 06/5451

*Ralph Sander,* Star Trek Timer 1997 · 06/1997
*Nichelle Nichols,* Nicht nur Uhura · 06/5547
*Leonard Nimoy,* Ich bin Spock · 06/5548
*Lawrence M. Krauss,* Die Physik von Star Trek · 06/5549
*J. M. Dillard,* Star Trek: Wo bisher noch niemand gewesen ist · 06/6500
*Judith & Garfield Reeves-Stevens,* Star Trek – Deep Space Nine: Die Realisierung einer Idee · 06/5550
*Judith & Garfield Reeves-Steven,* Star Trek Design · 06/5545
*Aris Kazidian & Bruce Jacoby,* Das Star Trek Kochbuch · 06/5546

Diese Liste ist eine Bibliographie erschienener Titel
KEIN VERZEICHNIS LIEFERBARER BÜCHER!